# 위로
## 2

안나 가발다 장편소설
허지은 옮김

문학세계사

옮긴이 · 허지은
연세대학교 주생활학과 졸업.
프랑스 파리 라 빌레트 국립건축학교 수료.
현재 전문 번역가로 활동중.
번역한 책으로『페데리고 · 로렐라이의 전설』
『결혼해도 좋은 남자 연애만 해야 될 남자』『롱기누스의 창』
『초콜릿을 만드는 여인들』『손을 씻자』등이 있음.

## 위로 · 2
안나 가발다 지음

•

초판 1쇄 발행일  2009년 3월 12일

•

옮긴이 · 허지은
펴낸이 · 김종해
펴낸곳 · 문학세계사

•

주소 · 서울시 마포구 신수동 345-5(121-110)
대표전화 702-1800  팩시밀리 702-0084
mail@msp21.co.kr  www.msp21.co.kr
출판등록 · 제21-108호(1979.5.16)
값 12,000원

ISBN 978-89-7075-452-9   03860
ⓒ 문학세계사, 2009

# La Consolante

ANNA GAVALDA

*La Consolante*
by
Anna Gavalda

Copyright ⓒ Editions Le Dilettante—Paris 2008
Korean Translation Copyright ⓒ Munhak Segye-Sa Co. 2009

This Korean edition is published by arrangement with
Edition Le Dilettante through ShinWon Agency

이 책의 한국어판 저작권은 신원 에이전시를 통해
Edition Le Dilettante와의 독점계약으로 문학세계사에 있습니다.
저작권법에 의해 한국내에서 보호를 받는 저작물이므로
무단전재 및 복제를 금합니다.

# 3

"어떻게 된 거야? 꽤 오래 걸렸네?"
"내가 목장 멀리까지 가는 바람에 늦었어." 아이가 둘러댔다.
"내가 뭐랬어." 아이 엄마가 인상을 썼다. "자…… 어서들 식탁으로 가요…… 난 아직 단추 세 개를 더 달아야 해……"

테라스에는 타일이 깔려 있었다. 얼룩방지 처리가 된 냅킨, 가스를 사용하는 바비큐 기계. 알렉시스가 흰색 플라스틱 의자를 권했다. 샤를르는 꽃무늬 방석 위에 앉았다.
간단히 말해, 무척이나 목가적이었다……

처음 15분 동안은 분위기가 납덩이처럼 무거웠다.
페넬로페(*〈오디세이아〉에 등장하는 오디세우스의 아내. 남편이 돌아오지 않자 쇄도하는 구혼을 거절하기 위해 구혼자들에게 아버지의 수의를 다 짤 때까지 기다려달라고 한 뒤, 낮에는 베를 짜고 밤에는 그 베를 다시 풀어 시간을 벌었다)께서는 바느질감 때문에 화가 잔뜩 나 있었고 알렉시스는 어느 장단에 춤을 취야 할지 모른 채 쩔쩔 맸으며 우리의 주인공은 혼자만의 생각에 빠져 있었다.

자라고 놀고 괴로워하고 사랑하고 아름다워지고 약속을 하고 거짓말을 하고 볼과 눈이 움푹 패고 스스로를 고문하고 사라지던 모습을, 그런 모습을 지켜보았던 친구의 얼굴을 다시 바라보았다. 황홀했다.

"왜 그렇게 내 얼굴을 뚫어져라 쳐다보는 거야? 내가 많이 늙어서?"

"아니…… 정반대의 생각을 하고 있던 중이었어…… 넌 하나도 변하지 않았어."

알렉시스가 그를 향해 포도주병을 들어보였다.

"네 말을 칭찬으로 받아들여야 하는 건지, 말아야 하는 건지 모르겠네……"

코린이 한숨을 쉬었다.

"제발…… 혹시 군대 동기 모임 분위기는 내지 말아줘요……"

"칭찬 맞아." 샤를르가 그의 눈을 똑바로 들여다보며 대답했다. 그리고 뤼카를 돌아다보고 말했다. "아저씨가 네 아빠를 처음 만났을 때, 그때 우린 지금의 너보다 더 어렸었단다."

"아빠, 정말이야?"

"정말이야."

"여보, 음식이 타고 있어……"

그녀는 정말 끝내주는 분위기 메이커였다. 샤를르는 만일 오늘 저녁의 이야기를 클레르에게 해주면, 하고 생각하다가 그만두었다. 아니, 그럴 일은 아마 없을 거다…… 무슨 이야기를 한단 말인가…… 알렉시스가 중저가 브랜드 '케추아' 상표가 붙은 반바지 위에 '나는야 요리사'라는 문구가 씌인, 빳빳하게 풀먹인 앞치마를 두르고 있더라고, 그러면 클레르가 간직한 그의 신화가 깨져버릴까……

"게다가 네 아빠는 구슬치기 챔피언 자리를 한 번도 빼앗기지 않았지……."

"아빠, 정말이야?"

"기억 안 나."

샤를르는 뤼카에게 틀림없는 사실이라는 뜻으로 한 눈을 찡긋해보였다.

"아저씨랑 아빠는 같은 반이었어? 담임선생님도 같고?"

"물론이지."

"아저씨, 그럼 아누크 할머니도 알……"

"뤼카." 코린이 아이의 말을 끊었다. "어서 먹어! 음식이 다 식어버리잖아."

"그럼, 아주 잘 알지. 그런 엄마를 두다니, 내 친구 알렉시스는 정말 행운아라고 아저씨는 생각해. 아누크는 아름답고 상냥한 분이었지. 그분과 함께 있을 땐 웃음이 끊이지 않았어……"

이런 말들을 하면서, 샤를르는 하고 싶은 이야기를 다 했다는 것을 깨달았다. 더 이상은 하지 않으리라는 것도. 그 사실을 확인시켜주기 위해, 그는 여주인을 향해 친절한 미소를 지어보이고는 화제를 바꾸었다.

"자…… 지난 이야기는 이걸로 충분하고…… 샐러드가 참 맛있네요. 그런데 코린, 무슨 일을 하십니까?"

잠깐 망설이다가 바느질통을 내려놓기로 결심했다. 셔츠 소매를 걷어 올리지도 않고, 멋진 손목시계를 차고 있는 우아한 남자가, 그것도 파리에 살고 있는 남자가 자신에게 관심을 보이고 있었다. 좀 편하게 대해주어도 좋을 것 같았다.

그녀가 자기 이야기를 하는 동안 고개를 끄덕이며 포도주를 마시다가 그는 그만 적정량을 넘기고 말았다.

거리를 유지하기 위해서였는데.

그녀의 이야기를 모두 새겨들은 것은 아니었지만 프랑스 텔레콤의 자회사에서 운영하는 무슨 인력개발회사(인력개발회사라는 단어를 말할 때, 손님의 얼굴에 떠오른 미소의 의미를 착각했음에 틀림없었다……)에서 일을 하고 있고, 친정 부모가 가까이에 살고 있으며, 중소기업을 운영하는 아버지는 빌트인 냉장고를 외식업계에 납품하는데, 요즘 들어서는 바깥기온도 워낙 낮고 동종업계에 중국인들이 모여들고 있기 때문에 사업이 그다지 순조롭지는 않다는 것 등을 알아들었다.

"알렉시스, 넌?"

"나? 장인과 함께 일하고 있어! 판매 쪽 일을 보고 있지…… 왜 그래? 내가 이상한 말을 했나?"

"……"

"포도주 때문인가? 너무 많이 마신 거 아니야?"

"아니, 저, 난…… 네가…… 네가 음악학교 선생일 거라고, 아니면 저…… 나도 모르겠어……"

바로 그 순간, 보일 듯 말 듯이 비웃는 그의 비틀린 입에서, 모기…… 같은 것을 쫓는 그의 손에서, 식탁 밑으로 감추어진 그의 앞치마에 새겨진 '요리사'라는 문구에서, 빌트인 냉장고 판매대표의 이마 위에서, 그는 마침내 그들을 갈라놓았던 25년의 세월을 보았다.

"아…… 음악 말이군……" 그가 말했다.

그 쉬운 계집, 그 덧없는 사랑이라고 말하고 싶었던 듯.

그 못돼 먹은 여드름.

"너 표정이 왜 그래? 이번에도 내가 이상한 말을 했어?" 그가 걱정스레 물었다.

 샤를르는 포도주 잔을 내려놓았다. 머리 위의 블라인드와, 냅킨과 한 세트인 휴지통과, 식탁용 휴지통과 짝을 이룬 아줌마를 머릿속에서 지웠다.
 "물론 이상한 말을 했지. 아주 바보 같은 소리를 지껄였다고. 너도 잘 알고 있을걸…… 우리가 함께 했던 그 세월 동안, 중요한 할 말이 있을 때마다, 내가 기억하기로는 매번, 넌 음악으로 이야기를 했어…… 악기가 없을 땐, 아무거로나 악기를 만들어냈었잖아. 음악학교에 다니기 시작하고 나서야 넌 좋은 학생이 되었고, 오디션을 볼 때면, 다들 놀라 자빠졌었지. 슬플 땐 즐거운 곡을 연주했었고, 즐거울 땐, 우리 모두를 울렸고. 아누크가 노래를 하면, 갑자기 주위는 브로드웨이가 되고, 우리 어머니가 크레이프를 만들어 줄 때면, 넌 빌어먹을 아베마리아를 연주했었어. 유모가 우울해할 때면……"
 말을 채 끝내지 못했다.
 "반과거형이야, 발랑다. 넌 모든 동사를 반과거형으로 말하고 있어."
 "정확해." 샤를르는 좀더 색깔 없는 목소리로 말했다. "그래, 네가 옳아…… 꼭 맞게 말해 주었어…… 문법 수업, 고맙다……"
 "이봐요…… 두 사람, 혹시 뤼카와 내가 자러 가주기를 기다리는 건가요? 상처를 다 드러내려고?"
 샤를르가 담배 한 개비를 꺼내 불을 붙였다.
 코린이 발딱 일어나 식기를 거두기 시작했다.
 "그런데, 유모라니, 그건 또 누구죠?"
 "알렉시스가 얘기해 주지 않았나요?" 샤를르는 깜짝 놀랐다.

위로 ⟨2⟩   11

"아뇨, 다른 이야기는 많이 했지만…… 그 크레이프니 즐거움이니 하는 것들은, 미안하지만 난……"

"그만." 알렉시스가 냉랭하게 말했다. "이제 그만하면 됐어. 샤를르……" 이번엔 목소리가 부드러워져 있었다. "지난 얘기를 자꾸 끄집어내서 어쩌겠다는 거야…… 넌 이번에도 뭔가를 계산하려고 하는 것 같은데, 필요한 데이터를 구태여 이 자리에서 모을 건 없잖아, 안 그래?"

"물론이야…… 미안하다."

침묵.

알루미늄 호일조각으로 재떨이를 만들어 재를 떨었다.

"냉장고는? 잘 팔려?"

"넌 정말 머저리야……"

그 미소는 아름다웠다. 샤를르는 기꺼이 그 미소에 답했다.

그 후, 그들은 다른 이야기를 화제에 올렸다. 알렉시스가 계단에 균열이 생겼다고 불평하자 전문가 선생께서 가서 봐 주겠다고 약속을 했다.

뤼카가 뽀뽀를 하러 왔다.

"그런데 새는?"

"아직 자고 있어."

"언제 깨어나?"

샤를르는 모르겠다는 뜻으로 어깨를 으쓱해보였다.

"그럼, 아저씨는? 내일도 여기 있을 거지?"

"당연하지." 아이 아빠가 확실하게 답해주었다. "자…… 이제 가서 자야지. 엄마가 기다리고 있잖니."

"그럼 내일 학예회에 나 하는 거, 보러 올 거지?"

"애들이 예뻐."
"그래…… 그런데 마리옹은? 마리옹도 만나봤어?"
"본 것 같기는 해……" 샤를르가 어물거렸다.
침묵.
"알렉시스……"
"아니. 아무 말 하지 마. 코린이 너한테 저러는 거, 어쩔 수 없는 일이야. 더는 바라지 말아야 한다고…… 정말 힘든 뒤치다꺼리들을 다 감당해준 사람이야, 그리고…… 아내는 나의 과거로부터 비롯된 모든 것들을 두려워하는 것 같아…… 넌…… 넌 이해하지?"
"그래." 아무것도 이해할 수 없었지만 샤를르는 그렇다고 대답했다.
"코린이 없었다면, 난 그냥 그곳에 머물렀을 테고 그랬다면……"
"그랬다면?"
"설명하기는 힘들어, 하지만 지옥에서 빠져나오려면 음악을 포기해야 했어. 일종의 협약이랄까……"
"이제 절대로 연주를 하지 않는 거야?"
"아니…… 시시한 곡들을 하기는 해…… 이를테면 내일 애들 학교 행사에서, 기타 반주를 넣기로 되어 있어. 하지만 진짜 연주는…… 그래, 안 해……"
"믿을 수가 없어……"
"그걸…… 연주를 하면 내가 약해져…… 이제 더 이상 그리움 따위는 느끼고 싶지 않은데, 음악은, 날 그렇게 만들어…… 날 몽땅 빨아들인다고……"

"아버지에게서는 소식이 있었어?"
"전혀. 그러는 너는…… 네 얘기 좀 해 봐…… 아이가 있어?"
"아니."
"결혼은 했어?"
"아니."
침묵.

"그럼 클레르는?"
"클레르도 혼자야."
코린이 후식을 가지고 왔다.

★★★

"불편하지 않겠어?"
"완벽한데," 샤를르가 대답했다. "정말 내가 방해하는 거 아냐?"
"그놈의 예의는…… 작작 좀 해……"
"어쨌거나 내일 일찍 출발할 거야…… 샤워 좀 해도 될까?"
"저기에서 하면 돼……"
"티셔츠 한 장만 빌려줄래?"
"빌려주는 게 아니라……"
방에 갔다 온 알렉시스가 낡은 라코스테 폴로 티셔츠를 내밀었다.
"이거 기억나?"
"아니."
"너한테서 슬쩍한 건데……"
그랬군…… 고맙다고 말하며 샤를르는 생각에 잠겼다.

붕대가 풀리지 않도록 조심하면서 샤워 물줄기 안에서 스르르 긴장을 풀었다. 오랫동안.
제 몰골을 보기 위해 수건 한 귀퉁이로 거울을 닦아냈다.
입술을 비죽 내밀어보았다.
라마를 조금 닮았다는 새삼스러운 사실을 발견했다.

상처가 심해요.
그녀가 그렇게 말했었다……

덧창을 닫으려고 몸을 기울이다가 알렉시스를 보았다. 한 손에 술잔을 들고 테라스 계단 위에 혼자 앉아 있었다. 바지를 꿰어 입고 담뱃갑을 집어 들었다.
그리고 지나는 길에 술병도.

알렉시스는 그에게 자리를 내주기 위해 옆으로 조금 비켜 앉았다.
"하늘을 봤니…… 저 별들을……"
"……"
"몇 시간 후면, 다시 새로운 날이 시작되겠지……"
침묵.
"샤를르, 여기에는 왜 온 거야?"
"애도를 하기 위해서……"
"유모를 위해 내가 연주하던 곡이 뭐였지? 기억이 안 나……"
"유모가 뭐로 변장했느냐에 따라 달랐었지…… 말도 안 되게 우스꽝스러운 꼴을 할 때면……"
"그건 알겠어! 헨리 만시니의…… 핑크 팬더……"

"유모가 샤워를 하느라 웃통을 벗으면 맨가슴팍이 드러났었잖아. 그럼 원형경기장에 검투사가 등장할 때 나오는 음악 같은 것을……"

"도…… 도소올……"

"짧은 바지에…… 수가 놓인 술이 달린 가슴장식을 차면 우린 깔깔 웃곤 했지, 그럴 때면 넌 독일 작곡가의 폴카를 연주했어……"

"로만의 곡……"

"유모가 우리보고 숙제를 하라고 시키면, 넌 콰이강의 다리로 유모를 꼼짝 못하게 했지……"

"얼마나 좋아하던지…… 나무 막대기를 겨드랑이에 끼고 완전히 빠져들었어, 정말로 그곳에 가 있기라도 한 것처럼……"

"귀에서 털 하나를 단숨에 뽑아내면, 그땐 오페라 아이다의……"

"맞아…… 개선행진곡……"

"유모가 귀찮게 이것저것 참견을 하면, 넌 구급차의 삐뽀 소리를 냈지. 누가 우리 유모 좀 양로원으로 데려가라면서. 우리가 심한 장난을 치면 유모는 아누크가 퇴근해 돌아올 때까지 우리를 네 방에 가두어두었잖아. 그럼 넌 열쇠구멍으로 유모에게 구조신호를 보냈지, 마일즈 데이비스의 곡으로……"

"사형대의 엘리베이터?"

"그래, 그거야. 목욕을 시키려고 우리를 잡으러 뛰어다닐 때, 넌 식탁 위로 올라갔고 그때 불었던 곡은 하차투리안의 칼의 춤……"

"그러고 나서 난 뻗어버렸지, 기억이 나…… 젠장, 몇 번이나 죽을 뻔했는지 몰라……"

"시딩이 나고 싶을 땐, 구노의 곡을……"

"아니면 슈베르트의 곡이었지…… 사탕 몇 개를 얻어내고 싶으냐에 따라 달랐어…… 유모가 지긋지긋한 애창곡을 부를 때면, 난 라데

츠키 행진곡으로 그 노래를 망쳐놓았었지……"

"그건 기억이 나지 않는데……"

"그랬어……"

빰빠라 빠라바라, 슈트라우스.

샤를르가 미소를 지었다.

"유모가 제일 좋아했던 건……"

"그 곡이었어……" 알렉시스가 가볍게 휘파람을 불었다.

"그래…… 우린 원하는 걸 다 얻을 수 있었지…… 우리 아버지 서명을 똑같이 베껴 줄 정도였으니까……"

"라 스트라다, 〈길〉……"

"기억하고 있구나…… 유모가 우리를 렌 가(街)에 있는 영화관으로 데리고 가서 그 영화를 보여주었지……"

"그리고 그날, 우린 하루 종일 부루퉁해 있었지……"

"그야…… 하나도 이해하지 못했으니까…… 유모가 얘기해준 줄거리를 듣고서 〈크레이지 보이〉(*1971년 작, 프랑스 코미디)인 줄 알았었잖아……"

"얼마나 실망을 했었는지……"

"정말로 실망이었지……"


"넌, 내가 코린에게 유모 이야기를 하지 않았다는 게 이상했나보더라. 하지만 이런 얘기를 누구한테 할 수 있겠어? 넌 누구한테 얘기했는데?"

"아무한테도."

"그러니까…… 유모 같은 사람은 이야기로 표현할 수가 없어." 알렉시스가 목을 가다듬으며 덧붙였다. "그냥…… 함께 있어봐야 해……"

올빼미가 불만스럽게 울었다. 뭐라고? 뭐라고 하는지 들리지가 않잖아!

"네게 알리지 않은 이유를 알아?"
"……"
"장례식 말이야……"
"네가 나쁜 놈이라서."
"아니. 그래…… 아니, 그게 아니야. 난 말이지, 딱 한 번만이라도 나 혼자 엄마를 차지하고 싶었어."
"……"
"첫날부터, 샤를르, 난…… 죽을 만치 질투를 했어…… 게다가 난……"
"계속해…… 그만두지 마…… 얘기해 줘…… 나 때문에 네가 뼛속까지 마약쟁이가 됐다는 건데, 그 사연을 나도 좀 알아야겠어. 재미있겠는걸. 어떤 그럴 듯한 변명으로 널 합리화할 수 있는지, 기대가 된다고. 난 늘 그런 것에 구미가 당겨……"
"이제야 너답다…… 여전히 과장이 심하구나……"
"좀 우습네, 난 네가 네 엄마와 그렇게 함께 있고 싶어 하는 줄은 몰랐어…… 말년엔 혼자 쓸쓸해했던 걸로 알고 있는데……"
"가끔 전화는 했어……"
"잘 했어. 참 잘 했어!…… 난 이만 가서 자야겠다…… 잠을 잘 수나 있을는지 모를 정도로 피곤해……"
"넌 항상 좋은 쪽에 있었어…… 우리가 어렸을 때, 엄마와 함께 웃었던 건 너였어. 나는 변소청소나 하고 엄마를 침대에 누이는 것밖에는……"

"청소를 같이 한 적도 있었잖아……" 샤를르가 중얼거렸다.
"네 칭찬뿐이었어…… 제일 똑똑한 애도 너, 제일 재능이 있는 애도 너, 제일 재미있는 애도……"
샤를르가 몸을 일으켰다.
"알렉시스 르망, 내가 얼마나 좋은 친구인지 생각해 봐…… 내가 공부를 잘 했기 때문에, 네가 중학교에 갈 수 있도록 도와줄 수 있었던 거 아냐? 그랬으니까 지금의 네가 아들녀석에게 옛날에 어떤 늙은 여장남자가 술 취한 프레드 애스테어 흉내를 내면 우리는 오줌을 지릴 정도로 웃었다는 얘기를 할 수도 있는 거라고. 난 아누크를 너보다 훨씬 전에 버렸어, 마치 헌신짝처럼. 그리고 전화도 한 번 하지 않았지…… 또 네가 너그러운 마음을 베풀어 알려주지 않았다면 묘지에도 찾아가 보지 못했을 거야. 그렇게 똑똑했고, 그렇게 재능이 있었던 애가 억척스럽게 공부한 대가가 뭔지, 넌 알기나 하냔 말이야. 정신없이 바쁜, 아주, 아주 미련한 놈이 되어 버렸다고. 아무튼, 잘 자라."
알렉시스가 그를 따라왔다.
"넌 그게 어떤 건지 알아?"
"뭐가?"
"저 밑바닥에서 뭔가를 포기한다는 것……"
"……"
"다시 수면 위로 떠오르기 위해 인생의 어떤 부분들을 희생하는 것……"
"희생을 한다…… 인생의 어떤 부분이라…… 냉장고 장수 치고는 말재주가 좋네." 샤를르가 빈정거렸다. "이봐, 우린 아무것도 희생한 게 없어! 그냥 비겁했을 뿐이야…… 그래, 비겁하다, 어딘지 덜 근사하게 들리겠지…… 울리는 느낌도 없고……" 엄지와 검지를 모았다. "사소한 말장난이야, 그치? 아주, 아주, 사소한……"

알렉시스는 고개를 저었다.

"빈정대는 네 말투…… 넌 항상 그랬지, 그걸 즐겼어…… 하긴, 넌 가톨릭계 고등학교를 다녔지…… 내가 잠시 잊고 있었군…… 넌 우리 둘의 큰 차이점이 뭔지 알아?"

"그럼." 샤를르가 과장된 어조로 받아쳤다. "알다마다. 그건 누군 괴로움을 참고 누군 포기해버린다는 거지. 알아들었어? 괴로움, 번민, 고통. 다 비슷한 말이야. 내 입에서 무슨 답이 나오기를 바래?"

"너와 나의 차이점은 말이지, 넌 많은 것을 믿는 사람들의 손에서 자랐고, 난 아무것도 믿지 않는 여자 밑에서 자랐다는 거다."

"아누크는 믿었어. 삶……"

샤를르는 마지막 말을 하지 말았어야 했다고 후회했다. 너무 늦었다.

"물론이지. 마지막에 엄마가 어떻게 했는지, 그것만 봐도 충분해……"

"알렉시스…… 알아…… 누군가에게 그 이야기를 쏟아내야만 했다는 거, 난 이해해…… 그런데 아누크는 마지막을 그 순간을 위해 생각을 많이 했었던 것 같았어…… 지난 겨울에 네 정성어린 부고장을 받아들고, 난 혹시 그 때문에 네가 이런 식으로 연락을 한 게 아닌가 생각했나…… 시아 창고가 꽉 차서 보관할 수 없는 걸 내게 되살아 남기려는 게 아닌가……

하지만 난 훌륭한 사람이 아니야, 모르겠니? 난…… 너무 일이 많아…… 널 도와줄 수가 없어. 그러고 싶지 않은 게 아니라, 그럴 수가 없다고. 넌 이미 아이도 있고…… 반면에 나는, 난…… 가서 자야겠다. 네 구세주께 나 대신 인사 전해주라……"

방문을 열었다.

"마지막 한 가지…… 왜 시신을 과학단체에 기증하지 않은 거지? 아누크가 생전에 네게 수십 번이나 그렇게 하라고 부탁했잖아?"

"빌어먹을! 병원이라면 지긋지긋해! 넌 엄마가 그동안 병원을 위해 한 일만으로도 충분하다고 생각하지 않는단……"

기계가 고장을 일으켰다.

알렉시스가 뒤로 넘어지더니 바닥에 쓰러지고 말았다.

"샤를르, 내가 무슨 짓을 한 거지?" 그가 흐느끼기 시작했다. "말해줘. 내가 무슨 짓을 했는지……"

샤를르는 몸을 웅크릴 수가 없었다. 무릎을 꿇는다는 것은 더더욱 생각할 수 없는 일이었다.

그의 어깨에 손을 얹었다.

"그만해…… 나도 말이 심했어…… 아누크가 정말로 그렇게 하기를 바랐다면, 네게 한마디 말이라도 남겼을 거야."

"편지가 있었어."

고통, 표시, 살아남기, 약속. 그의 손을 다시 잡았다.

알렉시스는 앉은 채로 엉덩이를 들어 지갑을 찾아서는 두 번 접어 보관했던 하얀 종이를 꺼냈다. 그리고 그것을 펼치며 목청을 가다듬었다.

"나의 사랑……" 그가 편지를 읽어 내려갔다.

눈물이 솟구쳐 오른 그가 그것을 샤를르에게 내밀었다.

안경을 쓰고 있지 않았던 그는 방에서 새어나오는 불빛에 종이를 비추어보려고 한 걸음 물러났다.

그럴 필요가 없었다.
더 이상 다른 말이 없었으므로.

아주 길고 아주 깊은 숨을 내쉬었다.
고통을 덜어보기 위해.

"아누크는 역시 뭔가를 믿고 있었어, 그건 너도 잘 알고 있을 거야……" 좀더 가볍게 말을 이었다. "네 손을 잡아 일으켜주고 싶지만, 내가 오늘 아침에 차에 깔렸거든, 이해해라……"
"지긋지긋한 녀석." 알렉시스가 미소를 지었다. "넌 항상 남들보다 잘나야 직성이 풀리지……" 샤를르의 옷자락을 잡고 몸을 일으켰다. 편지를 다시 접고 유모의 날카로운 목소리를 흉내내며 멀어져 갔다.
"자, 도련님들! 어서! 코 자러 가야지!"

샤를르는 침대까지 비틀비틀 걸어가 그 위에, 아야, 털썩 쓰러졌다. 그리고 여태껏 지내본 중 가장 긴 하루를 보……
벌써 곯아떨어졌군.

# 4

여긴 또 어디지?

무슨 침대보가 이 모양이야? 무슨 호텔이기에?

커튼의 유치한 나뭇가지 무늬를 보는 순간 정신이 들었다…… 아, 그래…… 클로데오름……

개미소리조차 들리지 않았다. 손목시계를 들여다보고는 시계를 거꾸로 집어든 줄로만 알았다.

열한 시 십오 분.

백 년 만에 처음으로 늦잠을……

방문 앞에 메모가 붙어 있었다. "감히 깨울 엄두가 나지 않았어. 혹시 학교(교회 맞은편에 있어)에 들를 시간이 없으면, 열쇠를 옆집(초록색 창살이 있는 집)에 맡겨 두도록 해. 그럼."

화장실의 벽지를 감상했다. 목동과 반달 문양의 트왈 드 주이(*고전적인 꽃이나 경치를 밝은 색조의 면이나 마에 찍어낸 것이 특징. 프랑스 주이 Jouy 지방에서 처음 생산되었다). 커피 한 잔을 데워 욕실 거울 앞에 마주 선 그가 신음을 했다.

지난밤의 라마가 밤새 색깔을 입었다…… 초록빛이 도는 보라색 카메오…… 제 얼굴에 대고 욕설을 퍼부을 용기는 없었기에 입을 다물

위로 〈2〉   23

고 알렉시스의 면도기를 빌렸다.

칼을 댈 수 있는 부분을 밀고 나서 곧 후회를 했다. 몰골이 더 못 봐주게 되어버렸다.

셔츠에서 시체 썩는 냄새가 났다. 그래서 청년 시절에 입던 악어상표의 낡은 티셔츠를 도로 입었다. 이상하게도 행복한 기분이 들었다. 형태도 변하고 낡을 대로 낡았지만, 실밥이 풀린 뒷자락과 후줄근한 모양새와는 상관없이, 정말, 그런 것들과는 상관없이 그는 그 셔츠를 알아보았다. 작은누나 에디트가 선물해준 것이었다. 남매 사이에 아직 선물을 주고받던 시절에. 흰색으로 골랐어, 라고 누나가 얘기했었다. 네가 좀 고리타분하잖니. 그리고 거의 30년이 지난 후, 누나의 엉터리 같은 기준에 감사하게 될 줄이야…… 오늘 보란 듯이 내보인 그의 얼굴빛에 다른 색깔은…… 어울리지 않았을 테니까……

초록색 창살이 있는 옆집의 초인종을 여러 번 눌렀으나 아무런 대답이 없었다. 다른 이웃집에 열쇠를 맡길 용기가 나지 않아(코린의 분노가 두려워서!) 학교 쪽으로 방향을 돌리기로 결정했다.

대낮에 알렉시스를 만날 생각을 하니 좀 난처했다. 어젯밤에 마지막 셈을 다 치렀다고 생각했다. 그것을 끝으로 그 친구 없는 자신의 길을 계속 갈 수 있기를 바랐지만…… 뤼카와 저 예쁜 마리옹을 이제 영영 볼 수 없을 테니, 그 전에 아이들을 안아줄 수 있다는 생각으로 위안을 삼았다……

▲▲▲

교회 맞은편에 있다는 것까지는 좋았다. 그러나 종교적인 분위기는 전혀 찾아볼 수 없는, 세상에서 가장 세속적인 학교였다. 1930년대에 지어졌음직한 쥘 페리(＊1881-1882년 사이에 무상, 의무, 비종교성을 프랑스 초등교육의 3대 원칙으로 정한 정치인. 1885년에 수상직에 올라 의무교육과 식민지 제국 건설에 공헌했다.)의 원칙에 입각한 학교. 돌판 위에는 남학생과 여학생이 수적 균형을 이루고 있다는 문구가 서로 얽힌 대문자 R과 F 밑에 새겨져 있었다. 학교 운동장에는 지붕이 덮여 있고 운동장 담벼락에는 바닥부터 아이들이 발길질을 할 수 있는 높이까지 푸르딩딩한 트럭색이 칠해져 있었으며 마로니에 나무들은 하얀 분필가루를 뒤집어쓴 채였다. 바닥에 그려진 그림판은 세월이 지나도 여전한 돌차기 놀이(옛날 애들보다 훨씬 재미없게 놀고 있었다)의 인기를 증명해보이고 있었고 아스팔트의 갈라진 틈에는 아이들이 던진 구슬이 무수히 박혀 있었다.

날이 날이니만큼, 풍선과 초롱을 잔뜩 매달고 있었음에도, 똑바로 서 있는 벽돌 장식의 아름다운 건물은 웅장해 보이는 동시에 공화국의 분위기가 물씬 풍겼다.

샤를르는 사방으로 뛰어다니는 아이들의 무리를 피하기 위해 팔을 치켜든 채 길을 터나갔다. 초콜릿 케이크와 숲속의 모닥불 냄새가 풍겨왔다. 어쩐지 마틸드네 학교에서 열렸던 학예회의 자선바자와 분위기가 비슷하다는 생각이 들었다. 거기에 약간 전원적인 분위기를 가미한…… 파리 5구의 세련된 학부모들 대신 챙모자를 쓴 할아범들과 장딴지가 코끼리같이 굵은 할멈들이, 유기농 샌드위치 판매대 대신 지글지글 구워지는 새끼돼지 바비큐가 있는……

날씨가 좋았다. 열 시간 넘게 잠을 잤고 음악은 흥겨웠으며 휴대폰 배터리는 방전상태였다. 전화기를 다시 주머니에 넣고 야트막한 담장에 등을 기댔다. 그리고 아빠들의 애프터 쉐이브 로션 냄새와 돼지 굽는 냄새를 맡으며 편안한 자세를 취했다. 냄새를 한껏 즐기며.

　축제의 날(＊자크 타티의 영화, 주인공이 우체부이다)……
　우체부만 있으면 더 완벽할 텐데……

　어떤 부인이 그에게 종이컵을 내밀었다. 고개를 까닥거리는 것으로 인사를 했다. 너무나 당황한 나머지 초급 프랑스어를 기억해내지 못하는 외국인처럼. 컵에 담긴 액체를 한 모금 마셨다…… 정체불명의 건조한 맛, 혀가 떫었다. 상처에 햇볕을 쪼이며 두 눈을 감았다. 이런 자유를 맛보게 해준 옆집 사람이 고마웠다.
　온기, 술기운, 설탕맛, 지방 특유의 억양, 아이들이 외치는 소리, 살며시 몸을 흔들어……
　"아저씨, 아직도 자는 거야?"
　구태여 눈을 뜨지 않아도 목소리의 주인공이 그의 훌륭한 부조종사라는 것을 알 수 있었다.
　"아니. 일광욕을 하고 있어."
　"그만 하는 게 좋을걸. 아저씨 얼굴은 이미 밤색이거든!"
　아래를 내려다보았다.
　"어? 해적 분장을 했구나!"
　질끈 동여맨 까만색 띠로 한쪽 눈을 가린 아이가 고개를 끄덕였다.
　"그런데 어깨 위에 앵무새가 없네?"
　갈퀴손이 아래로 툭 떨어졌다,
　"응……"
　"차에 넣어둔 새를 가지러 갈까?"
　"깨어났어?"

유모의 손에서 자랐음에도 불구하고, 아니, 어쩌면 그랬기 때문에, 아이들에게는 사실대로 이야기해주는 것이 최선이라는 생각을 샤를르는 가지고 있었다. 아동교육에 대단한 신조를 가지고 있는 것은 아니었으나, 진실에 관한 한 굳은 믿음을 가지고 있었다. 진실로 인해 상상력의 날개가 꺾이는 경우는 절대로 없었다. 오히려 그 반대였다.
"있잖아…… 사실, 그 새는 깨어날 수가 없어, 박제라서……"
뤼카의 콧수염이 양쪽 귀고리에 닿을 정도로 길게 늘어났다.
"나도 알고 있었지만 말하지 않았어. 아저씨가 실망할까봐……"
누굴까? 아이들이라는 존재를 만들어내겠다는 대단한 생각을 해낸 그는? 샤를르는 기왓장 뒤에 종이컵을 박아 넣었다 마음이 녹아내리는 것 같았다.
"가자. 새를 가지러 같이 가……"
"하지만……" 아이가 머뭇거렸다. "그 새는 앵무새가 아닌 것 같던데……"
"하지만……" 이번엔 어른이 당당하게 말했다. "사실 너도 진짜 해적은 아니잖아……"

돌아오는 길에 '사냥꾼들의 집합소'라는 식료잡화상이자 무기상인 동시에 농협 은행창구를 겸하고 있는, 그리고 목요일 오후에는 미용실로 쓰이기도 하는 가게에 들러 끈 한 타래를 샀다. 샤를르는 교회 앞에서 무릎을 꿇고 미스텡게를 뤼카의 어깨에 묶어주었다. 새를 무대로 돌려보내기 위해.
"그런데 엄마 아빠는 어디에 계시니?"
"몰라……"

신이 나서 같은 반 친구들에게로 돌아갔다. 걸음걸이는 조심조심. 어느새 미스텡게에게 말을 걸고 있었다.
"코코, 너 '코코'라고 말할 수 있어?"
샤를르는 담장에 다시 기대어 섰다. 뤼카의 공연이 끝날 때까지 기다리자, 그 다음에 파리로 돌아가는 거다……

한 소녀가 김이 모락모락 나는 접시를 가져다주었다.
"아, 고맙다…… 잘 먹을게……"
저쪽, 거대한 테이블 뒤에서 가슴이 어마어마하게 큰, 아까 종이컵을 건네주었던 그 부인이 그에게 열렬하게 손짓을 했다.
어이쿠, 내가 마음에 들었나보군…… 재빨리 플라스틱 포크를 집어 들고 자기 몫의 햄 구이에 집중했다. 웃음이 나왔다.
카뉘 아줌마네 농장의 빨랫줄이 떠올랐다……
"이게 아줌마 브래지어야, 정말이야, 맹세해……" 알렉시스가 박박 우겼더랬다.
"어떻게 그렇게 확신해?"
"그야 뭐…… 딱 보니까 그래……"
황홀한…… 기억.

무대 쪽이 술렁거렸다. 젊은 사람들이 잰걸음으로 할머니들을 제일 좋은 자리로 모시는 동안, 하나, 둘, 셋, 마이크 테스트, 들리세요? 아아, 하나, 둘, 장피에르, 술잔은 이제 내려놓고 와서 기계 좀 봐줘, 하나, 둘, 셋, 다들 오신 거죠? 여러분, 안녕하십니까, 모두 자리에 앉으시고요, 이제 행운권 추첨에 대해 알려드리겠…… 아아, 장피에르! 좋아요 그럼…… 삐ー익.

좋군.
 엄마들이 무릎을 꿇고 앉아 아이들의 머리를 매만져주고 화장을 고쳐주는 동안 아빠들은 비디오카메라를 만지작거렸다. 샤를르는 다른 엄마 두 명과 함께 트레이닝복을 누군가가 훔쳐간 것이 분명하다는 이야기에 열을 올리고 있는 코린과 마주쳤다. 열쇠꾸러미를 받으며 하는 말.
 "대문도 잊지 않고 잠그셨죠?"
 네. 잊지 않았어요. 덕분에 잘 지내다 간다고 인사치레를 하고 자리를 떴다. 가능한 한 멀리, 멀찌감치 떨어져 있어야지.

 햇볕 드는 자리를 찾았다. 중간에 슬쩍 사라져버릴 수 있는 복도 쪽으로. 의자 하나를 빼내어 다리를 쭉 폈다. 잠시 동안의 휴가가 거의 끝나가고 있었다. 다시 일 생각을 하기 시작했다. 다이어리를 꺼내 그 주의 약속을 점검하고 파리 공항에 어떤 서류를 가지고 가야 할지를 결정한 다음 전화 연락……
 왼쪽에서 와자지껄한 소리가 나는 바람에 잠깐 한눈을 팔았다. 아주 잠깐. 망막과 대뇌 피질 사이에 왕복운동이 일어날 만큼만. 마르제레 초등학교에도 굉장히 섹시한 엄마들이 있다는 사실을 깨달을 수 있을 만큼만…… 해야 할 목록을 작성하고, 필립을 만나 이 이야기를……
 다시 고개를 들었다.
 그녀가 그를 보고 미소를 지었다.
 "헬로……"
 손에서 다이어리를 떨어뜨린 샤를르는 그 위를 밟고 지나가 그녀에게 악수를 청했다. 그리고 몸을 굽혀 다이어리를 줍는 동안 그녀는 그의 옆으로 자리를 옮겼다. 그러나 바로 옆자리는 아니었다. 두 자리 사이에 의자 하나를 남겨놓았다.

혹시 일종의 보호막?

"죄송해요. 못 알아뵈었습니다……"

"제가 장화를 신고 있지 않아서겠죠." 그녀가 농담을 했다.

"네…… 그 때문이었군요……"

그녀는 랩 스타일의 원피스를 입고 있었다. 가슴 부분에서 옷자락이 겹치고 허리에 띠가 둘러진, 그리고 아름다운 허벅지 라인이 그대로 드러나고 다리를 바꾸어 포갤 때마다 무릎이 보이는, 청회색 바탕에 터키석 색깔의 작은 아라베스크 문양이 들어 있는 원피스를.

샤를르는 패션디자인을 좋아했다. 재단이니, 소재니, 후원자니, 마감이니 하는 것들로 인해 패션과 건축은 엇비슷한 작업이라는 생각을 늘 해왔다. 지금은 그 아라베스크 문양들이 소매부리 쪽으로 돌아가면서도 소용돌이무늬를 유지하고 있는 것을 관찰하고 있었다.

그녀가 그 시선을 느끼고 얼굴을 찌푸렸다.

"알아요…… 이 옷을 입지 말았어야 했는데…… 그 동안 살이 많이 쪄서……"

"아닙니다! 절대로 그런 의미로 쳐다본 게 아닙니다……" 그가 펄쩍 뛰었다. "제가 보고 있던 건, 당신의……"

"저의 뭘요?" 이번에도 그녀는 그를 마음대로 요리하고 있었다.

"당신의…… 당신의 모티브를……"

"제 모티브를요? 세상에…… 제 마음속의 충동을? 그걸 벌써 눈치채셨다는 말씀인가요?"

샤를르는 미소를 지으며 고개를 숙였다. 그녀의 연분홍색 브래지어가 살짝 엿보였다. 절단기를 분해할 줄 아는 여자, 두 나라 말을 자유자재로 구사할 줄 아는 여자, 이런 경우엔 백넘버를 확인해볼 필요조차 없다, 한 사람밖에 없으니까……

이번엔 자신을 뚫어져라 바라보는 그녀의 시선이 느껴졌다. 아, 비참해라.

"무지개 속에서 주무셨어요?"

"네…… 주디 갈란드(*영화 〈오즈의 마법사〉에서 도로시 역을 맡았던 미국 여배우. 주제곡 〈오버 더 레인보우〉를 직접 불렀다)와 함께……"

그녀의 미소는…… 어떻게 저토록 아름다운 미소를 지을까……

"여기 살면서 제일 그리운 게 바로 그런 거예요……" 그녀가 한숨을 쉬었다.

"뮤지컬 말입니까?"

"아뇨…… 그런 엉뚱한 대답들…… 왜냐하면……" 그녀의 말투는 한층 더 심각해져 있었다. "외롭다는 건 바로 그런 거니까요…… 다섯 시면 저물어버리는 짧은 하루나, 먹이고 돌보아야 하는 동물들이나, 밤낮 싸움질을 하는 아이들이 아니라, 주디 갈란드라는 대답을 들을 수 없는 것……"

"Well, to tell the truth, I feel more like the Tin Man right now……(저, 솔직히 전 지금 양철나무꾼이 된 것 같은 기분인데요……)"

"I knew you must speak English.(당신이 영어를 할 줄 알 거라고 생각했어요.)"

"애석하게도 당신의…… 모티브를 눈치챌 수 있을 만큼 실력이 좋지는 않지요……"

다시 드러난 앞니.

"다행이에요……"

"그런데 당신의 모국어는 어느 쪽이죠?"

"모국어요? 어머니가 낭트에서 나셨으니까 모국어는 프랑스어이고, Native(원래 쓰는 말)? English(영어예요.). On my father's side……(아버지 쪽으로는……)"

"어린 시절은 어디서 보내셨나요?"

슈퍼 DJ가 마이크를 다시 잡는 바람에 대답을 듣지 못했다.

"다시 인사드립니다, 여러분, 안녕하세요! 이렇게 많이들 와 주셔서 정말 감사합니다. 쇼는 곧 시작될 겁니다. 네, 네…… 아이들이 상당히 긴장을 했네요…… 다시 한 번 말씀드리지만, 우리의 행운권 추첨을 위한 티켓을 살 수 있는 시간이 아직 충분합니다. 올해는 정말 굉-장-한 상품들이 준비되어 있으니까 놓치지 마세요!

일등상은 샤르미에지 호숫가에 있는 3성급 호텔을 두 분이 일주일간 이용하실 수 있는 상품권! 호텔에 대해 설명을 좀 하자면…… 잘 들으세요…… 오리보트와 공놀이 경기장, 그리고 엄청나게 큰 가라오케가 구비된 곳이랍니다!

이등상은 도시바 DVD 플레이어, 이 상품은 프레무이유사(社)에서 협찬해 주셨습니다. 이 자리를 빌려 감사의 말씀을 전합니다. 프레무이유사(社), '풀에 물 줘요'가 아닙니다, 그리고……"

샤를르는 검지로 얼굴에 붙인 반창고를 눌렀다. 이런 식으로 실없이 계속 웃다가는 반창고가 남아나지 않을 것 같았다.

"……생고베르텡의 라부아르 가(街) 3번지에 위치한 '그라통 에 피스' 정육점의 특제 등심도 꼭 기억해주시고요. 결혼식, 장례식, 영성체 등의 행사가 있을 때, 족발과 순대를 전문으로 하는 그라통 에 피스를 찾아주시랍니다. 그리고 아차상도 열 가지가 넘게 준비되어 있습니다. 여러분 모두가 당첨자로 뽑히는 행운을 누리시진 못할 테니까요, 안 그래, 장피에르? 하하하! 자, 이제…… 배우들을 대신해서 큰 박수를 부탁드립니다…… 그게 뭡니까, 더 세게 치세요! 자클린, 안내 데스크에서 좀 와 달라는데요…… 여러분, 즐거운 하루……" 삐이익.
 장피에르라는 친구는 유머감각이 전혀 없는 것이 분명했다.

 리본 장식을 하고 클라리넷을 손에 든 여학생과 함께 제일 먼저 무대에 등장한 알렉시스가 무대 뒤편에 자리를 잡는 동안 담임교사가 마분지 물결 사이사이에 물고기 분장을 한 아이들을 배치했다. 음악이 연주되자 물결이 너울거리기 시작했고 아이들은 그 움직임을 따라 움직였다. 엄마들에게 손짓을 할 틈이 없었다. 물살을 따라가려니 너무 바빠서……
 샤를르는 케이트의 허벅…… 죄송, 무릎 위에 놓인 프로그램에 슬쩍 눈길을 주었다.
 캐리비안 해적의 복수……
 음……
 그녀의 표정에서 허세가 사라진 것도 눈에 띄었다. 두 눈이 아까보다 더 빛나고 있었다. 그는 무대를 가득 메운 작은 물고기들 중에서 대체 누가 그녀를 그런 상태로 만들어 놓았는지 알아내기 위해 앞쪽으로 시선을 돌렸다……
 "저 애들 중에 당신 아이가 있나요?"
 "아뇨." 그녀가 웃음을 참았다. "하지만 이런 무대에 전 늘 감동을 해요, 긴장도 되고…… 바보 같죠?"
 얼굴을 감추려고 코끝을 가리며 양 손을 모았다가 그가 여전히 주시하고 있다는 것을 알고는 더욱 더 당황을 했다.
 "어머…… 제 손을 쳐다보지 마세요. 손이……"
 "그런 게 아니라, 반지를 감상하고 있었는데요……"

"그래요?" 크게 한숨을 쉬며 손을 뒤집어보았다. 반지를 끼고 있었다는 사실에 새삼 놀라는 것 같았다.

"반지가 멋집니다."

"네…… 굉장히 오래된 반지예요…… 선물로 받은 거죠, 누가 주었냐 하면…… 잠깐만요." 그녀가 물결을 가리키며 속삭였다. "그 얘기는 나중에 해드릴게요……"

"기대하고 있겠습니다." 샤를르가 더욱 작은 소리로 중얼거렸다.

그는 연극의 다음 장면들을 알렉시스의 얼굴을 통해 보았다.
뤼카와 해적 일당이 정신이 번쩍 나는 노래를 부르며 무대를 점령했다.

> 우리는 세상에서 제일가는 무서운 해적, 최고로 잔인하지,
> 그런데 배안에서 무엇을 하고 있을까?
> 갑판을 닦고 접시를 닦는다네.
> 선장님, 됐어요, 돌아버리겠어요!
> 놋쇠에 윤을 내고 쓰레기통을 비운다네.
> 선장님, 듣고 있나요?
> 근사한 범선을 찾아내라고요, 배를 털어야죠.
> 선장님, 우리가 왜 해적선을 탔게요?
> 우리가 원하는 건 럼주와 노략질.

처음 열마 동안, 알렉시스는 아무 눈치도 채지 못한 채 기타 연주에 집중해 있었다.

그러다가 허리를 펴고 미소를 지으며 무대 옆을 바라보았다. 아들

을 찾아낸 그는 다시 코드를 잡았다.
설마.
눈을 가늘게 뜨고 아들을 자세히 쳐다보았다.
몇 소절을 놓쳤다. 휘둥그레진 눈을 더욱 크게 떴다. 그리고 마구잡이로 코드를 잡았다. 상관없었다. 해적들이 분노를 터뜨리고 있는 와중에, 누가 기타반주에 신경을 쓰겠는가? 럼주와 노략지-일-일! 해적들은 고래고래 소리를 질러대더니 커다란 장막 뒤로 사라져버렸다.
대포가 발사되자 완전무장한 해적들이 다시 나타났다. 다른 노래, 다른 음정들, 미스텡게는 빛나고 있었고 알렉시스는 정신을 차릴 수가 없었다.
마침내 아들의 어깨에서 눈을 뗀 그는 설명을 구하며 관중석을 둘러보았다.
상당한 노력 끝에, 옛 친구의 조롱 섞인 미소를 발견했다. 소리가 들리지 않을 땐 입술을 읽는 것만으로도 충분히 의사소통을 할 수 있다는 사실을 방금 이해한 듯한 표정⋯⋯

그가 턱으로 뤼카를 가리켰다.
혹시 미스텡게?
샤를르가 고개를 끄덕였다.
하지만⋯⋯ 네가 어떻게⋯⋯
빙그레 웃으며 하늘을 향해 검지를 추켜올렸다.
알렉시스는 고개를 가로저었다. 그리고 푹 숙인 그의 고개는 해적들이 노획물을 나누어가지는 마지막 순간까지 그대로 아래를 향하고 있었다.

샤를르는 사람들이 박수를 치는 틈을 타 슬그머니 자리를 빠져나왔다. 다시 긴 흐느낌을 시작하고 싶지는 않았다.(*폴 베를렌의 「가을의 노래」에서 인용)

임무 완수.

삶으로의 귀환.

학교 철문을 통과하고 있는 중에 '헤이!'라는 소리가 그의 발목을 잡았다. 담뱃갑을 주머니에 도로 넣고 뒤를 돌아다보았다.

"Hey, you blooddy liar!(이봐요, 이런 새빨간 거짓말쟁이!)" 그녀가 왼 주먹을 치켜들며 소리를 쳤다. "기대하고 있겠다면서요? Why did you say, if you don't give a shit(관심도 없으면서, 어째서 그따위 말을 한 거죠)?"

그의 얼굴이 하얗게 질리는 것을 보더니 금세 싹싹한 말투로 돌아왔다.

"아니…… 죄송해요…… 그런 말을 하려던 게 아니었는데…… 아무튼, 당신을 초대하고 싶어서…… 아니…… 아녜요……" 그의 눈을 들여다보고는 목소리를 한톤 더 낮추었다. "저…… 벌써 가시게요?"

샤를르는 그녀의 시선을 피해버렸다.

"네…… 저…… 저는…… 당신에게 인사를 했어야 하는 건데, 방해…… 죄송합니다, 방해하고 싶지 않았습니다."

"그래요?"

"애초부터 계획에 없던 일이라서. 저는…… 어떻게 표현해야 하나…… 땡땡이를 쳤거든요, 이제는 정말 돌아가야 합니다."

"알겠어요……"

마지막 미소를 지으며, 그가 처음 보는 오묘한 미소를 지으며, 그녀는 준비한 카드 중에서도 제일 쓸모 없는 것을 꺼냈다.

"행운권 추첨은요?"

"티켓을 사지 않았는데요……"

"그렇군요. 그럼…… 안녕히……" 그녀가 손을 내밀었다. 반지가 돌아가 있었다. 반지에 박힌 보석이 차가웠다.

나를 초대하려고 했다고? 무슨 초대? 샤를르는 그녀의 말을 되새겨 보았다. 그러나 너무 늦었다. 그녀는 이미 멀어져 가고 있었다.

한숨을 내쉬고 원피스 자락의…… 섬세한 아라베스크 문양이 출렁거리며 멀어져가는 것을 바라보았다……

★★★

주차해둔 자동차 쪽으로 가다가 우체국 맞은편 플라타너스 아래에 서 있는 그녀의 차를 알아보았다.

이번에도 트렁크 문이 열려 있었고 전날 밤에 보았던 개들이 변함없이 순박한 표정으로 그에게 인사를 했다.

다이어리를 펼치고 8월 9일 페이지를 찾아 거쳐 가야 할 도시들의 이름을 다시 한 번 보아두었다.

30분 가량을 막막한 상태로 차를 몰았다. 분명히 이해하는 사람만이 제 생각을 똑똑히 표현할 수 있는 법(*프랑스의 시인 브알로의 문구를 인용). 혼란스러웠다. 우선 기름을 넣어야 했다. 슈퍼마켓 뒤에 있는 주유소 하나를 발견했다. 연료탱크 문을 여는 빌어먹을 버튼이 보이지 않아 한참을 미친 듯이 날뛰었다. 장갑보관함을 열어 사용설명서를 찾아냈다. 열을 받아 씩씩거리며 난리를 치다가 드디어 버튼의 위치를 알아냈다. 기름을 가득 채우고 기계에 카드를 읽혔으나 먹히지가 않았다. 몇 번의 시도 끝에 카드가 읽히자 이번에는 비밀번호가 헛갈렸다. 포기하고 현금으로 값을 치렀다. 로터리를 세 번이나 뱅뱅 돌고 나서야 괴발개발 흘려 쓴 자기 글씨를 알아보았다.

라디오를 켰다. 꺼버렸다. 담배에 불을 붙였다. 짓이겨버렸다. 고개를 가로저었다. 후회했다. 편두통이 되살아났다. 마침내 그가 바라던 표지판이 나타났다. 정지선 앞에 차를 세우고 왼쪽을 보았다. 오른쪽을 보았다. 정면을 보았다. 그리고……
　……동사변화를 연습해 보았다.
　"나는 바보입니다, 너는 바보입니다…… 그는 바보입니다!"

# 5

그녀는 앞치마 호주머니를 뒤적여 무엇인가 찾고 있는 중이었다.
"무슨 일이시죠?"
"안녕하세요, 어…… 어제 저녁 아홉 시 십오 분 전쯤에 댁의 오븐 안에서 구워지고 있던 저 케이크를 한 조각 먹었으면 하는데요……"
고개를 들었다.
"네, 그래요." 그는 반을 떼어낸 티켓을 흔들며 말을 계속했다. "후회하고 있습니다…… 공놀이 경기장하고 엄청나게 큰 가라오케……"
몇 초가 흐르고 난 뒤에야 반응을 보였다. 눈썹을 쓱 문지르고는 웃음을 참으려는 듯 입술을 깨무는 그녀.
"세 개가 있었어요."
"네?"
"케이크 말이에요…… 오븐 안에……"
"아, 그래요?"
"네," 그녀의 대답은 여전히 쌀쌀맞았다. "우리 집에서는 뭐든 했다 하면 확실하게 해야 하거든요……"
"알 것도 같네요."
"쏘우, 그래서요?"
"그럼, 저…… 케이크마다 한 조각씩 잘라주실 수는 없는지……"

그의 말을 뒤로한 채 케이크 세 개에서 작게 한 조각씩을 잘라 그에게 접시를 내밀었다.

"2유로예요. 돈은 저기 저 아가씨에게 주시면 되고요……"

"케이트, 저를 어디에 초대하고 싶으셨던 겁니까?"

"저녁식사였던 것 같네요. 하지만 이제 마음이 바뀌었어요."

"그렇군요."

그녀는 이미 다른 손님의 주문을 받고 있었다.

"그럼 제가 당신을 초대한다면 어떻게 하시겠습니까?"

자세를 바로잡더니 점잖게 그를 내쫓았다.

"여기 담당자들에게 끝마무리하는 것까지 도와주겠다고 약속을 했어요. 게다가 저를 목빠지게 기다리는 아이들이 족히 여섯 명은 있을 거고요, 반경 50km 이내에 레스토랑이라고는 눈 씻고 찾아봐도 없죠. 그건 그렇고, 맛있어요?"

"네?"

"케이크 말이에요."

그게…… 샤를르는 더 이상 먹고 싶은 생각이 없었다…… 마지막으로 강한 인상을 줄 수 있는 대답을 찾고 있는데, 한눈에 보기에도 불만이 가득한 한 남자가 숨을 헐떡거리며 들어와 그의 무대를 가로채 버렸다.

"케이트, 오늘 오후에 당신 아들이 '깡통 넘어뜨리기' 코너를 맡아주기로 하지 않았던가요?"

"맞아요, 그런데 음료 코너를 맡으라고 다시 말씀하셨다던데요?"

"아, 참, 그랬지! 그럼…… 할 수 없지요…… 다른 사람에게 부탁해봐야……"

"잠깐만요." 그녀가 샤를르를 돌아보며 남자의 말을 막았다.

"알렉시스에게서 들었어요. 건축가시라던데, 맞죠?"

"저어…… 네……"

"그럼 그 코너에는 당신이 제격이겠네요. 빈 통조림통을 쌓는 건데, 건축 일과 연관이 있잖아요, 그렇죠?" 그러고는 남자를 도로 불렀다. "제라르! 됐어요. 적임자를 찾았어요……"

케이크 한 입을 먹기가 바쁘게, 샤를르는 운동장 안쪽으로 안내되었다.

"헤이!"

아니나다를까……

이번엔 또 어떤 새빨간 무엇이라는 꾸지람을 들을까라는 생각을 하며 뒤를 돌아다보았다.

하지만 웬걸.

그게 다였다.

그저 커다란 식칼을 든 채 한 눈을 찡긋해 보였을 뿐.

★★★

"게임을 한 번 할 때마다, 아이들은 파란색 표를 내야 해요, 표 파는 곳은 애들이 알고 있고요…… 깡통을 다 넘어뜨린 아이는 저 상자 안에서 상품을 골라 가지면 됩니다…… 오후가 되면 학부형 한 분이 오셔서 몇 분 동안 교대를 해주실 거고요." 아까 그 남자가 벌써부터 그들을 에워싼 아이들 무리를 물리쳐 가며 설명을 해주었다. "괜찮으시겠어요? 질문 있으십니까?"

"없습니다."

"자, 그럼 행운을 빌겠습니다. 이 코너를 맡아줄 분을 찾느라 제가 늘 애를 먹고 있습니다. 그게, 곧 아시게 될 테지만……" 귀를 막는 시늉을 해 보였다. "좀 시끄럽거든요……"

처음 십 분 동안은, 티켓을 받아 주머니에 넣고 양말에 모래를 채워 만든 오자미를 나누어 주고 깡통을 세우느라 정신이 없었다. 자신감이 좀 붙자, 그는 늘 하던 방식을 적용해보기로 했다. 진행 중인 현장의 상황을 보다 낫게.

재킷을 벗어 민걸상에 걸쳐두고 땅 위의 배치를 새롭게 결정했다.
"자, 자…… 잠깐만 입 좀 다물어봐라. 내 목소리가 들리지 않잖니. 저기…… 그래, 너…… 가서 분필 좀 찾아다 줄래? 우선, 이렇게 마구잡이로는 곤란해…… 다들 한 줄로 나란히 서 보세요. 새치기하는 친구는 깡통들 한가운데에 세워두겠어, 알겠지? 아, 고맙구나……"
분필을 받아들고 땅 위에 선을 두 개, 확실하게 그은 다음 옆에 서 있는 나무기둥에 표시를 하나 했다.
"이게 기준점이다. 이 선보다 키가 작은 친구들은 첫 번째 선에서 던져도 좋아. 다른 친구들은 두 번째 선으로 물러나야 한다, 알겠지?"
알겠다고 했다.
"다음…… 키가 작은 친구들은 저 깡통들을 맞추면 되고……" 식당 주방에서 가져왔음직한, 즉 야채나 껍질 벗긴 토마토를 족히 10킬로그램 가까이 담았던 것으로 보이는 커다란 깡통들을 가리켰다. "큰 친구들은 여기 이 깡통들을 넘어뜨려야 한다……(훨씬 더 작고 숫자는 더 많은……). 오자미는 한 번에 네 개씩, 물론 상품을 가져가려면 판자 위가 깨끗하게 비워져야 해…… 알아듣겠지?"

존경스러운 표정으로 끄덕끄덕.

"마지막으로…… 내가 토요일 온종일을 깡통이나 주우며 보낼 수는 없으니까, 보조가 필요한데…… 누가 내 조수로 수고해줄래? 조수는 공짜로 던질 기회가 있다는 사실을 염두에 두기 바란다……"

서로 하겠다고 싸우는 아이들.

"좋아." 발랑다 장군은 좋아서 어쩔 줄을 몰랐다. "완벽하군. 자, 그럼…… 1등상은……"

그러고 나니 어린 친구들을 응원하거나 큰 아이들을 부추기며 점수 계산을 하는 것 외에는 할 일이 없었다. 어린 아이들의 팔을 잡고 함께 던져주며, 혹은 잘난 척하는 큰 아이들에게 안경을 벗어 보이며, 이얏! 모두 무너뜨리기, 너무 쉬운걸, 그리고 필요 이상으로 자주 벽을 때렸다……

얼마 지나지 않아, 깡통 넘어뜨리기 코너에는 아이들이 넘쳐났고, 요란한 소리를 피할 수가 없었다. 샤를르는 자신의 허리와 명예를 살리는 데에 일단은 성공했다고 생각했다. 저녁나절에는 귀머거리가 되어 있을지도 모르는 일이었지만……

명예에 대해서라면…… 가끔씩 그는 고개를 들고 그녀를 찾아보았다. 명사수들에게 둘러싸인 채 한껏 의기양양한 자신을 좀 봐주었으면. 그러나 그녀는 케이크에 둘러싸인 채, 부지런히 수다를 떨거나 볼에 입을 맞추려는 아이들을 위해 몸을 굽히느라 정신이 없었다…… 엄밀히 말해, 그녀에게는 가슴 두근거릴 일이 전혀 없어 보였다. 그에게는 제 심장 뛰는 소리가 들리는 것 같았는데.

아니, 그의 귀가 아직도 소리를 감지할 수 있던가……

할 수 없지. 행복했다. 생애 처음으로 프로젝트를 진행하는 것이, 알루미늄 깡통을 쌓아 올리는 것이 즐거웠다. 진짜로, 태어나서 처음으로.

장 프루베(＊알루미늄과 철을 소재로 가구의 대량 생산을 가능케 한 디자이너)가 그런 그를 보았다면 얼마나 대견해했을까……

당연한 일이겠지만, 아무도 교대하러 와 주지 않았다. 당연한 일이겠지만 그는 소변이 마려웠다. 담배도 피우고 싶었다. 그리고 당연한 일이겠지만 어느새 파란색 표 따위는 아무런 상관도 없게 되었다.

"이제 표를 다 썼니?"

"네……"

"그렇다면…… 그냥 던져, 어서……"

표를 안 받는다고? 정보는 순식간에 퍼져나갔고 결국 그는 판을 접고 도망치려던 계획을 포기할 수밖에 없었다. 그가 누구던가, 깡통의 왕이 아니던가, 운명이라 여기고 체념을 했다. 그리고 몇 년 만에 처음으로 스케치북이 손에 없다는 사실을 안타까워했다. 미소, 허풍, 우스운 표정, 영원히 간직할 만한 표정들이 꽤 있었건만……

뤼카가 그를 찾아왔다.

"앵무새를 아빠에게 줬어……"

"잘했다."

"내 말이 맞았잖아. 앵무새가 아니라 하얀 비둘기라던 걸."

저런, 저런…… 야신이 옆에 있었군……

행운권 추첨 덕분에 살았다. 곧 추첨을 시작한다는 안내가 나오자 아이들이 순식간에 사라져버렸다. 마치 마술처럼. 배은망덕한 녀석들이라고 생각하면서도 안도의 한숨을 내쉬었다. 추첨 티켓을 아이들에게 주어버리고, 운동장 사방에 흩어진 양말 오자미들을 마대에 주워 모았다. 셀 수도 없이 많은 사탕 껍질들도 주웠다. 허리를 굽힐 때마다 얼굴이 찡그려졌다.

옆구리를 만져보았다.
왜 이렇게 아픈 거지?
왜?

재킷을 집어들고 관리인에게 걸리지 않고 담배를 피울 수 있는 장소를 찾았다.
우선 화장실에 들어갔다가 완전히…… 난처해지고 말았다. 변기가 너무 낮았다…… 최대한 신중히 조준을 했다. 아무리 비벼도 거품이 잘 나지 않는, 언제나 그 자리에 있는 노란색 비누의 냄새가 새삼스러웠다. 크롬 도금을 한 놋쇠 세면대 위에서 딱딱하게 굳은 비누.
그 비누를 손에 잡던 추억…… 담배 한 개비를 태우기 위해 낡은 건물 뒤로 몸을 숨겼다.

후우…… 이렇게 좋을 수가……

벽의 낙서 역시 그다지 발전이 있었던 것 같아 보이지는 않았다…… 만날 똑같은 하트, 옛날과 똑같은 누구+누구=영원한 사랑, 여자 젖가슴과 고추, 누군가 까발린 비밀에 화가 나서 줄을 찍찍 그어 지운 흔적도 여전하고……
담배꽁초를 담장 위로 던져버리고 스피커 쪽을 향했다.
천천히 걸었다. 어디로 가야 하는지는 잘 알 수 없었다. 알렉시스를 다시 만나고 싶지는 않았다. 장피에르의 친구가 떠벌리는 헛소리를 들으며 파리의 마레쇼 가(街)와 이곳을 갈라놓고 있는 시간을 머릿속으로 계산해보았다.

좋아…… 이번에는 그녀에게 인사를 하고 가야지…… 굿바이, 안녕히, 잘 지내세요, 영어 단어를 몰라서 고민이 되는 것은 아니었다…… 아듀라는 말도 좋을 것 같았다. 정확한 뜻과는 달리 마음을 제대로 전달해 줄 수 있는 말.

그래…… 아듀, 신에게로…… 나쁘지 않아, 그녀와 같은 여자에게는……

한참 고심을 하고 있는데 뤼카가 그를 향해 달려왔다.

"샤를르 아저씨! 아저씨가 당첨됐어!"

"오리 보트?"

"아니! 고기파이와 소시지가 잔뜩 든 커다란 바구니야!"

이런, 궁상맞기는……

"좋지 않아?"

"아니, 아니…… 엄청 좋아……"

"내가 가져다줄게. 여기 가만히 있어, 알겠지?"


"잘됐네요, 이제 저희 집에 가서 제게 한턱내실 수 있게 되었어요……" 뒤를 돌아보았다.

그녀는 앞치마를 벗고 있는 중이었다.

"꽃다발을 준비하지 못했는데요." 그가 그녀를 향해 미소를 지었다.

"상관 없어요…… 제가 빌려드릴게요……"

어젯밤에 보았던 소년 한 명이 그에게 인사를 했다. 이로써 두 사람은 어색한 분위기에서 벗어날 수 있었다.

"제프랑 파니랑 미카엘이랑 레오랑 오늘 밤에 우리 집에서 자고 가도 돼?"

"샤를르, 사뮈엘을 소개할게요. 우리 큰아들……"

크긴 컸다…… 샤를르와 키가 거의 비슷할 정도로…… 긴 머리, 여드름이 돋은 피부, 구깃구깃하지만 굉장히 맵시가 나는 하얀 셔츠. 한 세대 전 사람들이 입었을 듯한 그 셔츠에는 고딕체로 L.R.이라는 머리글자가 수놓아져 있었다. 거기에다 구멍난 청바지, 곧게 뻗은 코, 꾸밈없는 눈빛, 마른 몸매, 그리고…… 몇 년 후에는…… 아주 핸섬해질 것 같은.

그들은 서로 악수를 나누었다.

"어머, 너 술 마셨니?" 그녀가 눈살을 찌푸리며 물었다.

"그게…… 알다시피, 내가 케이크 코너에서 일을 한 게 아니라서……"

"그럼 스쿠터는 놓고 가……"

"안 돼…… 끝마무리를 하다가 맥주통이 엎어지는 바람에 바지가 젖은 것뿐이야…… 봐…… 그건 그렇고, 오늘 밤에 친구들을 데려와도 돼?"

"그 애들 부모님들이 괜찮다고 하셨다면, 나도 좋아. 하지만 먼저 여기 정리하는 것 좀 도와줘, 알겠지?"

"사뮈엘!" 그녀가 소년을 다시 불렀다. "친구들한테 침낭을 가져오라고 해, 꼭!"

잘 알아들었다는 뜻으로 엄지를 들어보였다.

그리고 샤를르를 향해 돌아섰다.

"제 말이 무슨 뜻이었는지 이제 아시겠죠…… 저를 기다리는 아이들이 족히 여섯 명은 될 거라고 했지만, 제가 좀 비관적인 경향이 있어서 숫자를…… 게다가 집에는 먹을 게 하나도 없거든요…… 다행히도 당신이 티켓을 사셨네요……"

"전 아무 말도 하지 않았습니다."

"그건 그렇고, 깡통 넘어뜨리기는요? 잘……"

다시 대화가 중단되었다. 이번에는 어제 저녁, 그녀가 아티라고 부르던 소녀. 그는 소녀의 얼굴을 기억하고 있었다.

"이 아이는 아리엣이라고 해요, 아티라고들 부르죠…… 우리 집 셋째……"

"안녕……"

샤를르는 소녀의 볼에 입을 맞추었다.

"카미유를 집에 데려와서 같이 자도 돼? 응…… 알고 있어…… 침낭……"

"그래, 잘 알고 있네, 좋았어. 그런데 알리스는?"

"모르겠어, 하지만 언니가 고물상에서 뭘 많이 찾아냈거든, 뭔지는 곧 알게 될 거야! 차를 가까이 대야 하는데……"

"세상에, 노우! 고물이 집에 얼마나 많이 쌓여 있는데, 너희들은 그걸로 충분하다고 생각하지 않는 거니?"

"하지만 정말 짱 멋진 것들이란 말이야! 넬슨이 앉을 의자도 하나 찾아냈는걸!"

"알겠다…… 잠깐만 있어봐." 소녀를 다시 불러 동전지갑을 건네주었다. "빵집에 얼른 뛰어가서 가게에 남아 있는 빵을 모두 사 가지고 와……"

"예스 맴……"

"굉장한 조직이로군요……" 샤를르가 감탄을 했다.

"네? 그렇게 생각하세요? 전 오히려 정반대라는 느낌인데…… 아무튼…… 그래도 저희 집에 오실 거죠?"

"물론이죠!"

"넬슨이 누굽니까?"

"속물근성이 넘치는 개……"

"그럼 L.R.은요?"

케이트가 걸음을 멈추었다.

"그걸…… 그건 왜 물으시죠?"

"사뮈엘의 셔츠에……"

"아, 네…… 죄송해요. 루이 라벤느…… 사뮈엘의 할아버지예요…… 무엇 하나 놓치시는 법이 없네요, 당신은……"

"아뇨, 놓치는 게 얼마나 많은데요, 하지만 셔츠에 머리글자를 새겨 넣은 그 또래 아이는 많이 보지 못했던 터라……"

침묵.

"어서……" 그녀가 고개를 가로저었다. "여길 치우고 돌아가기로 해요. 동물들이 배가 고플 거예요. 그리고 저도 피곤하네요."

머리를 다시 질끈 묶었다.

"그런데 네드라는?" 그녀가 야신에게 물었다. "또 어딜 간 거지?"

"네드라가 상품으로 빨간 금붕어를 받았어요……"

"뭐…… 그렇다고 해서 그 애가 말문을 열 것도 아닌데…… 자…… 서둘러요……"


샤를르와 야신은 한 시간이 넘게 의자를 쌓고 텐트를 해체했다. 결국엔…… 샤를르 혼자 다 한 것이나 마찬가지였지만…… 야신은 이야기를 연신 해대느라 그다지 도움이 되지 않았다.

"어, 잠깐만요, 방금 이 매듭을 풀면서, 아저씨가 혀를 빼물었거든요. 왜 그랬는지 아세요?"

"그야, 매듭 푸는 게 어렵고, 또 네가 도와주지 않아서겠지?"

"절대로 아니에요. 그건요, 사람이 뭔가에 집중을 하면 운동을 관장하는 뇌의 반쪽을 사용하게 되는데, 더욱더 집중을 잘할 수 있도록 뇌가 일부러 몸의 일부분의 기능을 차단하기 때문이라고요…… 길을 걷다가 뭔가 복잡한 생각이 떠오르면, 사람들이 걸음 속도를 늦추는 이유가 바로 그거예요…… 이해하시겠어요?"

샤를르는 허리를 손으로 받치며 몸을 바로 세웠다.

"이봐요, 백과사전 선생…… 너도 혀를 좀 빼물어보는 게 어때? 그럼 좀더 빨리 끝낼 수 있거든……"

"그리고요, 사람 몸에서 가장 강한 근육이 어딘지 아세요?"

"그럼. 곧 네 목을 조르게 될 나의 이두근(二頭筋)이지."

"땡! 틀렸어요. 혀 근육이에요!"

"그럴 줄 알았어…… 자…… 저쪽으로 가서 테이블 반대쪽을 들어줄래……"

야신이 다음 질문을 생각해내느라 뇌 반쪽과 씨름하는 틈을 이용했다.

"케이트가 네 엄마니?"

"아," 아이들이 놀려대는 피리소리 같은 목소리로 야신이 대답했다. "사람들이 우리한테는 거짓말로 아니라고 하는데요, 그게 사실이 아니란 걸 전 잘 알고 있어요…… 적어도 얼마간은 우리 엄마 맞거든요."

"케이트는 몇 살이지?"

"자기 말로는 스물다섯 살이라는데, 아무도 그 말을 믿지 않아요……"

"그래? 왜?"

"왜냐면, 만약에 케이트가 정말로 스물다섯 살이나 먹었다면, 이젠 나무를 타지 못할 테니까요……"

"물론 그렇겠지……"

이제 그만. 그만둬. 이해하려고 하면 할수록 넌 더 헛갈릴 뿐이야. 그러니까 사용설명서 같은 건 이제 접어두고…… 너도 놀이를 하듯이……

"그런데 말이야, 내가 보기에 케이트는 정말로 스물다섯 살인 걸……"

"그걸 어떻게 알아요?"

"척 보면 알지."

정리가 다 되자, 케이트가 그에게 작은 아이들 둘을 차에 태워다 달라고 부탁했다.

두 아이들을 뒷좌석에 앉히고 있는데, 키가 훌쩍 크고 몸이 호리호리한 소녀가 다가왔다.

"석양의 집에 가시는 거예요?"

"어디?"

"케이트네 집 말이에요…… 저랑 제 친구 좀 태워줄 수 있으세요?"

소녀가 또 한 명의 호리호리한 소녀를 가리켰다.

"어…… 물론이지……"

다들 좁은 렌터카에 다닥다닥 붙어 앉았고 샤를르는 미소를 지으며 아이들이 떠드는 소리에 귀를 기울였다.

몇 년 만에 처음으로 자신이 무척이나 쓸모 있는 존재라는 생각이

들었다.
 자동차를 얻어 탄 소녀들은 나이 때문에 출입이 금지된 디스코텍을 화제에 올렸고 야신은 발리의 공주와 같은 외모를 가진 너무나 신비한 작은 소녀, 네드라에게 이야기를 했다.
 "오늘 상품으로 받은 금붕어 말이야…… 넌 걔가 자는 걸 절대 볼 수가 없을 거야. 금붕어는 눈꺼풀이 없거든. 그리고 귀가 없으니까 네 말을 못 들을 것이라고 믿을 테지만…… 하지만 사실은, 금붕어도 잠을 자…… 그리고 빨간색 금붕어는 청각이 가장 발달한 물고기야. 물이 굉장히 우수한 도체인 데다가 걔들은 보이지 않는 자기들의 귀에까지 전달되도록 모든 소음을 반사할 수 있는 뼈 구조를 가지고 있어, 그러니까, 음……"
 야신의 이야기에 흠뻑 빠진 샤를르는 다음 말을 기다리고 있었지만 소녀 둘은 웃음을 참지 못하고 낄낄거렸다.
 "……그러니까 넌 금붕어한테 이야기를 할 수 있어. 무슨 말인지 알겠어?"
 백미러를 통해 아래위로 심각하게 고개를 흔드는 모습이 보였다.
 그의 시선을 알아챈 야신이 앞쪽으로 몸을 기울이고 낮은 소리로 중얼거렸다.
 "네드라는요, 말을 거의 안 해요"
 "그런데, 야신? 넌 그런 걸 다 어떻게 알고 있는 거지?"
 "저도 몰라요……"
 "우등생인 게로구나?"
 찌푸러지는 얼굴.
 그리고 거울 속에는 아까와는 반대 방향으로 고개를 흔드는 네드라. 그리고 미소.

마틸드가 네드라 나이였을 때를 떠올려보려고 애를 썼다. 하지만 헛수고였다…… 기억이 나지 않았다…… 절대 아무것도 잊는 법이 없는 그도 살다보니 그런 것을 잊게 되었다. 아이들의 어린 시절……

그리고 클레르를 생각했다.

그녀도 엄마가 될 수……

눈치 빠른 야신이 샤를르의 어깨에 제 턱을 괴고(꼭 앵무새마냥……) 말을 걸어 그의 기분을 바꿔주었다.

"그래도…… 소시지를 상으로 타게 돼서 좋죠, 그렇죠?"

"그래. 얼마나 좋은지 넌 상상도 못할 거야……"

"사실, 전 소시지를 먹는 게 금지되어 있어요…… 종교 때문에요…… 하지만 케이트가 뭐랬냐면, 신께서는 그런 것은 신경조차 쓰시지 않을 거라고 했거든요…… 신은 바롱 부인과는 다르다고…… 아저씨는 케이트가 옳은 것 같아요?"

"바롱 부인이 누군데?"

"학교 식당에서 우리를 감독하는 분이에요…… 아저씨는 케이트 말이 옳다고 생각해요?"

"그래."

실비에게서 들은 식료품점 이야기가 생각났다. 극빈자들만 이용한다던. 그러자 마음이 이를 데 없이 심란해졌다.

"어어! 잘 보세요! 지금 좌회전해야 해요!"

# 6

"저런! 시간을 낭비하신 건 아니네요! 벌써 전국에서 제일 예쁜 아가씨 두 명을 찾아내셨으니 말이에요!"
 제일 예쁜 아가씨들은 깔깔 웃으며 다른 아이들은 어디에 있느냐고 묻더니 어디론가 사라져버렸다.
 케이트의 발에는 다시 장화가 신겨져 있었다.
 "부엌을 다시 가동하러 갈 건데, 같이 가실래요?"

 그들은 안마당을 가로질렀다.
 "보통 때 같으면, 가축들 먹이는 일은 아이들의 몫인데요, 뭐…… 오늘은 애들의 축제날이니까…… 핑곗김에 한번 둘러보시도록 안내해드릴 수도 있고……" 뒤를 돌아다보았다. "샤를르, 괜찮으세요?"
 전신이 아팠다. 머리, 얼굴, 등, 팔, 가슴팍, 다리, 발. 다이어리도, 그 동안 누적되었을 작업 지체도, 양심의 가책도, 로랑스도, 아직도 해결하지 못한 전화 통화들도, 모두 그를 고통스럽게 했다.
 "그럼요. 걱정해주시니 고맙네요."

 온갖 날짐승이 그를 쫓아왔다. 거기에 개 세 마리. 거기에다가 라마도 한 마리.

"쓰다듬지 마세요, 한 번 쓰다듬어 주면……"

"네, 네…… 뤼카가 이미 주의를 주었어요…… 착 달라붙어서 떨어지지 않는다고……"

"저도 마찬가지예요." 양동이를 들기 위해 몸을 굽히며 그녀가 깔깔 웃었다.

아니, 아니었다. 그녀는 그런 말을 하지 않았다.

"왜 그렇게 웃으세요?" 그가 걱정스럽게 물었다.

"아무것도…… 토요일 밤의 열기랄까…… 자아, 여기는 돼지우리로 쓰던 곳이에요, 하지만 이젠 식료품 창고로 쓰고 있죠…… 새 둥지들을 조심하셔야 해요…… 다른 건물들도 마찬가지지만, 여긴 여름 내내 새똥이 비처럼 쏟아져 내리거든요…… 우린 곡식 자루를 여기에다 보관하고 있어요, 저는요, '식료품 창고'라고 하면 무엇보다 생쥐니 들쥐니 하는 녀석들이 떠올라요, 불행한 일이죠…… 그리고," 낡은 새털 이불 위에서 졸고 있는 고양이에게 말을 걸었다. "할아범, 안녕? 인생이 많이 고단한 건 아니지?" 널빤지 하나를 들어 올리더니 병조림통을 열어 내용물을 양동이에 덜었다.

"이거요…… 이 물뿌리개 좀 들어주실래요……?"

이번엔 반대 방향으로 다시 안마당을 가로질렀다.

그녀가 뒤를 돌아다보았다.

"안 오세요?"

"병아리를 밟을까봐 겁이 나네요……"

"병아리요? 그럴 리가요. 얘들은 오리새끼들인걸요…… 걱정 마시고 그냥 오세요. 자…… 호스는 저기 있어요……"

샤를르는 물뿌리개에 물을 가득 채우지 않았다. 들어 올릴 수 없을까봐서……

"여긴 닭장이에요…… 제가 제일 마음에 들어 하는 곳들 중 하나 죠…… 르네 영감님의 조부께서는 가금류에 관해 굉장히 진보된 생각을 가지고 계셨대요. 병아리들에게는 무엇을 해 주어도 아깝지 않다고 하셨다죠…… 제가 알기로는 주로 그 문제 때문에 마나님하고 다투셨다고……"

샤를르는 냄새 때문에 뒤로 한 걸음 물러났다. 그리고 깜짝 놀랐다…… 왜냐고? 뭐라고 해야 하나…… 관심, 그곳에 들어간 정성 때문에…… 스케일하며 질서정연하고도 곱게 꾸며진 사육장과 산란장, 닭들이 다칠세라 모서리는 둥글게 갈아내어져 있었고 심지어는 조각장식까지 되어 있었다……

"이것 좀 보세요…… 우리 암탉여사들이 바깥풍경을 감상하며 쉴 수 있도록 이 기둥 맞은편에 창문까지 내었다니까요…… 여기, 이쪽으로 와 보세요…… 운동을 할 수 있는 큰 새장, 자갈밭 웅덩이, 물통, 벌레를 잡을 수 있는 모래밭도 약간, 그리고…… 여기 전망을 좀 보세요…… 얼마나 아름다운지……"

그가 물뿌리개에 담아온 물을 흘려보내는 동안, 그녀는 말을 계속했다.

"언젠가…… 뭐라고 해야 하지…… 굉장히 암담한 날이 있었어요……" 그녀가 웃었다…… "방학 중이었는데, 아이들을 놀이공원에 데리고 가야겠다는 아이디어를 냈죠. 센터파크라고, 혹시 아세요?"

"지금은……"

"그 아이디어가 제 인생에서 가장 나쁜 생각이었던 것 같아요…… 야생마 같은 아이들을 뚜껑 덮은 공간에 풀어놓았으니…… 한 아이가 물에 빠지는 소동까지 있었으니까요…… 이제는 옛이야기를 하며 웃지만, 그 때는…… 정말…… 자세한 이야기는 하지 않을게요…… 아무튼, 첫날 저녁에 그 공원을 다 둘러보고 나서, 사뮈엘이 아이들을 불러놓고 아주 엄숙하게 한 마디를 하더라고요. 우리 집 닭들이 훨씬 더 좋은 대접을 받고 있다고. 그 후에 아이들은 하루종일 숙소에서 텔레비전을 보며 지냈어요…… 아침부터 저녁까지…… 다들 좀비 같았죠…… 전 그냥 내버려두었어요…… 아이들에게는 신기한 물건이었을 테니까……"

"여기는 텔레비전이 없나요?"

"네."

"하지만 인터넷은 연결되어 있겠죠?"

"그야…… 아이들을 세상과 완전히 단절시킬 수는 없으니까요……"

"아이들이 인터넷에 많이 접속하나요?"

"특히 야신이 많이 하지요. 찾아볼 것들이 많아서……" 그녀가 미소를 지었다.

"놀라운 아이더군요……"

"그래요."

"케이트, 말해 보세요. 그 아이……"

"나중에요. 조심하세요, 넘치고 있잖아요…… 좋아요…… 계란은 놔두세요, 네드라가 제일 좋아하는 일이라서……"

"제가 궁금했던 아이가 바로 네드라인데요."

그녀가 뒤로 돌아섰다.

"위스키 좋아하세요? 훌륭한 것이 있는데."

"저어…… 네……"

"그것도 나중에요."

"예전에 여긴 빵 굽는 곳이었지요…… 이젠 개집으로 쓰고 있지만…… 잠깐, 냄새가 지독하니까 미리 각오하시는 게 좋아요…… 저긴 외양간으로 쓰던 곳인데…… 지금은 자전거를 보관하고 있어요…… 저쪽은 포도주 저장고…… 엉망이니까 들여다보지는 마세요…… 여긴 르네 영감님의 작업실이었어요……"

샤를르는 그런 공간을 처음 보았다. 대체 몇 세기가, 얼마만큼의 시간이 축척되어 있는 것일까? 여기를 다 치우려면 운반차 몇 대와 인부 몇 명을 동원해, 몇 주를 할애해야 할까?

"이런 연장들이 있다니!" 그가 감탄을 했다. "민속박물관이라고 해도 믿겠어요, 정말 굉장하군요……"

"그렇게 생각하세요?" 그녀가 얼굴을 찌푸렸다.

"텔레비전이 없어도 지루할 틈이 없겠어요, 단 일 초도……"

"그게 문제죠……"

"이건요? 이건 뭐죠?"

"영감님이 전쟁 때부터 조립하고 있는 저 유명한…… 오토바이랍니다."

"그럼 이건요?"

"저도 모르겠어요."

"믿을 수가 없어요……"

"아직 더 남았어요. 창고에 가면 더 굉장한 게 있거든요……"

밖으로 나오니 눈이 부셨다.

"여기는 토끼장인데…… 비어 있지요…… 토끼까지는 못 기르겠더라고요…… 여긴 마른 꼴을 보관하는 광, 그러니까 건초창고라고 해야겠네요…… 저기, 짚단이…… 뭘 보고 계세요?"

"건물 골조…… 누가 지었는지, 정말 놀라울 따름입니다…… 이런 작품을 만들어내려면 얼마나 방대한 이론적 지식을 갖추어야 하는지 상상도 못하실 겁니다…… 정말……" 꿈을 꾸듯, 그가 말했다. "상상이 되지 않을 거예요…… 이쪽 일을 하는 저조차도…… 이걸 어떻게 한 걸까요? 불가사의예요…… 저는 나중에 나이를 더 먹고 나서, 목수 수업을 받으려고 하고 있어요……"

"고양이 조심하세요……"

"고양이가 또 있네요! 대체 몇 마리나 되는 거죠?"

"글쎄요…… 워낙 변수가 심해서…… 죽는 녀석들도 있고 새로 태어나는 녀석들도 많고…… 가까이에 강이 있어서 더 그래요…… 바보 녀석들, 낚시 바늘을 삼킨 물고기들을 잡아먹고는 그대로 일어나지 못하는 경우가 많아요……"

"아이들이 크게 상심하겠네요."

"비극이 따로 없지요. 새끼가 새로 태어날 때까지……"

침묵.

"케이트, 어떻게 해나가시는 겁니까?"

"저는 아무것도 하지 않는걸요. 샤를르, 정말 아무것도 하지 않아요. 동물들을 봐 주는 대가로 수의사집 딸아이에게 영어를 가르쳐주기는 하지만……"

"아니, 제 말은…… 이 많은 살림을……"

"저도 아이들과 똑같아요. 새끼가 새로 태어나기를 기다리지요. 살면서 배운 중요한 사실이에요…… 하루가 지나면……" 빗장을 걸어 잠갔다. "또 새 날이 밝아오고…… 그것만으로도 족하니까요."

"고양이를 안에 두고 문을 잠그시네요?"
"고양이는 절대 문으로 다니지 않는다는 걸 모르시는군요……"

뒤로 돌아섰다. 눈앞에…… 신비의 정원이 나타났다……
잡종 개 다섯 마리가 몸이 찌부러질 정도로 서로를 밀치며 저녁 식사를 기다리고 있었다.
"자아, 우리 못난이들…… 이제 너희들 차례다……" 식료품 저장소에 들어갔다 나와서는 개 밥그릇을 채워주었다.
"저기, 저 개는……"
"네……"
"다리가 세 개밖에 없잖아요?"
"눈도 한 짝밖에 없고요…… 그래서 이름이 넬슨이에요……"
혼란스러워하는 손님의 얼굴을 보더니 설명을 곁들였다.
"트라팔가 해전의…… 넬슨 제독…… 이제 감이 잡히세요?"
"여기는 땔감을 보관하는 곳이고…… 저기도 광인데…… 옛날식 다락이 있지요…… 곡식을 넣어두게끔…… 별로 특별한 건 아니고요…… 그냥 엉망으로 어질러져 있어요…… 그걸 보고 또 민속박물관이라고 하실지도 모르겠지만…… 여기는 상태가 더 나빠요, 천장이 무너져 내렸거든요…… 하지만 양쪽으로 활짝 열리는 문짝만큼은 정말 아름답지요. 마차를 보관하던 곳이라서…… 지금은 아주 비참한 상태의 마차가 두 개 남아 있어요. 와서 한 번 보세요……"
제비들을 헤치고 나갔다.
"그런데 저건 상태가 좋은데요, 아름다워요……"
"저기 저 작은 것 말씀이세요? 사뮈엘이 수리를 했어요. 라몽을 위해서……"

"라몽이 누굽니까?"

"사뮈엘의 당나귀예요." 그녀가 하늘을 올려다보며 대답했다. "멍텅구리 당나귀……"

"왜 그런 표정을 짓는 겁니까?"

"둘이서 이번 여름에 이 지역에서 열리는 당나귀 경주 대회에 참가하기로 되어 있거든요……"

"그런데요? 준비가 안 되었습니까?"

"아뇨, 준비는 다 되었어요! 훈련을 얼마나 열심히 했는지, 사뮈엘이 낙제를 다 했지요. 한 학년을 다시 다녀야 해요…… 그 얘기는 그만 할래요. 우울해지고 싶지는 않거든요……"

수레 손잡이에 등을 기대었다.

"보시다시피…… 여긴 엉망진창이에요…… 죄다 뒤틀리고, 금간 데 투성이고, 여기저기 무너지고…… 아이들은 양말도 신지 않은 맨발에 장화를 신지요, 그러니…… 일 년에 두 번씩 구충제를 먹여야 해요, 게다가 사방팔방으로 뛰어다니죠, 일 분에 골칫거리를 백만 개씩 만들어내죠, 친구란 친구는 다 불러들이죠, 하지만 딱 하나, 이곳에도 제대로 된 것이 있어요. 단 하나, 공부만큼은 제대로 해야 한다는 거예요. 저녁 때 직접 보실 수 있겠지만, 부엌 식탁에 모두 둘러앉혀놓고, 제가 공부를 시키는데, 그때부터는 분위기가 장난 아니게 심각해지죠. 지킬, 아니 케이틸 박사가 하이드 씨로 돌변하는 거예요! 사뮈엘은…… 저의 첫 실패였어요…… 알아요, '제' 실패라고 해서는 안 된다는 것을…… 하지만 일이 좀 복잡해서……"

"그렇게까지 심각한 겁니까? 그렇지는 않지요?"

"네, 그렇게까진…… 하지만……"

"계속해 보세요, 케이트, 다 얘기해 주세요……"

"사뮈엘은 작년 9월에 고등학생이 되었어요. 그래서 기숙사로 보내야 했죠…… 선택의 여지가 없었어요…… 이곳의 학교가 그다지…… 그런데 그 기숙사가 문제였어요…… 기숙학교에 대한 좋은 추억만을 간직하고 있는 저로서는 생각지도 못한 일이었지요…… 저도 모르겠어요, 아마 프랑스의 기숙학교가 별달라서 그런지…… 주말에 돌아오면 애가 얼마나 좋아하던지, 마음이 아파서 기숙사로 돌려보낼 수가 없더라고요. 그래서 결국……"

입을 비죽이며 웃었다.

"대신 당나귀 경주대회 프랑스 챔피언을 노리고 있죠…… 자…… 가요…… 어미들이 겁을 먹었네요……" 정말로 머리 위의 새둥지에서 짹짹거리는 소리가 요란했다.

"아이가 있으세요?" 그녀가 물었다.

"아뇨. 아니, 네…… 열네 살이 된 마틸드라는 여자아이가 있지요…… 제가 낳은 아이는 아니지만……"

"그렇다고 해서 뭔가가 크게 달라지는 건 아니잖아요……"

"그렇죠."

"알겠어요. 자…… 보시면 아주 좋아하실 만한 곳으로 안내할게요……" 몇 번째인지 모를 어떤 건물의 문을 두드렸다.

"누구?"

"샤를르와 함께 왔는데, 들어가도 되니?"

문을 열어준 사람은 네드라였다.

더 이상은 놀랄 수 없을 것이라는, 놀란다는 능력의 한계치에 도달

했다는 샤를르의 생각은 착각이었다.

한참 동안 아무 말도 할 수 없었다.

"알리스의 아틀리에에요." 그녀가 나지막이 속삭여주었다.

그럼에도 불구하고 할 말을 찾지 못했다.

눈을 어디에 두어야 할지 모를 정도로 구경거리가 많았다…… 그림, 스케치, 벽화, 가면, 깃털과 나무껍질로 만든 마리오네트 인형, 나무조각으로 조립한 가구, 잎사귀를 엮어 만든 화환, 셀 수도 없을 만큼 많은 동물 모형들……

"그러니까, 저 벽난로 위에 놓인 소품들은 알리스의 작품들이었군요?"

"그래요……"

등을 돌린 채 창문 아래에 놓인 테이블 앞에 앉아 있던 알리스가 뒤로 돌아앉으며 상자 하나를 보여주었다.

"이것들 좀 봐! 고물상에서 찾아낸 단추들이야! 얼마나 예쁜지, 좀 보라니까…… 이건 모자이크로 만든 것이고…… 이건…… 병아리 모양으로 자개를 박아 넣은 것이고…… 이건 네드라에게 줄 거야…… 이걸로 목걸이를 만들어주려고. 블롭 씨를 환영하는 의미에서……"

"블롭 씨가 누군지, 내가 좀 알 수 있을까?"

케이트가 어리둥절한 표정으로 묻자, 혼자만 멍청한 질문을 하는 것이 아니라는 점에서 샤를르는 기분이 무척 좋아졌다.

네드라가 테이블 위를 가리켰다.

"어머나……" 케이트의 목소리가 높아졌다. "할머니가 주신 저 예쁜 단지에다가 금붕어를 넣었단 말이야?"

"응…… 지금 막 말하려고 했었는데…… 어항을 못 찾았거든……"

"잘 찾아보지 않았으니까 그렇지…… 너희들이 금붕어를 상으로 받아온 게 벌써 열 번도 넘잖니, 참고로 한 해 여름도 못 넘기고 심드렁해져서 죄다 내팽겨쳐버린 애들이 벌써 열 마리가 넘는단다. 아무튼 그래서 내가 사들인 오항만 해도 열 개가 넘는데……"

"어항." 우리의 예술가께서 틀린 단어를 고쳐주었다.

"고맙구나, 그래 바울스(bowls). 쏘우(So), 그러니까…… 알아서들 해……"

"하지만 다 작은 것들뿐이란 말이야……"

"그럼 하나 만들면 되잖아! 가스통처럼!"

문을 다시 닫고 인상을 쓰며 샤를르를 향해 돌아섰다.

"그런 말을 해서는 안 되는 것이었는데! '뭐뭐 하면 되잖아'라는 말…… 결과가 어떨지 뻔히 알면서…… 자…… 마구간을 둘러보는 것으로 견학을 마치도록 하죠, 이 가이드를 평생 잊지 말아주시고요. 날 따라오세요……"

다른 마당을 향해 걸어갔다.

"케이트? 마지막으로 질문을 하나만 더 해도 되겠습니까?"

"하세요."

"가스통이 누구죠?"

"가스통 라가프(*프랑스 만화가 앙드레 프랑켕의 만화주인공)를 모르신다는 말씀이세요?" 유감스러운 표정. "가스통과 금붕어 뷔뷜을 정말 모르세요?"

"아, 그 가스통이라면 잘 알죠, 알고 있어요……"

"전 열 살 때 가스통 만화를 읽으려고 프랑스어 공부를 다시 시작했어요. 그런데 얼마나 고생을 했다고요…… 의성어가 너무 많이 나와서……"

"그런데 당신 나이가 어떻게 되나요? 꼭 감추어야 할 이유가 없다면…… 사실, 야신에게서 당신 나이가 스물다섯이라는 이야기를 들었지만……"

"가스통이 누구냐는 것이 마지막 질문인 줄 알았는데요." 그녀가 미소를 지었다.

"제가 잘못 생각했습니다. 마지막 질문 같은 것은 있을 수 없어요. 제 잘못이 아닙니다. 당신 때문에……"

"제가 뭘요?"

"제가 바보가 된 것 같단 말입니다. 하지만 뭐랄까…… 신세계를 발견했다는 느낌이 들어서요…… 그러니까 질문이 많은 건 당연하겠죠……"

"어머…… 그럼, 시골에는 처음 와 보신 거예요?"

"장소 때문이 아닙니다. 제가 감동한 것은, 당신이 해 놓으신 것들……"

"그래요? 제가 해 놓은 게 뭐라고 생각하시는데요?"

"글쎄요…… 낙원을 이루어놓으신 것 아닙니까?"

"여름이라서 그렇게 보이는 것뿐이에요. 햇빛도 아름답고, 학교도 끝이 났고……"

"아뇨. 개성이 넘치고 똑똑하고, 그리고 행복한 아이들이 있어서……"

그녀가 제 자리에 우뚝 멈추어 섰다.

"당신…… 지금 한 말, 진심으로 하신 말씀이신가요?" 목소리가 너무나도 진지해져 있었다. "전 그렇게 생각하지 않거든요. 정말로요."

그의 팔에 의지를 한 채 장화 속의 돌멩이를 끄집어냈다.
"고마워요." 어두운 얼굴로 그녀가 중얼거렸다. "저는…… 이제 가 볼까요?"

바보라는 말은 너무 약했다. 샤를르는 완전한 미련퉁이 쪼다 머저리가 된 느낌이었다. 그래, 그랬다……
어쩌자고 이렇게 사랑스러운 여자를 울렸단 말인가?

몇 걸음 가지 않아 그녀는 명랑한 분위기를 되찾았다.
"음, 그래요…… 스물다섯 살쯤 먹었죠…… 비슷해요…… 좀더 정확하게는, 서른여섯이지만요……
그건 그렇고, 저 널쩍한 떡갈나무 길이 이 조촐한 농장 때문에 만들어진 것이 아니라는 건 이미 눈치채셨겠죠? 그 길은 원래 어떤 형제가 소유하고 있던 성의 진입로였어요…… 공포정치(*1793-1794, 프랑스 혁명의 한 시기)가 시작되자, 막 완공된 성을 저들 손으로 직접 불태워 버렸죠…… 물심양면으로 모든 것을 쏟아 부었던 성이었대요, 즉 당신의 조상들이 가졌던 모든 것을 바쳤던 성이었던 거죠…… 전해오는 이야기에 따르면, 솔직히 저는 전해오는 이야기라면 사족을 못 써요, 아무튼, 저쪽에서 호롱불이 다가오는 것을 보고서는 포도주 저장고를 말끔하게 비워낸 다음, 성에 불을 놓았대요. 그리고 주인 형제는 목을 매달았고요.
이런 이야기는 어느 날 우리 집에 들이닥친 어떤 남자에게서 들었어요, 미리기 이상한 사람이었는데, 뭘 찾아다니는 중이었느냐 하면…… 음, 얘기가 너무 길어질 것 같네요…… 그 이야기는 다음 기회에 해 드릴게요…… 성 주인이었던 형제들은…… 오로지 사냥밖에 모르던 노총각들이었대요…… 그것도 말을 타고 동물을 잡는 기마 수렵에 미쳐 있었다죠. 그러니 말들은 또 얼마나 좋아했겠어요, 말들을 위해서라면 뭘 해줘도 아깝지 않다는 사람들이었죠……"

두 사람은 마지막 광이 있는 모퉁이를 막 돌은 참이었다.

"이 마구간을 좀 보세요, 정말 멋지지 않나요……"

"네? 뭐라고 하셨어요?"

"아무것도 아닙니다. 스케치북이 없다는 사실이 아쉬워서 그만 욕지거리가 튀어나왔네요."

"그야…… 다시 오시면 될 텐데…… 아침에는 훨씬 더 아름답거든요……"

"여기서 사셔도 되겠습니다."

"애들은 여름 동안 여기에서 지내지요…… 마부들이 쓰던 방이 여러 개 있거든요. 곧 보여드릴게요……"

허리춤에 손을 얹은 채 짧은 숨을 내쉬며, 샤를르는 오래 전에 살았던 동료의 작업 솜씨를 황홀하게 바라보았다.

황토색 유약을 바른 직사각형 건물은 너무 낡아서 이제는 귀퉁이의 각진 기둥들과 재단된 돌로 쌓은 문틀만이 제 형태를 유지하고 있었다. 공들여 구운 납작기와가 덮인 지붕은 파손이 심했지만, 소용돌이 모양과 둥근 모양을 교대로 사용한 지붕창이 그대로 남아 있었고 아치 모양으로 된 커다란 출입구의 양 옆에는 굉장히 긴 물통이 마련되어 있었다……

재판정에 설 차례를 끝내 기다리지 못한 두 명의 귀족, 그들의 은밀한 기쁨을 위해 세상 끝에 세워진 단순하고도 우아한 마구간. 이 마구간이야말로 위대한 왕정시대의 정신을 대변해주는 것이라 할 수 있었다.

"주인이 크기에 광적으로 집착을 했던 모양입니다……"
"그런 것 같지는 않아요. 아까 말씀드렸던 그 남자의 말에 의하면, 성의 규모는 오히려 실망스러울 정도였다던 걸요…… 그들이 집착했던 건 바로 말이었어요…… 그런데 이제는" 그녀가 깔깔 웃었다. "이곳은 멍텅구리 라몽의 차지가 되었지요…… 이리로 오세요…… 바닥도 좀 보시고요…… 강가에서 가져온 자갈이 깔려 있어요……"
"다리 위에 깔아놓은 것처럼……"
"맞아요…… 나막신이 미끄러지지 않도록 배려한 거죠……"

안쪽은 아주 어두웠다. 그 어느 곳보다도. 장선과 들보에는 열 개 남짓한 제비집이 자리를 잡고 있었다. 얼추 너비 십 미터에 깊이가 삼십 미터 정도 되어 보이는 공간이 여섯 개의 칸으로 나뉘어져 있었다. 짙은 색깔의 나무 칸막이벽들을 버티는 기둥들의 꼭대기에는 둥근 놋쇠머리가 달려 있었다.
페가수스, 용맹, 헝가리…… 200년 넘는 세월, 세 차례의 전쟁, 그리고 다섯 번의 공화국을 거치면서도 지워지지 않은 말들의 이름……

차가운 돌의 느낌, 사냥대회 우승 기념으로 받은 거미줄로 뒤덮인 여러 개의 사슴뿔 장식들, 둥근 천창의 형태 그대로 쏟아지는 햇빛, 그 빛을 받아 반짝반짝 빛을 발하는 먼지덩어리들, 그리고 이 적막, 우둘투둘한 자갈에 발부리를 부딪히며 주저주저 내딛는 발자국 소리의 울림, 그것은…… 본능적으로 말을 두려워하는 샤를르는 성스러운 지성소에 들어온 것만 같은 느낌을 받았다. 그래서 중간쯤에서 멈춰 섰다. 더 깊은 곳으로는 감히 들어갈 엄두를 내지 못했다.

케이트가 뱉어낸 욕설을 듣고서야 그는 멍한 상태에서 깨어날 수 있었다.

"이 스웨터를 어째…… 이런…… 쥐들이 포식을 했나 봐요…… 망할 놈들…… 샤를르, 이쪽으로 오세요…… 지난번에 문화재 관리국에서 나온 분이 해주었던 이야기를 모두 들려드릴게요…… 얼마나 정확한지는 모르겠지만, 우리는 지금 초현대적인 마구간 안에 서 있는 거예요…… 말의 가슴팍이 닿을 때 아프지 말라고 구유에 쓰인 돌도 연마를 했대요, 가슴팍이 맞는 말인가요?"

"그런 것 같네요." 그가 빙그레 웃었다.

"……그러니까 늙은 말들도 편하게 사료를 먹을 수 있었던 거죠. 그리고 말 한 마리가 구유 하나를 쓸 수 있도록 만들어 놓았어요. 매일 얼마큼의 사료를 먹는지 관찰하기 위해서. 이곳의 꼴 시렁들은 베르사유 궁전의 마구간 시설에 뒤지지 않을 만큼 훌륭하다는 사실을 알아두세요…… 떡갈나무 선반 끝을 살짝 휘어서 그 위에 작은 조각 장식을 얹은……"

"건축용어로 노반이라고 합니다……"

"그런가요…… 하지만 세련됨의 극치를 보여주는 것은 따로 있어요…… 버팀쇠 하나하나가 자체적으로 꼬여 있는 건…… 뭐라고 했더라…… '사료를 부을 때, 무게의 저항을 감당하기 위해서'라던가…… 그리고 먼지며 쥐똥이 항상 섞여 있는 사료 때문에 말들이 여러 가지 병에 걸리는 경우가 많거든요. 그래서 여기 이 구멍을 파 놓은 거래요. 촌스러운 다른 마구간의 구유들과는 다르게 기울어져 있지 않고 거의 수직인 게 보이시죠? 위에 들어올려 여는 뚜껑도 달려 있고요. 이게 다 그 빌어먹을 먼지를 막기 위해서라고요…… 그리고 말들이 꽉 막힌 벽을 바라봐야 하는 게 안타까워서 칸막이벽마다 조그만 창문을 내주었어요. 옆의 친구와 수다를 떨 수 있도록…… '이봐, 친구. 오늘은 여우를 봤어?' 이런 식으로. 얼마나 예쁜지 한 번 보세요…… 마치 파도가 기둥에 부딪쳐 부서진 것 같아요…… 머리 위에는 다락의 건초를 내릴 수 있는 개구부가 여러 개 나 있지요, 그리고……"

자기를 따라오라고 그의 옷소매를 잡아끌었다.

"이 칸은 유일하게 창문이 없는 칸이에요. 굉장히 크고 벽에 치장벽토까지 발라져 있어요…… 여기에는 새끼를 밴 암말과 30개월 미만의 망아지들을 두었대요…… 고개를 들어보세요…… 저 위의 타원형 천창은 마구간지기 소년이 자기 침대에서 아래쪽 상황을 지켜볼 수 있도록 하기 위해 내놓은 것이에요……"

팔을 놓아주었다.

"천장에 있는 다른 천창 세 개도 꼭 보셔야 해요…… 원래 이 안에는 빛이 전혀 들지 않아서 작업을 하기가 너무 힘들었다고 해요. 등불을 가져와서 창문턱에 얹어놓는 것도 너무 위험하고, 그래서…… 뭐…… 뭐가 우스우세요?"

"아무것도 아닙니다. 감격스러워서 그러는 것뿐입니다…… 저 혼자만을 위한 강연회라는 느낌 때문에……"

"후……" 그녀가 어깨를 으쓱해보였다. "당신이 건축가라는 것 때문에 제가 얼마나 진땀을 빼고 있는지 모르시나 보군요. 혹시 제 이야기가 지루하면 그만 하라고 하세요."

"케이트, 솔직히 말씀해 보세요."

"뭘요?" 그녀가 뒤를 돌아다보았다.

"당신, 성질이 꽤 까다로운 편이죠?"

입을 몇 번이나 비죽거린 다음에 대답을 했다. "그래요." 퍽이나 18세기적인, 그 시대의 분위기를 완전하게 살려낸 표정으로. "그럴 수도 있겠죠…… 계속 가 볼까요?"

"앞장서세요."

뒷짐을 지고 웃음을 애써 참았다.

"여기……" 그녀는 다시 학구적인 분위기로 되돌아가 있었다. "이 계단은…… 정말 근사하지 않나요?"

"그렇군요."

그렇지만 사실 특별하달 게 없는 계단이었다. 중간에 계단참이 하나 있는 회전식 계단. 고귀하신 마(馬) 선생들을 위한 것이 아니어서인지, 평범하기 그지없는 나무로 만들어진 계단이었고 장화 발에 닳은 자국은 돌 색깔로 변해 있었다. 그러나 그 비율만큼은 더할 나위 없이 완벽했다. 샤를르는 계단 상판의 너비와 계단높이의 비율을 따져보는 데에 열중한 나머지 바로 위에서 난간을 붙잡고 있는 아름다운 가이드 여인의 완벽한 몸매 비율을 감상할 틈이 없었다.

계단 상판의 너비를 따져본다고? 사실, 딴청을 피우는 이유는 따로 있었다.

너무나 바보 같은 이야기이지만, 정수리 부근은 정말로 듬성듬성하기 때문에……

"방들이에요…… 네 개가 있지요…… 아니, 세 개네…… 마지막 방은 문을 아예 막아버렸거든요……"

"천장이 무너졌습니까?"

"아뇨, 부엉이가 새끼를 기다리고 있어서…… 부엉이 새끼를 한 마디로 부르는 말이 있던데, 뭐라고 하더라?"

"전 모르겠는데요……"

"아시는 게 별로 없나 봐요, 그렇죠?" 두 번째 문을 열기 위해 그의 코 바로 아래를 지나가며 그녀가 놀리는 투로 말했다.

소박한 가구들로 꾸며진 방이었다. 짚으로 속을 채운, 그나마도 구멍이 숭숭 뚫린 매트가 얹어진 철제 침대들, 건들거리는 의자들, 벽에 붙은 갈고리에 매달린 곰팡이 슨 가죽끈들. 이쪽에는 입구를 막아버린 벽난로가, 저쪽에는, 음…… 아마도 꿀벌통인 듯한 물체가, 좀더 안쪽에는 반쯤 해체하다 만 모터가, 또 다른 쪽에는 낚싯대, 장화, '농경생활' 과월호, 빈 포도주 병들, 시트로앵 자동차에서 떼어낸 라디에이터 그릴, 그리고…… 벽에는 기우뚱하게 매달린 십자고상과 그쪽을 향해 추파를 던지며 비키니 끈을 잡아당기고 있는 모델을 찍은 야한 포스터와 그것에 밀려 더욱더 순박해 보이는 석판화와 비료회사 '드롬'에서 받은 1972년도 달력이, 그리고 사방에, 사방에, 수천만 마리의 파리 시체로 촘촘히 짜인 시커멓고도 두꺼운 양탄자가……

"르네 영감님의 부모님이 젊었을 적에는, 밭일하는 일꾼들이 여기에 묵었다더군요……"

"당신 아이들이 잔다는 곳이 여기인가요?"

"아뇨," 그녀가 걱정 말라는 듯한 표정으로 대답했다. "계단 밑에 있는 마지막 방을 깜박했네요…… 여기, 다락방 좀 보세요…… 머리 조심하시고요……"

"이미 늦었어요." 덤으로 혹 하나를 더 얻은 샤를르가 인상을 쓰며 재빨리 이마에서 손을 떼었다.

"케이트, 상상이 가십니까? 이런 구조물을 완성하려면 얼마큼의 지식이 필요한지, 얼마큼의 수고를 감내해야 하는지, 상상할 수 있겠어요? 저 버팀목의 굵기를 보셨습니까? 용마루대의 길이는요? 대들보는 또 어떻고요…… 저런 굵기의 나무를 베고 자르고 다듬는 일이 별것 아닌 것 같아 보이지요? 얼마나 힘이 드는 일인지 상상이 가지 않지요? 게다가 쐐기까지 완벽하게 박혀 있어요…… 마루대공에 쇠못 하나도 치지 않았다고요……" 그는 버팀목 하나가 빠진 것 같아 보이는 곳을 가리켰다…… "저 구조는 망사르식, 즉 이중물매식(*물매: 지붕이나 비탈길 등의 경사진 정도)이라고 부르는 지붕틀 구조입니다. 지붕 아래로 높이를 많이 확보할 수 있게 해주는 구조이지요…… 저렇게 예쁜 천창을 낼 수 있었던 것이 다 이런 구조를 사용한 덕입니다……"

"아, 그래요. 그래도 아시는 게 몇 개 있긴 하네요……"

"아니요. 전 시골식 전통 건축에 대해서는 젬병입니다. 한 번도 지어본 적이 없어요. 제 동료들의 표현을 빌리자면, 전통 건축은 대물림되는 방법을 답습하는 것이지요. 저는 복구 작업보다는 새로운 것을 창조하는 것이 좋습니다. 하지만 이것들을 보고 났더니 생각이 달라졌어요…… 점점 더 성능이 좋아지는 프로그램들에 의지한 채, 늘 새로운 재료와 신기술을 실험하려고 하던 제 자신이…… 뭐라고 해야 할까요…… 오히려 시대에 뒤진 느낌입니다……"

"그럼 결혼에 대해서는 어떻게 생각하세요?" 다시 계단에 접어들었을 때, 그녀가 불쑥 물었다.

"네?"

"방금 대물림되는 방법을 답습하는 것에 별 매력을 느끼지 못한다고 하셨잖아요, 그것과 같은 맥락에서…… 결혼하셨어요?"

샤를르는 벌레 먹은 난간에 몸을 의지했다.

"아뇨."
"하지만 당신은…… 음…… 마틸드의 엄마와 함께 살고 있겠죠?"
"아닙니다."
아야.
별것 아니었다. 허풍선이를 달가워하지 않는 따가운 가시였을 뿐.
거짓말을 한 걸까?
물론.
하지만 내가 정말 로랑스와 함께 살고 있는 걸까?


"보세요…… 아이들이 벌써 짐을 가져다 놓았네요……"
산더미처럼 쌓인 쿠션들과 방 한가운데에 포개놓은 침낭들. 기타도 한 대 있었고 사탕 봉지, 코카콜라 병, 타로카드 세트와 맥주 캔들도 보였다.
"이런…… 엉망이네……" 케이트가 휘파람을 불었다. "자, 여기가 마구를 두는 곳이에요…… 우리 집에서 가장 아늑한 곳…… 마루판도 예쁘고 벽장식에도 공이 들어간 유일한 장소…… 난로라는 이름이 부끄럽지 않은 난로가 있는 유일한 곳…… 이렇게 꾸며놓은 이유가 뭔지 혹시 아시겠어요?"
"관리인이 지내는 곳이라서?"
"가죽을 보관하기 위해서랍니다! 습기로부터 보호하기 위해서. 높으신 분들의 안장이며 굴레, 재갈에 딱 맞는, 완벽한 습도를 맞추기 위해서죠! 다들 궁둥이가 시려 쩔쩔맬 때에도 승마용 채찍은 온기를 잃지 않으니. 정말 평상하시 않나요? 전 늘 이런 생각을 해 왔어요, 비둘기 집의 운명을 결정한 것은 바로 이 방이로구나……"
"비둘기 집이라니요?"

"마을 사람들이 성을 차지하지 못한 분풀이로 비둘기 집의 돌들을 하나하나 해체했대요…… 당신네 조상 이야기니까 당신이 더 잘 알 텐데. 아무튼 비둘기 집은 구체제에 대한 증오의 대상이었어요…… 영주의 허영이 심하면 심할수록 그 성의 비둘기 집이 크고, 비둘기 집이 크면 클수록 비둘기들의 숫자가 많으니까, 녀석들이 더 많은 종자를 먹어대지요. 비둘기 한 마리가 일 년에 곡식을 50킬로그램 가량이나 먹어치울 수 있거든요…… 텃밭의 새싹들은 말할 것도 없고……"

"당신도 야신만큼이나 많은 것을 알고 있군요……"

"음…… 이게 다 야신이 가르쳐준 거예요!"

그녀가 웃었다.

이 냄새…… 어렸을 때, 마틸드에게서 이런 냄새가 났었다…… 그런데 마틸드는 왜 승마를 그만두었을까? 말 타는 것을 거의 광적으로 좋아하던 아이가……

그래…… 왜였지? 그리고 그는 왜 그 이유를 모르고 있는 걸까? 또 이렇게 놓쳐버린 게 있겠지? 그날은 어떤 회의 때문에 신경이 곤두서 있었던 걸까? 어느 날 아침, 마틸드가 그랬다. 이제는 승마 클럽에 데려다 줄 필요가 없어, 그때 그는 그 이유를 알려고조차 하지 않았다. 어떻게 그럴 수가……

"무슨 생각을 하세요?"

"제 눈을 가리고 있는 눈가리개……" 그가 중얼거렸다.

그녀에게 등을 돌리고 이것저것 살펴보기 시작했다. 고리, 안장걸이, 부서진 재갈, 뚜껑을 열면 함이 되는 벤치, 대리석으로 된 네모난 개수대, 역……청(?)이 들어 있는 단지, 말들을 위한 초강력 해충퇴치제 '에무신'의 로고가 새겨진 드럼통, 쥐덫, 동글동글한 쥐똥, 창턱 아래에 놓인 장화발판, 당나귀의 것으로 보이는 완벽한 상태로 손질된 멍에, 선반 위에 쪼르르 놓인 편자들, 다양한 크기의 솔들, 말굽 소제도구들, 반으로 자른 공처럼 생긴 아이들용 승마모자, 조랑말 등에 덮는 담요들, 크로넨부르그 맥주 깡통 여섯 개로 떨어져나간 연통을 대신한 난로, 그리고 호기심을 자극하는 원뿔형 천막집 모양의 가구……

"저건 뭡니까?" 그가 물었다.

"채찍걸개인데요."

그렇군.

사전을 찾아봐야겠어……


"저거는요?" 창문 유리에 코를 바짝 갖다 댄 샤를르가 물었다.

"개집이었는데…… 파손되고 남은 부분이에요."

"굉장히 큰 개집이었나 봐요……"

"네. 지금 남아 있는 것만 보아도 개들이 말들만큼이나 좋은 대접을 받았다는 사실을 알 수 있죠…… 여기서 보이시는지 모르겠지만, 개집 하나하나마다 문 위에 개의 옆모습을 새긴 현판이 달려 있어요…… 아, 하나도 안 보이네…… 가시덤불을 처내야 되겠어요…… 나무딸기도 딸 겸…… 보세요…… 창살들도 너무 아름다워요…… 아이들이 어렸을 적에, 제가 너무 힘이 들 때면 애들을 저 안에 들여보내주었었죠. 아이들은 공원에 놀러 가는 기분이었고, 저는 강물에 누가 빠지지나 않을까 하는 걱정 같은 것을 잠시 접고 다른 일을 할 수 있었죠…… 그런데 어느 날엔가, 아마 알리스의 담임이었을 거예요, 학교 선생님이 저를 좀 보자고 하더군요. '케이트, 이런 말씀을 드리기가 좀 뭣하지만, 당신이 아이들을 개집에 가두어둔다는 이야기를 아이에게서 들었어요. 정말인가요?"

"그래서 뭐라고 했나요?" 너무나 재미있다는 표정의 샤를르.

"혹시 채찍 얘기는 하지 않더냐고 물어보았죠. 아무튼, 그 일로 전 아주 유명해졌고요……"

"정말 멋집니다……"

"애들에게 채찍질을 한다는 것이?"

"아뇨…… 당신이 해준 이야기 전부가……"

"후…… 그런데 당신은요? 아무 이야기도 하지 않으시네요……"

"저는 듣는 걸 더 좋아합니다……"

"네, 알아요, 제가 너무 수다스러웠죠…… 하지만 문명인이 여기까지 들어오는 게 흔한 일이 아니라서……"

다른 창문을 살짝 들여다보더니 바람결에다 대고 다시 말했다.

"아주 드문 일이라서……"

지나온 길을 되짚어갔다.

"전 배고파 죽겠어요…… 당신은요?"

샤를르는 어깨를 으쓱해보였다.

적당한 대답은 아니었으나 달리 무슨 말을 해야 할지 몰랐다.

평면이 어떻게 구성되어 있는지, 스케일이 어떻게 되는지, 더 이상은 아무것도 알 수가 없었다. 떠나야 할지, 이대로 남아 있어야 할지, 그녀의 이야기를 계속 들어야 할지, 피해야 하는 것인지, 이야기의 숨은 뜻이 무엇인지, 더 이상은 알 수가 없었다. 임대 계약서에는 렌터카 사무실 우편함에 자동차 열쇠를 넣어두라고 되어 있었는데.

타산적이지 못한 그의 인생은 늘 이랬다, 그냥 두고 보는 것, 그러니까……

"저도요." 논리적인 생각들, 읽고 확인했음, 규정과 조항과 보장으로 꽉꽉 채워진 인생의 여백에 휘갈긴 서명, 이런 것들을 쫓아버리려는 듯 분명하게 말해보았다. "저도요."

아누크를 되찾기 위해 떠난 길이었다. 그녀에게 가까이 왔다는 느낌이 들었다.

저 목덜미를 만졌다고 했다.

바로 저 목덜미를……

"민달팽이들이 우리 몫을 얼마나 남겨놓았는지, 어디 한 번 보러 갈까요……"

그녀의 손에 들린 바구니를 빼앗아 들었다. 하늘빛은 수채화처럼 엷어져 있었다. 그 하늘 아래에서, 어젯밤에 그랬던 것처럼, 마당을 나와 무성한 포아풀들 속으로 작아져 갔다.

냉이, 데이지, 양산 모양의 가냘픈 꽃이 달린 서양가새풀, 미나리아재비, 애기똥풀, 별꽃. 죄다 모르는 꽃들이었지만 샤를르는 관심이 있는 척하고 싶었다.

"저기, 하얀 줄기…… 저건 뭐지요?"

"어디요?"

"바로 앞에……"

"개 꼬리인데요."

"네에……"

그녀의 웃음, 놀리는 듯한 그 웃음조차도…… 풍경과 너무나 잘 어울러보였다.

텃밭을 둘러싼 담의 상태는 형편없었지만 두 개의 기둥 사이에 펼쳐진 철책만큼은 아직 그 위엄 있는 자태를 뽐내고 있었다. 샤를르는 그 옆을 지나가며 철책을 손으로 쓰다듬었다. 포슬포슬한 이끼가 만져졌다.

케이트가 작은 오두막집의 문을 열고 들어갔다. 삐걱거리는 소리가 났다. 그는 칼을 찾아 나온 그녀를 따라 야채밭으로 들어갔다. 십자가 모양의 작은 길을 중심으로 사방에 야채 포기들이 여러 줄, 일렬로 반듯하게 심어져 있었다. 밭 한가운데에는 우물이, 구석에는 한 아름 피어 있는 꽃들이 보였다.

관심이 있는 척하는 것이 아니었다. 하나하나 배워가는 것이 정말로 즐거웠기 때문에.

"저기 길가에 죽 심겨진 뒤틀린 작은 나무들 있잖아요, 그것들은 뭐죠?"

"뒤틀렸다니요······" 그녀가 그를 흘겨보았다. "가지치기를 해준 저 작은 나무들 말이죠? 사과나무예요····· 저 뒤쪽은 과수원이거든요······"

"그럼 벽에 있는 저 굉장한 푸른색은 뭡니까?"

"저거요? 살균제로 쓰는 보르도액 자국 말씀인가요? 포도나무에 약을 치느라······"

"포도주도 담그세요?"

"아뇨. 포도 자체를 아예 못 먹는걸요. 맛이 끔찍해요······"

"그리고 저기 커다랗고 노란 꽃부리는 뭔가요?"

"회향풀."

"저건요? 저기 깃털같이 생긴 저것은요?"

"아스파라거스 꽃꼭지······"

"그럼 저 둥그런 공 같은 것은요?"

"마늘꽃……"

뒤로 돌아섰다.

"샤를르, 텃밭 처음 보세요?"

"이렇게 가까이에서 보기는 처음입니다……"

"정말요?" 그녀가 정말 안됐다는 표정으로 되물었다. "그럼 여태껏 뭘 먹고 살았어요?"

"저도 그게 궁금합니다……"

"밭에서 막 딴 토마토나 나무딸기를 한 번도 못 먹어봤단 말예요?"

"어렸을 때 먹어본 것 같기도 하고……"

"까치밥나무 열매를 입술 위에서 굴려본 적도 없어요? 미지근한 딸기를 먹어본 적도 없고요? 너무나 단단한 개암나무 열매를 깨물다가 이가 부러진 적도, 혀를 다쳐본 적도 없다고요?"

"유감스럽게도…… 그런데, 저기 왼쪽에 있는 커다란 빨간 잎사귀들은 뭔가요?"

"있잖아요…… 그런 것들은 모두 르네 영감님에게 물어보시는 게 낫겠어요. 굉장히 좋아하실 거예요…… 저보다 설명도 더 잘 하실 테고…… 저는 여기에 가끔 올 수 있을 뿐이거든요…… 이렇게……" 몸을 앞으로 기울였다. "멋진 저녁만찬에 곁들일 샐러드 재료를 좀 뜯고 칼을 제자리에 갖다 두는 거예요. 짠, 아무도 모르게……"

그렇게 했다.


샤를르가 바구니에 담긴 야채들을 뚫어져라 들여다보았다.

"또 무슨 고민을 하시는 거예요?"

"상추 잎에…… 커다린 벌레가 붙어 있어요, 이게 바로 민달팽이인가……"

그녀가 목을 빼고 바구니 안을 들여다보았다. 그녀의 목덜미⋯⋯ 벌레를 잡아 쪽문 옆에 있는 양동이 안에 넣었다.

"전에는 르네 영감님이 민달팽이란 민달팽이들을 죄다 짓눌러 죽였는데 야신이 하도 난리를 치는 바람에 두 손 두 발 다 들어버렸어요. 이제는 옆집 텃밭으로 넘겨버리죠⋯⋯"

"옆집에? 왜요?"

"옆집 사람이 영감님의 닭을 죽였거든요⋯⋯"

"그런데 야신은 왜 그렇게 민달팽이에 관심이 많은가요?"

"큰 녀석들한테만 관심이 있는 거예요⋯⋯ 어디선가 읽은 내용인데, 큰 민달팽이는 8년에서 10년까지도 살 수 있다고 되어 있었다더군요⋯⋯"

"그래서요?"

"세상에! 당신도 야신만큼이나 사람을 귀찮게 하는군요! 저도 몰라요⋯⋯ 만약에 자연이나 신이나 당신이 믿는 어떤 존재가 그렇게 역겨운 동물을 일부러 창조해냈다면, 특히나 그렇게 오래 살도록 만들었다면, 거기에는 어떤 이유가 있을 것이고, 그런 벌레들을 떼어내려고 삽으로 내려치는 등의 난폭한 행동을 하는 것은 모든 창조에 대한 모욕이라는 것이 야신의 생각이에요. 그것 말고도 야신이 주장하는 이론들은 굉장히 많아요⋯⋯ 밭에서 일을 하는 르네 영감님과 함께 몇 시간이고 대화를 나누지요. 처음으로 고구마를 심은 때부터 지금까지의 역사나 세계의 기원들 같은 것들을 주제로 삼아서.

야신은 자기 얘기를 들어주는 사람이 있어서 좋고, 영감님은 영감님대로 심심치 않아 좋고. 어느 날엔가, 영감님이 그러시더라고요. 이러다가는 죽기 전에 무슨 자격증을 따게 될지도 모르겠다고, 그리고 민달팽이들은 이집 저집을 구경하며 돌아다닐 수 있으니 또 얼마나 좋겠느냐고…… 아무튼 모두가 다 좋아하니까…… 자, 절 따라오세요, 저 위로 올라갈 거예요. 애들이 무슨 일을 벌이고 있는지, 가서 좀 봐야겠어요…… 이렇게 아무 소리도 안 들리면 불안하거든요."

남아 있는 담장을 따라 걷다가 언덕 꼭대기까지 이어진 흙길로 접어들었다.

끝없이 펼쳐진 산울타리로 둘러싸인 초원, 기복이 심한 바닥, 건초 다발, 숲의 입구, 넓디넓은 하늘, 그리고 저 아래쪽에 모여 있는 한 무리의 아이들. 거의 모두가 수영복 차림에 거의 모두가 안장도 없는 동물 등에 올라타고 있었다. 웃고, 소리치고, 비명을 지르며 작은 숲 뒤로 흘러 들어가는 검은 물의 강을 따라 달리는 아이들……

"좋았어…… 아무 일도 없네." 그녀가 한숨을 내쉬었다. "이제 우리도 좀 쉴 수 있겠어요.

샤를르는 꼼짝도 하지 않았다.

"안 가세요?"

"곧 익숙해집니까?"

"무엇에요?"

"저런 것……"

"아뇨…… 매일 매일 달라지는걸요……"

"어제는, 하늘이 분홍색이고 구름이 푸른색이었지요, 오늘 저녁엔 그 반대로군요, 구름이 분홍…… 당신은…… 여기 오래 사셨습니까?"

"구 년째예요. 가요, 샤를르…… 많이 피곤하네요…… 아주 이른 시각에 일이 있고, 배도 고프고, 춥기도 하고……"

그가 재킷을 벗었다.

오래 전부터 해온 행동이었다. 벌써 천 번은 이렇게 해봤지 싶었다. 그랬다. 귀가길, 아름다운 여인의 어깨 위에 재킷을 걸쳐 주는 것은 많이 해 보았다. 하지만 아주 색다른 점이 있다면, 어제는 절단기를, 오늘은 민달팽이가 잔뜩 든 바구니를 들고 있다는 것……

그럼 내일은?

"사실은, 당신도 굉장히 피곤해보여요." 그녀가 말했다. 어려운 말을 꺼내듯 조심스럽게.

"일이 많아서……"

"그러실 줄 알았어요. 어떤 걸 지으시는데요?"

아무것도.

팔을 툭 내려뜨렸다.

갑자기 걷잡을 수 없이 우울해져버렸다.

그녀의 질문에 대답하지 않았다……

케이트는 고개를 숙였다. 자기도 맨발에 장화를 신었다는 것이 기억났다.

원피스에는 얼룩이 묻었고, 손톱은 깨지고, 손이 심하게 거칠다는 것도. 이젠 꽃다운 스물다섯 살 아가씨가 아니라는 것도. 오후 내내 작은 학교의 운동장에서 집에서 만든 케이크를 팔았다는 것도. 거짓말을 했다는 것도. 반경 15km 이내에 레스토랑이 있다는 것도. 누추한 마구간이며 닭장들을 구경하고서도 마치 화려한 궁전을 본 듯 감격해하는 그의 모습이 참 재미있었다는 것도. 다른 사람도 아닌…… 온갖 곳을 다 다녀보았을 그의 반응이었기에…… 말들과 닭들과 길들여지지 않은 아이들 이야기를 주워섬기느라 퍽이나 힘들었다는 것도……

하지만…… 달리 무슨 말을 할 수 있었을까?

그녀의 현재 삶에 다른 무엇이 있단 말인가?
양 손을 주머니에 찔러 넣었다.
다른 것들은 감추기 힘들었으므로.

어깨를 나란히 한 채 언덕을 내려왔다. 서로 아무 말 없이. 낯선 사람들처럼.
그들의 등 뒤로 해가 저물었다. 두 사람의 그림자가 길어졌다.

"내……" 그녀가 아주 천천히, 낮은 소리로 읊조리기 시작했다.
 "내 너에게 보여주리라
 아침이면 너를 앞서 큰 걸음을 떼는 네 그림자나
 저녁에 너를 맞으러 일어나는 네 그림자와는 다른 그 무엇을
 한 줌의 먼지 속에서 너의 공포를 보여주리라."

그가 걸음을 멈추고 그녀를 뚫어지게 바라보았다. 그의 시선이 불편했던 그녀는 설명을 해야겠다고 생각했다.
 "T.S. 엘리엇의 「황무지」……"
그러나 얼이 빠진 샤를르의 귀에 시인의 이름은 들어오지 않았다. 누가 되었건 상관없었다. 그의 마음을 사로잡은 것은…… 그것은…… 그녀가 그것을 어떻게 눈치챘단 말인가?

"케이트?"
"음　　"
"당신은 대체 누굽니까?"
"재미있네요. 제가 제 자신에게 늘 던지는 질문이 바로 그거였는

데…… 글쎄요…… 남들 얘기로는, 낙타표 장화를 신은 맹렬 농부 아줌마라고 하던데요. 반창고투성이의 남자에게 힘 빠지는 시구를 읊어주면서 관심을 끌려고 애쓰는……"

그리고 그녀의 웃음이 그들의 그림자를 흔들었다.

"어서요, 샤를르! 가서 커다란 파이를 만들어요! 우리 둘 다 그 정도 상은 받을 만하다고요……"

# 7

    초라한 자리에 누운 늙은 개가 끙끙대며 그들을 맞아주었다. 케이트는 쭈그리고 앉아 개의 머리를 무릎에 얹어놓고 다정한 말들을 속삭이며 녀석의 귀를 긁어주었다. 그리고 마틸드가 즐겨 쓰는 표현에 따르면, 샤를르는 그 다음 장면이 분명 '허깨비'일 것이라고 생각했다. 케이트가 양 팔을 벌리더니 녀석을 번쩍 들어올려(그녀도 입술을 깨물기는 했다) 마당으로 데리고 나가서 오줌을 누이는 것이었다.
    분명 허깨비일 것이라고 생각했기에 감히 그녀를 따라 나갈 생각조차 하지 못했다.
    저런 짐승이라면 몸무게가 대체 얼마나 나갈까? 30킬로? 40킬로?

    저 여인은 결코 멈추지 않을 것이었다, 그를…… 놀라게 하는 것을. 다시 한 번 열네 살 먹은 마틸드의 어록을 참고하자면, 그를 스카치테이프로 붙여놓을 것이었다. 그래, 자신에게서 절대 떨어지지 않도록.
    그녀의 미소, 그녀의 목덜미, 그녀의 말총머리, 70년대풍의 원피스, 그녀의 엉덩이, 굽 낮은 단화, 자연 속에서 뛰노는 그녀의 아이들, 가시덤불을 쳐낸다는 계획, 재치 있는 답변, 뜻밖의 눈물, 그리고 이제는 4초 반 만에 큰 개를 번쩍 들어 올리는 황당한 일까지, 이건……
    그가 감당하기에는 너무 벅찬 것들.

바구니를 내려놓았다.

"왜 그러세요?" 허벅지에 묻은 먼지를 툴툴 털며 그녀가 물었다.

"핫팬츠를 입은 성모님을 본 것 같은 얼굴을 하고 계시네요. 여기 아이들이 하는 말이에요…… 제가 아주 좋아하는 표현이죠…… '야! 미카엘! 핫팬츠를 입은 성모님을 보기라도 한 거야 뭐야?!?' …… 맥주 드릴까요?"

냉장고 문을 살펴보았다.

정말 난처한 표정을 짓고 있었나 보았다. 그녀가 그의 팔을 잡아끌면서 보세요, 이게 바로 맥주라는 거예요 라고 말할 정도로.

"제 말, 듣고 계신 거예요?"

그리고 그녀에게는 일상적인 일이 그에게는 자연스럽게 받아들일 수 없는 일이라는 것을 깨닫고, 설명을 해주기로 했다.

"녀석은 아랫도리가 마비되었어요…… 우리 집 개들 중에서 유일하게 이름이 없는 놈이죠…… 그냥 '큰 개'라고들 불러요. 우리를 지켜준 마지막 기사가 바로 저 녀석이에요…… 녀석이 없었다면, 오늘 밤, 우리는 이 자리에 있지 못했을 거예요…… 아니, 적어도 저는 여기에 남아 있지 않았을 거예요……"

"왜요?"

"참나…… 지겹지도 않으세요?" 그녀가 한숨을 내쉬었다.

"뭐가요?"

"제 이야기요. 이제 질릴 만도 한데요?"

"안 지겨운데요."

그녀가 싱크대 앞에 서서 움직이기 시작하는 것을 보고, 그는 의자 하나를 들어 그녀의 곁으로 갔다.

"상추를 씻는 것쯤은 저도 할 줄 압니다." 그가 자신 있게 말했다.

"자요. 여기에 앉으세요…… 맥주를 마시면서 이야기를 계속 해주세요……"

그녀가 머뭇거렸다.

현장 감독께서는 눈살을 찌푸리더니 검지를 치켜들고 지시를 내렸다.

"앉아요!"

결국 그녀는 자리에 앉아 장화를 벗고 원피스 자락을 가지런히 모은 다음 의자 등에 제 등을 기댔다.

"아…… 어젯밤 이후로 처음 앉아보는 거예요. 이제 절대 일어나지 말아야지……"

"이해할 수가 없어요." 샤를르가 다시 말했다. "이렇게 불편한 싱크대에서 이런 대식구가 먹을 음식 준비를 하다니. 이건 전원 분위기의 장식 효과를 노린 것도 아니잖아요, 이건…… 거의 마조히즘의 수준이라고요! 아니면 스노비즘이던가, 내 말이 틀립니까?"

그녀는 병나발을 불면서 벽난로 옆에 있는 문을 가리켰다.

"저기 뒤쪽에 부엌이 하나 더 있는데…… 잘 찾아보시면 하녀들까지는 아니어도 큼직한 싱크대하고 식기세척기를 찾아내실 수 있을 거예요……"

그리고 거하게 트림을 했다.

하녀들을 거느리는 주인마님이라도 된 듯이.

"좋아요…… 하지만…… 관두죠, 당신과 함께 여기에 있겠습니다. 어떻게든 해 보지요, 뭐……"

샤를르는 사라졌다가 다시 나타나서는 분주하게 움직이다가 찬장을 열어보더니 뭔가를 꺼내고 일을 시작했다.

재미있다는 듯 쳐다보는 시선을 받으며.

민달팽이와 씨름을 하면서 그가 다시 말했다.

"이제 이야기를 들려주셔야죠……"

그녀는 창을 향해 돌아앉았다.

"우리가 이곳에 왔던 때는…… 시월이었어요. 그렇게 기억하고 있어요…… 어떻게 여기까지 오게 되었는지는 나중에 얘기할게요, 너무 배가 고파서 자세한 이야기를 할 수는 없을 것 같으니까요…… 몇 주를 지내고 났더니, 해가 점점 일찍 졌어요. 겁이 나기 시작하더군요…… 두려움이라니, 저에게는 정말 새로운 감정이었어요.

저 혼자서 애들을 데리고 있는데, 저녁만 되면 저 밀리에서 자동차 헤드라이트 불빛이 번쩍거리는 거예요…… 오솔길 초입에 나타나서는 점점 더 가까이…… 사실 아무것도 아니었는데…… 그냥 주차하는 차의 헤드라이트 불빛이었는데…… 그렇지만, 그게 제일 무서웠어요. 그 아무것도 아닌 것. 우리를 지켜보는 한 쌍의 노란 눈 같았죠…… 르네 영감님에게 그 이야기를 했더니 영감님 아버지가 쓰시던 장총을 주더군요, 하지만 저는…… 다른 조치를 취하기로 결심했어요…… 그래서 어느 날 아침, 애들을 학교에 내려주고, 여기에서 20km쯤 떨어진 곳에 있는 동물애호협회로 갔어요. 제대로 된 협회도 아니더라고요…… 폐자동차에다가 차린 일종의 구호소 같은 곳이었죠. 뭐랄까…… 정감이 가는 곳이었는데…… 굉장히 특이한 남자가 지키고 앉아 있었어요. 이제 그 사람과는 친구처럼 지내고 있어요. 얼마나 친한지는 그 후로 그 집에서 데려온 개가 몇 마리인지 세어보시기만 해도 알 거예요. 하지만 그날은, 농담이 아니라, 얼마나 겁이 났는지 몰라요. 아, 결국 난 강간당하고 목 졸려 죽은 다음에 분쇄기에 던져지고 말 거야." 그녀가 웃었다. "젠장, 그럼 애들은 누가 데리러 가지? 네 시면 학교 수업이 끝날 텐데. 이런 생각들이 머리를 스쳐 지나갔죠.

웬걸요. 눈동자 없는 한 쪽 눈이며 머리에 난 땜 자국이며 손가락이 몇 개 모자라는 손이며 환상적인 문신 같은 것들은, 그것들은 그냥…… 그 사람은 그냥 그렇게 생겨먹었던 것뿐이었어요. 전 문제가 뭔지 얘기를 했죠. 한참동안 잠자코 있던 그가 자기를 따라오라는 손짓을 했어요. '이놈만 집에 데려다 놓으쇼. 아무도 당신한테 집적거리지 못할 테니. 내 말만 믿으시라니까……' 놀라 자빠지는 줄 알았어요. 똥 구린내가 진동하는 개장 속에서 늑대 같은 녀석이 미친 듯이 날뛰고 있었거든요. 우릴 잡아먹으려는 기세로 철창에다가 제 몸을 부딪치면서 막 달려들었어요. 주인이 침을 찍 뱉더니 한 마디를 더 하더군요. '개줄은 가져오셨수?' 그리고 다시 한 번 침을 뱉었죠."

샤를르가 양상추 심지를 떼어내고는 웃으며 뒤를 돌아다보았다.

"그래, 개줄을 가져갔었어요?"

"개줄도 없었거니와 그 괴물과 함께 차를 타야 한다는 생각에 눈앞이 얼마나 캄캄해지던지! 보나마나 저 녀석이 날 산 채로 잡아먹을 거야! 하지만 어쩌겠어요…… 전 당황한 티를 내지 않았어요…… 주인이 가죽띠를 가져오더니 고함을 지르면서 개장을 열고 게거품으로 범벅이 된 그 괴물을 끌어내서는 제게 넘겨주었어요. 라디에이터나 알루미늄 휠 같은 물건을 넘겨주듯 아주 덤덤하게. '원래 돈을 좀 받는 게 원칙인데, 이놈은 이제 처치해버리려던 녀석이라서…… 옛수, 그냥 데려가슈. 그럼 이제 그만 가주실까? 난 할 일이 있어서……' 그가 날 버리고 가 버렸어요. 전 그 자리에 못 박힌 듯 서 있었죠. 땅에 박힌 것처럼. 그때만 해도 제게 여성스러운 면이 좀 남아 있었거든요. 아직 찰스, 프랑스식 발음으로 샤를르 잉걸스(\*미국의 동화작가 로라 잉걸스 와일더의 동화 『초원의 집』의 등장인물. 이 동화는 1974년에 텔레비전 시리즈로 제작되었고 국내에서는 1980년대에 인기리에 방영된 바 있다)로 변신하기 전이었으니까요!'

우리의 주인공 샤를르는 너무나 재미가 났던 나머지 그게 무슨 소리냐고 말할 생각조차 하지 못했다.

"결국 녀석을 차까지 끌고 가는 데는 성공을 했어요. 그런데……"

"그런데?"

"그런데, 차에 태울 엄두가 나질 않아서……"

"주인에게 다시 데려다주었나요?"

"아뇨. 집까지 걸어서 가기로 마음을 먹었죠…… 한 백 미터쯤 녀석에게 질질 끌려가다가 줄을 놓아버렸어요. 그리고 이야기를 했죠. '이봐, 나랑 같이 가면 넌 평생 동안 편안하게 호위호식 할 수 있어. 네가 늙으면 고기를 믹서에 곱게 갈아 먹여주고 저녁마다 마당으로 데리고 나가 산책을 시켜 줄게. 아니면 네가 있던 곳으로 돌아가든지. 르노5 같은 똥차 깔개가 되고 싶으면 다시 돌아가란 말이야. 네가 선택해.' 당연히 녀석은 밭을 가로질러 냅다 도망을 쳐 버렸어요. 다시는 녀석을 볼 수 없을 거라고 생각했죠. 그런데, 아니었어요…… 불쑥 불쑥 다시 제 앞에 나타나더라고요…… 까마귀를 쫓아다니기도 하고 큰 나무 아래 풀숲에 들어가 있기도 하고, 그러다가 원을 그리면서 제 주위를 빙빙 돌더군요…… 원이 점점 더 작아졌죠…… 세 시간쯤 지났을까, 마을을 통과하게 되었는데, 그때부터 제 뒤를 얌전히 따라왔어요. 혀를 늘어뜨린 채로. 녀석에게 물을 마시게 한 다음에, 르네 영감님이 오토바이로 저를 차 세워둔 데까지 데려다줄 동안 개집에 가둬두려고 했더니 다시 미친 듯이 날뛰기 시작했어요. 그럼 여기서 날 기다리라고 당부를 한 다음에 그냥 두고 집을 나섰어요."

맥주 한 모금을 마시며 숨을 돌렸다.

"집에 돌아왔는데, 다시 겁이 나더군요……"

"개가 도망쳤을까봐서요?"

"아뇨. 애들을 잡아먹을까봐서! 그때 그 장면을 저는 영원히 잊지 못할 거예요…… 그 당시에는 아직 마당에 차를 세워두었어요…… 다리가 무너지고 있다는 걸 몰랐거든요…… 녀석이 문 앞에 엎드려 있다가 고개를 들었어요. 저는 시동을 끄고 뒷좌석에 있던 아이들을 돌아보았죠. '있잖아, 개를 새로 데려왔어, 사나워 보이지만 겉으로만 그런 걸 거야…… 좀 두고 보자, 응?'

제가 먼저 차에서 내린 다음에 아티를 품에 안았어요. 그리고 뒤쪽으로 돌아가서 큰아이들 둘이 내릴 수 있도록 차 문을 열어주었죠. 녀석이 몸을 일으켰어요. 몇 발자국을 다가가려 했지만, 사뮈엘과 알리스가 제 외투를 잡고 매달리는 바람에 움직일 수가 없었지요. 녀석이 으르렁거리면서 우리에게 다가왔어요. 녀석을 똑바로 보면서 제가 말했죠. '그만해, 이 바보야. 애들은 내 아이들이란 말이야……' 그러고는 아이들을 데리고 산책을 나섰죠. 다리가 후들후들 떨리더군요. 애들도 용감한 척, 아무렇지도 않은 척하지는 못하더라고요…… 마침내 아이들이 저를 놓아주었어요. 우리는 그네를 탔고 녀석은 길에 웅크리고 앉아 있었지요. 집에 돌아와서 저녁을 먹을 때에는 벽난로 앞자리를 차지했고요…… 골칫거리가 생긴 건 그 이후였어요…… 녀석이 이웃집 양 한 마리를 죽였거든요. 아니 두 마리, 세 마리…… 닭도 한 마리씩 야금야금 죽이더니 급기야는 열 마리를 해치웠죠…… 녀석이 사고를 칠 때마다 이웃들에게 변상을 해주다가, 르네 영감님의 뱃속에서 나는 꾸르륵 소리를 듣는 순간, 이게 아니구나 싶었어요. 카페에서 사냥꾼들이 수군거리던 이야기도 생각나고. 뭔가 심상치 않은 일이 일어나고 있는 것 같은 예감이 들었어요…… 그래서 그날 저녁에 녀석을 불러놓고 경고를 했지요. '네가 계속 이런 식으로 나오면, 사람들이 널 죽이고 말 거야, 알겠니……' "

 샤를르는 1960년대, 예예족(＊ '예예'는 60년대 당시 미국문화를 따라가려는 프랑스 젊은이들이 '예예(Yeah-Yeah)'를 외친다고 해서 붙여진 것으로, 춤과 노래로 소일하는 젊은 남녀를 지칭한다)들이 썼을 법한 야채탈수기를 돌리느라 진땀을 뺐다.

 "그랬더니요?"

 "전에도 그랬던 것처럼 제 얘기를 알아들었어요. 그 무렵, 집에 강아지 한 마리를 새로 데려온 것도 도움이 되었어요…… 뭐랄까…… 좋은 본보기가 되었다고 해야 하나…… 아무튼 녀석은 안정을 되찾았지요.

 여기에 오기 전까지, 전 동물을 한 번도 길러보지 않았거든요. 사람들이 멍멍이들에게 의지하는 걸 보고 이상하다고 생각했었죠, 하지만 녀석은…… 내 생각을 완전히 고쳐주었어요……

 우리를 구해 준 기사라고 말씀드렸었죠…… 녀석이 없었다면 전 끝까지 해내지 못했을 거예요…… 나의 수호천사가 되어주었고, 아이들을 돌보아주었고, 수영 선생도 되어 주었고, 속내를 털어놓을 수 있는 친구도 되어주었고, 심부름도 하고, 분위기도 바꾸어주고…… 정말 많은 것을 해주었어요…… 아이들이 안 보인다고 궁금해하면 모두 눈앞에 데려다주었고 제가 우울해하면 기분을 바꾸어주기 위해서 사건을 만들었어요…… 지나가다가 닭을 슬쩍 물어준다거나 우체부의 다리를 깨문다거나 일요일에는 큼직한 스테이크를 덥석 물어가버리기도 했죠…… 그랬어요! 제가 고개를 들도록 일부러 애를 썼어요! 그러니까 전…… 녀석을 끝까지 돌봐주어야 해요……"

"한밤의 불청객은요?"

"녀석이 집에 온 다음 날, 다시 헤드라이트 불빛이 번쩍거렸어요. 저는 잠옷 바람으로 부엌 창가에 서 있었지요. 녀석이 제가 두려워한다는 눈치를 챘는지, 문 앞에 나가서는 뭐에 홀린 듯이 마구 짖기 시작했지요. 문을 열자마자 뛰쳐나가더니 어느새 길 끝에 가 있더라고요. 그날 밤, 아마 온 동네 사람들이 잠을 설쳤을 거예요…… 그러고 나서 저는 아주 편안하게 잘 수 있었어요. 그날 밤 이후로 계속……

처음엔 사람들이 저를 늑대여인이라고들 불렀죠…… 자, 얘기는 여기까지!" 그녀가 기지개를 켰다. "이제 다 됐나요?"

"소스도 만들었는데요……"

"참 잘 하셨어요. 고마워요, 지이브(＊영국작가 P. G. 우드하우스의 작품 속에 등장하는 집사)."

★★★

"여긴, 저의 정원이에요……" 그녀가 말했다. 두 사람은 집의 다른 쪽으로 나와 있었다. 샤를르는 살면서 지금껏 그렇게 많은 꽃들을 본 적이 없었다.

어수선하고 꾸밈없기는 다른 곳들과 똑같았다. 놀라운 것도.

샛길도, 가장자리에 심은 장식용 나무도, 화단도, 잔디도 보이지 않았다. 꽃밖에 없었다.

꽃천지.

"처음엔 정밀 환상적이었는데…… 제 어머니가 꾸민 거예요, 그런데…… 뭐라고 해야 하나…… 세월이 흐르면서, 이렇게 마구 자라버렸어요…… 전 여기에 신경을 많이 쓸 수가 없거든요…… 시간이 없어서…… 어머니는 여기 올 때마다 정원 꼴이 기가 막힌다면서 이름을 적은 팻말을 찾느라 휴가 내내 땅바닥을 뒤지지요…… 그런 면에서 보면 어머니는 아버지보다 더 영국적인 것 같아요…… 정원을 정말, 정말로 열심히 가꾸거든요…… 비타 색빌 웨스트(*1892-1962, 버지니아 울프와 우정 이상의 관계를 유지했으며 울프의 소설『올란도』의 모델이 된 영국의 소설가, 시인, 저널리스트. 외교관이었던 남편과 함께 만든 영국 켄트 지방의 시싱 허스트 성의 정원은 세계에서 가장 아름다운 정원의 하나로 손꼽힌다)의 광팬이고, 왕립 원예학회, 영국 국립 장미학회, 영국 클레마티스 협회의 회원인 데다가 또…… 아무튼, 이만하면 어떤 분인지 아시겠죠……"

샤를르는 장미라고 하면 뾰족한 가시가 먼저 떠올랐다. 그리고 그가 아는 장미는 주로 분홍색이나 흰색, 혹은 붉은색이었다. 그 외에는 감동을 잘 하는 여자를 꼬이려고 할 때 꽃집 주인에게 주문하는 꽃 정도로 알고 있었을 뿐이었다. 그러니 덤불과 넝쿨과 커다란 꽃부리와 담을 타고 오르는 것과 단순한 모양의 꽃잎을 달고 있는 이것들도 모두 장미라는 소리를 들었을 때, 그저 놀랄 수밖에.

꽃 한가운데에는 잎사귀가 무성한 덩굴식물로 뒤덮인 정자 아래로 부엌의 것들보다 더 짝이 맞지 않는 의자들로 둘러싸인 식탁 한 개가 놓여 있었다. 케이트는 신이 나서 재산목록을 읊었다.

"글리신…… 큰꽃으아리…… 인동덩굴…… 능소화…… 으름…… 자스민…… 제일 예쁠 때는 8월이에요. 8월, 해 저물녘에 피곤한 몸을 이끌고 여기에 와 앉으면 갖가지 향기가 바람을 타고 날리는데, 그건…… 정말 경이로움 그 자체지요……"

식탁보를 깔고 접시더미와 소시지 바구니, 커다란 빵 네 덩어리, 포도주 한 병, 냅킨, 오이지단지, 물병, 겨자병을 재활용한 컵 열 개 남짓, 다리 달린 포도주 잔 두 개, 그리고 커다란 샐러드 그릇을 놓았다.
"자…… 이젠 식사 종을 울려도 되겠어요……"

"표정이 좋지 않으시네요." 다시 집에 들어온 후에, 그녀가 말했다.
"저어, 전화 좀 써도 될까요?"
두 사람의 시선이 마주쳤다.
케이트는 고개를 숙였다.
멀리, 헤드라이트의 불빛이 보였다.
"물…… 물론이죠……" 두르지도 않은 앞치마 자락을 찾아 괜히 손을 바삐 움직이며 그녀가 말을 더듬었다. "저기…… 복도 끝에 있어요."
그러나 샤를르는 움직이지 않았다. 그녀의 관심이 되돌아오기를 기다렸다.
"렌터카 사무실에 연락을 해야 하거든요. 차 때문에……"
그녀는 신경질적으로 고개를 끄덕였다. 아뇨, 알고 싶지 않아요, 라는 의미를 담아. 그리고 그가 파리를 향해 가는 동안 밖으로 나와 펌프 가에 쭈그리고 앉았다.

점점 더 차가워지는 물줄기를 맞으며 별로 좋지 않은 생각이었다는 걸 너도 알고 있었잖아, 라고 자책을 했다.
무슨 생각을 한 거야, 바보 멍청이, 저 사람이 〈메디슨 카운티의 다리〉를 촬영하러 오기라도 한 줄 안 거야?

동그란 다이얼이 달린 구식 전화기였다. 동그란 다이얼로 번호를 돌리는 건 시간을 많이 잡아먹는 일이었다. 그는 먼저 마틸드에게 전화를 걸었다. 용기를 얻기 위해.

음성사서함.

사랑한다고 말하고 월요일 아침에 공항까지 꼭 데려다 줄 테니 염려 말라고 했다.

다음엔 렌터카 사무실.

이름을 말하고 상황 설명을 했다. 상대방이 그 상황을 실제보다 심각하게 받아들인다고 생각했다.

드디어 로랑스.

신호음이 다섯 번 울리는 동안, 무슨 이야기를 해야 하나 생각을 해……

음성사서함.

'그냥 끊지 마시고 예의상이라도 메시지를 남겨 주세요.' 이건 또 뭔 소리야? 그녀는 굉장히 하이패션적인 목소리로 부탁하고 있었다.

예의상이라고? 예의바르기로 둘째가라면 서러운 샤를르였다. '뜻하지 않은 사고'라는 말을 들먹이며 횡설수설 설명을 하고 막 마지막 인사를 하려…… 삐 소리가 그의 말을 끊었다.

수화기를 내려놓았다.

벽에 난 금들과 비늘처럼 일어나고 있는 페인트칠을 물끄러미 바라보았다. 상처난 벽을 어루만지다가 멍한 상태로 한참 동안이나 벽 껍질을 벗겨내었다.


종소리에 문득 정신이 들었다.

케이트를 찾아 마당으로 나갔다.

단화로 갈아 신고 두꺼운 스웨터를 걸친 그녀는 돌계단 세 번째 칸에 앉아 있었다.

"이리 와서 연극 한 편 구경하세요!" 그녀가 불쑥 말했다. "제가 해설을 해 드릴게요!"

그녀의 발치에 앉으려다가 잠시 망설였다…… 휑하게 벗겨진 머리가 적나라하게 보일 텐데……

뭐…… 할 수 없지.

"처음 등장할 아이는 야신이에요. 제일 먹보인 데다가 뭔가를 하고 있는 경우가 절대로 없기 때문이죠…… 야신은 아무 놀이에도 참여하지 않아요…… 서툰 모습을 보이게 될까봐 겁이 나서…… 다른 아이들은 야신의 머리가 너무 무겁기 때문이라고들 하죠…… 하이더스와 어글리가 야신을 따라올 거고요, 그 개들 둘 다 끔찍하게 못생겨서 그런 이름들을 붙여주었는데, 여기 아이들은 이두스, 외글리, 이렇게들 발음하더라고요. 『땡땡의 모험』에 나오는 뒤퐁(Dupont)과 뒤퐁(Dupond) 형사들 아시죠? 두 녀석은 견족(犬族)의 뒤퐁과 뒤퐁이에요…… 저것 보세요…… 나타났잖아요…… 그 다음엔 넬슨과 녀석의 주인 알리스, 그 뒤로는 알리스를 숭배하는 네드라…… "

아틀리에의 문이 방긋이 열렸다.

"제가 뭐랬어요…… 그 다음으로는 큰애들…… 식사시간을 알리는 종소리 외에는 아무 소리도 귀에 들어오지 않는 밥통들. 우린 2주에 한 번씩 마트에 가서 카트 세 개 가득 장을 봐 와요. 카트 세 개가 넘칠 정도로! 큰애들과 함께 라몽, 아독 선장이 올 거고 맨 끝에는 염소들이 따라올 거예요. 다들 저녁밥을 먹으러 오는 거지요…… 그래요, 저녁밥……" 그녀가 한숨을 쉬었다. "우리 집에는 이런 식으로 매일 되풀이되는 일상이 정말 많아요, 별 의미도 없는 행사가…… 시간이 많이 걸리는 일상이지만 어느 날엔가 전 깨달았어요. 이런 일상이 사는 데 도움이 된다는 것을……
 게다가 사방으로 뛰어다니는 개들에…… 좀 아까 말씀드린 강아지, 음…… 놀라우리만치 긴 귀로 미루어보아 다리 짧은 사냥개 종류가 아닐까 하는 녀석에…… 마지막으로 소개하지만 아주 중요한 녀석, 우리의 사랑스러운 프리키도 있어요. 전생에 아마 프랑켄슈타인이 아니었을까 싶은…… 녀석을 보셨어요?"
 "아뇨."
 "곧 보시게 될 거예요. 흉터투성이에 귀는 비뚤게 꿰매어지고 눈은 작은 공만 한 땅딸보예요……"
 침묵.

 "왜지요?" 그가 물었다.
 "왜라니 뭐가요?"
 "이 동물들을 모두 왜 데리고 있는 겁니까?"
 "제게 도움이 되니까요."
 손가락으로 언덕을 가리켰다.
 "저기들 오네요…… 어쩌지…… 생각했던 것보다 많이 왔네…… 저기, 소나무 옆에 있는 애들, 보이시는지 모르겠지만…… 우리 소녀기사들…… 말을 타고 쏜살같이 달려가는 아리엣하고 친구 카미유도 있거든요. 저 애들을 다 먹일 수 있을까……?"

 정확하게 케이트가 말한 순서대로 행렬이 이어졌다. 앞마당은 순식간에 고함소리와 먼지와 재잘거리는 소리로 가득 찼다.
 케이트는 곁눈으로 손님의 반응을 살폈다.
 "조금 전부터, 당신의 입장이 되어보려고 노력해봤어요." 그녀가 참고 있던 말을 털어놓았다. "당신이 이 모든 것들을 어떻게 생각할까. 정말 괴상한 집에 발을 들여놓았다고 생각하지나 않을까. 그렇지 않나요?"

천만에. 그는 지금 느끼는 마음의 동요와 복도 끝에서 느낀 혼란이 참 다른 종류로구나, 라는 생각을 하고 있는 중이었다.

여태껏 기계에 대고 이야기를 하며 삶을 살아왔다는 느낌……

"대답을 안 하시네요……"

"제 입장이 되어보려고 하지 마세요." 그가 빙긋 웃으면서 약간 까칠하게 대답했다. "제 입장이 되면 훨씬……"

"훨씬?"

신발 코로 자갈 위에 반원을 그렸다.

"살아 있다는 느낌이 덜할 테니까."

갑자기 아누크의 이야기가 몹시 하고 싶어졌다.

"밥 먹으러 가요!" 그녀가 자리에서 일어섰다.

그녀가 먼저 간 틈을 타 야신에게 물어보았다.

"있잖아…… 부엉이 새끼를 한 마디로 뭐라고 하지?"

"아기부엉이." 알리스가 생긋 웃으며 끼어들었다.

야신은 새하얗게 질려버리고 말았다.

"어이! 그럴 것 없어. 그거 하나 모르는 게 무슨 심각한 문제라고……" 아이를 안심시키려 했지만.

하지만.

야신에게는 너무나도 심각한 문제였다.

"다 자라지 않은 새들을 '애소리'라고 한다는 건 알고 있는데요, 부엉이새끼는, 아아……"

"그럼 꿩 새끼는 뭐라고 하지?" 아이를 곤경에서 구해주려는 마음으로 다시 한 번 물어보아주었다.

야신의 입이 귀에 걸렸다.

"꺼병이."

휴우.

마침내 '휴우' 하고 한숨을 돌렸지만…… 아이는 한참 동안이나 샤를르를 붙들고 이야기를 늘어놓았다. 호랑이 새끼는 개호주, 곰 새끼는 능소니, 매 새끼는 초고리, 매미 애벌레는 굼벵이, 숫송아지는 푸룩소.

참, 푸룩소가 아니고 부룩소.

식탁의 반대편에 앉은 그녀는 아이에게 성실히 대꾸해주는 샤를르의 모습을 물끄러미 바라보았다. 그가 베리 머치 즐거워하는 모습을.

나뭇잎이 무성한 정자 아래에 열두 명이 둘러앉아 서로 동시에 말을 하느라 정신이 하나도 없었다. 빵 바구니와 오이지 단지를 건네주며 다들 자선바자 이야기에 열을 올렸다.

누가 무슨 선물을 받았더라, 담임선생님의 아들이 어떤 꼼수를 쓰더라, 자렛 신부님이 노천 바에 와서 포도주 몇 잔을 마시더라는 등.

큰아이들이 별을 보며 자고 싶다고 하자 작은아이들이 자기들도 그렇다고, 이제 다 컸으니 허락해 달라고 졸랐다. 샤를르는 한 손으로 케이트의 잔을 채우고 다른 손으로는 그의 어깨를 간질이는 무언가의 얼굴을 떠밀어냈다…… 케이트가 "얘들아, 제발! 멍멍이들은 그만 먹여!"라고 했지만 다들 들은 체도 하지 않았다. 한숨을 쉬며 큰 개에게 볶은 돼지고기로 만든 파이를 조심스럽게 먹여주는 그녀.

후식을 먹을 차례가 되자, 횃불과 양초를 밝혔다. 사뮈엘과 그 무리들은 식탁을 치우고 팔다 남은 케이크를 가지러 갔다. 약간의 실랑이가 있었다. 아무도 트뤽 부인의 사과파이를 먹고 싶어 하지 않았다. 그게 왜 싫어? 트뤽 부인한테서 이상한 냄새가 난단 말이에요. 큰아이들은 옷소매로 최신형 휴대폰의 액정화면을 닦으며 낚시하기 좋은 곳을 발견했다느니, 암소가 곧 새끼를 낳을 거라느니, 가그누 씨네 집에서 새 농기계를 사들였다는 등의 이야기를 했다. 사료를 헛간으로 운반하는 일종의 트랙터인데 물건을 들어 올리는 하얀색 부품을 자세히 보면 사람으로 치면 왼쪽 유방이 있는 자리에 검은색 점이 찍혀 있고 그 아래에 화살표와 함께 '손바닥으로 때려주세요'라고 되어 있다나. 성능은 괜찮은 편이라고.

야신은 혼잣말이라고 하기엔 꽤 큰 목소리로 고등어의 새끼가 고도리던가 고돌이던가라고 중얼거렸고 네드라는 양초의 불꽃을 빤히 바라보았으며 샤를르는 네드라를 뚫어지게 쳐다보았다.

라투르의 그림 한 폭……(*촛불의 화가라는 조르주 라투르. 램프를 바라보는 막달라 마리아라는 작품으로 유명하다.)

샤를르의 차를 얻어 타고 온 소녀들은 '휴대폰이 터지는' 곳을 찾아 나섰고 알리스는 촛농과 소시지에 박힌 통후추로 딱정벌레를 만들었다.

감탄하는 목소리에 뒤이어 나뭇가지를 스치는 바람소리와 '애소리'들의 울음소리가 들려왔다.


샤를르는 나중을 위해 기억해두고 싶었다.

아이들의 소소한 행동; 그들의 웃음, 그들의 얼굴 표정을.

까만 밤에 떠 있는 이 작은 섬을.
어느 하나도 잊고 싶지 않았다.
그녀가 그의 소매 위에 한 손을 얹었다.
"일어나지 마세요. 아이들이 하게 놔두세요…… 커피 드실래요?"
알리스가 커피를 준비해오겠다고 했다. 네드라는 설탕을 가져왔고 다른 아이들은 땅에 박아놓았던 횃불을 파내어 손에 들고는 동물들을 우리로 데리고 갔다.

하루살이 떼들과도 함께한 유쾌한 저녁식사였다.

# 8

 단둘이 남겨졌다.

 케이트가 포도주 잔을 들고 어둠을 향해 의자를 돌려 앉았다. 샤를르는 알리스의 자리로 옮겨 앉았다.
 딱정벌레를 자세히 보고 싶어서……
 그러다가 생각이 난 듯 담뱃갑을 찾아오더니 그녀에게 한 개비를 권했다.
 "아, 어쩌면 좋아." 그녀가 나지막이 비명을 질렀다. "같이 피우고 싶지만, 이걸 끊느라고 너무 고생을 했었기 때문에……"
 "이제 두 개비밖에 남지 않았잖아요. 마지막으로 함께 우리의 마지막 담배를 피우고 끝을 내버립시다."
 케이트는 걱정스러운 눈길로 주위를 살폈다.
 "아이들은요?"
 "안 보이는데요……"
 "그래요…… 좋아요."
 눈은 감으며 흰 모금을 들이마셨다.
 "잊고 있었어요……"
 마주보고 웃으며 경건하게 독을 마셨다.

"알리스 때문에 끊게 된 거였는데……" 그녀가 고백하듯 말했다.

고개를 떨어뜨렸다. 목소리가 더 잦아들어 있었다.
"아이들은 한참 전에 잠들었고 전 부엌에서 줄담배를 피우며…… 알렉시스 어머니의 표현 그대로 혼자 술을 마시고 있었어요……
알리스가 훌쩍거리면서 저를 찾아왔지요. 배가 아프다고. 그땐 왠지 우리 모두 조금씩 배가 아프던 시절이었어요…… 따뜻한 품과 위로의 말이 그리워서 온 것이었는데, 제겐 그런 것들을 해줄 여력이 없었죠…… 그래도 어찌어찌 하더니 제 다리를 타고 올라 무릎 위에 웅크리고 앉더라고요.
아이가 엄지를 다시 물고 뭔가를 기다렸지만 저는 아무리, 아무리 애를 써도 아이를 달래거나 다시 잠들 수 있게 해줄 말을 찾아내지 못하고 있었어요. 전…… 아무것도……
그 대신 우리는 불꽃을 바라보았지요.
그렇게 한참을 있다가, 알리스가 제게 물었어요. '조기 사망'이 무슨 뜻이야?
생각한 것보다 일찍 죽는 거, 라고 대답해주었죠. 아이가 잠자코 있다가 다시 물었어요. 그럼, 이모가 '조기 사망에 이를 수 있습니다.' 이런 걸 하면 그 다음엔 누가 우리를 돌봐줘?
아이를 내려다보는 순간, 무릎 위에 담뱃갑을 놓아두었다는 데에 생각이 미쳤죠.
알리스가 글을 깨치고 있었던 때였어요……
그 말에 어떻게 대답을 해야 했을까요?
그걸 불 속에 던져버려.

저는 담뱃갑이 오그라들다가 사라지는 모습을 바라보았어요. 눈물이 나더군요.

날 지탱해주던 마지막 버팀목마저 잃었다는 느낌…… 한참 후에, 아이를 침대에 도로 누이고 나서, 부엌으로 막 달려왔어요. 뭐가 그렇게 급했냐고요? 잿더미를 뒤져야 했으니까요!

안 그래도 무척 힘들어하고 있었는데, 억지로 젖을 뗀 아기처럼 그렇게 느닷없이 담배를 포기해야 하다니, 더 깊은 구렁텅이 속으로 빠져드는 것 같았어요…… 그때 저는 내 모든 것을 앗아간 이 춥고 음산한 집에 진저리를 치고 있었거든요, 하지만 딱 하나 좋은 점이 있더라고요. 제일로 가까운 담배 가게가 6km나 떨어져 있었고 저녁 여섯시만 되면 문을 닫아버린다는……"

담배를 땅에 비벼 끄고 꽁초를 식탁 위에 놓았다. 그리고 물을 한 잔 따라 마셨다.

샤를르는 아무 말도 하지 않았다.
어둠을 마주한 채.

"저 아이들은 제 언니……" 목소리가 갈라졌다. "미안해요…… 언니의 아이들…… 아, 이래서 당신을 초대하지 않으려고 했던 건데."
무슨 의미일까.
"어제 저녁, 당신이 뤼카와 함께 여기에 왔을 때, 얼굴의 상처 뒤로, 아니 어쩌면 그 상처들 때문에, 저는 당신의 눈빛을 보았어요. 그리고……"
"그리고?" 약간 걱정스러운 투로 그가 물었다.
"무슨 일이 일어날지 알 수 있었어요…… 저 사람과 이 식탁에서 함께 저녁을 먹게 되겠지, 아이들이 뿔뿔이 흩어지고 나면, 우린 단둘이 남겨지겠지, 그럼 난 이야기를 하겠지, 아무에게도 하지 않았던 이야기들을…… 이런 말을 털어놓는 게 부끄럽긴 해요, 성도 모르는 샤를르 씨. 하지만 그게 당신일 줄 알았어요…… 아까 마구간에서 제가 했던 얘기들…… 소풍삼아 여기에 들르는 사람들은 간혹 있었지만, 닭장에까지 들어가 본 문명인은 당신이 처음이었어요…… 솔직히…… 그렇게까지 하실 줄은 몰랐어요……"

웃어 보이려고 했으나 뜻대로 되지 않았다.

항상 말이 문제였다. 샤를르는 늘 적절한 단어를 찾지 못했다. 종이 냅킨이라도 있었다면 아무 거라도 그릴 수 있었으련만. 힘없이 꼬리를 감추는 선이나 혹은 일직선이나, 투시도 비슷한 그림이나 아니면 물음표라도, 하지만 말이라니, 이런 낭패가…… 대체 무슨 말을 해야 하는 거지?

"아직 늦지 않았어요. 그냥 일어나셔도 돼요!" 그녀가 다시 말했다. 애써 미소를 지으며.

"당신 언니는……" 그가 어물거렸다.

"제 언니는…… 으음, 마음 단단히 먹으세요." 그녀의 목소리가 조금 밝아졌다. "이대로 계속하다간 울음을 터뜨리게 될 테니까 각오하시는 게 좋을 거예요."

스웨터의 소맷자락을 잡아당겼다. 마치 손수건을 펼치듯.

"제 언니, 하나밖에 없는 제 언니의 이름은 엘렌이었어요. 저보다 다섯 살이 위였는데, 정말…… 멋진 여자였죠. 예쁘고, 재미있고, 반짝반짝 빛이 나는…… 제 언니여서가 아니라, 정말 그랬었기 때문에 하는 얘기예요. 언니는 저의 유일한 친구였어요, 아니 그 이상이었죠…… 우리가 어렸을 때, 언니는 저를 많이 보살펴주었어요. 기숙학교에 가 있을 땐, 계속해서 편지를 보내주었고, 언니가 결혼을 한 다음에도 둘이서 거의 매일 전화를 했죠. 통화가 20초를 넘는 일은 거의 없었어요. 우리 둘은 늘 바다 하나나 대륙 두 개를 사이에 두고 떨어져 있었으니까, 하지만 20초간의 통화는 빼먹지 않았어요.

우린 참 많이 달랐어요. 제인 오스틴의 소설 속에 나오는 자매 같다고나 할까…… 이성적인 언니와 감성적인 동생…… 언니는 엘리너같이 차분했고 전 감정의 기복이 심한 편이었죠. 언니는 차분하고 상냥했지만 전 괴팍하고 못돼먹은 여자애였어요. 언니는 가족을 원했고 전 임무를 원했죠. 언니는 아이를 기다렸고 전 비자를 기다렸어요. 언니가 너그러웠던 반면 저는 야심이 가득했고요. 언니는 남들 얘기를 잘 들어주었어요. 전, 절대 그럴 줄을 몰랐죠…… 오늘 저녁만 해도 그렇잖아요…… 언니가 완벽했기 때문에 전 그러지 않을 수 있었어요…… 집안의 기둥은 언니였고, 그 기둥이 단단했으니까, 저는 맘 가는 대로 돌아다닐 수 있었죠…… 제가 그러고 다녀도 우리 집은 끄떡없었거든요……

언니는 늘 저를 응원해주고 도와주고 사랑해주었어요. 우리 부모님은 좋은 분들이었지만, 부모로서는 별로 신통치 않았던 터라, 언니가 저를 기르다시피 했죠.

엘렌……

너무나 오랜만이네요, 언니 이름을 소리내어 불러보는 게……"

침묵.

"그땐 다분히 냉소적이었던 저도 해피엔딩이라는 게 빅토리아 시대의 소설 속에서만 가능한 건 아니라는 걸 알게 되었어요…… 언니는 첫사랑과 결혼을 했죠. 아주 잘 어울리는 한 쌍이었어요. 피에르 라벤느…… 형부는 프랑스인이었어요. 정말 좋은 사람이었죠. 언니만큼이나 속이 넓은…… 형부라는 프랑스어는 '아름다운 형제'라는 뜻을 가지고 있잖아요. '법으로 맺어진 형제'라는 영어와는 비교가 되지 않을 정도로 느낌이 좋죠. 전 형부를 무척 좋아했어요. 대체 왜 형부라는 사람에게 법률 운운하는 이름을 갖다 붙이는지 모르겠어요. 제 형부는 외아들이었는데 형제가 없어서 많이 힘들었대요. 그 때문인지 산부인과 전문의가 되었죠…… 그래요, 형부는 그런 사람이었어요…… 자신이 원하는 게 뭔지 잘 알고 있는 사람…… 형부가 오늘 저녁, 이 식탁에 둘러앉은 아이들을 봤다면 얼마나 좋아했을까요…… 농담이었는지 진담이었는지, 자식을 일곱이나 낳겠다고 했었죠. 사뮈엘이 태어났고…… 제가 대모를 섰어요…… 그 다음에 알리스, 그리고 아리엣이 태어났어요. 언니 가족을 자주 볼 수는 없었지만 그 집에 가득한 분위기는 잘 알고 있었지요. 그건…… 혹시 로알드 달이라는 작가를 아세요?"

샤를르가 고개를 끄덕였다.

"제가 너무너무 좋아하는 작가에요…… 그분의 동화 『세계 챔피언 대니』에 보면, 끝부분에 어린이 독자들에게 주는 메시지가 있거든요. 대충 간추리면 이런 내용이에요. 여러분이 어른이 되면, 아이들은 톡톡 튀는 부모를 원한다는 사실을, 그리고 그런 부모 밑에서 자라야 마땅하다는 사실을 제발 잊지 않기를 바랍니다.

톡톡 튄다는 표현이 이상하다면, 뭐라고 해야 하나…… 현명한? 재미있는? 반짝반짝 빛나는? 활달한? 어쩌면 샴페인 같은 부모라고 하는 게 맞을지도 모르겠어요…… 아무튼 언니네 집 분위기는…… 톡톡 튀었었어요…… 감탄스럽기도 하고, 어떻게 저럴 수 있나 싶기도 하고, 난 절대 저렇게 할 수 없을 거라고 생각했었죠…… 내겐 아이들을 저렇게 행복하게 해주기 위해서라면 꼭 갖추어야 할 너그러운 마음이나 명랑한 성격이나 참을성이 없지 아마……

아직도 생생하게 기억이 나는걸요, 덜돼먹은 내 인간성이 실망스러워서 홧김에 해 본 소리이기도 했지만 정말 진심으로 이렇게 결심했었어요. 언젠가 나도 아이들을 낳으면, 언니한테 키워달라고 해야지…… 그런데……"

억지웃음이 슬퍼보였다.

샤를르는 그녀의 어깨에 혹은 팔에 손을 얹고 싶은 마음이 굴뚝같았다.

그러나 감히 그럴 수가 없었다.

"그런데 이렇게 되었어요…… 이제 거꾸로 제가 언니의 아이들에게 로알드 달의 책을 읽어주고 있다고요……"

그녀의 양 손에 쥐어 있는 술잔을 빼내어 포도주를 따라 다시 건네주었다.

"고마워요."

기나긴 침묵.

멀리서 들려오는 웃음소리와 기타 선율에 힘입어 그녀는 이야기를 계속해 나갔다.

"어느 날, 저는 언니네 집을 찾아갔어요. 미리 알리지도 않고 깜짝 방문을 했죠…… 저의 대자(代子), 그러니까 사뮈엘의 생일축하도 할 겸…… 당시에 전 미국에 있었어요. 일을 굉장히 많이 하던 시절이어서 새로 태어난 막내 얼굴도 아직 못 보았던 터라…… 언니 가족들과 한 며칠을 보냈는데, 형부의 아버지가 들르셨어요. 사뮈엘의 셔츠에 새겨진 이름의 주인공 루이…… 정말 열정적이고 성격도 급하고 재미있는 분이셨어요. 톡톡 튀는 그 자체였죠…… 포도주 도매상을 하셨는데 굉장한 식도락가에 포도주 애호가에 웃기는 또 얼마나 잘 웃으시던지. 아이들을 천장으로 던졌다가 받아서는 발목을 잡고 거꾸로 매달아주시던 모습이 떠올라요. 우리들을 모두 한 번씩 안아주셨는데 그 불룩한 배 때문에 숨이 막혀 죽는 줄 알았죠.

사돈어른께서는 사별을 하고 홀아비로 죽 지내셨는데, 제 언니를 무척이나 예뻐하셨어요. 아들이 아니라 아버지한테 시집간 게 아닌가라는 생각이 들 정도로…… 우리 아버지는 늘그막에 우리를 낳으셨기 때문에 우리가 태어났을 때에는 이미 노인줄에 들어 있었어요…… 라틴어와 그리스어 교수…… 굉장히 점잖은 분이었지만 뭐랄까…… 감정표현이 서툴렀다고 해야 하나…… 딸들보다는 대(大) 플리니우스를 상대하는 게 더 편한 양반이셨으니까…… 제가 언니 집에 와 있는 걸 보시고는 애들을 맡겨도 되겠다 싶었던 사돈어른께서 언니 부부에게 부르고뉴 어딘가에 있는 포도주 창고에 함께 가자고 하셨어요. 가자, 너희들도 기분 전환이 필요하지 않겠니…… 여행을 해 본 게 벌써 언제적 일이냐! 멋진 저택도 구경하고 맛있는 것도 실컷 먹고, 고급 호텔에서 하룻밤을 보내고, 그러고도 내일 오후면 충분히 돌아올 수 있어…… 피에르! 엘렌을 위해서라도 같이 가자꾸나! 어멈에게도 젖병에서 해방되는 날이 있어야지!

언니는 망설였지요. 오랜만에 온 저를 두고 떠나고 싶지 않았던 거예요…… 그런데 말이죠, 샤를르, 제가 왜 인생이 참 개 같다고 하는지 모르시겠죠…… 그건요, 바로 제가 언니를 부추겼기 때문이랍니다. 어서 다녀오라고. 그렇게 잠깐 바람을 쐬고 오면 형부도 어르신도 무척 좋아하실 것 같더라고요…… 다녀와, 가서 실컷 먹고 여왕님이 자는 침대 같은 데에서 하룻밤 푹 쉬고 와, 우리 걱정일랑 말고.

언니가 그러겠다고 했어요, 하지만 썩 내키지 않아 한다는 걸 저는 알고 있었어요. 또 한 번 다른 사람들의 기분을 먼저 생각한 것이었죠……

일이 빠르게 돌아갔어요. 우선 아이들에게는 아무 말도 하지 않기로 했어요. 엄마 아빠끼리만 다녀온다고 하면 난리가 날 게 뻔했으니까. 만화영화에 한참 빠져 있는 틈에 살짝 나가기로 했죠. 정글북의 모글리가 인간마을로 돌아가고 나면, 그때에 가서 애들아, 엄마는 내일 돌아올 거야, 이렇게 말해주기로 했어요.

케이트 이모는 아이들을 잘 맡아 돌볼 자신이 있었죠. 케이트 이모의 여행 가방에는 조카들에게 줄 선물이 아직 남아 있었거든요……"

침묵.

"하지만 엄마는 다시 돌아오지 않았어요. 아빠도. 할아버지도."

"한밤중에 전화벨이 울렸어요. 'r' 발음을 유난히 굴리는 어떤 남자가 저에게 르아베엔느 루이, 르아베엔느 피에르르, 그리고 셰에르엥케통 엘렌느와 가족관계냐고 묻더라고요. 제 언니인데요, 라고 대답했더니 다른 사람을 바꿔주었어요. 더 높은 분이신지, 아무튼 곤란한 일은 그 사람이 해치운 셈이에요.

음주운전인지 졸음운전인지는 조사해봐야 압니다, 하지만 한 가지 확실한 건, 상대편, 그러니까 농산물을 운반하던 트럭 운전사가 짐을 허술하게 실었다는 것이지요. 오줌을 누러 갈 거였으면 뒤카에디가 신호를 좀 보내놓던가, 원.

바지 지퍼를 올리고 났더니 등 뒤에 있던 게 싹 없어졌더라나요."

케이트가 자리에서 일어났다. 의자를 개 가까이로 끌어당기고 신발을 벗더니 녀석의 감각 없는 옆구리 밑으로 두 발을 쑥 집어넣었다.

샤를르는 그때까지도 잘 버티고 있었다. 그러나 이제는 꼬리를 흔들지 못하는 저 덩치 큰 동물이 주인을 올려다보며 아직도 그녀를 위해 뭔가를 할 수 있어 뿌듯하다는 표정을 짓는 것을 본 순간, 그는 산산조각으로 부서지고 말았다.

이제 남은 담배도 없는데······

부어오른 볼을 손으로 감싸 쥐었다.

어째서 삶은 가장 충실하게 사는 사람들에게 그토록 마구 대하는 걸까?

어째서?

왜 하필 그들을?

샤를르에게는 행운이 따랐다. 마흔일곱 해나 살아남아 마침내 아누크를 이해하게 되었다. 그들이 살아 있다는 이유 하나로 다 괜찮다고 했던 그녀를.

불법주차 딱지를 떼어도, 형편없는 성적을 받아와도, 전화가 끊겨도, 자동차가 고장나도, 돈 때문에 노예 같은 생활을 해도, 이 세상의 광기에 시달려도.

그때 그에게는 그녀의 그런 태도가 너무 안이해보였다. 비겁해보이기도 했다. 그 간단한 말 한마디로 모든 실수가 용서되다니.

'살아 있으니까.'

당연했다······ 그걸로 다 괜찮았다.

너무나 당연한 것이었다.

그러나 그녀에게는 그렇지 않았다.

살아 있다는 것 자체가 버거웠을 테니……

"언니와 사돈어른은 그 자리에서 즉사했대요. 뒷자리에 있던 형부는 디종 병원으로 후송되었다가 동료들이 지켜보는 가운데 숨을 거두었고요…… 상황설명을 해야 했던 적은 많았지만……" 입을 비죽거렸다. "……정말로……이렇게까지 자세하게는……한 번도 말해본 적이 없어요……"

"샤를르, 제 얘기 듣고 계세요?"
"네."
"당신을 위해, 건배해도 괜찮을까요?"
고개를 끄덕였다. 가슴이 먹먹해서 대답을 할 수가 없었다. 떨리는 목소리를 그녀가 들을까봐서.
몇 분의 시간이 흘렀다. 샤를르는 그녀의 이야기가 끝난 것이라 생각했다.

"그때 당시로는 방금 들은 얘기를 믿지 않았어요. 멍한 상태로 전화기를 노려보면서 밤을 새웠죠. 아무개 경감의 사과전화를 기다리면서. 저, 시신 확인과정에서 문제가 있었나봅니다…… 하지만 그럴 리가. 지구는 멈추지 않고 돌아가더군요. 거실의 가구들이 어렴풋한 빛 속에 윤곽을 드러냈고 새로운 하루가 저를 공격하기 시작했어요.
거의 여섯 시쯤, 집안을 한 바퀴 둘러보았어요. 비극이 어디까지 퍼져나갔는지 살펴보려고. 파란색 방에는 지난밤에 여섯 살이 된 사뮈엘이 테디 베어와 이마를 맞대고 손바닥을 활짝 펼친 채 자고 있었죠. 분홍색 방에는 세 살배기 알리스가 엄지를 빨면서 자고 있었고……

그리고 언니 부부의 침대 곁에는 8개월 된 아리엣의 요람이 있었어요. 몸을 굽혀 들여다봤더니 엄마 얼굴이 아닌 낯선 얼굴에 벌써부터 실망한 표정으로 두 눈을 멀뚱거리고 있었어요……

아리엣을 들쳐 안고, 다른 방들의 문을 모두 닫았어요, 아기가 칭얼거리기 시작했거든요. 다른 아이들이 깰까봐…… 물에 분유 몇 숟가락을 넣어야 하는지 기억하고 있는 게 스스로도 기특했어요. 창문 앞 안락의자에 자리를 잡고 앉았어요. 어쨌든 빌어먹을 새 하루를 피할 수는 없으니까. 그 하루가 젖병을 빠는 아기의 두 눈 속으로 사라진다 해도…… 난 울지 않았어요. 울 수 있는 상태가 아니었어요. 그건……"

"쇼크 상태." 샤를르가 중얼거렸다.

"맞아요. 모든 감각이 마비되어 버렸죠. 트림을 시키려고 아기를 세워 안았어요. 그리고 그 조그만 꺽 소리를 듣겠다고 아기를 아프게 했어요. 트림이 세상에서 가장 중요한 것이라도 되는 양. 내가 의지할 수 있는 마지막 버팀목이라도 되는 양. 미안해, 미안해…… 그리고 아기의 목덜미에 얼굴을 묻어버렸어요.

비행기가 내일 떠날 텐데, 그토록 오랫동안 기다리던 장학금을 겨우 받아냈는데, 수백 킬로미터 떨어진 곳에 있는 남자친구는 지금 막 잠들었겠지, 돌아오는 주말에 밀러 씨 집에서 열리는 가든파티에 가기로 했는데, 이런 생각들이 하나둘 떠올랐어요. 곧 일흔셋이 되는 아버지와 자기 몸 하나 간수하는 데에도 쩔쩔 매는 철없는 엄마도, 그리고…… 아무리 둘러보아도 기댈 사람이 없다는 것도. 하지만 언니를 다시는 볼 수 없다는 사실은 그때까지도 실감이 나지 않았어요……

부모님께 전화를 해야 한다는 건 알고 있었어요. 누가 되었건 그쪽에 가야 했으니까. 질문에 답변을 하고 그들이 보관백의 지퍼를 열어

줄 때까지 기다렸다가 시신을 확인하고, 서류에 사인을 해야 했으니까. 아빠에게 가시라고 할 수는 없어, 아빠는…… 그런 종류의 상황에 익숙하지 않으니까, 엄마로 말하자면…… 이런 생각을 하면서 거리를 바삐 걸어가는 사람들을 내려다보았죠. 그들이 원망스러웠어요. 대체 어딜 저렇게 급히 가는 거야? 어떻게 저럴 수가 있지? 어떻게 아무 일도 일어나지 않은 것처럼 행동할 수가. 이기주의자들. 멍한 상태에서 날 깨운 건 알리스였어요. 절 보자마자 묻더라고요. 엄마 왔어? 알리스를 텔레비전 앞에 앉혀두고 분유를 한 병 더 탔어요. 트위티와 실베스터가 어찌나 고맙던지. 저도 아이와 함께 만화영화를 보았죠. 사뮈엘이 거실로 나와 제게 칭칭 감기면서 이렇게 말했어요. 저거, 하나도 재미없어, 만날 트위티가 이기잖아. 제가 고개를 끄덕였어요. 그래, 정말 꽝이야…… 아이들을 데리고 가능한 한 오래도록 텔레비전 앞에 앉아 있었지만 어느 순간이 되자 더 이상 볼거리가 없어져버렸어요…… 참 얘들아, 어젯밤에 이모가 뤽상부르 공원에 데리고 가 주겠다고 약속했잖아, 그럼 옷을 예쁘게 입어야겠지, 그치?

  사뮈엘이 쓰레기 버리는 곳을 알려주고 유모차를 어떻게 펴는지, 시범도 보여주었어요. 손잡이를 빼내는 아이를 바라보면서, 앞으로도 계속 저 작은 아이에게서 사는 방법을 배우게 될지도 모른다는 예감을 했어요……

  아이들과 함께 거리로 나갔지만 머릿속은 뒤죽박죽. 이젠 정말 부모님에게 전화를 해야 한다고 생각했지만 용기가 나지 않았어요. 부모님이 충격을 감당하지 못할까봐 그랬던 게 아니에요. 저 때문이었죠. 제가 아무 말도 하지 않는 한, 아무도 죽지 않은 것이니까. 어쩌면 그 경감이라는 사람이 사과전화를 할지도 몰라.

  그날은 일요일이었어요. 일요일은 그냥 넘어가는 날이잖아요. 아무 일도 일어나지 않는. 가족들과 함께 보내는 하루.

　연못에 띄운 돛단배, 바람개비, 그네, 인형극, 공원에는 아이들이 좋아할 만한 것들로 가득했어요. 어떤 키 큰 소년이 사뮈엘을 당나귀 등에 태워주었죠. 사뮈엘의 미소가 아직도 생각나요. 그땐 몰랐지만 그로부터 10년 뒤쯤에 이 동네 당나귀 경주에서 빛을 본 열정이 바로 그곳에서 시작된 게 아닌가 싶기도 해요……"

　그녀가 미소를 지었다.

　샤를르는 그럴 수가 없었다.


"그런 다음 아이들을 수플로 가(街)에 있는 퀵으로 데리고 가서 감자튀김을 사 먹였어요. 그리고 오후 내내 공 풀장에서 실컷 놀도록 내버려두었죠.

　전 햄버거에는 손도 못 대고 자리에 앉아 아이들을 바라보았어요.

　4월의 어느 날, 파리의 한 패스트푸드점 놀이터에서 정신없이 놀고 있는 두 아이들에게 그보다 더 중요한 게 뭐가 있었겠어요.

　집으로 돌아오는 길에 사뮈엘이 묻더군요. 이모, 집에 가면 엄마 아빠가 와 있을까? 저는 비겁하게 잘 모르겠는데, 이렇게만 대답하고 말았어요. 글쎄요, 비겁했다고 할 수도 없는 것이, 정말로 어떻게 대답해야 할지 알 수가 없었어요. 아이를 길러본 적이 없었으니, 나쁜 소식을 직접 전해야 하는 건지, 조금씩 알려줘야 하는 건지, 그러니까 최악의 소식을 받아들일 수 있도록 강도를 점점 높여가야 하는 건지…… 모르는 게 당연했죠. 이를테면 먼저, 자동차 사고가 났대, 라고 운을 뗀 다음에 할아버지랑 엄마 아빠가 병원에 있대, 이렇게 이야기해놓고, 근데, 좀 심하게 다쳤나봐…… 당신이라면 어떻게 했을까요, 아마 바로 얘기해주었겠죠. 하지만 전 그럴 수가 없었어요. 그 순간,

미국에 있었더라면, 얼마나 좋았을까 라는 생각이 들더군요. 전화 한 통이면 아주 간단하게 심리상담가나 전화상담가들의 도움을 받을 수 있는데. 갈피를 잡지 못하고 길모퉁이에 있는 장난감 가게의 쇼윈도를 구경하는 척했죠. 시간을 벌기 위해서……

아파트 문을 열자마자, 사뮈엘이 불빛이 깜박이는 자동 응답기 쪽으로 달려갔어요. 전 콩알만 한 아리엣의 외투 단추를 끄르느라 정신이 없었어요. 새로 산 소꿉장난 세트를 현관에 풀어놓으면서 조잘거리는 알리스의 목소리에 경감의 목소리가 섞여 들려왔죠.

사과는커녕, 오히려 화를 냈어요. 왜 전화를 하지 않느냐면서, 경찰서 전화번호와 시신이 보관되어 있는 병원 주소를 불러주었어요. 그리고는 아주 어색하게 다시 한 번 조의를 표한다고 하더군요.

사뮈엘이 절 쳐다보았지만, 저는, 저는…… 눈을 돌려버렸어요…… 아리엣을 등에 업고 알리스가 제 살림살이를 방으로 나르는 걸 도와주었죠. 아기를 요람에 누이고 있는데, 등 뒤에서 작은 목소리가 들려왔어요. 이모, 시신이랑 시체랑 같은 말이지? 근데 누구 시신이야?

사뮈엘을 데리고 방으로 가서 질문에 답을 해주었어요. 제 말을 아주 심각하게 듣더군요. 아이의 자제심에 전 정말로 놀라고 말았어요. 제 얘기가 끝나자 아이는 미니카를 가지고 놀기 시작했지요.

두 번 묻지도 않더라고요. 이제 됐구나 싶으면서도 뭔가…… 개운치가 않았어요. 그래, 뭐든지 때가 있는 법이지. 지금은 노는 시간이니까 열심히 놀아야겠지…… 하지만 막 방을 나오려는데 부릉 부릉 하던 아이가 다시 묻더군요. 알았어, 엄마 아빠가 다시는 돌아오지 않는다는 말이지, 그린데 그게 언제까지야?

저는 베란다로 도망을 쳐버렸어요. 집안 어딘가에 독한 술이 있을 텐데, 그게 어디일까 궁리해보았죠. 그리고 전화기를 집어 들고 다시 베란다로 나가서 우선 남자친구에게 전화를 했어요. 자는 사람을 깨웠나 싶더라고요. 전 덤덤하게 상황 설명을 했어요. 기나긴…… 대서양만큼이나 긴 침묵 끝에 아이들만큼이나 저를 절망시키는 대답이 들려왔죠. 아, 자기…… 큰일을 겪었구나, 그런데…… 언제 돌아오는 거지? 전화를 끊어버렸죠. 그제야 참았던 울음이 터져나오더군요.

그렇게 외로웠던 적은 평생 처음이었어요. 하지만 그건 시작에 불과하더라고요.

그럴 땐 언니에게 전화를 해야 했는데……

"샤를르?"

"네."

"지겹지 않으세요?"

"아뇨."

"독주 얘기가 나왔으니 말인데…… 위스키 좋아하세요? 잠깐만요……"

그녀가 병을 보여주었다.

"세상에서 제일 좋은 위스키 중의 하나가 이 포트 엘렌이라는 걸 혹시 알고 계셨던가요?"

"아뇨. 전 잘 모릅니다. 위스키라면 당신이 잘 알겠죠……"

"구하기가 아주 힘든 위스키예요…… 20년쯤 전에 제조장이 문을 닫아버렸거든요……"

"그럼 아껴두셔야죠!" 샤를르가 펄쩍 뛰었다.

"아니에요. 오늘 저녁, 당신과 이 술을 마시게 되어서 얼마나 행복한지 몰라요. 정말 맛이 특별하죠. 루이가 선물로 주신 거예요…… 여기까지 우릴 따라온 살림이 몇 개 되지 않는데, 이 병이 용케……

위로 〈2〉   119

사돈어르신은 아시는 게 참 많았어요. 이 자리에 계셨다면 감귤류니 토탄이니 초콜릿이니 숲이니 커피니 개암열매니 정말 별별 얘기를 다 해주셨을 텐데. 하지만 저한텐, 그저…… 포트 엘렌이 제격이라고 하셨어요…… 정말 기가 막힌 술이고…… 얼마 남지 않은 거라시면서! 한때, 잠을 자기 위해 술을 마시던 시기가 있었죠, 집에 있는 술은 닥치는 대로 마셨었는데…… 이것만큼은 수면제 대신으로 마셔버릴 수가 없었어요. 당신을 기다렸던 거죠."

"농담한 거에요." 그녀가 위스키 잔을 내밀며 말했다. "마음에 담아두지 마세요. 제가 이상한 여자로 보이시죠? 아, 얼마나 한심해보일까."

이번에도 단어들이 숨어버렸다. 그녀는 전혀 한심해보이지 않았다. 그녀는…… 뭐라고 해야 하나…… 숲과 소금과 초콜릿의 풍미를 지닌 여자였다. 그래, 아마도……

"음, 이제 이야기를 마무리 지어야겠어요…… 제일 힘든 부분은 지나간 것 같고…… 그 이후로도 산 사람은 살아야 했어요. 누가 뭐라던 간에 살아야 할 의무가 있었으니까. 부모님께 전화를 했죠. 아니나 다를까, 아버지는 여느 때처럼 입을 꾹 다물어버리셨고 엄마는 히스테리를 부렸어요. 저는 아이들을 관리인 아주머니의 딸에게 맡겨놓고 언니 차를 몰아 지옥으로 갔죠. 모든 게 너무나 복잡했어요…… 몰랐어요, 죽는 게 그렇게 복잡한 건지는…… 거기에서 꼬박 이틀을 보냈죠…… 을씨년스러운 호텔방에서…… 술을 마시기 시작한 게 아마 그때였지 싶어요…… 자정이 넘은 시각의 디종 역 근처라면 수면제보다 J&B 위스키가 더 구하기 쉬웠으니까…… 장례식을 치러야 했는데, 언니 부부의 시신은 파리에서 화장(火葬)하게끔 일을 처리했어요.

왜 화장을 했냐고요? 아이들이 어디서 살게 될지 몰라서…… 바보 같은 결정이었을지도 몰라요. 하지만 아이들과 멀리 떨어진 곳에 묻고 싶지는……"

"바보 같다니요. 잘 하셨습니다." 샤를르가 그녀의 말을 막았다.

단호한 그 목소리에 그녀는 깜짝 놀랐다.

"루이는 보르들레로 모셔가서 먼저 가신 사부인 곁에 묻어드렸어요. 그렇게 하는 게 맞지 않나요?' 그녀가 빙그레 웃었다. "하지만 형부와 언니는 여기에 있어요……"

샤를르의 얼굴이 굳어졌다.

"유골함을 헛간에 두었어요…… 온갖 잡동사니들과 함께…… 아마 아이들이 천 번도 넘게 보았을걸요, 뭔지는 몰랐겠지만…… 나중에 애들이 다 크고 나면 얘기해주려고요…… 어쨌든 그 일을 겪으면서 교훈을 하나 더 얻었죠…… 사람들은 매장을 어떻게 하느냐보다는 그들과의 추억이 훨씬 더 중요하다고 생각하죠. 하지만 실제로는, 특히나 죽은 사람들이 자기 부모나 배우자가 아닐 경우엔 어떻게 해야 할까요? 저에겐 그게 굉장히 복잡한 문제였어요, 아이들이 있었기 때문에 제 맘대로 할 수는…… 저는 다른 사람들보다 훨씬 더 오랫동안 상을 치렀어요…… 언니는 가고 없었지만 부엌에 커다란 사진을 걸어놓았죠. 우리가 식탁에 앉을 때마다 언니와 형부가 함께 했으면 해서…… 사실은 부엌뿐이 아니었어요…… 온 집안에 사진을 걸어두었어요…… 아이들이 엄마 아빠를 잊으면 어떻게 하나 하는 두려움에 거의 편집증 환자처럼 굴었죠. 이제 와 생각해보니 아이들은 얼마나 괴로웠을까 싶어요…… 거실에 학교에서 만든 어머니날 선물들을 진열해 놓은 장식장이 있었거든요. 이를테면 언니 부부를 위한 제단(祭壇) 같은 것이었죠. 어느 해인가, 알리스가 선물을 만들어왔어요……

보석함이었는데…… 정말 예뻤어요, 알리스가 만들었으니까. 정말 잘 만들었다고 칭찬을 한 다음에 다른 것들과 함께 장식장에 올려놓았어요. 아무 말도 않더군요. 그런데, 제가 막 방을 나서려는데 아이가 그걸 집어 들더니 있는 힘껏 벽에다 던져버리는 거예요. 막 소리를 지르면서. 이모 주려고 만든 거란 말이야! 죽은 사람을 위한 선물이 아니라고! 저는 깨진 조각들을 주섬주섬 모아들고 부엌으로 가서 사진을 치워버렸어요. 다시 한 번, 아이들이 저를 가르쳤던 거예요. 그리고 그날, 전 마침내 슬픔을 떨쳐버릴 수 있었죠. 잘 된 일이었죠?"

"대단합니다." 위스키를 한 모금 마시며 샤를르가 대답했다.

"애들에게 저를 엄마라고 부르지 못하도록 하는 것도 같은 이유에서예요. 돌이켜보니, 이런 제 고집 역시 아이들을 많이 괴롭게 했던 것 같아요. 사뮈엘은 그나마 괜찮았지만, 여자아이들은, 힘들어했어요…… 특히 학교에서…… 학교 운동장 같은 곳에서 엄마 하고 애들이 뛰어올 때면…… 난 너희 엄마가 아냐, 이 소리를 얼마나 많이 되풀이했던지…… 너희 엄마는 나보다 훨씬 더 훌륭한 사람이었어. 아이들에게 엄마 이야기를 많이 해주었어요…… 아빠 이야기도…… 결국 형부를 잘 알지는 못했지만…… 그러다가 어느 날, 애들이 제 이야기를 건성으로 듣고 있다는 걸 깨달았어요. 내 딴에는 아이들을 돕겠다고 했던 그런 행동들이 그저…… 병적인 집착이었을 뿐이었다는 걸. 제가 돕고 싶었던 건 제 자신이었어요…… 어느 순간부터 '엄마'라는 말 위에 그늘이 드리워지기 시작했죠. 이제 와 생각해보니 정말 그때가 최악이었어요…… 하지만 전 엄마라는 소리를 건뎌낼 수 없었어요, 언니를…… 아이들 엄마를 너무 사랑했었으니까……

이렇게 세월이 흘렀는데도 매일 언니에게 이야기를 해요, 하루도 빼지 않고…… 그렇게 해서…… 글쎄, 뭐라고 해야 하나…… 언니에게 경의를 표하는 거죠…… 이런," 그녀가 고개를 들었다.

"분위기가 왜 이렇지……"

계곡에서 깔깔 웃음소리와 풍덩하는 소리가 들려왔다.

"쟤들이 오밤중에 미역을 감고 있네…… 하던 얘기, 마저 할게요. 우리를 그 험악한 분위기에서 구해준 건 야신, 똘똘이 야신이었죠. 우리 집에 온 다음날, 저녁 식탁에서 오가는 얘기를 가만히 듣더니 그 애가 이마를 탁 치는 거예요. 아아, 그거였어…… 이제 알겠다…… 그러니까 영어로 엄마를 '케이트'라고 하는 거구나! 다들 서로의 얼굴을 쳐다보면서 미소를 지었어요. 쟤, 참 똑똑하네, 하면서……"

"하지만 아까 저보고 행사장을 지키라고 했던 남자가…… 사뮈엘 이야기를 하면서 '당신 아들'이라고 하던데……"

"그야…… '당신 아들'이 '석양의 집' 식 영어로는 '조카'라는 걸 모르니까 하는 소리죠…… 애들이 뭘 하고 있는지 같이 보러 가실래요?"

늘 그래왔던 것처럼 어딘가 모자라는 개들이 따라왔다.

샤를르는 조심스레 발을 내딛는 맨발의 케이트에게 자기 팔을 잡으라고 했다.

밤의 여왕을 호위하는 기분이 들었다.


"애들한테 방해가 되지 않을까요?"

"무슨 말씀이세요…… 너무나 좋아할 거라고요……"


큰아이들은 강가를 어슬렁거리고 있었고 작은아이들은 모닥불에 젤리를 녹이며 좋아라 하고 있었다.

샤를르는 티셔츠 가슴팍에 붙은 상표와 비슷하게 생긴, 반쯤 녹아

내린 악어 모양의 젤리를 받아먹었다.

이게 대체 무슨 맛이람……

"으음…… 맛있는걸."

"하나 더 드려요?"

"이거야 원 미안해서, 아무튼 고마워."

"수영하러 가실래요?"

"어, 그건 좀……"

여자아이들은 구석에 모여 수군덕거렸고 네드라는 알리스의 어깨에 기대어 서 있었다.

저 아이는 불꽃에게만 이야기를 하는군……

케이트가 세레나데를 듣고 싶다고 했다. 기꺼이 연주를 시작하는 기타리스트.

모두 책상다리를 하고 모여 앉았고 샤를르는 다시 열다섯 소년이 된 듯한 기분에 빠져들었다.

머리숱이 무성한……


마틸드가 생각났다…… 여기에 함께 왔더라면, 끽끽대는 목소리로 애를 쓰는 저 친구에게 더 멋진 곡을 가르쳐줄 수 있었을 텐데…… 아누크도 생각났다. 손자들로부터 수백 킬로미터 떨어진, 너절한 공동묘지에 홀로 있을 그녀도. 알렉시스도. 밥벌이에 영혼을 저당 잡힌 채 구청 식당에 냉장고를 팔아먹으며 목표량을 달성하려고 기를 쓰는 그도. 실비의 얼굴이 떠올랐다. 친구의 상처 투성이였던 인생을 이야기하며 보여준 그녀의 따뜻한 마음씨도…… 다시 아누크를 떠올렸다. 그녀가 여기에 함께 있었더라면 너무나 행복해했을 텐데…… 엘렌의 아이들에게 잔뜩 허풍을 떨면서 구역질나는 젤리를 몇 킬로나 먹어치웠을 텐데. 접시 음악에 맞춰 손뼉을 치며 모닥불 주위를 빙글빙글 돌았을 텐데.

아니, 지금쯤이면 벌써 물 속에 들어가 있겠지……

"나무에 등을 기대야 할 것 같아요." 그가 한 손을 가슴에 얹고 얼굴을 찌푸렸다.
"그러세요…… 저쪽으로 가요……" 지나는 길에 횃불을 집어 들었다. "아프신 거예요? 그렇죠?"
"이렇게 상태가 좋아본 적이 없답니다, 케이트……"
"그런데…… 무슨 일이 있었던 건가요?"
"어제 아침에 차에 치였어요. 심각한 건 아니고요."

그녀가 나무 껍질가죽 안락의자를 가리켰고 수많은 별들 아래에 활활 타오르는 그들의 샹들리에를 놓아두었다.
"어쩌다가요?"
"네?"
"어쩌다가 차에 치였냐고요."
"그게…… 얘기가 좀 길어서…… 우선 당신 이야기를 마저 듣고 싶은데요. 내 이야기는 다음번에 하기로 하고."
"다음번은 없을 거예요, 잘 아시면서……"
샤를르가 그녀에게로 고개를 돌렸다, 그리고……
"자자, 어서 계속합시다." 계속이라면 젤리를 하나 더 먹어야 한다는 의미인가.
그녀의 한숨소리가 들렸다.
"내 이야기도 들려 드릴 겁니다. 왜냐하면 나도…… 나도 당신과 똑같으니까. 난……"
 젠장, 손가락이 다 끈적끈적해졌잖아.
 싫다고 할 수도 없었다. 그녀는, 그녀는 농담처럼, 닭장처럼, 미국 원정에 참가한 스페인 모험가처럼 그렇게 말했다. 그런데 그는…… 젤리는……
 만질만질한 유리세공품이 아니었으므로……


 "당신은?"
 "아닙니다. 아직 내 차례가 아니잖아요."
 침묵.
 "케이트?"
 "네?"
 "당신을 만나게 되어서 정말 기쁩니다…… 정말, 아주 많이 기뻐요……"
 "……"
 "이제 마저 이야기해주세요. 당신 어머니의 히스테리에서부터 오늘 자선바자까지, 그 사이의 이야기들을……"
 "음…… 야신! 이리 좀 와 봐! 가서 식탁 위에 있는 위스키 병하고 술잔 두 개를 좀 가져다줄래? 고마워." 그리고 샤를르를 쳐다보았다. "아무것도 상상하지 마세요. 그분 말대로 했으니까요."
 "누구 말입니까?"
 "아누크. 이젠 혼자 술 마시지 않잖아요. 포트 엘레을 여기 이 자리에서 당신과 함께…… 왜 그런 눈으로 쳐다보세요?"
 "아무것도…… 당신이 이 세상에서 유일하게 아누크를 믿어준 사람이라는 생각이 들어서……"

숨이 턱에까지 찬 야신이 술잔을 건네주고는 젤리를 녹여 먹으러 모닥불가로 돌아갔다. 맛대가리 하나 없는 젤리를.

"그럼…… 다시 지옥으로…… 다음날, 제 부모님이 오셨어요. 저희들 인생이 박살이 났는지 어찌 되었는지도 모르고 있던 아이들이 할머니의 무시무시한 표정을 보자마자 뭔가 큰일이 생겼다는 걸 실감하더라고요…… 언니 친구를 통해서 부모님을 거들어 아이들을 돌보아줄 가정부 아가씨를 구해놓고 전 다시 미국행 비행기를 탔어요. 이타카에 있는 대학으로 돌아가기 위해……"

"이타카라면, 코넬 대학교? 그때 아직 학생이었나요?"

"아뇨, 전…… 음, 농학기사였어요. 역시 피는 못 속이나보더라고요." 그녀가 농담조로 말했다. "어렸을 때부터 엄마에게서 꽃에 관해 많은 걸 배웠지만 정말로 제가 하고 싶었던 건 인류를 구하는 것이었어요! 첼시 플라워쇼의 금메달 같은 것에는 관심이 없었어요. 기아 없는 세상을 위하여! 하, 하, 하." 그러나 그녀는 웃지 않았다. "저도 꽤 깜찍했어요, 그죠? 전 여러 가지 병충해에 대한 연구를 진행했어요, 일이 많았죠…… 그 얘긴 다음으로 미룰래요…… 아무튼, 그땐 제가 파파야의 검은 반점 연구를 후원하는 장학금을 막 받은 참이었어요."

"정말로요?"

"그래요. 링 스팟 바이러스…… 제가 빠진 후에, 동료들이 그 병을 정복했더군요…… 그나저나…… 아까는 보여드리지 않았는데, 저기 조그맣게 제 실험실을 꾸며놓았어요……"

"설마?!"

"정말이에요…… 세상을 구하려던 꿈은 이제 접었지만 부자들이 더 편안하게, 더 오래오래 살 수 있도록 해 주는 약용식물을 재배하고 있다고요…… 음, 약전(藥廛) 주인쯤으로 생각하면 될 거예요…… 요즘 주목(朱木) 연구에 빠져 있는 중인데…… 암 치료에 주목이 효과적이라는 이야기, 혹시 들어보셨어요? 아니라고요? 그렇구나…… 요즘 화제에 많이 오르는 것 같던데…… 아무튼, 전 남자친구와 함께 살던 미국의 작은 임대 아파트로 돌아갔어요. 밀러 씨 댁 바비큐 파티에 샐러드랑 스파게티를 만들어 갈 거냐고 묻더군요.

미쳐버릴 것만 같았어요. 구석방에 유골함 두 개가 들어 있고, 돌봐줘야 할 고아 세 명에, 위로해주어야 할 부모가 있는데, 밀러 씨 댁에 가서 뭘, 대체 뭘 어쩌란 말이야? 그날 밤은 정말 기나긴 밤이었어요. 남자친구의 입장도 이해할 수는 있었어요. 그가 하는 이야기를 가만히 듣고 있었죠. 하지만 이미 늦었어요…… 제가 언니의 등을 떠밀었으니까, 제가…… 뭐랄까…… 책임을 져야 할 것만 같았어요…… 죄책감이 들었다고요……"

그 말을 힘겹게 내뱉고 위스키를 한 모금 마셨다.

"정말 큰 문제는 우리가 서로 사랑하고 있었다는 것이었어요, 매튜와 난…… 결혼까지 생각하고 있었으니까…… 그래요, 단 몇 시간 만에 한 사람의 인생이 송두리째 사라져버리는, 그런 밤들이 있어요…… 제 경우가 바로 그런 것이었죠…… 다음날, 저는 학교 행정실을 찾아가서 저를…… 삭제했어요. 서류에서 제 이름을 빼 주세요, 이름 위에 두 줄이 그어지더군요, 동료들의 이름과 나란히 적혀 있던 제 이름 위에. 다들 눈을 휘둥그레 뜨고 절 쳐다보았어요. 마치 장난감을 부숴뜨리고 약속을 지키지 않는 이기적인 여자아이가 된 것 같았어요.

개처럼 일해서 거기까지 올라갔는데, 양 다리 사이에 꼬리를 감추고 자취를 감추는 꼴이었으니, 거기에서도 전 죄책감을 느껴야 했어요…… 동료들과 교수님들에게 미안하다는 말조차 꺼내지 못했죠…… 단 몇 시간 만에, 내가 가지고 있던 모든 것을 다 놓아버렸어요. 사랑하던 남자, 10년 공부, 친구들, 날 받아준 나라, 약하디약한 내 식물뿌리들, 날마다 들여다보던 DNA들, 나의 파파야, 그리고 고양이들까지……

매튜가 공항에 같이 가 주었죠. 너무 고통스러웠어요. 끔찍할 정도로…… 그를 붙잡고 물어보았어요. 유럽에도 덤벼볼 만한 프로젝트가 많아, 한 번 생각해 볼래…… 우린 같은 일을 하고 있었거든요…… 그가 고개를 가로젓더니 오랫동안 제 머릿속에서 지워지지 않는 대답을 했어요. 넌 너밖에 몰라.

비행기로 연결된 통로를 지나면서 울었어요. 현장답사다 뭐다 해서 전세계를 떠돌아다니던 제가, 그날 이후로 다시는 비행기를 타지 못했죠……

아직도 가끔씩 그 사람 생각이 나요…… 이런 벽촌의 구석에서 반쯤 얼은 발에 장화를 신고, 당나귀를 훈련시키는 사뮈엘을 쳐다보다가, 어딘가 한 군데씩 모자란 개들에게 둘러싸여 있다가, 도무지 알아먹을 수 없는 르네 영감님의 사투리를 듣고 있다가, 담장에 올라앉아 박수를 치며 새 케이크가 구워지기를 기다리는 아이들 속에서, 그 사람을 생각해요. 그가 내게 했던, 그 멋진 '엿 먹어'라는 말이 우리 뚱보 아가(Aga)보다 더 빨리 몸을 데워주지요……"

"아가가 누굽니까?"

"오븐요, 아가 오븐…… 여기로 이사 오면서 처음으로 샀던 물건…… 사실 미친 짓이었어요…… 가지고 있던 돈을 다 털어야 했으니까…… 하지만 영국의 제 할머니댁에 아가 오븐이 있었는데 아무래도 그것 없이는 살 수 없을 것 같았어요…… 프랑스에서는 오븐하고 요리사를 같은 말로 부르던데, 정말 그게 맞는 것 같아요. 제게는,

아니 우리 모두에게 아가 오븐은 살아 있는 사람과 꼭 같거든요. 따뜻하고, 상냥하고, 늘 곁에 있어주는 할머니 같은 존재지요. 언제라도 그 치마폭에 안길 수 있는. 특히 아래 왼쪽 화덕은 정말 쓸모가 많아요……

아이들이 잠든 후에 오븐 앞에 앉아 장화 속에서 퉁퉁 부은 발을 꺼내가지고 그 안에 넣는 거예요. 얼마나…… 푸근하다고요…… 다행히 그 시간엔 아무도 절 찾아오지 않는답니다! 늑대 여인이 화덕 안에 발을 넣고 앉아 있더라는 소문이 퍼진다고 생각해보세요, 족히 몇 개월 동안은 남들 입에 오르내릴걸요! 네에, 고물 똥차를 끌고 다니는 주제에 제겐 재규어 값만큼이나 비싼 푸른색 웨지우드 아가 오븐을 덜컥 사 버렸죠……

음…… 우리 양들의 이야기를 마저 해야죠. 우리 어린 양들이라고 하는 게 좋겠어요. 희생당한 어린 양들. 부모님이 영국으로 떠나신 다음에 집안일을 맡겼던 아가씨가 제게 그러더군요. 할머니 비위 맞추는 게 제일 힘들었어요, 그리고…… 그리고 또 뭐요?

그리고 다른 애들도……

사뮈엘은 밤에 오줌을 싸기 시작했고 알리스는 밤마다 악몽에 시달렸어요. 그리고 날마다 같은 질문을 했죠. 엄마가 언제까지 죽어 있을 거냐고.

두 아이를 아동 정신병원에 데리고 갔어요. 의사 말이, 아이들에게 질문을 하세요, 계속 질문하셔야 합니다, 두려움을 말로 표현하라고 하세요, 억지로라도 그렇게 하도록 시키세요, 그리고 절대, 절대로 애들과 함께 자 주어서는 안 됩니다. 네, 네, 하고 대답을 했지만 세 번째 상담을 받고 나서 다 집어치웠어요.

전 아이들에게 한 번도 질문을 하지 않았어요. 그 대신 세상에서 제일가는 플레이모빌, 레고, 고무찰흙 전문가가 되었죠. 언니 부부가 쓰던 방의 문은 걸어 잠가버리고 사뮈엘 방에서 다 함께 잠을 잤어요. 바닥에 매트리스 세 개를 나란히 깔고…… 누가 보면 질겁할지도 모르는 일이었지만, 그게 굉장히 효과적이었던 것 같아요. 악몽도 꾸지 않았고 오줌도 싸지 않았어요. 동화 이야기로 가득한 잠자리였죠…… 아이들과 얘기할 때 언니는 프랑스어를 썼지만 에니드 블라이튼이니 베아트릭스 포터니, 우리가 어렸을 때 즐겨 읽던 동화책들은 영어로 읽어주었거든요. 전 언니가 하던 그대로 해주었어요.

두려움을 말로 표현하게 하라니, 억지로라도? 전 절대 그렇게 하지 않았어요. 그런데도 사뮈엘 입에서 엄마 이야기가 곧잘 나왔는걸요. 엄마는 그 대목을 이렇게 읽었는데, 화난 맥그리거 씨가 피터 래빗에게 고함을 칠 땐 이런 목소리를 냈었는데, 엄마가 내던 곰돌이 푸 목소리는 그게 아닌데, 하면서…… 요즘에도 야신과 네드라를 데리고 올리버 트위스트를 원어로 읽어주지요. 그런데도 학교 성적은 형편없으니, 참 이상한 일이에요!

그러던 와중에 어머니날이 다가왔어요…… 행사날이 다가올수록, 다들 마음이 뒤숭숭해졌어요…… 학교 담임을 찾아가서 그 거지 같은 '엄마들과 함께' 시간을 당장 그만둬달라고 했죠…… 어느 날 저녁 알리스가 저를 붙들고 하소연을 했거든요…… 그것 때문에 자꾸 눈물이 난다고…… '자, 여러분, 이제 외투를 입으세요. '엄마들과 함께' 시간이에요!' 담임에게 엄마, 그리고 이모와 함께 라고 할 수는 없겠느냐고 물었지만, 들은 척도 하지 않더라고요……

아아, 학교 선생들이란…… 정말 못돼먹은 사람들이에요…… 야신이 반에서 꼴찌라는 게 이해가 되세요? 제가 만나 본 그 누구보다도 똑똑하고 호기심 많은 아이가 어떻게 꼴찌를 할 수 있냐고요? 연필을 바르게 쥐지 않는다나요. 야신은 아무에게서도 글쓰기를 배워 본 적이 없었던 거예요…… 저도 바로잡아주려고 노력은 해 봤어요, 아이도 열심히 연습했고요. 하지만 소용없었어요. 야신의 글씨가 읽을 수 없을 정도의 수준이라는 건, 저도 인정해요. 몇 달 전에 야신에게 폼페이에 관한 조사보고서를 만들어오라는 숙제가 있었죠. 아이는 어마어마한 시간을 투자해서 정말 굉장한 자료들을 모았어요. 알리스가 삽화를 도맡아 그려주었고 부엌 식탁에 모두 모여 조각 복제품까지 만들었죠. 다들 얼마나 열심히 도와주었다고요…… 한데, 세상에, 20점 만점에 10점을 받아온 거예요. 담임이, 꼭 손으로 글씨를 써야 하는 거였다고 했대요. 제가 학교로 담임을 찾아가서는 컴퓨터를 사용하기는 했지만 야신이 직접 작성한 게 틀림없다고 말했어요. 그랬더니 그 여자가 뭐랬는줄 아세요, '다른 애들과 비교해 보면' 하고 말하더군요……

비교라……

듣기 싫어요.

역겹다고요.

다른 애들과 비교해 보면이라니, 그럼 아이 인생은 뭐가 되는 거죠? 이제 겨우 아홉 살인데?

이미 실패한 아이라는 말인가요?

실패 치고는 재미있군요……

거기까지만 하고 참았어요. 네드라도 곧 학교에 보내야 하는데, 마을의 초등학교라고는 그 학교 하나밖에 없었으니까요. 만약에 야신 밑으로 아무도 없었다면 그 여자에게 하고 싶은 말을 다 퍼부어 주었을 거예요. 크리스텔 P, 너도 선생이냐? 이런 등신 같은 여편네야. 네, 제가 입이 좀 걸어요. 하지만 훌륭한 보상을 받았으니까 후회하진 않았어요……

 누군지 기억은 나지 않지만, 아무튼 누군가에게 이 이야기를 해주면서, 그 심술궂은 선생에게 욕을 퍼붓고 나올 뻔했다고 열을 올리고 있는데, 옆에서 친구들과 놀고 있던 사뮈엘이 한숨을 푹 쉬더니 이러는 거예요. '진짜 우리 엄마는 절대 그렇게는 하지 않았을 거야……' 그게 왜 훌륭한 보상이었냐면, 그 즈음에 사뮈엘 때문에 많이 힘들었거든요…… 전형적인 사춘기의 위기랄까, 하지만 우리 같은 경우에는 그게 훨씬 더 복잡해지죠…… 엄마 아빠가 그렇게 그리울 수가 없었나봐요…… 제 아빠 입던 옷하고 할아버지 옷만 입고 다녔어요…… 케이크를 굽고 저녁밥을 차려주는 케이트 이모는 인생의 역할 모델로 삼기엔 좀 시시한 대상이 된 거죠…… 그날, 그나마 퉁명스럽지 않게 그런 말을 해주다니, 자식, 여드름투성이 게을러빠진 배은망덕한 조카녀석에게도 약간의 유머가 남아 있었구나 싶더라고요…… 하지만 그렇다고 해서 한 번 먹은 마음을 그냥 접을 순 없죠. 꼭 그렇게 해줄 거예요, 망할 놈의 여편네!"

 웃음.

 "그런데 어떻게 여기까지 와서 정착을 하게 되었나요?"

 "얘기해 드릴게요…… 잔 이리 주세요."


 샤를르는 취해 있었다. 이야기에 취했다.


 "전 나름대로 최선을 다했어요…… 아이들은 모든 면에서 서툰 저를 잘 참아주었어요, 착하기가 이를 데 없었지요…… 꼭 지들 엄마처럼…… 너무나도 그리운…… 사실, 밤에 우는 건 바로 저였거든요. 아이들이 시무룩해할 때마다 언니가 곁에 있다면 얼마나 좋을까 싶었죠. 아이들이 행복해할 땐 그 생각이 더 간절했어요. 언니 집에서, 언니 물건들을 그대로 둔 채 살고 있었죠. 언니 빗으로 머리를 빗고 스웨터도 꺼내 입었어요. 언니가 읽던 책을 읽었고요. 냉장고 문에 붙여둔 메모들도. 너무나 절망적이던 어느 날 저녁엔 언니의 연애편지까지 꺼내 읽었어요…… 언니에 대한 추억을 나눌 수 있는 사람이 아무도 없었죠. 친한 친구들은 제가 자는 시간에 일어났으니까. 그땐 아직 거대한 이 세상을 하나로 연결해주는 인터넷이며 기발한 위성들을 지금처럼 쉽게 활용할 수 없었던 때였으니까……

언니가 곰돌이 푸 목소리 내는 방법을 가르쳐 주었으면. 티거나 피터 래빗의 목소리도. 언니가 저 위에서 갈피를 잡지 못하는 나의 행동을 어떻게 생각하는지 신호를 좀 보내 주었으면. 아이들과 한 방에 뒤엉켜 자는 게 정말로 나쁜 건지 아닌지 좀 알려 주었으면…… 미국에 두고 온 남자친구 때문에 그렇게 괴로워할 필요 없다고, 연락처를 주지 않은 건 아주 잘한 일이라고 말해 주었으면. 나를 그 품에 안아주었으면, 언니가 준비해주던 오렌지 꽃을 띄운 따뜻한 우유를 좀 마셨으면……

예전처럼 언니와 전화 통화를 하고 싶었어요. 있지, 어떤 언니가 말이야, 아이들이 고통스러워할까 봐 작별인사도 하지 않은 채 사라져버렸거든, 그 언니의 아이들을 내가 돌보고 있는데, 너무 힘들어, 이렇게 이야기할 수 있다면 얼마나 좋을까. 모두 돌이키고만 싶었죠. 언니, 형부한테 아버지 모시고 그냥 둘이서 다녀오라고 해. 포도주는 두 분이서 실컷 드시라 하고, 우린 집에서 셰리주나 마시자. 파파야 얘기를 해줄게. 요즘 대학생들의 애정행각에 관한 얘기도.

이렇게 말했더라면 언니가 얼마나 좋아했을까요. 사실 그렇게 말해주기만을 기다리고 있었을 텐데……

전 서서히 미쳐가고 있는 것 같았어요. 이사를 하는 게 현명하지 않을까 싶어도 아이들에게 차마 그러자고 할 수 없었어요…… 간단한 일도 아니었고…… 방법적인 면이라고 해야 하나…… 지겨우실까봐 그런 부분에 대해선 언급하지 않았지만…… 친족회의니 후견인 지정이니 공증인이니, 아이들 양육에 관한 온갖 복잡한 문제들…… 샤를르, 그런 얘기에도 관심이 있으세요? 아님, 그냥 시골로 넘어갈까요?"

"관심이야 많죠, 하지만……"

"하지만?"

"이렇게 늦게까지 물에서 놀면, 애들이 감기에 걸리지 않을까요?"

"후후…… 쟤들은 그런 거 몰라요, 야생동물들인걸요…… 이 분만 지나면 남자아이들이 여자아이들을 잡으러 뛰어다닐 거고, 그럼 또 다들 몸이 후끈후끈해질 거예요, 두고 보세요……"

침묵.

"굉장히 자상하시네요."

까만 어둠 속에서 그의 얼굴이 붉어졌다.

여자아이가 꺅꺅 소리를 지르며 그들 앞을 뛰어 지나갔고 밥 딜런 같은 소년이 그 뒤를 따랐다.

"제가 뭐랬어요…… 그런데, 마구간에 콘돔을 놔두는 것에 대해서는 어떻게 생각하세요?"

샤를르는 두 눈을 감았다.

롤러코스터 같아, 이 여자는……


"전 그렇게 했어요…… 말들 먹이는 설탕통 옆에 놓아두었죠…… 사뮈엘에게 그 얘기를 했더니, 제가 무슨 변태라도 되는 것처럼 질겁하고 쳐다보더군요. 하지만 그 이후로, 이 변태 이모는 큰 걱정을 덜었다고요!"

그는 가만히 듣고만 있었다. 잠시 두 사람의 어깨가 스쳤다. 대화 주제가…… 자자, 어쨌든……

"그래요. 전 방법적인 면에 관심이 많습니다." 그가 술잔 바닥을 들여다보며 빙그레 웃었다.

어둠 때문이었을까, 그녀가 미소 짓는 소리를 들은 것만 같았다.

"얘기가 길어질 텐데요." 그녀가 미리 예고를 했다.

"저, 시간 많습니다……"

"사고가 일어난 날은 4월 18일. 그때부터 5월 말까지, 우리 집 큰애들 표현에 따르면 '끝장'을 봐야 했어요. 우선 '친족 회의'라는 것을 소집해야 했었죠. 아이들의 친가, 외가 쪽으로 각각 세 명씩 법원에 출두하는 것이었어요. 우리 쪽이야 엄마, 아버지, 그리고 저, 이렇게 세 명이면 되었지만, 형부 쪽 사람들을 불러 모으는 건 굉장히 골치 아픈 일이었죠. 그쪽은 가족이라고 할 수도 없었어요. 모리악이 묘사한 '독사떼'(*프랑스의 소설가 프랑수아 모리악(1885-1970)이 1932년에 발표한 소설. 서로간의 믿음이 존재하지 않는 단절된 가정을 그렸다)가 따로 없더군요. 결국, 첫 번째 소집을 취소해야 했어요.

두 번째로 잡힌 소환날에, 그들이 들어오는 것을 보고는 사돈어른과 형부가 너무나 불쌍해졌어요. 사돈어른이 왜 그렇게까지 친척들을 피했는지 이해가 가더군요. 형부가 언니를 그렇게까지 사랑했던 이유도. 그 사람들은…… 뭐랄까…… 완전무장상태였어요…… 그래요, 그랬어요…… 아무리 찔러도 피 한 방울 안 나온 것 같죠…… 루이의 큰누나하고 그 남편, 그리고 에두아르라고 형부의 외가 쪽 삼촌뻘 되는 사람…… 그런데…… 지겹지 않으세요?"

"열심히 듣고 있습니다."

"에두아르 삼촌은 애들 선물도 가져왔고 그나마 상냥한 얼굴을 하고 있었는데, 다른 두 명은, '전문 회계사'라고 해두죠, 그게 남편 직업이기도 하고, 여자는 돈에 눈이 새빨개져 있었으니까, 아무튼 저에게 건넨 첫 마디가 프랑스어를 할 줄 아느냐는 것이었어요. 대단한 시작이었죠!"

그녀가 웃었다.

"그날만큼 프랑스어를 완벽하게 구사한 날도 없었을 거예요! 샤토브리앙의 작품을 읽으면서 기억해둔 고전적인 표현과 고급문법을 총동원해서 그 시골뜨기들의 코를 납작하게 해주었죠!

조정이 시작되었어요. 우선…… 누구를 아이들의 후견인으로 지정할 것이냐. 기가 막혀서…… 아무도 나서지 않더군요. 판사가 저를 보더군요. 미소를 지었지요. 그걸로 첫 번째 문제는 매듭이 지어졌어요. 그 다음, 법정대리인은 누구로 지정할 것이냐. 즉, 돈 관리는 누가 할 것이냐. 아, 그건 저희가 하죠! 캐시미어 숄을 두른 여자의 어깨가 들썩거렸어요. 아이들의 귓병이니, 악몽이니, 팔 없는 남자를 그린 그림이니 하는 것들은 관심이 없지만, 오호, 유산이라면……"

케이트는 탐욕스러운 그들의 표정을 흉내내며 팔꿈치로 그를 쿡쿡 찔렀다.

"그런 부부를 상대로 제가 뭘 할 수 있었겠어요. 절망적인 심정으로 아버지를 쳐다보았죠. 그들 부부가 판사에게 별별 이야기를 늘어놓는 동안, 아버지는 수첩에 뭔가를 적고 있었고 엄마는 한숨을 쉬면서 손수건을 배배 꼬아댔어요. 불쌍한 에두아르 삼촌은 어쩔 줄을 몰라 했고. 사돈어른에게 재산이 좀 있었어요…… 칸에 아파트 한 채, 보르도에 또 한 채, 언니 부부 소유의 아파트가 한 채. 아니, 형부 소유의…… 여자는 전문가답게 매도증서에 관한 여러 가지 사항들을 줄줄 꿰고 있었어요…… 문제는 사돈어른과 그 여자가 10년째 재판을 벌이고 있었다는 점이었죠. 땅 문제라든가…… 자세한 건 그냥 넘어갈게요……

돌아가는 꼴을 보니, 심상치가 않더라고요…… 아니나다를까, 사돈어른의 자형과 에두아르 삼촌에게 자격이 부여되었죠. 판사가 선언을 하더군요. 민법 제420조에 따라 법적대리인의 역할은 미성년자의 재산적 이익이 후견인의 이익과 대치될 때, 그 미성년자를 대신하는 것이다, 라고. 서기가 기록을 하는 동안 모인 사람 모두가 동의를 했어요. 하지만 제 머릿속에는 이미 딴생각이 가득했죠.

십칠 년……

십칠 년 하고도 두 달 동안 저자들의 간섭을……

어떻게 해.


법원을 나오면서, 드디어 아버지가 입을 열었어요.

'알레아 약타 에스트.(Alea jacta est. 주사위는 던져졌다.)'

아버지도 참 너무했죠…… 화가 치밀었지만 꾹 참았어요…… 절망의 구렁텅이에 빠진 것 같은 저의 표정을 본 아버지가 한 마디를 더 했어요. 아무것도 두려워하지 말라고. 베르길리우스의 시에 이런 구절이 있다고. '누메로 데우스 임파레 가우데(Numero deus impare gaudet)' ……"

"그게 무슨 뜻입니까?"

"신은 홀수에서 기쁨을 느끼는데, 아이들이 세 명이니 긱징하시 말라는 거였죠."

깔깔 웃으며 그른 바리보있다.

"철저히 혼자가 된 것 같다고 이미 말씀드렸잖아요! 그 이후로 공증인을 여러 번 만나야 했어요. 넉 달에 한 번씩 집세가 들어온다더라고요. 그걸 아껴 쓰면 아이들 교육은 문제없이 시킬 수 있을 거라면서…… 솔직하게 말씀드릴게요, 그 말에 얼마나 마음이 놓였는지 몰라요. 큰돈은 아니었지만, 그것만 있어도 십칠 년 이 개월 동안 버텨낼 수는 있겠다 싶었어요. 저쪽 사람들이 애들 몫의 재산을 카지노에서 탕진하지만 않는다면 애들의 장래는 별로 걱정하지 않아도 괜찮을 테고……

아무튼…… 두고 봐야지요…… 아까도 말했지만, 하루가 지나면 또 새로운 하루가 밝잖아요…… 자, 자, 마지막으로 한 잔씩……이제 이 강가에 정착하게 된 이야기로 넘어갈게요……

그 많은 약속과 전화통화에 시달리는 동안에도 삶은 계속되더군요. 의료보험증을 잃어버렸고 여름 신발을 샀고 다른 엄마들도 사귀었어요. 언니 얘기를 많이들 하더라고요. 전 할 말이 없었죠, 그냥 어색하게 웃기만 할 뿐. 우편물을 열어보고 부고장이나 사망증명서 복사본을 넣어 답장을 했어요. 음식도 만들기 시작했죠. 파운드, 온스, 컵, 테이블스푼, 피트, 인치 같은 단위 때문에 처음엔 헷갈렸지만 차차 적응을 해나갔어요. 처음으로 학교 바자회에도 참석을 했고, 티거의 맥 빠진 목소리도 제법 그럴 듯하게 흉내내게 되었죠. 잘 버티다가 어느 순간에 또 무너지고. 어느 날 밤엔가, 매튜에게 전화를 했어요. 한창 실험 중인데 제가 방해를 했죠. 지금은 통화를 못 하니까 이따가 전화할게. 저는 아침까지 울다가 그 사람이 정말로 전화를 할까봐 전화번호를 바꿔버렸어요. 그리고 정신을 추슬렀죠. 이러고 있을 수는 없지 않느냐고 제 자신을 설득하면서……

여름이 되었어요. 부모님이 옥스퍼드 근처에 시골집을 하나 가지고 계시거든요. 애들을 데리고 거기로 갔죠. 그 몇 주는 정말 끔찍했어요. 몸서리가 쳐질 정도로. 아버지는 언니를 잃은 슬픔으로 쇠약해져 있었고 엄마는 알리스와 아티를 계속 헷갈려했어요. 프랑스 학교 방학이 그렇게 긴 줄은 꿈에도 몰랐어요…… 제가 한 20년은 늙어버린 것 같았다니까요. 전 실험가운을 다시 입고 나의 종자들을 데리고 처박히고 싶었어요…… 아이들에게 책도 덜 읽어주고 게으름을 피웠지만 아리엣이 걸음마를 시작하는 바람에 그것도 여의치가 않더라고요…… 아이를 따라다니는 게 너무 힘들었어요……

어떤 반발 같은 게 아니었을까…… 우리가 어떤 발판…… 육교…… 위에 있을 땐, 저, 어떤 표현을 써야 하나요?"

"무엇에 대해서죠?"

"새로운 생활……"

"발판이라고 하는 게 낫겠군요. 성당을 지을 때처럼……"

"그런가요? 아무튼 우리가 그 위에 있을 때에는, 제가 정신 바짝 차리고 움직였거든요, 한마디로 용을 썼죠, 하지만 어느 순간, 그게 끝났더란 말이죠. 십칠 년 하고도 한 달 동안 버티는 수밖에는. 저만 바라보고 있는 그 다섯 명에게 버팀목이 되어주어야 했어요. 그래서 그 지긋지긋한 휴가를 줄여버렸죠. 그대로 있다간 내가 죽겠다 싶어서. 이미 체중이 너무 많이 빠진 데다가 파리에서 짐을 많이 가져가지 않았거든요. 거의 언니 옷을 입고 살다시피 했었고…… 상태가 좋지 않았어요……

파리로 돌아와서도 숨이 막혔죠. 따분해진 아이들은 온 집안을 맴돌았고 급기야는 사건이 일어났죠. 제가 처음으로 사뮈엘의 엉덩이를 때리고 말았어요. 그때 전 결심했어요. 아무도 모르는 작은 마을로 가서 집을 한 채 빌리자…… 그래서 찾아낸 마을이 여기, 레 마르제레. 우리는 유모차를 끌고 매일 이곳을 찾아왔어요. 기운을 좀 차려보려고요. 그리고 성당 앞 카페에서 박하차를 마셨죠.

저는 페탕크를 다시 배웠고 슬픈 소설도 다시 읽기 시작했어요. 그런데 우리가 자주 가던 카페 주인이 닭도 구경할 수 있고 계란도 살 수 있는 농가를 가르쳐주었어요. 주인 영감이 꽤 까다로운 편이지만 한 번 가서 물어나 보라더군요……

아이들 얼굴에 화색이 돌았죠. 한참을 걷다가 점심도 먹고 풀밭 위에서 낮잠도 잤어요. 사뮈엘은 암당나귀와 그 새끼를 보고는 기절을 했고 알리스는 멋진 식물도감을 만들기 시작했죠. 역시 피는 속일 수가 없나봐요……"

침묵.

"저도 마찬가지였어요, 현미경 렌즈 아래에서 보던 자연과는 다른, 새로운 자연을 발견하게 되었죠. 일회용 카메라를 사서 지나가던 관광객에게 사진을 찍어달라고 부탁했어요. 우리가 처음으로 찍은 사진…… 부엌 벽난로 위에 놓아두었어요. 제겐 세상에서 가장 소중한 것이죠…… 마즈레 빵집 근처 분수 앞에 나란히 선 우리 넷…… 상처가 나아가고 있었죠, 분수 가장자리 돌 위에 불안하게 올라앉아 낯선 사람의 손에 들린 카메라를 향해 겨우 미소를 지을 뿐이었지만, 그래도 우린 살아 있었어요……"

눈물.

"미안해요." 그녀가 옷소매로 코를 닦았다. "위스키 때문에 그런 거예요…… 지금 몇 시죠? 한 시가 다 됐네…… 애들을 재워야겠어요……"

이야기에 취한 샤를르는 어색한 포즈로 네드라에게 안아주겠다고 했다.

아이가 고개를 저었다.

야신은 아무 말 없이 그의 곁에 꼭 붙어서 걸어갔다. 속이 느글거리는 모양이었다. 아리엣과 카미유가 침낭을 질질 끌며 그들의 뒤를 따랐다.

별은 너무나도 차가웠다……

★★★

케이트는 다시 개를 안아 부엌에 데려다놓고 샤를르에게 불을 다시 지펴줄 수 있겠느냐고 묻고는 이층으로 사라져버렸다.

잠시 고민을 했다. 아니, 할 수 있다, 불 피우는 것쯤이야…… 처마 밑에 쌓여 있는 장작을 몇 개 가져다 놓고 위스키 잔을 씻은 다음, 이 집 사람들처럼 뚱뚱한 주철 할머니 앞에 쭈그리고 앉아 양 손을 맞비볐다. 개를 쓰다듬어주고 법랑을 붙인 몸통에 손을 대 보고 화덕을 활짝 열고 뚜껑 두 개도 들어냈다.

손바닥으로 느껴지는 온도가 다 달랐다.

신기하네……

케이트가 말한 사진을 찾았다. 코끝이 찡해왔다.

아이들이 저렇게 어렸구나……

"예뻔 시간이죠, 그죠?" 등 뒤에서 그녀의 목소리가 들려왔다.

그렇다기보다는……

"아이들이 이렇게 어렸을 때도 있었군요……"

"80킬로도 안 나갔어요."

"네?"

"그때 우리 넷의 몸무게가…… 버스터미널에 있던 저울에 넷이 다 같이 올라가도…… 그게, 그러니까…… 책이며 인형이며 짐을 잔뜩 지고 양 발을 모아 저울에 폴짝 뛰어올라도 무게가 그것밖에 되지 않더라고요. 급기야는 표 파는 아저씨에게 혼이 났지요. 여보세요! 애들 좀 말려요! 그러다가 기계 다 망가지겠어요!

잘됐지 뭐예요.

그게 내 계획이었거든요……"

그녀는 팔걸이가 하나 없는 등나무 의자에 도로 앉았다. 샤를르는 좀먹은 구멍과 장미꽃봉오리 무늬로 덮인 발 받침대에 앉아 양 팔로 무릎을 감싸 안았다.

잠시 아무 말 없이 그렇게 앉아 있었다.

"꽤 까다로운 주인이 르네 영감님이었겠죠?"

"그래요." 그녀가 미소를 지었다. "어머, 여기 너무 좋아…… 얘기는 천천히 할래요…… 그런데 거기 그렇게 앉아 계시면 불편하실 거예요, 어떡하죠?"

그는 몸을 돌려 연통에 등을 기댔다.

처음으로 그녀와 마주보고 앉았다.

그가 지핀 불에 의지해 그녀의 얼굴을 살펴보았다. 그리고 그녀를 그려가기 시작했다.

먼저 고운 눈썹부터. 곧게 뻗은 눈썹, 그 다음엔, 이런……

너무 어두워서……

"천천히 말씀하세요……" 그가 중얼거렸다.

"8월 12일이었어요…… 아리엣의 생일날이었죠…… 첫돌…… 그 하루를 슬퍼하면서 보낼 것이냐, 즐겁게 보낼 것이냐, 결정을 해야 했어요. 아이들과 함께 아리엣을 위해 생일 케이크를 구워주기로 결정을 하고 그 유명하다는 신선한 계란을 구하러 가자며 집을 나섰어요. 사실 그건 핑곗거리에 지나지 않았죠…… 먼젓번에 산책을 할 때 마을에서 멀리 떨어진 그 농장을 이미 눈여겨 보아두었거든요, 더 가까이에서 보고 싶었어요.

날이 굉장히 더웠던 기억이 나요, 떡갈나무 길에 접어드니까 기분이 훨씬 상쾌해지더라고요…… 나무 몇 그루는 병이 들어 있었어요. 저는 머릿속으로 온갖 곰팡이균을 떠올려보았죠, 내가 빠진 팀에서 연구를 하고 있을 것이 분명한 병원균들을……

작은 자전거를 타고 갔던 사뮈엘은 우리보다 앞서 가면서 나무들을 세었어요. 알리스는 구멍 뚫린 도토리들을 주워 모았고 아티는 유모차 안에서 잠이 들었죠.

생일 케이크에 촛불을 밝힐 계획을 세워두고서도 저는 우울한 기분을 떨쳐버리지 못했어요. 아이들을 데리고 어디를 향해 가고 있는 건지, 앞으로 어떻게 살아야 하는 건지 혼란스럽기만 했어요. 이름 모를 벌레가 나를 갉아먹어가고 있는지도 몰라. 저 나무들처럼…… 포진성 고독충, 혹시 이런 게 아닐까? 바람도 많이 쐬고 걷기도 많이 걸었던 아이들이 일찍 잠들어준 그날 저녁, 저는 제 증세에 대해 곰곰이 생각을 하며 오래도록 앉아 있었어요. 담배를 다시 피우기 시작했죠, 아까 당신에게는 거짓말을 했어요…… 가져온 소설책들에는 손이 가지 않아서…… 하이쿠 모음집을 읽었어요. 언니 침대 맡에서 살짝 빼 온 얇은 시집……

제 맘에 들어서 귀를 접어놓은 페이지가 몇 장 있었죠.

*죽은 나무에
나비들이 앉았더니
꽃이 만발했구나!*

이런 시도 있었고

*근심을 잊고
풀 베개를 베고 누워
잠시 나를 떠나본다.*

이런 시도 있었어요.

하지만 사실은, 시라고 하기엔 좀 무안한데, 그 당시에 제 머릿속을 떠나지 않던 글귀는 미국 대학교 화장실 문에 써 있던 세 줄의 글귀였어요.

*개 같은 인생
다 살고 나면
넌 죽는 거야.*

그래요, 그 울림이 참 맘에 들었어요……"

"아직도 기억하고 계시는군요. 그 일본 시들 말입니다……"

"기억력이 좋아서는 아니고요, 시집이 지금 이 집 화장실에 있거든요." 그녀가 빙긋 웃었다.

"하던 얘기, 마저 할게요…… 다 같이 다리를 건넜어요. 아이들이 들떠서 난리가 났죠. 와, 개구리다! 물거미다! 저 잠자리 좀 봐! 뭘 먼저 쫓아다녀야 하는지도 모른 채 겅중겅중 뛰었어요.

사뮈엘은 자전거를 내팽개쳤고 알리스는 샌들을 벗어서 제게 주더군요. 아이들이 노는 동안 저는 알리스에게 줄 고수풀이며 물미나리아재비…… 예쁜 꽃들을 따 모았어요. 강둑 위에 세워둔 유모차 안에서 아리엣이 칭얼거리기 시작하길래 우리는 보물들을 손에 들고 위로 올라갔죠. 그런데요…… 어제 저녁, 뤼카와 함께 여기에 왔을 때, 당신은 어떤 인상을 받았는지 모르겠지만, 야트막한 담벼락이며 안마당이며 포도덩굴 속에 숨은 작은 집이며, 낡았지만…… 아직 튼튼한 건물들…… 전 첫눈에 반해버리고 말았어요. 문을 두드려보았는데 아무 대답이 없었어요. 햇살이 너무 뜨거워서 아무 헛간에고 들어갔어요. 간식도 먹을 겸. 사뮈엘은 트랙터들을 보더니 정신없이 달려가더라고요. 낡은 수레들도 애 혼을 쏙 빼놓았죠. 이모, 여기에 말도 있을까? 하고 묻더군요. 여자아이들은 닭들에 둘러싸여 비스킷을 부스러뜨려 주었고요. 카메라를 가져오지 않은 게 너무 후회스러웠어요. 아이들의 그런 모습은 정말 처음이었는데…… 더도 덜도 아닌, 꼭 지들 나이만큼만 들어 보이는……

그때 개 한 마리가 들어왔어요. 여우새끼같이 생긴 녀석이 닭들이 먹던 초코비스킷 부스러기를 좋아라하며 핥아먹더라고요. 막에 개 주인도 와 있었어요…… 영감님이 양동이를 내려놓고 얼굴에 펌프

물을 끼얹기에 말도 못 건네고 가만히 기다리고 서 있었죠.

개를 찾다가 우리를 발견한 영감님이 아무 말 없이 우리 쪽으로 다가왔어요. 전 아직 인사도 못했는데, 아이들이 질문 공세를 퍼붓는 거예요.

'어이쿠!' 영감님이 두 손을 들어 올리며 첫 마디를 꺼냈어요. '그런데, 여기 말씨가 아니네 그랴!'

개 이름이 필루라고 했어요. 영감님이 개를 데리고 여러 가지 재주를 부려 보이더군요.

정말 귀여운 강아지였죠……

계란을 좀 사러 왔는데요, 라고 제가 말했더니 '아, 계란. 아암, 드려야지. 우선 부엌에 갖다 둔 게 좀 있긴 한데, 꼬마들은 닭장에 가서 직접 집어오는 걸 더 좋아하지 않겠수?' 하시더라고요. 그리고는 우리를 닭장으로 데려가셨어요. 전 속으로 이렇게 생각했죠. 꽤 까다로운 영감님이라더니 친절하기만 하네……

닭장을 구경하고 난 다음에 담을 그릇을 가지러 영감님을 따라 부엌으로 갔는데, 아, 이 영감님, 혼자 사시는구나, 그것도 아주 오래 전부터, 라는 생각이 머리를 스치더라고요…… 얼마나 지저분하던지…… 냄새는 말할 것도 없고요…… 영감님이 마실 것을 준비해주신다고 해서 비닐을 덮은 식탁 주위에 죽 둘러앉았어요. 팔꿈치가 비닐 식탁보에 쩍쩍 달라붙었죠. 희한한 맛이 나는 시럽을 물에 타서 마시라고 주셨어요. 바로 옆에 죽은 파리들이 들러붙어 있는 설탕통이 놓여 있는데도 애들은 맛있게들 마시는 거예요. 저는 아티를 유모차에서 내려 줄 수가 없었어요. 바닥도…… 다른 데랑 똑같았거든요…… 그러고 있다가 어느 순간, 정말 더 이상은 못 참겠어서, 전 벌떡 일어나 창문을 열었어요. 영감님은 아무 말도 없이 제가 하는 대로 보고만 계셨죠. 창문을 열고 나서 제가 말했어요. 아아, 이렇게 하니까 훨씬 낫죠? 우리의 우정은 그때 생겨난 것 같아요.

영감님은 아이들을 그렇게 가까이에서 보는 게 처음인 듯, 어쩔 줄을 몰라 하는 나이 든 소년이었고, 저는 뻑뻑한 손잡이를 힘껏 돌리는 나이 든 소녀였어요. 십칠 년의 나이 차이도 잊은 채, 우리는 서로를 바라보며 미소를 지었죠. 창으로 불어 들어오는 뜨뜻한 바람을 맞으며……

사뮈엘이 계란을 가져다가 막내 여동생의 생일 케이크를 구워줄 거라고 얘기했더니 영감님이 제 무릎에 앉아 있던 아리엣을 쳐다보았어요. '오늘이 아기 생일이오?' 전 고개를 끄덕였어요. '어디 보자, 아기가 좋아할 만한 선물이 있긴 한데……' 이거 큰일났다, 또 무슨 지저분한 걸 애 손에 쥐어주려고 저러시나…… 혹시 1912년경, 시골 장터 인형 맞추기 코너에서 건진 꽃분홍색 토끼인형?

영감님은 알리스를 안아 의자에서 내려주면서 자기를 따라오라고 했어요. 옆 건물로 우리를 데리고 가더니 어두컴컴한 그 안을 두리번거리며 말했죠. 요놈들, 어디로들 숨어버렸나?

선물을 찾아낸 건 아이들이었어요. 이번엔 아티를 내려주지 않을 수 없었죠."

케이트표 미소에 이미 적응을 한 샤를르였으나 이번 미소는 다른 것보다 전염성이 강했다……

"그게 뭐였는데요?"

"새끼고양이…… 구식 자동차 밑에 숨어 들어가 있던 조그만 새끼고양이 네 마리…… 아이들은 좋아서 어쩔 줄을 몰랐어요. 영감님에게 안아 봐도 된다는 허락을 받고는 집 뒤에 있는 수풀로 데리고 가서 놀기 시작했죠.

아이들은 고양이들이 밀가루반죽이라도 되는 양 주물러댔어요. 애들이 노는 동안 영감님과 저는 벤치 위에 앉아 있었어요. 개가 영감님 무릎 위에 앉았죠. 영감님은 담배를 말았어요. 그리고 빙그레 웃으며 아이들을 쳐다보다가 저에게 애들 엄만 복도 많지, 하시더군요. 내게도 자식이 있었는데…… 눈물이 솟구쳤어요. 잠도 못 잔 데다가 언니가 죽고 난 이후로 듬직한 어른과는 한 번도 얘기해 보지 못했었거든요. 영감님께 모두 다 털어놓았어요.

라이터를 손에 쥐고 한참 동안이나 아무 말도 않으시더라고요. 그러더니 입을 여셨죠. 그래도 애들은 행복할 수 있을게야, 두고 봐…… 자아, 함 보자. 우리 꼬마가 어느 녀석을 골랐는고?

아리엣 대신에 큰아이들이 새끼고양이 한 마리를 골랐죠. 파리로 돌아가는 날 찾으러 오겠다고 약속을 했어요. 유모차 아래칸은 텃밭에서 난 채소들로 가득 찼고 아이들은 영감님께 인사를 한다고 오래오래 뒤를 돌아다보았어요.

빌린 집에 돌아와 보니 글쎄, 오븐이 없는 거예요, 그때까지 모르고 있었는데…… 할 수 없이 마들렌 위에 초를 하나 켜고 축하 노래를 불렀죠. 지쳤는지 다들 일찍 곯아떨어지더군요. 휴, 파란만장했던 하루가 드디어 다 갔구나…… 즐거운 하루로 보내자고 결정했었지만 석양의 집이라는 아름다운 이름을 가진 이 집이 없었다면, 절대 즐겁게 보내지 못했을 거라고 생각했죠……

테라스에서 담배를 피우고 있는데 사뮈엘이 곰 인형을 질질 끌고 나오더라고요. 그 애가 자다가 저를 찾은 건 그때가 처음이었어요. 양팔을 벌려 저를 꼭 껴안은 것도…… 알리스를 데리고는 불을 쳐다보았지만 사뮈엘하고는 함께 별을 바라보았죠……

'있잖아 이모, 우리가 새끼고양이를 데려오면 안 될 것 같아.' 아이가 심각한 표정으로 고민을 털어놓더군요. '왜? 파리 아파트에 데려가면 고양이들이 답답해할까봐서?' '아니, 걔가 제 엄마랑 동생들이랑 헤어져야 하잖아……'

아, 샤를르…… 전 엉엉 울고 말았어요…… 모든 게, 모든 게 다 나를 울렸어요……

'그래도 이모, 내일 다시 고양이들을 만나러 갈 거지, 응?

그럼, 가고말고. 우리는 다음날도, 그 다음날도 이 집을 찾아왔고 결국엔 나머지 방학 전부를 농장에서 보냈어요. 아이들이 헛간에 들어가 꼼지락거리며 노는 동안, 저는 부엌살림을 전부 마당으로 들어내고 물을 좍좍 뿌려가면서 청소를 했어요. 르네 영감님하고 닭들, 소들, 말아 기르는 말들, 강아지가 우리의 새로운 가족이 되었죠. 지저분하기 짝이 없는 거대한 집도 어느새 우리 집처럼 여겨졌고. 전 안정을 찾아갔어요. 보호받고 있다는 느낌. 불길하고 나쁜 것들은 저 담장을 넘어오지 못할 것 같았고 도랑 이편은 우리만의 세상인 것 같았어요……

파리로 떠나던 날, 다들 기분이 울적해져서는 11월 투생(*Toussaint, 특정한 축일이 없는 모든 성인들을 기리는 대축일) 방학 때 다시 오겠다고 영감님께 약속을 했어요. '그럼 마을에서 날 찾아야 할게야, 여기서는 이제 다 살았어……' 네? 왜요? 너무 늙었잖아, 이 집에서 혼자 겨울을 날 자신이 없어. 지난 겨울에 하도 심하게 앓아서 이젠 혼자된 누이 집에 가서 살려고. 영감님 말씀이, 집은 젊은 부부에게 세를 주기로 했고 텃밭만 관리할 거라고 하시더군요.

그럼 동물들은요? 아이들이 걱정을 했죠. 그야…… 닭들하고 필루는 데려 가겠지만, 나머지는, 글쎄……

그 '글쎄'에는 다 도축할 거라는 의미가 담겨 있었죠……

알겠어요. 그럼 마을로 찾아가 뵐게요…… 우리는 마지막으로 집을 한 바퀴 둘러본 다음에 차에 올라탔어요. 영감님이 챙겨주신 야채 바구니를 다 가져갈 수가 없더라고요. 제 차가 너무 작았거든요."

의자에서 일어나 왼쪽 화덕 뚜껑을 열더니 물주전자에 물을 한 가득 채워 올려놓았다.

"아파트가 그렇게 작아 보일 수가 없었어요…… 길거리의 인도도…… 광장도…… 주차단속인도…… 그리고 하늘도…… 라스파이가(街)의 가로수들도…… 심지어는 뤽상부르 공원까지도…… 사실 그때, 뤽상부르 공원에는 가지 않고 있었어요. 아주 잠깐 당나귀를 타는 것도 너무 사치스러운 일이 되어버려서……

골판지 상자를 주워다 놓고는 매일 저녁마다 짐정리를 해야지 하면서도 다음날 아침이면 또 내일로 미루곤 했어요. 그러는 동안 전에 같이 일하던 동료의 소개로 미국 밤나무협회의 논문 번역의뢰를 받았지요. 밤나무 병충해에 관한 어마어마한 분량의 논문이었어요. 아티를 놀이방에 등록시켰는데, 그 때에도 복잡한 행정절차를 거쳐야 했어요…… 모욕을 당해가면서…… 큰애들이 학교에 가 있는 동안, 저는 파이토프토라 캄비보라(Phytophtora cambivora), 즉 밤나무 잉크역병과 씨름을 했죠.

저는 그 일이 너무 싫었어요. 창문으로 회색빛 거리를 내다보며 르네 영감님 집 부엌에 밤을 구워 먹을 만한 석쇠가 있었는지 없었는지 따위의 생각을 했죠……

그러다가 다른 날들보다 더 우울한 날이 닥쳤어요…… 아티가 자꾸 아팠어요. 콧물도 나고 기침도 하고 밤에는 제 가래에 숨이 막혔죠.

병원을 가야 했지만 진료 예약이 너무 밀려 있어서 예약 날짜를 기다리며 지옥 같은 나날을 보냈어요. 미칠 것만 같더군요. 글을 거의 다 깨치고 초등학교에 입학한 사뮈엘은 1학년 수업이 지겨워 죽으려 하고, 2년째 알리스를 맡은 유치원 담임은 알림장에 부모의 사인을 다 받아와야 한다고 아이들을 닦달했죠. 물론 그 선생을 비난할 수는 없었지만, 나 같았으면 다른 아이들보다 그림 솜씨가 월등히 뛰어난 아이에게 좀더 관심을 기울였을 텐데 하며 속상해했어요……

그날 또 무슨 일이 있었더라? 수위 아줌마가 유모차 때문에 현관이 더러워진다고 제게 짜증을 냈고, 아파트 입주민 대표회의라는 데에서 엘리베이터 수리비용을 청구해 왔는데 생각지도 못한 엄청난 금액이었고, 보일러는 망가지고, 컴퓨터가 날 배신하더니 밤나무 14페이지가 공중 분해되어버렸고…… 엎친 데 덮친 격으로, 겨우 그놈의 병원 예약이 되었는데 자동차가 견인차에 끌려가버렸고…… 야무진 여자 같았으면 택시를 불러 타고 갔겠지만, 전 울어버리고 말았어요. 얼마나 펑펑 울어댔는지 아이들이 차마 배고프다는 소리를 하지 못했다니까요.

결국은 사뮈엘이 다 같이 시리얼을 먹자고 그릇을 챙겼는데…… 우유가 상해 있었어요……

괜찮아, 이모, 울지 마, 요구르트 부어서 먹으면 돼……

착한 것들……

잠을 자려고 야영지 같은 사뮈엘의 방에 다 함께 누웠어요. 저는 동화책을 읽어줄 엄두를 내지 못했고, 대신 불을 다 끄고 이야기를 나누기 시작했어요……

방학 이후로 자주 그래왔듯이 우리는 석양의 집에 대한 이야기를 했죠, 꿈을 꾸듯이…… 새끼고양이들은 얼마나 자랐을까? 새끼당나귀는? 학교에 갔다 온 동네 아이들이 새끼당나귀에게 사과를 가져다주겠지?

애들아, 잠깐만.

그때가 밤 아홉 시쯤 되었을 거예요. 저는 거실로 나가 전화를 한 통 하고 돌아왔어요. 급하게 들어오다가 사뮈엘의 배를 밟는 바람에 아이가 비명을 질렀죠. 저는 애들이 들어 있는 이불 속으로 파고들어 가서 천천히 말을 꺼냈어요. 있잖아, 우리 아예 거기로 이사를 가면 어떨까……

아무 말도 못 하고 가만히 있던 아이들이 속닥거리기 시작했어요. 그런데…… 우리 장난감들을 다 가져가도 돼?

이사에 대해 몇 마디를 더 나누다가 아이들은 잠이 들었죠. 저는 다시 일어나 짐을 싸기 시작했어요."

주전자의 물이 팔팔 끓고 있었다.

케이트가 불 앞에 쟁반을 가져다놓았다. 보리수꽃 냄새가 풍겼다.

"르네 영감님은 전화로 집이 아직 나가지 않았다고 했어요. 원래 들어오기로 했던 젊은 부부가 집이 너무 외떨어져 있다면서 없었던 일로 하자고 했대요. 어쩌면 그 말을 듣고 저도 더 생각을 해 봤어야 했을지도 몰라요…… 토박이들조차 꺼려하는 집인데…… 하지만 그 소식을 듣는 순간 너무 흥분을 했기 때문에…… 이사를 한 지 한참이 지난 다음, 첫 번째 겨울을 지내면서 후회 비슷한 걸 했어요. 너무너무 추운 밤들을 몇 번 보내면서…… 그렇지만 우린 캠핑을 하듯 한 방에 모여 자는 데에 이미 익숙했던 터라 거실 벽난로 앞에서 다 같이 잠을 잤어요. 첫 해는 제 생에 있어서 육체적으로 가장 힘든 해였지만 정신적으로는…… 천하무적이었죠……

그 다음엔 아까 말한 큰 개를 데려왔고요. 새끼당나귀도 제법 커서 장작을 짊어져 주었기 때문에 제가 한결 수월해졌어요. 사뮈엘도 일이 줄었지요. 고양이들은 또 새끼를 낳았고, 이젠 보시다시피 이런 난장판이 되고 말았죠…… 차에 꿀 좀 넣어 드실래요?"

"아닙니다. 이대로도 좋은데요. 그런데…… 당신은…… 그 세월 동안 계속 혼자 살아왔습니까?"

"아!" 케이트가 머그잔 뒤로 얼굴을 숨겼다. "애정적인 면이라…… 이 얘기까지 하게 될 줄은 몰랐는데……"

"물론 말씀하셔야죠……" 그가 장작불을 뒤적이며 대답했다.

"그래요? 왜죠?"

"그 얘기까지 들어야 제 지형 조사도가 완성되거든요."

"그럴 가치가 있는지 모르겠네요."

"그래도 말씀해보세요……"

"그럼 당신 얘기는 언제 하실 거예요?"

"……"

"좋아요. 이번에도 패는 제가 돌려야 하는 거로군요! 얘기는 하겠지만 별로 자랑할 만한 건 없어요……"

그녀는 불 가까이로 다가앉았고 샤를르는 보이지 않는 스케치북을 다음 장으로 넘겼다.

이제 그녀의 옆얼굴을 그릴 차례……

"힘들어서 더 그렇게 느껴졌는지도 모르겠지만 첫 번째 달은 아주 빨리 지나갔어요. 할 일이 너무나 많았죠…… 벽에 간 금도 메워야죠, 빙수제도 발라야죠, 페인트칠도 해야죠, 장작도 패야죠, 서투르지만 다 새로 배워서 했어요. 닭들이 병에 걸리지 않도록 물에 락스도 몇 방울 떨어뜨려주고, 덧창에 사포질도 하고, 쥐도 잡고, 웃풍과도 싸워야 했고, 세일하는 고깃덩어리를 사다가 토막을 내서 냉동을 시키고, 또…… 제가 할 수 있으리라고 생각하지도 못했던 일들을, 그것도 쉴 새없이 뭐냐고 물어보는 아리엣을 데리고 해내야 했어요……

그 땐, 아이들이 자는 시간에 저도 같이 잠을 잤어요. 저녁 여덟 시가 지나면 몸이 안 움직였어요. 잘된 일이었죠…… 저는 제 결정에 대해 절대 후회하지 않았어요. 요즘엔 학교 때문에 좀 머리가 아프지만. 어쩌면 점점 더 큰 문제에 부딪칠지도 몰라요. 하지만 구 년 전만 해도 로빈슨 크루소 같은 이 생활이 우리 모두를 구해주었어요. 어느새 봄이 오더군요…… 집이 웬만큼 아늑해지자 전 거울을 보고 머리를 빗을 여유를 찾게 되었죠. 웃기는 이야기지만 거의 일 년 동안 거울을 들여다보지 않았거든요……

어느 날 아침, 저는 원피스를 찾아 입었고 그 다음날에는 사랑에 빠졌어요."

그녀가 웃었다.

"물론 당시에는, 너무나 로맨틱했어요. 길을 잃고 헤매던 큐피드의 화살이 어쩌다가 날아와 꽂힌 거였으니까. 하지만 돌이켜 생각해보면, 그리고 끝이 그렇게…… 아무튼지간에, 큐피드는 일찌감치 해고해버렸어요.

때는 봄이었고 저는 사랑에 빠지고 싶었어요. 누가 나를 품에 안아주었으면 싶었죠. 슈퍼우먼 역할에 진력이 나 있었어요. 장화 속의 발은 납덩이 같았고 세 아이들을 돌본 지도 아홉 달이 다 되어가고 있었죠. 누가 나를 안아주며 제 피부가 부드럽다고 말해주었으면 좋겠다고 생각했어요. 아무리 그게 사실이 아니어도……

그래서 원피스를 차려입고 견학을 가는 사뮈엘을 따라나섰어요. 어디였는지는 이젠 기억에 없지만 아무튼 다른 반과 함께 버스를 탔죠. 그 반 담임이 남자였는데…… 돌아오는 길에 그 사람 옆자리에 앉게 되었어요……"

샤를르는 크로키를 그만두었다. 그녀의 얼굴이 너무나 달라보였다. 십 분 전만 해도 넉넉한 표정을 짓고 있던 그녀였건만, 버스 뒷자리에서 미소 짓고 있는 그녀는 열다섯 살도 채 되지 않아 보였다.

"그 다음날, 저는 핑곗거리를 찾아서 그 사람을 여기까지 불러들여 가지고 겁탈해버렸어요."

그를 돌아다보았다.

"농담이에요…… 서로 마음이 통한 거였어요. 이해심도 많고, 착하고, 저보다 나이는 좀 적었고, 미혼에, 이 지방 토박이고, 뭐든 뚝딱 고치고 만들어내고 애들도 엄청 잘 다루고, 새, 나무, 별에 대해 모르는 게 없고, 아무리 걸어도 지치는 법이 없고…… 한 마디로 완벽했죠, 뭐…… 가게에서 맘에 꼭 드는 물건을 발견한 심정이었어요. 이 사람 얼른 싸 주세요, 가서 냉동시키게!

아니에요…… 이렇게 삐딱하게 말하고는 있지만…… 전 그 사람을 사랑했어요…… 사랑으로 가슴이 터질 것만 같았어요, 정말로 사랑했었죠…… 생활도 너무나 수월해졌어요…… 여기 들어와 살았거든요. 그 사람을 꼬마 때부터 알았던 르네 영감님도 좋은 사람 만났으니 참 잘되었다고 하셨고, 큰 개도 그를 잡아먹지 않았어요. 녀석이 별로 아니꼬워하지 않고 제 자리를 내주더군요. 그 해 여름은 정말로 아름다웠고 아티의 두 번째 생일날에는 진짜 케이크를 구워줬지요…… 가을 역시 아름다웠죠…… 그 사람은 우리에게 자연을 바라보고 사랑하고 이해하는 법을 가르쳐주었어요. 그 사람 덕에 《올빼미》라는 잡지도 정기구독하게 되었고 좋은 사람들과도 친구가 될 수 있었죠. 그가 없었다면 절대 사귈 수 없었던 착한 사람들…… 제 나이가 아직 서른이 안 되었다는 것을, 제가 얼마나 명랑했었는지를, 늦잠 자는 걸 얼마나 좋아했었는지를 다시 기억나게 해준 사람이었어요……

전 완전 바보가 되고 말았죠. '임자 만났어, 내가 아주 임자를 만났어!' 입에서 이 말이 떨어지지 않았어요.

그 다음해 봄, 아기를 갖고 싶어졌어요. 이른 감이 있었지만 욕심이 많이 났죠. 우리가 아기를 낳으면 모든 관계가 더 단단해질 것 같다는 생각을 했던 것 같아요. 그 사람, 언니의 아이들, 이 집…… 언제까지나 조카들을 버리지 않겠다는 확신을 갖기 위해서라도 내 아기를 가지고 싶었어요…… 이해가 되세요?"

천만에. 이해고 뭐고 간에 샤를르는 질투가 나서 견딜 수가 없었다. 그를 정말 사랑했었다고……

그 '정말'이라는 말이 악어 상표 아래 감추어진 그의 가슴을 아프게 깨물었다.

그 아픔이 어떤 의미인지 알 수 없었다……

촌 학교 선생이니까 당연히 아이들을 잘 다루지! 큰곰자리? 그건 나도 찾을 수 있어!

"이해하고말고요." 그가 시무룩하게 중얼거렸다.

"그런데 임신이 되지 않았어요…… 다른 여자 같았으면 좀더 참고 기다렸겠지만, 일 년이 지나도 아무런 소식이 없는데 어떻게 가만히 있어요. 그래서 옆 도시에 있는 큰 병원에 가서 여러 가지 검사를 해보았어요. 군소리 없이 조카 셋을 맡아 키우는데, 나도 자식 한 명쯤은 낳아도 되는 거잖아요, 그렇잖아요?!

그런데 뱃속에 신경을 너무 써서 그랬는지, 나머지는 차츰 엉망이 되어갔어요……

그이가 들어오지 않는 날도 있네? 조용한 곳에 가서 반 아이들 받아쓰기 시험지를 채점해야 하나보지 뭐…… 일요일마다 다 함께 빈 창고를 찾는다고 마을 방방곡곡을 누볐는데, 요즘엔 영 뜸한 것 같네? 맛없는 도시락에 질렸나보지 뭐…… 사랑을 나눌 때도 예전 같지가 않은걸? 하지만 그건 내 잘못이기도 하잖아! 만날 생리주기 계산이나 하고 있으니…… 애들을 좀 거추장스러워하는 것 같은 눈치던데? 당연하지…… 셋이나 되니까…… 버릇도 없잖아? 그런데…… 애들 땐 그래야 하는 거 아닐까…… 애들에겐 어린 시절을 맘껏 누려야 할 권리가 있는 거니까…… 내가 영어를 너무 자주 쓰는 게 싫었나? 하지만…… 피곤할 땐, 자연스럽게 입에서 나오는 말을 쓰게 되어 있는 법이잖아……

그런데…… 그런데…… 그런데 새 학기엔 다른 데로 전근을 가게 되었다고?

아, 그렇게 되자 더 이상 갖다 붙일 핑계를 찾지 못하겠더군요. 그 사람이 그런 생각을 하고 있는지는 꿈에도 몰랐어요…… 저와 똑같은 마음인 줄로만 알았던 거죠. 법적 절차를 밟지는 않았지만 서로 주고받은 말, 약속들이 다 어떤 의미를 가지고 있다고 생각했었거든요. 혹독한 겨울이나 대가족도 그 사람에겐 별 문제가 되지 않을 줄로만 알았었는데……

그 사람은 학교를 옮겼고 저는 아까 당신과 함께 마지막 담배를 피우며 이야기했던 그 모습으로 되돌아갔어요……

버림받은 후견인……

들이켜보니 그땐 정말 불행했던 것 같네요……" 그녀가 무안한 듯 웃었다. "지금 내가 뭘 하는 거지? 이런 썩어빠진 집에 처박혀서? 내 인생은 다 망한 거야, 끝났다고…… 『아웃 오브 아프리카』 같은 걸작을 쓰지도 못하는 주제에 카렌 블릭센 흉내나 내고…… 매일 저녁 숲 속으로 산책을 갔어요. 점점 더 깊이 들어가 쓰레기봉지를 버리고 왔죠. 과자 봉지와 고양이 사료깡통 사이에 슬그머니 끼워 넣은 많고 많은 술병들을 남들이 볼까봐서……

그런 상황에서 훨씬 더 고약한 생각이 퍼뜩 떠오르더라고요. 자신을 과소평가하는 것까지는 좋다고 치자, 우리 관계가 짧게 끝난 것도, 뭐…… 그런 사람들이 한둘이 아니니까…… 그런데 문제는, 그 남자가 저보다 세 살이 적었다는 것이 아닐까…… 그는 나를 더 이상 사랑하지 않아서 떠난 게 아니라, 내가 늙어서 떠난 거다.

사랑받기에는 너무 늙어서. 너무 추하고, 짊어진 짐도 너무 많고. 너무 강하고 너무 바보 같고 너무 고지식해서.

절단기를 다루는 모습이 그리 섹시하지도 않고, 입술은 터지고, 손은 빨갛고, 오븐은 600킬로그램이나 되니……

그래요…… 그리 사랑스럽진 않았어요.

그가 떠난 게 원망스럽진 않았어요, 이해할 수 있었어요.

내가 그 사람이었어도, 똑같이 했을걸요……"

차를 한 잔 더 따랐다. 이미 미지근해졌는데도 후후 하고 한참 동안이나 불어 식혔다.

"그 사람과의 관계에서 유일하게 건진 유익한 일은," 그녀가 농담하듯 말했다. "《올빼미》 잡지를 구독하게 되었다는 거예요. 아직도 보고 있거든요. 그 잡지 만드는 사람, 혹시 알고 계세요? 피에르 데옹이라는 남잔데."

샤를르는 고개를 가로저었다.

"끝내주는 사람이에요. 정말…… 그런 천재는 첨 봤어요…… 본인은 싫다고 펄쩍 뛰겠지만, 그 사람이야말로 팡테옹에 묻힐 만한 인물이라니까요…… 아무튼…… 저는 도토리를 보고 다람쥐가 갉아먹은 것인지 들쥐가 파먹은 것인지 구별할 수가 없었어요. 머릿속이 복잡했으니까. 아무렴 어떠냐는 식이었죠…… 그래도 관심을 아예 꺼버렸던 건 아니었나 봐요, 오늘 저녁까지도 이곳을 떠나지 않고 살고 있는 걸 보면……

다람쥐는 도토리를 반으로 갈라놓고요, 들쥐는 속만 쏙 갉아먹거든요. 더 자세한 게 궁금하시면 저기 벽난로 위를 보시면 되겠고……

제 경우는, 들쥐가 파먹은 거랑 더 비슷했어요…… 겉은 멀쩡한데 속은 완전히 비어 있었으니까…… 자궁도, 심장도, 미래도, 자신감도, 용기도, 찬장도…… 모조리 비어 있었으니까. 잠 못 이루는 밤에는 담배와 술에라도 의지를 했는데 알리스가 글을 깨치고 난 후로는, 조기 사망에 이르지도 못하게 되었어요. 그랬더니 그 대신 우울증 비슷한 게 찾아오데요……

아까 제게 물으셨죠. 왜 이렇게 동물들을 많이 데리고 있느냐고. 전 그때, 그 이유를 알게 되었어요. 녀석들이 있었기 때문에 전 억지로라도 아침에 일어날 수 있었어요. 고양이들에게 밥을 주고, 개집 문을 열어주고 말들에게 꼴을 가져다 먹여야 했으니까. 또 하나는 아이들의 관심을 딴 데로 돌리기 위해서였고요. 녀석들은 이 집이 계속 살아 움직일 수 있도록 해 주었고, 아이들을 돌보아주었어요……

동물들은요, 교미 시기가 되면 번식을 하고, 그 나머지 시간 동안은 먹을 궁리만 하거든요. 꽤 훌륭한 본부기가 되시 준 셈이죠. 더 이상은 동화책을 읽어주지도 않았고 귀신 같은 몰골로 애들 볼에 뽀뽀를 해주었지만, 매일 밤, 아이들의 방문을 닫으면서, 고양이와 씨름을 하며 느꼈을 그날 하루의 감정들이 애들 얼굴에 고스란히 떠올라 있는 것을 지켜보았어요……

 이 생활이 얼마나 계속될지, 어디까지 가게 될지, 알 수가 없었어요…… 머릿속이 뒤죽박죽이었죠. 혹시 입양을 시키는 게, 애들을 위해 더 낫지 않을까? 정상적인 엄마, 아빠 밑에서 자라는 것이? 여기 생활을 깨끗이 접고 애들을 데리고 미국으로 가는 게 나을까? 아니면 나 혼자……

 어떻게 하는 것이…… 저는 언니에게도 이야기를 하지 않고 있었어요. 언니의 시선과 마주칠까봐 고개를 푹 숙이고 다녔죠……

 어느 날 아침, 엄마가 전화를 했더군요. 제가 서른 살이 되었다나요.

 그래?

 벌써 내 생일이야?

 겨우 서른 번째?

 서른 살 생일을 자축하기 위해 보드카 병을 머리에 부딪쳐 건배를 했어요.

 내 인생은 다 망가져 있었어요. 가장 기본적인 것들만 해결하고 있었죠. 애들에게 하루 세 끼를 해 먹이고 학교에 데려다주고, 그게 다였어요.

 후견인의 자격에 의의가 있을 경우, 법원에 의견을 제출하시오, 라던 판사의 말이 떠올랐죠.

 그렇게 흙탕물에서 허우적거리고 있을 때 만난 아누크가 제 목덜미를 어루만져 주었던 거예요……"


 샤를르는 벽난로 장작 받침쇠에 시선을 고정시킨 채였다.

"그러던 어느 날, 몇 주 전에 검사를 받았던 산부인과에서 전화가 왔어요…… 전화상으로 결과를 말해줄 수는 없고 반드시 본인이 병원에 와야 한다나요. 약속 날짜를 받아 적긴 했지만 일부러 거기까지 갈 필요는 없다고 생각했죠. 아무래도 상관없었으니까. 관심 밖으로 몰아낸 지 오래였으니까.

그런데 결국 가게 되었어요…… 기분 전환도 할 겸, 외출이나 해 볼까 해서. 그보다 사실은 알리스가 물감이랑, 뭐였는지는 잊어버렸지만 이 동네에서는 절대 찾을 수 없는 뭔가를 사다달라고 했었기 때문에 집을 나선 거였지만.

의사가 저를 반겨주더군요. X레이 사진을 들여다보면서 소견을 말해주었어요. 제 양쪽 나팔관하고 자궁 기능이 완전히 감퇴되어 있다더라고요. 막히고, 쪼그라들어서 생식 불능 상태라고. 정밀검사를 해봐야 하겠다면서 제 차트를 다시 읽어보더군요. 아프리카에서 오래 체류한 경험이 있다는 기록을 보더니만, 제가 결핵균에 감염된 것 같다는 거예요.

하지만…… 전 결핵을 앓은 기억이 없는데요, 하고 제가 따지듯이 대꾸했어요. 군의관 생활을 오래 해서 그런지, 환자들에게 불길한 소식을 전하는 데 이골이 나서 그런지, 의사는 아주 침착하게 오랫동안 설명을 해주더군요. 전 그 말을 하나도 듣지 않고 있었어요. 그런 종류의 결핵균이 인체에 들어와도 감염환자는 증세를 느끼지 않는 경우가 많다, 뭐 이런 내용이었는데, 더 이상은 기억나지도 않아요…… 제 몸의 다른 부위들처럼 뇌도 쪼그라들어 있었거든요……

그다음으로 기억나는 건, 병원을 나와 길을 걸으며 스웨터 밑으로 제 배를 만졌다는 거예요. 거의 쓰다듬다시피…… 제정신이 아니었어요.

다행히도 시간은 흘러가더군요. 학교로 애들을 데리러 가기 전에 대형 화방에 들르려면 서둘러야 했어요. 거기에 가서, 알리스를 위해 별의별 것을 다 샀어요…… 그 애가 늘 꿈꾸어 왔던 모든 것을…… 유화물감, 파스텔, 수채화물감, 목탄, 종이, 넓적한 붓, 가는 붓, 벼루랑 먹이 들어 있는 묵화 세트…… 그걸 다.

그 다음엔 장난감 가게로 가서 사뮈엘과 아티에게 줄 장난감들을 샀죠…… 아무 생각도 없었어요. 가계부에 적자가 나건 말건, 상관없었죠. 어차피 개 같은 인생인걸요.

시간이 많이 늦었죠. 사고까지 낼 뻔하면서 부랴부랴 차를 몰아 학교로 달려갔어요. 차를 세우고 미친 여자처럼 머리카락을 휘날리면서 교문 앞으로 뛰어갔을 때는 거의 밤이 다 되어 있었어요. 처마 밑에 오롯이 앉아 불안에 떨며 절 기다리는 세 아이들이 보이더라고요.

아무도 없는 운동장에……

고개를 들고 저를 발견한 아이들이 배시시 웃었어요. 아니었구나, 우리가 버림받은 게 아니었구나. 그렇게 겨우 안심을 하는 듯한 미소였죠. 저는 달려가 아이들을 품에 안았어요. 웃다가, 울다가, 미안해, 이모가 잘못했어, 사랑해, 우린 절대 헤어지지 않을 거야, 똘똘 뭉쳐 살 거야…… 그런데, 멍멍이들이 우릴 기다리고 있겠다, 그지?

아이들은 선물포장을 열었고 저는 다시 살아가기 시작했어요."

"자, 여기까지." 그녀가 찻잔을 내려놓았다.

"이제 제 이야기는 다 했어요…… 당신을 여기까지 오게 한 임무와 무슨 상관이 있을지는 잘 모르겠지만, 아무튼 저를 속속들이 다 알게 되셨어요……"

"그럼 다른 두 아이는요? 야신과 네드라…… 그 애들은 어디서 왔

습니까?'

"아아, 샤를르. 이제 곧……" 그녀가 한숨을 쉬며 그의 팔목을 잡더니 그의 손목시계를 들여다보았다. "저 혼자 주절거린 지 일곱 시간이 다 되어가요…… 지겹지도 않으세요?"

"아뇨. 하지만 당신이 피곤하다면……"

"정말 담배가 한 가치도 안 남았어요?" 그녀가 그의 말을 끊었다.

"네."

"젠장. 할 수 없죠…… 저, 장작 하나만 더 넣어 주세요…… 금방 다녀올게요……"

그녀가 원피스 아래로 청바지를 껴입고 돌아왔다.

"말라붙은 자궁을 가진 제가 다시 살아가기 시작하려고 아이디어를 하나 냈어요. 다른 아이들에게도 우리 집 대문을 열어주면 어떨까하고. 집도 크고, 동물도 많고, 숨을 곳도 많고, 오두막집도 많고…… 저도 시간이 넘쳐났으니까…… 읍내 사회복지사업과에 가서 자원봉사원 신청을 했어요. 방학 동안에 아이들을 맡아주면 좋겠다 싶었죠. 멋진 여름학교를 열어주자. 좋은 추억도 남겨주고 또…… 잘은 모르겠지만 여기 생활을 경험하는 게 아이들에게 도움이 될 것 같다는 막연한 생각이 들었어요…… 사는 건 어차피 고역이니까, 서로 돕고 살아야 한다고 생각했거든요…… 그리고…… 저도 세상에 도움이 되고 싶었어요…… 제 생각은 제 생각이고, 우선 아이들에게 이야기를 해야 했죠. 그랬더니 뭐랬는 줄 아세요…… 그럼…… 딴 애들한테 우리 *장난감을 빌려줘야 하는 거야!*

그러니까, 별 심각할 건 없다는 뜻이었어요……

저는 세상을 새로 배웠어요. 모자보건보호소에서 서류를 가져다가 정성껏 빈칸을 채웠죠. 미혼에 수입은 얼마, 신청 동기는…… 맞춤법을 틀리지 않으려고 사전까지 뒤적여가며 질문에 답을 한 다음 우리집 사진 몇 장을 동봉했어요. 하도 연락이 없기에, 나를 잊었나 보다 하고 있었는데, 몇 주 후에, 사회복지사라는 어떤 여자가 자격 심사차 집에 와 보겠다고 연락을 해 왔어요."

그녀가 이마를 치며 깔깔 웃었다.

"아직도 기억이 나요. 하루 전날, 우리는 마당에 개들을 죄다 모아놓고 박박 씻겼지요! 녀석들한테서 엄청 냄새가 났었거든요! 그리고 여자아이들 머리를 땋아주고…… 저는 조신한 부인인 척 얌전을 뺐어요…… 모두 완─벽했죠!

사회복지사는 잘 웃는 젊은 아가씨였어요. 그런데, 같이 온 아동복지사라는 여자는, 음…… 좀 꼬장꼬장해 보이더군요…… 제가 먼저 집을 좀 둘러보는 게 어떻겠냐고 권했거든요, 그렇게, 사뮈엘하고 여동생들하고, 우리 집에 거의 매일 오다시피 하는 동네 아이들하고 개들, 그리고 라마, 참, 라마는 아직 없던 시절이었지…… 어쨌거나…… 그 행렬을 한 번 상상해보세요……"

상상이 가고도 남았다.

"얼마나 의기양양했다고요. 세상에서 가장 아름다운 집을 보여주러 가는 길이었으니, 그럴 만도 했겠죠? 그런데 그 아동복지사라는 여자가 보는 것마다 위험하지 않느냐는 질문을 해 대면서 우리 기분을 잡치는 거예요. 강은요? 그건 위험하지 않나요? 도랑은요? 그건 위험하지 않나요? 농기구들은요? 저것들도 위험하지 않나요?

그럼 우물은요? 마구간에 놓은 쥐덫은요? 그리고…… 저 커다란 개는요?

그럼 당신의 헛소리는요? 그건 위험한 수준을 넘은 것 같지 않나요? 이렇게 대꾸하고 싶은 마음이 굴뚝 같았죠.

하지만, 꾹 참고 이렇게 말했어요. 이것 보세요, 우리 아이들도 여태껏 아무 일 없이 잘 지내 왔어요, 보시면 알잖아요.

집을 한 바퀴 둘러본 다음에는 거실로 안내했어요…… 굉장히 근사한 거실이죠. 저는 우리 거실을 나의 블룸스베리라고 불러요…… 버지니아 울프가 함께 했던 그룹…… 벽화나 벽난로 위의 프레스코 화가 바네사 벨(*1879-1961, 영국의 화가, 실내장식가, 블룸스베리 그룹 결성멤버, 버지니아 울프의 친언니. 예술을 실생활에 응용하는 뛰어난 감각으로 높이 평가받는다.)이나 던컨 그랜트(*1885-1978, 바네사 벨과 함께 '오메가 공방'을 이끈 화가, 장식예술가. 역시 블룸스베리 그룹의 멤버였다.)의 작품은 아니었지만, 우리 예쁜이 알리스가 그린 것이었으니까…… 나머지는 찰스턴 분위기와 거의 흡사해요. 여기저기서 수집한 물건에 고물들, 그림들…… 그때만 해도, 거실 분위기가 지금처럼 야만적이지는 않았죠. 언니 부부의 가구들이 아직 멀쩡할 때였고 개들이 사라사무명천을 씌운 소파에 올라가면 혼을 내주었거든요……

그 거실에서 전 마지막 카드를 꺼냈어요. 은제 차기세트에 차를 담아내고, 수놓은 냅킨, 스콘, 크림, 그리고 잼을 대접했던 거죠. 여자아이들이 얌전하게 차를 따랐고 저는 의자에 앉기 전에 치마를 살포시 모으기까지 했다니까요. 여왕폐하가 납시었어도…… 손색이 없을 자리였어요……

젊은 사회복지사가 분위기를 주도했어요. 여러 가지 질문을 하더군요. 저의 관점이라던가…… 교육관, 느리저스코 사고알 수 있는 능력, 다루기 힘든 아이들을 상대해 본 경험, 인내심, 아량…… 아까 얘기한 대로 속으론 제 자신을 경멸하고 있었지만, 믿을 만한 동지가 앞에 앉아 있으니, 갑자기 천하무적이 된 것 같은 느낌이었고 질문에도 적절한 대답을 할 수 있었죠…… 신선한 공기가 가득한 이 집은 관용이 넘쳐흐른다, 마당에서 뛰노는 아이들의 함성을 들어봐라……

함께 온 아동복지사라는 여자는 제 이야기를 듣는 둥 마는 둥, 질겁한 표정으로 전기선이니 소켓이니 미처 치우지 못한 누가 갉아먹고 남긴 뼈다귀니 모서리가 깨진 타일이니 벽에 스며든 습기 때문에 생긴 곰팡이 자국 같은 것들을 쳐다보고 있더라고요……

조용히 이야기를 나누고 있는데, 그 여자가 비명을 질렀어요. 성격 급한 생쥐 한 마리가 과자부스러기 떨어진 게 혹시 없을까 하고 계단 위에 나타났던 거예요……

아아악, 저 망할 녀석이! 속으로는 이러면서도 어머, 놀라실 것 없어요. 우리가 잘 아는 아이예요! 라며 그 여자를 안심시켰죠. 저 아이도 우리 가족이랍니다…… 아이들이 아침마다 콘플레이크를 먹이는 걸요……

사실대로 말한 거였는데, 그 여자가 그걸 믿어 줄 리가 없지 않겠어요……

오후 느지막하게 두 여자가 차를 타고 돌아갔어요. 저는 하늘에 기도를 올렸죠. 제발 저들의 자동차가 건너갈 때만큼만이라도 다리가 무너지지 않게 해주세요. 차를 다리 옆에 세우고 들어와야 한다는 말을 깜박했었거든요……"

샤를르가 빙그레 웃었다. 맨 앞의 로열석, 연극 작품은 정말로 멋졌다.

"결국 저는 자격을 얻지 못했어요. 어쩌고저쩌고 한 이유로 자격을 부여할 수 없습니다, 뭐 그런 내용의 편지를 받았었는데, 이젠 기억도 잘 나지 않아요. 대강 정리해보면 전기선 설치가 규정에서 벗어난다나 뭐라나…… 당시엔 아이들도 저도 굉장히 실망을 했지만 곧 잊어버리게 되었죠…… 원한 게 아이들이었어? 그럼 창밖을 내다봐! 사방에 아이들이잖아……"

"안 그래도 뤼카 엄마가 그러더군요."

"뭐라고 했는데요?"

"당신이 피리 부는 사나이 같은 분이라고…… 동네 아이들을 전부 불러 모은다고……"

"그래서 물에 빠뜨리려 한다고요?" 그녀가 신경질적인 반응을 보였다.

"……"

"푸…… 그 여자도 아주 웃기는 여편네라니까요…… 당신 친구도 참 대단해요. 어떻게 그런 여자랑 살 수가 있다죠?"

"이젠 제 친구가 아니라고 했잖습니까."

"당신 이야기는 그렇게 시작되나요?"

"그래요."

"알렉시스 때문에 여기 오신 거예요?"

"아뇨…… 그냥, 제 일로……"

"……"

"차례가 되면 제 이야기도 하겠습니다. 약속할게요…… 하지만 먼저 야신과 네드라의 이야기를 해주세요……"

"대체 왜 그렇게 관심이 많은 거예요?"

무슨 대답을 할 수 있었을까?

당신을 오래도록 바라보고 싶어서. 당신은 나를 당신에게로 이끈 사람의 밝은 면이니까. 어린 시절이 파란만장하지만 않았더라면, 그녀 역시 당신 같은 모습으로 살 수 있었을 것 같아서……

"전 건축가니까요."

"그게 무슨 상관이죠?"

"저는 건물들이 어떤 이유로 무너지지 않고 서 있는지가 궁금한 사람이거든요."

"아하, 그래요? 그럼, 여기가 뭐로 보이세요? 동물원? 일종의 기숙사, 아니면 즐거운 캠핑장?"

"아닙니다. 여기는…… 아직 잘 모르겠습니다…… 더 생각해봐야 할 것 같아요…… 생각해보고 나서 말씀드릴게요…… 자아…… 어서 야신 이야기를 해주세요……"

케이트가 뒷목을 손으로 받치며 고개를 젖혔다. 피곤해보였다.


"그로부터 몇 주 후에, 상냥한 사회복지사로부터 전화를 한 통 받았어요. 제 방식을 좋아하던 그 아가씨 말예요…… 먼저 미안하다고 사과를 하더군요. 이것저것 따지는 행정 절차나 규정이 자기도 싫다고 하기에 제가 말을 막았어요. 괜찮다고. 이제 마음 정리를 했다고.

그런데, 마침…… 휴가가 필요한 남자아이가 있다고 하는 거예요…… 이모 집에 얹혀살고 있는데 사정이 별로 좋지 않다고…… 죄송하지만 그 아이를 잠시 맡아줄 수 있겠느냐고. 며칠이면 된다고…… 그냥 아이가 다른 환경을 접해 볼 수 있게만 해주면 된다고…… 케이트, 다른 아이 같았으면 저도 감히 이렇게 '새치기'를 시켜줄 생각은 하지 못했을 거예요. 그런데, 이 아이는요, 보시면 알 테지만, 정말 놀라운 아이예요…… 그리고 막 웃으면서 한 마디를 덧붙이더라고요. 이 아이가 당신 집의 생쥐를 꼭 봐야 하거든요!

그때가 아마 부활절 방학 때였을 거예요…… 어느 날 아침, 그 아가씨가 야신을 '몰래' 데리고 왔어요…… 그 애 성격은 이제 당신도 잘 아시잖아요…… 우리 모두 야신에게 반해버렸죠.

얼마나 귀여웠다고요. 끊임없이 질문을 해대질 않나, 보는 것마다 눈을 휘둥그레 뜨고 관심을 보이질 않나…… 심부름이란 심부름은 도맡아 하고, 그 못생긴 하이더스를 너무나도 예뻐하고, 새벽같이 일어나서는 르네 영감님을 따라 텃밭에 나가고, 케이트라는 이름의 진짜 의미를 알았다고 하고, 마을 밖의 구경도 못 해본 동네 꼬마들을 모아놓고 바깥세상 이야기들을 해주고……

사회복지사 아가씨가 야신을 찾으러 왔을 땐…… 난리도 아니었어요. 아이가 뜨거운 눈물을 뚝뚝 흘리는데…… 아직도 기억이 나요, 제가 아이 손을 잡고 마당 한구석으로 갔어요. 그리고 이야기를 하기 시작했죠. '몇 주만 지나면 긴 여름방학이 시작되잖아. 그럼 두 달 동안 여기 와서 지낼 수 있어.' 하지만 야신은 딸꾹질을 하면서 그으냐앙, 여기에서 계속 살고 싶다고 하는 거예요. 편지를 자주 보낼게, 그래, 널 잊지 않았다는 증거를 보여줄게, 그랬더니 그제야 알겠다고 하는 거 있죠. 순순히 나탈리, 그러니까 그 사회복지사 아가씨의 차에 타겠다고 했어요……

아이가 하이더스와 작별인사를 하는 동안, 우리 착한 사회복지사 아가씨가 제게 충격적인 사실을 털어놓았어요. 야신의 아버지가 아이가 지켜보는 데서 애 엄마를 죽도록 팼다더군요. 야신 엄마는 결국 숨을 거두었고요.

그 얘기를 듣고 얼마나 놀랐는지…… 그것 때문에 일이 처음 의도와는 좀 다르게 굴러갔지만…… 제가 바랐던 건, 방학 동안 아이들을 맡는 체험학교 같은 것이었지 또 다른 짐을 짊어지려는 게 아니었거든요……

어쨌거나…… 이미 늦었더라고요…… 야신은 떠났지만 아이가 눈앞에 아른거렸어요. 거실에서 자기 자식의 엄마를 패 죽이는 남자의 이미지도…… 불행이라는 것이 익숙해진 줄 알았는데…… 그게 아니었어요. 살다 보면 늘 어디선가 상상치도 못했던 일들이 툭툭 튀어나오더라고요……

약속대로 저는 편지를 썼어요…… 아이들도…… 개들이나 닭들의 사진도 찍고 르네 영감님의 사진도 찍어서 편지에 한두 장씩 끼워 넣어 보냈고요…… 그리고 유월 말쯤, 야신이 돌아왔어요.

그렇게 여름을 보내고 있는 중에, 제 부모님이 여기 오셨어요. 특히나 엄마가 야신을 무척 귀여워했어요. 엄마를 졸졸 따라다니면서 꽃 이름들을 라틴어로 배워서는 아버지에게 그 뜻을 풀이해달라고 했죠. 아버지는 커다란 아카시아 나무 밑에서 베르길리우스를 읽다가 한 구절을 크게 낭독해 주셨어요. 티티레, 넓게 퍼진 너도밤나무 아래에 앉아 있는 그대여. (Tytire, tu patulae sub tegmine fagi), 그리고 아마릴리스 꽃 이름에 얽힌 이야기를 들려주셨죠……

야신의 집안 이야기는 저 혼자만 알고 있었어요. 그런 험한 꼴을 다 지켜본 아이가 그렇게 차분할 수 있다니, 놀라울 따름이었죠……

아이들은 야신을 겁쟁이라고 놀려댔어요. 그래도 노여움 한 번 타지 않더라고요. 난 그냥 보고 있을게, 생각을 해야 하니까…… 전 알고 있었어요. 그 애가 그러는 이유는 상처받기 싫어서, 더 이상은 자신을 다치게 하고 싶지 않아서라는 것을. 아이들이 '인디언 고문놀이'를 하고 노는 동안 야신은 장미꽃밭에 있는 할머니를 찾아갔어요……

팔월 중순이 되자, 야신이 곧 떠나야 한다는 사실이 걱정되기 시작했어요.

28일에 나탈리가 아이를 데리러 오기로 되어 있었는데, 27일 저녁에 애가 사라졌어요.

그 다음날, 우리는 한참 동안이나 야신을 찾아 헤맸어요. 소용이 없었죠. 나탈리는 불안해하면서 돌아갔고요. 이 일이 상부에 알려지면, 입장이 아주 곤란해질 거라고 걱정을 했어요…… 저는 야신을 찾는 대로 곧장 데려다주겠다고 약속을 했어요. 하지만 그 다음날 저녁까지도 아이가 나타나질 않는 거예요…… 나탈리가 겁을 집어먹고 덜덜 떨더군요. 경찰에 신고해야 해요. 혹시 익사한 건 아닐까요? 그럴 리가 없다는 이야기를 하려는데, 부엌에서 이상한 걸 본 거예요. 일단 나탈리를 안심시켰죠. 시간을 조금만 더 줘 봐요. 경찰에는 내가 신고할게요, 약속해요……

아이들도 스트레스를 많이 받았어요. 아무 말도 없이 저녁을 먹더니 복도에서 야신, 야신 하고 몇 번을 더 불러보고는 자러 갔지요.

한밤중에, 저는 부엌으로 내려와 찻물을 끓였어요. 불을 켜지 않고 식탁 끄트머리에 걸터앉아서 이야기를 하기 시작했어요. 야신, 네가 어디 있는지 알아. 지금 당장 나와야 해. 안 그러면 경찰이 와서 널 끌어낼 거야, 그건 너도 싫잖아?

대답이 없었어요.

당연하죠……

저라도 그렇게 했을 거예요. 그래서 내가 아이 입장이라면, 사람들이 어떻게 해주는 것을 바랄까 생각해보았어요.

야신, 내 말 잘 들어. 네가 지금 나오면, 여기서 살게 해줄게.

물론 보험이었죠, 하지만…… 나탈리의 얘기를 듣자 하니, 아이 이모부라는 사람은 군식구가 하나 더 늘었다는 것을 그리 달가워하지 않는 것 같았어요, 워낙 먹여야 할 입이 많았던지라……

야신, 제발. 거기 그러고 있다간, 개한테 벼룩을 죄다 옮는단 말이야! 혹시 너, 이 집에 온 이후로 벌써 우릴 속인 적이 있었던 거야?
그때, 아이 목소리가 들려왔어요. '어휴…… 배고파 죽겠어요!'"
"어디에 있었던가요?" 샤를르가 물었다.
케이트는 뒤쪽을 가리켰다.
"저기, 벽에 붙여놓은 저 벤치, 커다란 함같이 생긴 물건요…… 잘 보이시는지 모르겠지만, 앞쪽에 문이 두 개 달려 있어요…… 여기 처음 이사 왔을 때, 골동품 가게에서 발견한 개집 겸 벤치거든요…… 참 기발한 물건이라는 생각에 사 들고 왔는데 개들은 별로였나 봐요, 절대 저 안에 들어가질 않아요…… 녀석들은 언니의 소파를 더 좋아하지요…… 그런데, 무슨 바람이 불었는지, 하이디스가 자꾸 그 안에 들어가는 거예요. 저녁 먹을 때마다 식탁 밑에 웅크리고 앉아 침을 흘리던 녀석이 식탁 주변엔 얼씬도 않고……"
"이보게 와트슨, 그건 기본일세." 그가 셜록 홈즈의 흉내를 내며 웃었다.
"야신에게 먹을 것을 챙겨준 다음에 아이 이모부와 통화를 했어요. 그리고 이쪽 학교에 등록을 시켰죠. 이제 야신 이야기는 끝…… 네드라도 같은 경로로 이 집에 오게 되었어요, 하지만 훨씬 더 드라마틱한 방식으로…… 신원미상으로 불법 점거하던 사람들 사이에서 발견된 아이였어요. 얼굴이 엉망으로 망가진 채로. 그게 2년 전 일인데, 그때 나이가 아마 세 살쯤 되었을 거예요. 정확한 건 아니지만…… 아무튼 네드라도 나탈리가 몰래 데려온 아이였지요.
임시로 이 집에 있도록 조처를 한 것이었어요. 따귀를 심하게 맞아서인지 턱뼈가 탈구되었는데, 회복하는 동안만이라도 데리고 있어 달라고, 가족을 찾는 동안만이라도……

샤를르, 젖니는 다 있는데 신원을 알 수 있는 서류가 없는 거예요. 그러면 인생이 아주, 아주 복잡해지더군요…… 불법적으로나마 수술을 해주겠다는 의사를 겨우 찾았죠. 하지만 나머지는 어떻게 해 볼 도리가 없더라고요. 학교에서 받아주지를 않아서 제가 공부를 가르치고 있어요. 나름대로…… 최선을 다 하고 있긴 한데, 아이가 말을 하지 않아서……"

"한 마디도 하지 않나요?"

"아뇨…… 아주 가끔씩은 입을 떼나 봐요…… 알리스랑 단둘이 있을 때…… 정말 개 같은 인생을 살고 있는 아이예요…… 아니, 오히려, 우리 집 개들 팔자가 더 좋은 것 같아요. 네드라는 자기 상황을 잘 이해하고 있어요, 똑똑하니까…… 언제라도 사람들이 자기를 데리러 오리라는 사실을 알고 있다고요, 그렇게 되면 저 역시 어떻게 해 볼 도리가 없다는 것도."

그제야 샤를르는 이해할 수 있었다. 전날, 그가 나타나자 네드라가 숲 속으로 도망쳐버린 이유를.

"네드라도 벤치 속에 숨으면……"

"아뇨…… 경우가 달라요…… 야신에게는 여기 있을 법적 권리가 있어요. 방학 동안에는 이모 집에 가 있고 학기 중에는 여기 있도록 기간을 바꾼 것뿐이니까요. 그런데 네드라는…… 글쎄요…… 지금 제 밑으로 입양을 하려고 절차를 밟는 중인데, 그 과정도 얼마나 괴로운지…… 일단은 공직에 있는 친절한 남편이 있어야 한대요. 대학 교수쯤이면 괜찮을라나……"

그녀가 웃었다. 그리고 등을 구부리며 팔을 뻗어 손에 불을 쪼였다.

"아아함, 이게 다예요." 하품을 하며 말했다.

"그럼 다른 세 아이들은요?"

"네?"

"조카들도 입양을 할 수 있을 텐데……"

"그래요…… 그 생각도 해봤어요…… 법정대리인들을 떼어버리고 싶어서, 하지만……"

"하지만?"

"그럼 애들 부모를 두 번 죽이는 것이 될까봐……"

"아이들이 입양 이야기를 꺼내지 않던가요?"

"왜 아니겠어요. 묘하게도 그게 무슨 장난처럼 되어버려서 문제죠…… '알았어, 알았어, 방청소? 할게, 한다고…… 근데, 이모가 날 입양해주면 하지롱……' 그런데, 그게 더 나은 것 같기도 해요……"

긴 침묵.

"이런 분들이 존재하고 있을 줄은 몰랐습니다." 샤를르가 중얼거렸다.

"네?"

"당신 같은 사람……"

"맞는 말씀이에요…… 존재하지 않아요. 내가 존재하고 있다는 느낌은 제게도 없거든요……"

"그런 말씀 마세요. 믿기지 않으니까."

"정말이에요…… 구 년 동안 많이 다니지를 못했어요…… 아이들과 함께 여행할 돈을 모으려고 애를 쓰긴 하는데, 그게 잘 되지 않더라고요. 더군다나 작년에는 이 집을 아예 사버렸거든요…… 제가 생각을 굳혔어요. 우리 집에서 살고 싶다. 나중에 아이들이 돌아올 수 있는 집이 있었으면 좋겠다. 물론 성장하면 넓은 세상으로 떠나라고 등을 떠밀겠지만, 그래도 기반이라는 것을 만들어줘야겠다…… 르네 영감님을 졸졸 따라다니면서 집을 팔라고 졸랐죠. 처음엔 꿈쩍도 하지 않으시더라고요. 하긴, 1차 대전 때부터 물려 내려오는 집이라니까…… 팔아야 할 이유가 없었겠죠? 게다가 멀리나마 조카들이 있고……

원래는 아침마다 애들을 학교에 데려다주고 와서 영감님 댁에 들러 함께 커피를 마셨었는데, 제가 발길을 뚝 끊어버렸어요. 닷새째, 결국 영감님이 고집을 꺾으셨죠……

'영감님, 왜 그렇게 답답하게 구세요, 우리가 바로 영감님 조카들이 잖아요……' 전 섭섭한 척하면서 괜한 투정을 부렸죠.

물론, 판사하고 친애하는 우리 법정대리인들에게 그 사실을 알려야 했어요. 당장에라도 저를 잡아먹을 듯이 난리들이 났죠. 뭐라고요? 지금 제정신이에요? 하필이면 왜 그렇게 다 무너진 집을 사려고 하는 거예요? 유지비는 어떡하려고요?

이런 젠장…… 그 집에서 겨울을 나 보지도 않은 주제에, 말들이 많아…… 저는 한 마디로 그 무리들의 입을 다물게 해 버렸죠. 이것들 보세요, 아파트 한 채를 처분해서 이 집을 사게끔 허락을 하시든지, 아니면 아이들을 데려가세요. 그럼 되잖아요. 새로 배정된 판사는 우리 일 말고도 처리할 사건들이 많았고, 다른 두 판사는 워낙 심드렁한 표정을 하고 있어서 신경 쓸 거리도 되지 않았어요……

저는 르네 영감님, 영감님 누이 되시는 분하고 함께 공증인을 찾아가 지긋지긋하게 저를 괴롭히던 '미모사'라는 아파트를 처분하고 이 멋진 왕궁을 얻었어요. 그날 저녁은 축제분위기였죠…… 온 마을 사람들을 다 불러서 잔치를 열었어요…… 코린 르망까지도 초대했는걸요……

얼마나 행복하던지……

지금은 다른 두 아파트에서 나오는 집세로 살고 있어요. 입주민 대표회의인지 뭔지, 열정들이 지나치셔서…… 만날 공사에, 외장 석재 청소에, 돈 들어가는 일투성이예요…… 뭐…… 아무튼 집 문제는 잘 해결되었어요…… 우리가 아니면 야수파 화가의 본거지 같은 이곳을 누가 지키겠어요?"

침묵.

"산다고요? 살아남았다고요? 그럴지도 모르죠…… 하지만 존재하고 있는 건 아니에요. 몸에 근육은 붙었지만, 길 어딘가에서 제 뇌를 잃어버렸거든요. 요즘엔 케이크를 구워서 바자회 같은 곳에 내다 팔아요……"

"아직도 못 믿겠습니다."

"그러세요?"

"네."

"당신 말이 맞는지도 모르겠네요…… 그래요, 훨씬 전부터 성녀라는 소리를 듣긴 했어요. 그렇지만, 친절해 보이는 사람들의 호의에 속으면 절대로 안 되는 법이라고요. 사실, 그 사람들은 제일 지독한 이기주의자들이니까……

아까 언니 이야기를 하면서, 제가 야심이 큰 여자였다고 말씀드렸죠……

야심만만하기만 했으면 다행이게요, 오만하기는 또 얼마나 오만했는지! 냉소적인 농담을 입에 달고 살았지만, 세상의 기아를 근절하겠다는 다짐만큼은 농담이 아니었어요. 우리 아버지는 죽은 언어로 우리 자매를 기르셨어요. 엄마는 대처 여사의 머리 스타일이 맘에 든다느니, 지난번에는 엘리자베스 여왕의 모자가 옷과 잘 어울리지 않았다느니…… 그랬으니…… 제가 보다 위대한 인생을 꿈꾸었던 게 당연한 일 아니었겠어요?

그래요, 저는 야심만만한 여자였어요. 그런데 이제는 보시다시피…… 혼자서는 결코 얻지 못했을 이 운명, 제가 우러러보던 본보기들의 발끝에도 못 따라갔을 것이 뻔한 제가, 아이들 덕분에 이런 삶을 살게 되었어요…… 제 인생이 흥미롭긴 한가 봐요, 당신을 새벽 세 시까지 붙잡아 두었으니……"

그녀가 고개를 돌리고 그를 바라보았다. 두 눈이 웃고 있었다.
그리고 바로 그 순간에 샤를르는 깨달을 수 있었다.
그녀에게 빠져버리고 말았다는 것을.

"바쁘신 건 알겠는데, 지금 출발하시지는 않을 거죠? 사뮈엘의 방에서 주무시면 돼요……"

그녀가 팔짱을 풀고 방을 가리켰다. 전혀 바쁘지 않다고 대답하면서 한 마디를 덧붙였다.

"마지막으로 하나만 더……"
"네?"
"반지 이야기를 하지 않았어요……"
"어머, 그렇구나! 정신이 나갔나봐……"
반지를 내려다보았다.
"그러니까……"
그에게로 몸을 기울이더니 검지를 그의 오른손 주먹 위에 올려놓았다.
"여기, 작은 별, 보이세요? 정중앙에?"

"그럼요. 보이고말고요." 근시 중의 근시인 샤를르가 자신있게 대답을 했다.

"제가 열여섯 살 때, 아버지가 처음이자 마지막으로 제 뺨을 때렸어요…… 그때 이 반지가 제 얼굴을 찢어놨어요…… 불쌍한 아버지는 그 때문에 무척이나 마음 아파하셨죠…… 너무나 괴로웠던 나머지 다시는 이 반지를 끼지 않으셨어요……"

"아니, 대체 무슨 잘못을 했기에?" 샤를르가 펄펄 뛰었다.

"이젠 기억도 잘 나지 않아요…… 아버지 앞에서 염병할 플루타르코스라고 했던 것 같긴 해요."

"왜 그런 말을 했어요?"

"아버지가 플루타르코스가 쓴 어린이 교육 헌장을 읽으라고 주셨는데, 그게 너무 지겨웠거든요! 아니, 농담이에요, 밖에서 놀다가 한밤중에 집에 들어왔기 때문이었을 거예요…… 그건 그렇고…… 전 피를 흘렸어요…… 그것도 아주 많이. 그리고 나서부터 갑자기 이 반지를 볼 수 없게 되었죠……

사실 전 이 반지를 무척이나 좋아했어요…… 어렸을 때, 이 반지를 보며 꿈을 꾸었죠…… 아무리 보석이라지만 돌이 이렇게 파랄 수 있다니…… 이름이 뭐였더라…… 니콜로라고 했던 것 같아요…… 그리고 이 문양…… 더러워서 잘 보이지 않겠지만, 토끼를 어깨에 둘러매고 걷는 이 젊은이를 좀 보세요…… 저는 아버지에게 반지를 어쨌냐고 자주 물어보았죠, 아버지는 모르겠다고 하셨어요. 누군가에게 팔았나보다 했죠……

그로부터 십 년 후, 법원에서 나와서, 그러니까 주사위가 던져지고 나서, 우리는 생쉴피스 광장 근처에 있는 찻집으로 갔어요. 아버지가 주머니를 뒤적이기에 안경을 찾는가보다 했더니, 손수건에 싼 이 반지를 꺼내시는 거예요. 네가 자랑스럽구나, 하시면서 이걸 제게 주셨어요. 자, 이걸 가지면 존경을 받을 수 있을게다…… 처음엔 반지가 너무 커서 가운뎃손가락에서도 빙빙 돌았었는데, 나무를 하도 베었더니, 손가락이 굵어져서 이젠 검지에 꽉 낀다니까요!

아버지는 이 년 전에 돌아가셨어요…… 다시 한 번 큰 슬픔을 겪었죠…… 하지만 다른 것들보다는 자연스러운 슬픔이었어요……

여름에 아버지가 여기에 오시면, 잼 끓이는 냄비를 맡겼어요…… 아버지에게 안성맞춤인 일이었죠…… 책을 들고 아가 오븐 앞에 앉아서, 한 손으로는 페이지를 넘기고, 다른 한 손으로는 나무주걱을 휘젓고…… 살구잼을 끓이던 어느 긴 오후에, 아버지에게서 마지막 고대문명사 수업을 들었어요.

이 반지를 제게 주시기까지 정말 많이 망설였다고 하시더군요. 아버지 친구들 중에 허버트 보드만이라는 분의 말씀이, 이 반지에 새겨진 인물이 고대 보석학에 자주 등장하는 '전원의 제물'이라는 주제와 연관이 깊다고 하셨대요.

그 얘기에 이어 고대 로마 시인 티불루스의 애가(哀歌)에 대한 기나긴 설명을 하기 시작하셨죠. 작품까지 인용하시면서. 저는 귀 기울여 듣지 않았어요. 구리냄비에 비친 아버지의 모습을 보면서 이렇게 섬세한 아버지 밑에서 자란 나는 정말 행운아구나라는 생각을 하고 있었어요……

알겠니, 얘야, 여기에서 이 제물이라는 개념은……

아빠, 그만하세요, 요즘 누가 제물 같은 걸 바친다고 그래요…… 자요…… 잼 지키고 계세요, 이님 다 다 버린단 말예요……

한숨을 쉬며 몸을 일으켰다.

"자, 이젠 정말 끝이에요. 당신이 주무시든지 말든지간에, 전 가서 자야겠어요……"

그의 손에 들려 있던 찻잔 접시를 빼앗다시피 거두어가지고 부엌 뒤로 들어갔다.
"놀라운 건 말입니다." 그가 불쑥 말했다. "당신이 말을 하면, 모든 게 이야기가 되고, 모든 이야기들이 다 아름답다는 겁니다……"
"하지만 샤를르, 모든 것은 이야기가 되는 걸요…… 누가 말을 해도 마찬가지예요…… 단지 들어줄 사람이 없을 뿐이지……"

★★★

복도 맨 끝 방이라고 했지.
그 방은 작은 고미 다락방이었다. 샤를르는 마틸드의 방에서처럼 사춘기 소년의 흔적이 고스란히 배어 있는 사방의 벽들을 오랫동안 바라보았다. 사진 한 장이 유난히 그의 눈길을 끌었다. 침대 머리맡, 십자가 대신 사진 한 장이 압정으로 고정되어 있었다. 사진 속, 젊은 부부의 미소가 그날의 마지막으로 그의 마음을 할퀴어놓았다.
엘렌은 케이트가 말한 그대로였다. 찬란하게 빛나는 여인…… 피에르는 잠이 든 아기를 품에 안은 채 아내의 볼에 입을 맞추고 있었다.
침대에 걸터앉은 샤를르는 고개를 숙이고 양 손을 모았다.

굉장한 여행이로군……
그의 삶으로부터 동떨어졌다는 느낌…… 이번에는 처량하다는 생각이 들지 않았다, 그저…… 혼란스러웠다.

아누크……
이 혼란은 또 뭐지?
당신의 사랑이 너무나도 필요한 이 사람들을 이렇게 내버려두고, 왜 떠나버린 거지?
어째서 케이트를 더 자주 보러 오지 않았던 거냐고? 당신이 늘 말했잖아, 진짜 가족은 살다가 만나게 되는 거라고……
그런데 정작 당신은? 당신은 이 집에 있어야 했어…… 저 아름다운 여자도 당신이 필요했는데…… 그녀도 당신을 위로해줄 수 있었는데……
그리고 난, 왜 당신에게 전화를 하지 않았을까? 몇 년간 일이 많았던 건 사실이지만, 아무것도 남은 게 없어…… 내게 가장 중요했던 단 하나의 토대, 나를 이 작은 방까지 이끈 당신, 내가 돌아보았어야 할 당신을 난 나의 이기심과 설계경기 따위로 대신했었지…… 당선도 못하는 주제에…… 그래, 자책은 않겠어, 당신이 제일 싫어하는 거니까, 난 그저……

소스라치게 놀랐다. 고양이가 그의 손을 핥고 있었다.

화장실 벽에서 케이트가 손으로 베껴 쓴 영문을 발견했다. E. M. 포스터의 작품에서 인용한 것이었다.

'그래도 나는 귀족사회를 지지한다…… 물론 귀족이라는 단어가 적절하고, 그리고 민주주의자에게도 그 단어를 사용할 권리가 있다는 전제 하에서. 계급이나 지배력에 집착하는 권력형 귀족이 좋다는 것이 아니라, 매력적이고 은밀하면서도 대담한 배짱을 부릴 줄 아는, 그런 귀족이 좋다는 것이다. 내가 바라는 귀족사회는 그 구성원들이 한 나라에 국한되어 있지 않으며 모든 계급을 아우름은 물론이고 나이에도 제한이 없다. 그리고 그 구성원들이 우연히 스쳐지나갈 때, 그들 사이에는 그들만의 은밀한 교감이 생겨날 것이다. 그들은 인류라는 기묘한 종(種)의 유일하고도 진정한 전통, 야만과 혼동을 이겨냈다는 인류만의 영원한 승리를 대표하는 자들이다.

  수백만의 귀족들이 어둠속에서 소멸해간다. 이름이 널리 알려진 자는 극히 드물다. 그들은 다른 사람의 말에 귀를 기울이고 티 내지 않고 남을 배려한다. 그들에게 있어 용기라는 단어는 겉으로 드러나는 허세가 아니라 모든 것을 참을 줄 아는 태도를 의미한다. 그리고 그들은 농담을 받아줄 줄 안다…… 진정한 유머감각을 갖추고 있는 것이다……'

이거야 원…… 샤를르는 한숨을 쉬었다. 그녀의 이야기를 들을 때 이미, 자신이 보잘것없는 존재로 느껴졌었다. 이젠 얼굴이 화끈거렸다. 몇 시간 전만 하더라도, 영어 단어 뜻 몇 개가 헛갈리는 것 외에는 별 문제 없이 이 글을 읽을 수 있었다. 기묘한 종(種)이니, 허세니…… 그러나 이젠 그녀의 말을 듣고 난 후였다. 이 집에서 구운 케이크를 맛보았고, 영국산 위스키를 마셨으며, 오후 내내 이 집 아이들과 돌아다녔다. 그리고 이 문장이 언제나 눈물이 맺히던 그들의 미소와 겹쳐 버렸다.

  성은 없지만, 이곳엔 진정한 귀족정신이 깃들어 있었다.

바지를 발목까지 내린 채 등을 구부리고 앉아 있으려니 기분이 더러운 게 정말 똥 같았다.

화장지를 찾다가 하이쿠 시집을 발견했다.

아무 페이지나 펼쳐들고 읽어보았다.

*천천히 기어가는*
*작은 달팽이*
*어느새 후지 산 위에 올랐구나!*

미소가 떠올랐다. 고바야시 이사 스님, 고맙네요. 덕분에 기분이 좀 나아졌어요. 화장실을 나와 소년의 침대에서 잠이 들었다.

★★★

새벽녘에 일어나 개들을 풀어주고 차에 잠깐 갔다가 마구간의 황토 지붕 위로 떨어지는 첫 햇살을 보러 갔다. 창문에 코를 대고 아직도 깊은 잠에 빠져 있는 한 무리의 십대들을 바라보다가 빵집으로 가서 방금 나온 크루아상을 모두 싸 달라고 했다. 크루아상이라고 하기엔 좀 뭐했지만…… 아직 잠이 덜 깬 빵집 여주인이 크루아상이 맞다고 했으니……

파리 사람들이 그걸 봤다면 '커다란 버터 빵을 약간 구부려놓은 것'이라고 했을 터……

그가 돌아있을 때, 부엌에서는 구수한 커피 냄새가 풍겨 나오고 있었고 케이트는 정원에 나가 있었다.

쟁반에 아침거리를 챙겨가지고 정원으로 나갔다.

전지가위를 내려놓고 맨발로 걸어오는 그녀의 몰골은 빵집 여주인보다 더 엉망이었다. 잠을 이루지 못했다고 했다.
추억이 밀려와서……
시린 손을 녹이려고 커피 사발을 양 손으로 쥐었다.

해가 고요하게 떠올랐다. 그녀는 더 이상 할 말이 없었고 샤를르는 생각이 너무 많았다. 잠이 깬 아이들이 그녀에게 와서는 고양이처럼 볼을 부비고 갔다……
"오늘은 뭘 하실 겁니까?" 그가 물었다.
"글쎄요……" 그녀의 목소리가 약간 슬펐다. "당신은요?"
"할 일이 쌓였습니다……"
"그렇군요…… 우리가 바쁜 분을 붙잡고 있었네요……"
"그런 의미가 아니었는데……"
분위기가 우울해지는 것 같아서 그가 일부러 밝은 목소리를 냈다.
"내일 뉴욕으로 떠나야 하거든요. 이번만큼은 관광객처럼 여행을 해 보려고 합니다…… 제가 무척 좋아하는 노(老) 건축가에게 경의를 표하는 저녁시간도 가져보고……"
"정말요? 뉴욕에 가신다고요?" 그녀가 마구 들떴다. "어머, 기회가 너무 좋네요! 혹시 제가 부탁하는 물건을 사다 주실 수…… 아니에요, 번거로우실 텐데……"
"말씀해 보세요, 케이트, 정말 괜찮아요."
그녀가 네드라에게 침대 옆 작은 탁자 위에 있는 물건을 가져오라고 시켰다.
뚜껑에 오소리가 그려진 작은 금속제 통이었다.

오소리
피부재생크림
거친 손을 부드럽게.

"오소리 기름이에요?" 그가 재미있다는 듯이 웃었다.
"아뇨, 아마 비버 기름일 거예요…… 아무튼 그것보다 더 효과적인 크림을 못 찾아냈거든요…… 미국에 사는 친구가 부쳐주곤 했는데, 그 친구가 이사를 가 버려서……"
샤를르는 통을 거꾸로 들고 바닥에 써 있는 선전 문구를 큰 소리로 읽었다.
" '내게 충분한 오소리를 공급해주면 그랜드 캐넌의 잔금을 모두 없애리라.' 이런, 굉장한 계획이네요…… 그런데 어디 가면 이 크림을 살 수 있죠? 약국에서 파나요?"
"유니언 스퀘어 쪽에도 가세요?"
"그럼요." 그가 거짓말을 했다.
"아닌 것 같은데요……"
"정말입니다."
"거짓말……"
"케이트, 저 혼자 돌아다닐 틈이 좀 날 거예요, 그리고…… 그 시간을 당신을 위해서 쓴다면 그보다 큰 영광이 없을 것 같고요…… 유니언 스퀘어에 가면 살 수 있는 건가요?"
"네, 작은 가게인데 아마 이름이 비타민 쇼피일 거예요…… 아니면 홀 푸드에서도 판다고 들었는데……"
"알겠습니다. 제가 알아서 구해오겠어요."

"그리고……"

"그리고?"

"브로드웨이 쪽으로 조금 더 걸어 내려오면 스트랜드라는 헌책방이 있거든요. 그 책방에 들어가서 얼른 한 바퀴 둘러보고 오실 수 있으시겠어요? 아주 오래 전부터 꿈꿔오던 일이라……"

"책을 사다드려요?"

"아뇨. 그냥 분위기만…… 들어가서 안쪽으로 쭉 들어가시면 왼쪽에 전기(傳記) 코너가 있는데, 잘 둘러보시고 저를 생각하면서 깊게 숨을 쉬어주세요……"

당신을 생각하면서 깊은 숨을 쉬라고? 음…… 그렇게 멀리까지 갈 필요가 있을까?

욕실로 가다가 사전에 푹 빠져 있는 야신을 보았다.

"있잖아, 후지 산이 몇 미터나 되지?"

"어…… 잠깐만요…… '일본의 성층화산, 현재는 화산활동을 멈춘 상태이며 높이는 3,776미터에 달한다.'"

활동을 멈추었다고? 설마.

이런 대가족이 이렇게 빈약한 욕실에서 어떻게 씻고 사는지 궁금해하며 샤워를 했다. 그 흔한 크림 하나 보이지 않았다…… 방마다 돌아다니며 아이들을 안아주고 큰아이들이 일어나면 대신 인사를 전해달라고 부탁했다.

케이트를 찾아 헤맸다.

"토테트에 꽃 갖다 주러 갔는데요." 알리스가 알려주었다. "아저씨한테 작별인사 전해달라고 했어요."

"하지만…… 언제 돌아오는데?"
"저도 몰라요."
"그래?"
"네. 그래서 저보고 인사를 전해달라고 한 거예요……"

그녀 역시 괜한 장면을 연출하고 싶지 않았던 거야……

떠나기가 괴로웠다. 뭔가 크게 잘못하고 있는 것만 같았다.

떡갈나무가 만들어낸 둥근 천장 아래에서, 정글북의 회색곰 발루가 모글리에게 노래를 가르쳐주는 동안 집을 나섰을 엘렌의 모습을 떠올려보았다.
행복해지기 위해 필요한 건 별것 없어.
그럼! 행복해지기 위해 필요한 건 별것 없다고.
숨을 내쉬었다. 가슴팍이 아팠다. 오른쪽으로 돌았더니 계단이 나왔다.

# VI

# 1

"파리—389km"

처음 삼백팔십팔 킬로미터를 달리는 동안, 샤를르의 머릿속은 아직도 생생한 지난 시간들의 기억으로 가득 차 있었다. 자동주행 장치를 가동시켜놓고 엄습해오는 갖가지 이미지들에 자신을 내맡겼다.

다물어지지 않는 턱을 한 채 상처 입은 새처럼 떨고 있는 네드라, 말들의 이름, 백미러에 비친 뤼카의 미소, 번쩍거리는 금박종이로 만든 아이의 큰 칼, 교회의 종, 땅에 분필로 그린 네모난 이랑타기 놀이판, 알렉시스의 지갑 속에 고이 보관된 사랑의 편지, 포트 엘렌의 맛, 레오 녀석이 '멧돼지 미끼, 암멧돼지 발정호르몬 향'이라는 스프레이를 뿌리려고 덤벼들자 비명을 지르며 도망을 치던 키 큰 소녀, 젓가락 끝에서 서서히 녹아가던 딸기맛 젤리, 밤에 들려오던 강물 흐르는 소리, 무수한 별들 아래의 밤, 그녀가 사랑했던 남자가 아는 체하더라는 별들, 그녀가 원했던 그의 아이, 뤽상부르 공원의 당나귀, 마틸드와 함께 자주 들렀던 패스트푸드점 퀵, 둘이서 시간 가는 줄 모르고 들여다보던 카세트 가(街) 길모퉁이의 장난감 가게 '옛날 옛적에'……, 마부들이 쓰던 방에 소복하게 쌓여 있던 죽은 파리들, 행복 DNA를 추출해낼 줄 몰랐던 미련한 매튜, 곁에 다가와 앉았을 때 곁눈질로 훔쳐본 동그스름한 그녀의 무릎, 그리고 그런 그녀의 무릎을 살짝 스친 그의 무릎, 동요하던 알렉시스, 이제는 열지 않는 그의 악기 케이스, 큰 개의 슬픈 미소, 사람을 흘겨보는 것 같던 라마의 눈, 고통 속에서 헤매던 그의 마음을 잡아준 고양이의 가르랑거리는 소리, 코린이 쳐 놓은 울타리, 그 울타리 덕에 더욱 쩨쩨해져가는 나약한 남편, 머지않아 그 울타리를 부수어버릴 마리옹, 그 애의 웃음소리, 단단히 잡아매어 놓았는데도 어느새 흘러내린 머리칼을 훅 불어 넘기던 모습, 아이들의 함성, 운동장 한 구석에서 와르르 무너지던 통조림 깡통들, 정자 앞에 흐드러지게 피어 있던 웨딩데이라는 이름의 장미, 폼페이의 유적, 제비들의 춤, 니노 로타의 음악을 추억하던 순간, 그리고 마지막으로 들었던 유모의 목소리를 흉내내던 순간에 찬물을 끼얹은 올빼미 울음소리, 트럭 운전사의 부풀어오른 방광, 딸의 얼굴에 아름다운 청년의 상처를 남긴 노 교수, 그가 한 번도 경험해보지 못한 미지근한 열매의 맛, 다시는 입지 않을 것이 분명한 저 옛날의 라코스테 티셔츠, 그래도 아이들은 행복해질 수 있을 거라던 르네 영감님의 믿음, 짐을 잔뜩 지고 뛰어올랐다던 버스터미널의 저울, 카펫 위의 생쥐, 식탁에 둘러앉은 열 명의 아이들, 전등불을 환히 밝힌 숙제시간, 거부당한 자격신청, 무너질 날이 얼마 남지 않은 다리, 그 다리가 무너지면 세상과는 완전히 단절되어버리고 말 그들, 훌륭해보이던 건물 골조, 돌계단에 낀 탁한 초록색의 이끼, 자물쇠에 새겨진 그림, 섬세하던 쇠시리장식, 부서진 수레, 시신들이 보관된 병원 근처 호텔에서 보냈다는 이틀 밤, 알리스의 아틀리에, 모닥불에 그슬린 바구니의 냄새, 아누그기 손마딕에 일굴을 붇고 웃거나, 아니면 울 때에 넋을 잃고 바라보던 목덜미, 그 때와 똑같이 은밀히 훔쳐본 케이트의 목덜미, 그리고 그 위의 작은 점들, 지칠 줄 모르던 야신, 아니 모든 아이들, 인동덩굴의 냄새와 '소박한' 천창들, 아이들과 그녀가 꿈꾸는 것들을 깨알 같은 글씨로 적어놓은 이층 복도 벽, 담당 경감의 어색한 조의, 헛간에 두었다는 유골함, 설탕조각 사이에 끼워놓은 콘돔, 엘렌의 얼굴, 그녀가 두고 떠난 삶, 바닥에 나란히 깔아둔 세 개의 매트리스, 만기일이 지난 여권, 풍성한 세계를 원했던 그녀의 말라붙은 자궁, 두꺼운 벽, 베개에 밴 사뮈엘의 냄새, 아이스큐로스의 죽음, 한밤중에 껌벅이던 자동차 전조등, 그들을 따라오던 긴 그림자, 그녀가 열었다던 부엌 창문, 그리고 그녀의 목덜미, 그리고 그 위의 작은 점들,

  남은 1킬로미터 동안은 파리 시내를 운전해 가야 했다. 오늘의 날씨에 의하면 대체로 맑음이라는 파리에 들어서자, 여기까지 오는 동안 내내, 죽음에 대한 생각과 삶으로 되돌아가야 한다는 공포에 사로잡혀 있었다는 사실을 새삼 깨달았다.
  하나의 얼굴 위로 다른 얼굴이 겹쳐졌다. 그를 송두리째 흔들어놓은 두 사람의 이름도.
  처세술 사전 따위는 아무 짝에도 쓸모없었다. 운명이란 게 원래 그런 거니까.

위로 〈2〉

# 2

곧장 사무소로 갔다. 아직 켜져 있는 불들이 있었다. 화를 내야 마땅하지만 그러지 않기로 했다. 오늘만큼은 그러지 않기로. 휴대폰을 충전기에 꽂아두고 여행 가방을 꺼냈다. 드디어 옷을 갈아입을 수 있게 되었다. 한쪽 바짓가랑이와 씨름을 하고 있는 와중에 책상 위에 쌓여 있는 우편물들이 눈에 들어왔다.

허리띠 버클을 채우고 차분히 앉아 컴퓨터를 켰다. 나쁜 소식은 나중에 보도록 하자. 그래봤자 나머지도 거추장스러운 것들뿐이지만. 그 거추장스러운 것들을 보고도 전처럼 짜증이 나지 않았다. 새로운 규정, 그르넬 환경 선언(*2007년, 당시 환경부 장관이던 알랭 쥐페가 환경보호와 전 산업분야의 지속적인 발달을 꾀하고자 주도한 회의의 결정사항들을 선언한 전문. 1968년 이념을 뛰어넘어 각 정당의 대표들이 합의했던 그르넬 조약의 정신을 이어받고자 '그르넬'이라는 명칭이 붙었다. 알랭 쥐페는 이 선언을 한 이후 한 달 만에 장관자리에서 물러났다.), 새로운 법령, 이미 생기를 잃은 지구를 구하자는 위선적인 칙령, 견적, 세액, 이윤, 결정, 소환, 재소환, 항소, 거품, 거품, 모두 거품일 뿐. 우리들 가운데에도 우연히 스쳐지나갈 때, 그들만의 교감이 생기는 특권 계급이 있겠지.

그는 그런 계급에 속한 인물이 아니었다. 용기도 없었을 뿐더러 모든 것을 참을 줄도 몰랐다. 오히려 조그만 일에도 가슴이 터질 듯 원통해했다. 하지만 이젠 더 이상 그들의 존재를 부인할 수 없었다. 아누크는 그에게 죽은 비둘기를 돌려주었고 그는 닭장을 구경했다……
 얼굴은 엉망으로 망가졌지만 그 대신 향기로운 향신료와 황금을 얻어 돌아왔다.

 그를 진정으로 아껴주는 사람은 없다. 안마당까지 뛰어나와 반겨주는 사람도. 그가 이 모든 것들을 납덩어리로 바꾸든 말든 아무도 신경 쓰지 않는다.
 그녀가 살아온 이야기 때문에 이렇게 혼란스러운 것은 아니었다. 그녀가 자신의 그림자에게 한 말 때문에 충격을 먹은 것일 뿐.
 어쩌면 그는 절대 그곳으로 돌아가지 않을지도 몰랐다, 어쩌면 그녀에게 마지막 인사를 할 기회를 갖지 못할 수도 있었다. 어쩌면 사뮈엘이 충분히 연습을 했는지 아닌지 영영 알 수 없을지도 몰랐다. 네드라의 목소리를 영원히 듣지 못할 수도 있었다. 그러나 한 가지만은 확실했다. 결코 거기서 빠져나올 수는 없으리라는 것.

 이제 앞으로 어디를 가든, 무엇을 하든, 그는 그들과 함께 할 수밖에 없었다. 손바닥을 활짝 펴고 앞을 향해 달려가겠지.
 아누크는 모든 것을 내버리고 자신을 파괴했다. 다 버리고 홀가분하게 떠났다. 그에게 죽은 비둘기를 남긴 채.
 케이트의 말을 빌자면 그는 절대로 '우러러보던 본보기들의 발치'에도 못 따라갈 것이 뻔한 인물이었다. 자식도 없이 '어둠 속'에서 쓸쓸히 죽어갈 운명이었다. 그래도 여기, 이 세상에 두 발을 단단히 딛고 살아가리라. 살아가리라.

상품으로 받은 바구니 안에는 소시지와 고기파이만 들어 있었던 것이 아니었다. 그 밑바닥에는 이처럼 그를 위해 준비된 큰 상품이 숨겨져 있었다.

이런 생각을 하며 메일을 읽고 일을 시작했다.
몇 분 지나지 않아 자리를 박차고 일어나 책장 쪽으로 갔다.
컬러판 사전을 빼냈다.
이틀 전부터 궁금해하던 단어를 드디어 찾아보았다⋯⋯
　베네치아 색 : 적갈색을 띤 머리카락의 빛깔. 베네치아 금발이라는 빛깔은 베네치아 여인들의 아름다움을 더욱 돋보이게 한다.
내가 생각했던 대로야⋯⋯
이왕 시작한 김에 프티라루스 사전을 꺼내 '조마용 채찍' 이라는 단어를 찾아보았다.
네 말이 맞았어, 친구, 그곳에서 빠져나오지 못했잖아⋯⋯

어깨를 으쓱한 다음 진짜로 일을 하기 시작했다. 골치 아픈 일투성이라고? 상관없었다. 그의 손에는 조마용 긴 채찍이 들려 있었으므로.
일곱 시까지 집중해서 일을 하고 렌터카를 반납한 다음 집까지 걸었다.

집에 누군가가 있어주기를 바랐지만⋯⋯
좀 전에 음성 사서함 두 개에 차례로 연결되었으니, 기대해 보았자 헛일이겠지.
여전히 뻣뻣한 몸을 이끌고 파트리아슈 가(街)를 걸어 올라갔다. 가장(家長)의 거리라니, 길 이름치곤 묘하군.

배가 고팠다. 멀리서 울려오는 교회 종소리가 듣고 싶었다……

# 3

"내 볼에 입 맞추지 마, 지금 방금 마스크 팩을 했어." 그녀가 입술을 겨우 달싹이며 경고를 했다. "얼마나 피곤한지, 당신은 모를 거야…… 주말 내내 너무너무 깐깐한 한국인 바이어들을 상대했거든…… 욕조에 푹 잠겨서 목욕이나 하고 얼른 자야지……"
"저녁은 안 먹어?"
"응. 리츠 호텔에서 질리도록 먹었어. 당신은? 일은 잘됐어?"

고개도 들지 않았다. 소파에 몸을 파묻고 미국판(版) 《보그》지(誌)를 뒤적이고 있었다.
"이것 좀 봐, 너무 저질이야……"
싫어. 보고 싶지 않아.
"마틸드는?"
"친구 집에……"
문손잡이를 잡고 잠시…… 망설였다.
그의 집 부엌은 로랑스의 친구인 실내 장식가의 맞춤 설계로 꾸며진 초현대식 부엌이었다. 그 친구의 직함은 그 외에도 공간 디자이너, 조명 디자이너 등등 여러 가지였던 것으로 기억하고 있다.
전체적으로는 밝은 색 단풍나무를 사용했고 지름이 넓은 벽기둥은

스테인리스에 거친 붓 자국을 내어 장식효과를 높였으며 널찍한 조리대 상판에는 백운석을 깔았다. 부드럽게 열리는 미닫이문, 스테인리스 싱크대, 온수, 냉수, 독일 밀레 사(社)의 가전제품들, 깔때기 모양의 후드, 커피 메이커, 포도주 저장고, 찜기, 그리고 기타 등등.
 아아, 그랬다. 아름다운 부엌이었다……
 깨끗하고 깔끔하고 더러운 구석이라고는 찾아볼 수 없는 부엌. 시체 공시소처럼 고요한 부엌.

 문제는 먹을 것이 아무것도 없다는 것…… 냉장고 문에는 칸마다 후식용 크림이 든 작은 용기들이 잔뜩 들어 있었지만, 애석하게도 이지니(Isigny)사의 유제품은 보이지 않았다…… 목장우유라도 있었으면 했는데…… 라 프레리 화장품…… 코카 라이트, 지방 제로 요구르트, 진공 포장된 즉석요리, 냉동 피자.
 하기야, 마틸드가 내일 떠나니까…… 사실 마틸드 덕에 부엌이 그나마 돌아가고 있었지…… 로랑스는 친구들을 초대할 때에는 요리를 했지만 그를 위해 음식을 만든 건 이미 오래 전의 일이었다. 그의 식사시간이 워낙 들쑥날쑥했고 늘 출장이었으니 그럴 만도 했다……
 잔뜩 사다놓아 보았자 유효기간이 지나버리고 말 테니……

 방금 전에 신세 한탄은 이제 그만이라는 훌륭한 결심을 하지 않았던가. 서류가방에서 《모니터》지(誌) 최신호를 꺼내들고 로랑스에게 동네 선술집에 다녀올게, 라고 말했다.

 "어머……" 마스크 팩에 주름이 졌다. "무슨 일 있었어?"
 샤를르도 그녀만큼이나 놀란 표정을 지었나보았다. 이상하다는 듯이 그를 쳐다보며 한 마디를 덧붙였다.

"당신, 누구랑 싸웠어?"

으응…… 이거?

오래 전 일인데…… 다른 생에서 있었던……

"아니…… 문에 부딪혔어……"

"끔찍해."

"어…… 더 심한 경우도 있는데 뭐……"

"아니, 당신 얼굴 말이야!"

"아, 미안……"

"정말 괜찮은 거야? 사람이 좀 이상해보여……"

"나 배고파…… 당신도 같이 갈래?"

"아니. 방금 말했잖아. 리츠 호텔에서 질리도록 먹었다고……"

큼지막한 스테이크 접시 위로 성서처럼 신봉하는 건축 전문 주간지 《모니터》의 페이지를 넘겼다. 곁들이로 나온 베아른 소스를 뿌린 감자튀김이 목에 뻑뻑하게 걸려서 맥주를 한 잔 더 주문했다. 느긋한 마음으로 식사를 즐기며 한눈에 공고사항들을 훑어보았다. 거의 새로운 시각으로. 석양의 집에서 제대로 눈을 붙이지 못했는데도 전혀 피곤하지 않았다.

커피를 주문하고 담배를 사려고 자리에서 일어났다.

담배 판매대 앞에서 돌아섰다.

기특한 연대의식이 발동했기 때문에.

금연 역시 닥해시는 자연을 살리는 길이 될 것 같아서.

(그의 머리에서 이런 생각이 나오다니.)

다시 자리에 앉아 각설탕을 만지작거리다가 하얀 포장종이를 손톱으로 벗겨내면서 지금쯤 그녀는 무엇을 하고 있을까 생각했다……

열 시 이십 분 전……

다들 아직 저녁을 먹고 있을까? 바깥 식탁에 상을 차렸을까? 오늘도 어제처럼 공기가 따뜻할까? 여자아이들은 블롭 씨에게 어울리는 어항을 찾아냈을까? 큰아이들은 마구간을 말끔히 정리해 놓았을까? 블라송 형제가 유배지에서 돌아오면 만족할 만한 수준으로? 목장의 울타리도 잘 닫았을까? 큰 개는 또다시 아가 할머니 발치에 자리를 잡고 엎드려 있을까?

그리고 그녀는?

벽난로 앞에 있을까? 책을 읽고 있을까? 꿈을 꾸고 있을까? 만일 그렇다면 어떤 꿈을? 그녀는 나를……

마지막 질문을 끝까지 하지 않았다. 여섯 달이 넘도록 유령들을 상대로 싸워왔다. 그 시간을 보상받기 위해, 정신을 되찾기 위해 산만큼 쌓인 감자튀김을 먹어 치우고 있었다. 큰 선물을 받았다. 그것을 잃고 싶지는 않았다.

피곤하지가 않았다. 괜찮아 보이는 프로젝트도 두세 건쯤 있었지만, 그보다 더 급하고 중요한 임무가 있었다. 뉴욕에 가서 오소리 크림을 사 와야 했다. 성은 모르지만 '석양의 집 케이트 양에게'라고 적어 보내야지. 그렇게만 적어도 우체부가 다 알아서 전해 줄 테니까.

클레르에게 전화를 해서 알렉시스의 이야기를 해주었다. 그녀가 깔깔 웃었다. 들려줄 이야기가 아직 많이 남았는데…… 나, 내일 아침에 중요한 공판이 있거든, 서류를 검토해 봐야 해, 안 그러면 큰일나, 라며 미안하다고 했다. 그러지 말고, 같이 점심 먹을까?

그녀가 전화를 끊으려는 순간, 클레르, 하고 다시 불렀다.
"응?"
"남자들은 왜 이렇게 비겁한 걸까?"
"그야…… 그런데 갑자기 그건 왜 물어?"
"글쎄…… 요 며칠 새에 그런 사람들을 꽤 많이 만났거든……"
"왜냐고?" 그녀가 한숨을 쉬었다. "아기를 직접 낳지 않기 때문이 아닐까? 대답이 너무 진부해서 미안하긴 한데, 너무 갑자기 물어보니까 대답하기가 좀 그러네. 오빠, 나 아직 서류를 다 못 봤어…… 그나저나, 나를 의식하고 한 질문이야?"
"모든 여자들을 의식했다고 할 수 있지……"
"오늘 이상하네, 혹시 넘어졌어? 어디에다가 머리를 부딪친 거 아니야?"
"맞아. 잠깐만 끊어봐, 금방 보여줄게……"

클레르는 황당해하며 서류더미 위에 휴대폰을 올려놓았다. 다시 전화기가 진동을 했다. 화면에 얼룩덜룩한 샤를르의 얼굴이 떠 있었다. 일에 파묻히기 전, 마지막으로 잠시 낄낄거리며 웃었다.
맨발에 조리를 신고, 앞치마까지 두르고 가스 바비큐 기계 앞에서 식사 준비를 하는 알렉시스라…… 잘됐지 뭐야…… 그런데 오빠 목소리는 오늘따라 유난히 밝네……
그녀를 되찾은 게지, 오빠의 아누크를…… 그녀의 미소가 어쩐지 서글퍼보였다.

★★★

서글프다고? 그 말은 너무 약했다. 오늘 아침 케이트는 이제 집에 가면 샤를르의 자동차가 보이지 않을 것이라는 예상을 하면서 돌아왔다. 그래도…… 혹시나 하는 마음으로 사방을 둘러보지 않을 수 없었다.

하루 온종일 기운 없이 걸어 다녔다. 그에게 보여주었던 곳들을 혼자서 돌아보았다. 헛간, 닭장, 마구간, 텃밭, 언덕, 강, 정자, 함께 아침을 먹었던 샐비어 한가운데에 놓인 벤치, 그리고…… 아무도 없다.(*프랑스 시인 알퐁스 드 라마르틴의 '그리운 이 한 명이 없으면 아무도 없는 것과 같다.'라는 시구를 인용.)

아이들에게 몇 번이나 피곤하다는 말을 되풀이했다.
이렇게 피곤한 적이 없었다고……
그와 함께, 그리고 엘렌과 함께 밤의 일부를 보낸 부엌에 오래도록 머물기 위해 음식을 잔뜩 만들었다.
몇 년 만에 처음으로, 여름방학이 다가온다는 사실이 부담되었다. 끔찍할 정도로…… 아이들만 데리고, 여기서 두 달을…… 하느님 맙소사……
"케이트, 왜 그래요?" 야신이 물었다.
"내가 많이 늙은 것 같아……"
그녀는 오븐에 등을 기댄 채 바닥에 주저앉아 있었다. 큰 개가 그녀의 무릎에 머리를 얹어놓았다.
"아니에요, 케이트는 늙지 않았어요! 케이트는 오래 전부터 스물다섯 살이었잖아요……"
"그래." 그녀가 웃었다. "짱 오래 전부터. 정말!"
제비들이 집으로 돌아갈 때까지 기분 좋은 표정으로 있었던 케이트는 샤를르가 복도에서 마틸드와 마주쳤을 즈음에는 이미 잠이 들어 있었다.

"어라!" 마틸드가 소스라치게 놀랐다. "그 문이 무슨 문이었기에 그렇게 심하게 다쳤어? 무쇠 철문? 돌문?" 그러더니 까치발을 했다. "대체…… 어디에다가 뽀뽀를 해야 하는 거야?"

마틸드의 방으로 따라 들어갔다. 아이가 주말 동안 있었던 일들을 이야기하며 짐을 꾸리는 동안 샤를르는 침대에 털썩 주저앉았.

"아저씨, 음악은 어떤 걸로 틀어줄까?"

"멋진 걸로……"

"재즈는 듣지 말자, 알겠지?" 아이가 소름이 끼친다는 시늉을 해 보였다.

등을 돌린 채 양말을 세어놓는 아이에게 그가 물었다.

"왜 승마를 그만둔 거니?"

"왜 그런 걸 묻는 거야?"

"이틀 동안 아이들과 말들이 잔뜩 있는 곳에서 꿈 같은 시간을 보내고 왔거든. 계속 네 생각을 했어……"

"정말이야?" 아이가 활짝 웃었다.

"이틀 내내. 매 순간마다 왜 너를 데리고 오지 않았을까 후회를 했다니까……"

"글쎄…… 승마장이 너무 멀어서 그랬나봐…… 그리고……"

"그리고?"

"이지씨가 늘 두려워했거든……"

"말들을?"

"말뿐이 아니었어. 내가 말에서 떨어지지나 않을까…… 내가 경주에서 지지는 않을까…… 다치지는 않을까…… 너무 추운 건 아닐까, 아니면 너무 덥지는 않나…… 도로가 꽉 막힌다…… 엄마가 기다리고 있다…… 그래서…… 내가 아저씨의 주말을 망치고 있는 것만 같았어……"

"그래?" 그가 웅얼거렸다.

"그런데, 그 때문만도 아니었어……"

"또 뭐가 있는데?"

"나도 몰라…… 자, 이제 내 침대에서 좀 비켜줘……"

등 뒤로 방문을 닫았다. 천국에서 쫓겨난 기분이 들었다.

아파트의 나머지 공간이 그를 위축시켰다.

뭐야, 그가 고개를 세차게 흔들었다, 왜 소심하게 구는 거야? 여긴 네 집이잖아! 몇 년째 살고 있는 네 집이라고! 네 가구, 네 책, 네 옷, 네 돈으로 산 물건들…… 컴 온, 찰스!

돌아와.

거실에서 맴을 돌다가 커피를 한 잔 내리고 스펀지로 싱크대를 닦고 사진조차 눈에 들어오지 않는 잡지를 뒤적이다가 눈을 들어 책꽂이를 쳐다보고 너무 깔끔하게 정리가 되어 있다는 생각을 하며 CD를 찾아보다가 무슨 CD를 찾고 있는 건지 알 수가 없어 그만두고 커피잔을 씻어 마른 행주로 닦고 다시 스펀지로 싱크대를 닦고 걸상 하나를 빼내어 걸터앉은 다음 옆구리를 만져보고 구두에 왁스를 발라야겠다고 마음을 먹고 현관으로 가서 쭈그리고 앉으며 다시 인상을 쓰고 신발장을 열어 제 구두들을 죄다 꺼내어 왁스를 칠하고 광을 냈다. 쿠션들을 치우고 스탠드를 켜고 커피테이블 위에 서류가방을 얹어놓고 안경을 찾아 쓰고 서류를 꺼내어 본문은 읽지 않고 사진들을 훑어보다가 다시 처음부터 다시 읽기 시작했으나 곧 단념하고 뒤로 던져버리고 안경을 벗고 눈꺼풀을 문지른 다음 서류철을 닫고 두 손을 그 위에 얹었다.

그녀의 얼굴밖에 보이지 않았다.

차라리 피곤했으면.

이를 닦고 로랑스와 함께 쓰는 침실 문을 살며시 밀고 들어가 어슴푸레한 빛 속에서 그녀의 등을 쳐다보다가 옷을 벗어 그에게 배당된 소파에 걸쳐두고 숨을 참으며 이불을 들췄다.

지난 번 그녀의 몸을 더듬던 기억이 났다. 그녀의 향수냄새와 온기가 느껴졌다. 머릿속이 복잡해졌다. 사랑을 나누고 싶었다.

그녀의 등에 몸을 밀착시키고 손을 뻗어 허벅지 사이로 밀어 넣었다. 언제나처럼 부드러운 그녀의 피부에 감동하고 말았다. 팔을 들어 올려 겨드랑이를 훑으며 그녀가 뒤돌아 누워 몸을 활짝 열어주기를 기다렸다. 그녀가 움직이지 못하도록 팔꿈치를 잡고 엉덩이를 따라 내려가며 키스를 하고 있는데……

"이게 무슨 냄새야?" 그녀가 말했다.

그게 무슨 말인지 그는 이해를 하지 못했다. 그녀의 몸 위로 이불을 덮으며……

"샤를르, 이게 무슨 냄새냐고."

깃털 이불을 밀어내면서 그녀가 다시 물었다.

한숨이 나왔다. 그녀에게서 떨어져 나왔다. 모른다고 내답했다.

"당신 재킷에서 나는 것 같지 않아? 당신 재킷에서 나무 타는 냄새가 난단 말이야……"
"그런가……"
"그것 좀 저리 치워줘. 냄새 때문에 집중을 할 수가 없어."
침대에서 내려왔다. 옷가지를 그러모았다.

둘둘 말은 옷뭉치를 욕조 안에 던져 넣었다.
지금 그녀에게로 돌아가지 않으면, 영영 돌아가지 못할 거야.
침대로 돌아가 등을 돌리고 누웠다.
"그 다음은?" 손톱으로 그의 어깨에 기다란 8자를 그리며 그녀가 속삭였다.
그 다음은 아무것도 없어. 발기해 있다는 사실은 이미 증명해보였으니 나머지는 알아서 하시지.
커다란 8자가 차츰 줄어들어 작은 0자로 변하더니 이내 사라져버렸다.

이번에도 그녀는 먼저 잠들어버렸다.
쉽기도 하지.
하긴, 주말 내내 리츠 호텔에서 깐깐한 바이어들에게 시달렸다니까.

샤를르는 양을 세었다.
그 다음엔 소를, 그 다음엔 닭을, 그리고 고양이를, 개를. 그리고 아이들의 수를 세었다.
그리고 그녀의 점들을.
그리고 킬로미터를……

이른 새벽에 일어나 마틸드의 방문 아래로 메모를 밀어 넣었다.
"열한 시에 집 앞으로 내려와. 신분증 꼭 챙겨오고." 그리고 작은 십자가 세 개를 그려 넣었다. 마틸드가 가려는 곳에서는 그게 뽀뽀의 표시이니까.

차고 문을 열었다.
숨을 들이쉬었다.

# 4

"거의 한 시간이나 남았는데, 뭐 좀 먹을래?"
"……"
평상시의 마틸드가 아니었다.
"어이." 그가 아이의 목덜미를 잡으며 말했다. "혹시 긴장한 거야?"
"약간……" 마틸드가 그의 가슴에 이마를 대고 한숨을 쉬었다. "내가 갈 곳이 어디인지도 잘 모르겠어……"
"네가 나한테 사진까지 보여줬잖아, 맥뭐라는 그 사람들, 아주 친절해보이던데……"
"한 달은 너무 긴 것 같아……"
"그럴 리가 없어…… 금방 지나갈 텐데 뭐…… 스코틀랜드가 얼마나 아름다운데…… 네 마음에 쏙 들 거야…… 자, 뭐 좀 먹으러 가자……"
"배 안 고파."
"그럼 뭐라도 좀 마셔. 자, 따라와……"

여행가방과 카트를 헤치고 나가 너절한 간이식당 안쪽에 빈자리를 찾아 앉았다. 샤를르는 사람들로 붐비는 공항 풍경을 물끄러미 바라보았다. 공항이 이렇게 더러운 도시는 파리밖에 없을 거다, 파리 시내까지 들어가 주는 택시 운전수들도 어찌나 불친절한지. 세계에서 가장 아름다운 도시를 가지고 있다는, 저 유명한 프랑스식 오만함일까? 모르겠다, 하지만 이 공항에만 오면 가슴이 답답해진다.

마틸드는 빨대를 잘근잘근 씹으며 걱정스러운 눈초리로 주위를 두리번거리다가 휴대폰으로 시간을 확인했다. 이어폰도 귀에 꽂지 않은 채.
"이봐, 아가씨, 걱정하지 말아요, 난 태어나서 한 번도 비행기를 놓쳐본 적이 없거든……"
"정말? 아저씨, 나랑 같이 가는 거야?" 그 앤 잘못 알아들은 척했다.
"그럴 순 없지." 그가 고개를 가로저었다. "그럴 순 없지만, 매일 저녁마다 문자를 보낼게……"
"약속하는 거지?"
"아이 프라미스(I promise)."
"영어 좀 쓰지 마."
아이가 일부러 버릇없게 말했다. 아무렇지도 않은 것처럼 보이려고……

샤를르도 마찬가지였다.
마틸드가 이렇게 멀리, 그리고 오랫동안 집을 떠나는 것은 이번이 처음이었다. 아이가 없는 기간을 생각하니 부담이 되었다. 끔찍할 정도로. 마틸드도 없이 로랑스와 단 둘이, 그 휑한 아파트에서 한 달을…… 하느님 맙소사……

아이의 배낭을 빼앗아 들고 엑스레이 검사대까지 함께 가 주었다.
마틸드는 아주 천천히 걷고 있었다. 상점 구경을 하는 줄 알고, 잠지를 사줄까, 라고 물었다.

보고 싶지 않다고 했다.

"그럼 껌을 사줄까?"

"샤를르 아저씨……" 아이가 걸음을 멈추었다.

이런 순간은 예전에도 이미 겪어보았다. 아이가 여름방학 캠프에 참가할 때마다 그가 공항에까지 따라 나왔었으니까. 이 대담한 꼬마 아가씨가 어쩔 줄 몰라 하다가 결국 입을 비죽거리고야 만다는 것을 그는 잘 알고 있었다.

아이의 손을 잡았다. 손이 아직 한참 아래에 있구나, 아직 더 자라야 하겠구나, 생각하며 종이에 적어 배낭 주머니에 슬쩍 끼워 넣어줄 만한 문구를 기억해내려고 애를 썼다. 용기를 잃지 마라, 네 뒤엔 이 아저씨가 있단다, 이 정도면 괜찮지 않을까.

"응?"

"엄마가 아저씨랑 헤어질 거래……"

그의 몸이 약간 비틀거렸다. 에어버스 한 대가 그의 관자놀이 부근을 뚫고 지나갔다.

"그래?"

겨우 입 밖에 낸 '그래?'. '그래? 엄마가 그런 말을 했어?' 혹은 '그래? 난 모르고 있었는데……' 라는 의미를 담은.

허세를 부릴 힘도 없었다.

"금시초문이야."

"알아. 엄만 아저씨 상태가 좀 좋아지면, 그 때 얘기한다고 했어."

에어버스 중에서도 큰 모델. A380?

"……"

"아저씨가 몇 달 전부터 제정신이 아닌 것 같다고. 하지만 아저씨가 괜찮아지고 나면 헤어지겠다고……"
"모녀간에…… 오간 대화 치고는 정말 웃기다. 네 나이를 생각해 봐도 그렇고." 또박또박 말하는 데 성공을 했다.

탑승구가 바로 코앞이었다.
"샤를르 아저씨?"
아이가 뒤를 돌아다보았다.
"왜, 마틸드?"
"난 아저씨랑 살 거야."
"뭐라고?"
"미리 각오해두란 말이야, 두 사람이 정말로 헤어지면, 난 아저씨랑 같이 그 집을 나올 거니까."
마틸드가 마지막 한 마디를 거칠게 뱉어냈다. 마치 카우보이, 아니 카우걸이 씹는 담배를 퉤 하고 뱉어내듯.
"이런! 너, 다른 속셈이 있는 거지! 수학숙제며 물리숙제 대신 해줄 사람이 필요해서 그러는 거지!"
"젠장. 어떻게 알았어?" 아이가 억지로 웃어보였다.
결국 응원의 말은 적어주지 못했다. 비행기로 연결되는 통로가 보였다.
"네가 진심으로 그렇게 하고 싶다고 해도, 그건 불가능해. 너도 잘 알잖아…… 게다가 난 집에 거의 없다시피 하고……"
"내가 원하는 게 바로 그거야……" 아이가 또 농담을 했다
하시만 샤를르의 표정을 보고는 다시 진지한 말투로 돌아왔다.
"그건 두 사람의 문제니까, 난 모르겠어. 아무튼 난 아저씨랑 같이 갈 거야. 기억해 둬……"

탑승을 시작한다는 안내방송이 나왔다.
"우린 헤어지지 않아." 그가 아이를 꼭 안고 속삭였다.
아이는 아무 대답도 하지 않았다. 그가 바보 같다고 생각하고 있는 것이리라.
출구를 빠져나가다가 뒤를 돌아보며 손가락에 입을 맞추어 그를 향해 날려 보냈다.
어린 시절의 마지막 입맞춤을.

전광판에서 마틸드의 비행기가 사라졌다.
샤를르는 그 자리를 뜨지 못했다. 일 밀리미터도 움직이지 않았다. 주머니에 넣어둔 휴대전화가 진동했다. 새 메시지가 도착했습니다.
'4랑해'
문자를 찍으려다가 먼저 손을 가슴팍에 대고 문질렀다. 어떻게 답을 해야 하나 고민하면서.
'MI 2'

손목시계를 들여다보고 뒤로 돌았다. 수많은 사람들과 어깨를 부딪쳤다. 가방들이 발에 채였다. 그는 자기 짐을 보관소에 맡겨놓고 택시 타는 곳으로 달려갔다. 새치기를 하려다가 욕을 먹었다. '전역 배달 가능' 이라는 오토바이를 발견하고는 제발 파리까지 데려다 달라고 부탁을 했다.
앞으로는 절대, 비틀거리며 비행기에 올라타지는 않으리라.
절대로.

# 5

마틸드가 새 학기부터 다니게 될 고등학교에서 백 미터쯤 되는 지점에 있는 부동산 중개소의 문을 열고 들어가 여기에서 제일 가까운 방 두 개짜리 아파트를 찾는다고 했다. 중개소 사람들이 그에게 사진을 보여주려 했으나 시간이 없다고, 제일 밝은 집으로 하겠다고 말하고 명함과 함께 장난이 아니라는 증거로 상당한 액수의 수표를 놓고 나왔다.

이틀 후에 다시 들르겠습니다.

다시 헬멧을 쓰고 오토바이 운전수에게 강 저편으로 가자고 했다.

그에게 서류가방을 맡겨놓고 오래 걸리지 않을 테니 기다려 달라고 부탁했다.

샤넬 매장의 저 유명한 베이지색 카펫…… 수위의 커다란 구두를 보니 십 년쯤 전으로 거슬러 올라간 기분이 들었다.

로랑스를 불러달라고 했다, 급한 일이라는 말도 덧붙였다.

그의 휴대폰이 울렸다.

"마틸드가 비행기를 놓쳤어?" 그녀가 걱정스럽게 물었다.

"아니. 그런데, 당신 못 내려오는 거야?"

"지금 회의 중이야……"

"그럼 내려오지 마. 난 이제 괜찮다는 말을 하러 왔을 뿐이야."

머리핀을 잠그는지 똑딱거리는 소리가 들렸다.

"하지만…… 당신도 비행기를 타야 하는 거 아니었어?"

"갈 거야. 걱정하지 마…… 나 괜찮아졌어, 로랑스. 멀쩡해졌다니까."

"알았어, 당신이 괜찮아졌다니 나도 기뻐." 그녀가 약간 신경질적으로 웃었다.

"그러니까 이제 날 떠나도 돼."

"그건…… 그건 또 무슨 소리야?"

"마틸드가 모녀간의 비밀을 털어놨어……"

"말도 안 돼…… 잠깐만, 금방 내려갈게……"

"나 바빠."

"내려간다니까."


그녀를 알고 난 뒤 처음으로 화장이 너무 짙다고 생각했다.

더 할 말이 없었다.

아파트를 찾았다, 가 봐야 한다, 비행기를 타야 한다.

"샤를르, 그만해. 그냥 해 본 얘기였어…… 여자들끼리 그냥 하는 얘기 있잖아…… 당신도 잘 알면서……"

"괜찮아." 그가 미소를 지어보였다. "걱정하지 마. 떠나는 건 나야. 나쁜 놈은 나라고."

"그래…… 원한다면……"

마지막 순간까지, 그녀의 자존심만큼은 지켜주어야 했다.

그녀가 덧붙인 몇 마디 말들은 헬멧 때문에 알아들을 수가 없었지만, 알겠다고 고개를 끄덕였다.

자동차 사이를 빠져나가자는 의미로 오토바이 모는 청년의 허벅지를 두드렸다.

비행기를 놓칠 수는 없었다. 오소리 기름을 구해 와야 했다.

★★★

몇 시간 후면 로랑스 베른느는 미장원으로 갈 것이다. 가운을 입으며 미용사에게 생긋 웃어준 다음 염색약이 준비되는 동안 거울 앞에 앉아 잡지를 뒤적이다가, 어느 순간 고개를 들고 거울을 바라보고는 눈물을 흘리겠지.

그 다음은 모르겠다.

그녀의 이야기는 여기까지.

# 6

⟨P.B. 트랜 타워/노출구조⟩라는 제목이 붙어 있는 엄청난 두께의 서류를 공략하기 시작하여 여승무원이 간이테이블을 제자리에 정리해 달라고 할 때까지 철저히 분석을 했다.

수첩을 다시 읽고 호텔 이름을 확인한 다음 비행기 창밖으로 도시의 윤곽을 바라보았다. 이제 깊은 잠을 잘 수 있을 것 같았다. 에너지가 충만해질 것만 같았다.

많은 것들을 생각했다. 최근에 마무리한 프로젝트, 생각만 해도 뿌듯한 세계 전역에 퍼져 있는 현장들, 사무소, 아직 구경해보지도 못한 방 두 개짜리 아파트, 비행기 좌석, 또……

눈을 감고 빙긋 웃었다.

모든 게 굉장히 복잡해질 것 같았다.

차라리 잘된 일이었다.

해결책을 찾는 것, 그것이야말로 그의 전문분야가 아니던가……

⟨철근 콘크리트 기둥 외장용 석재 모듈 접합부의 상세 사항⟩. 마지막으로 그려본 상세 스케치 아래에 적어놓은 설명이었다.

중력, 지진, 태풍, 바람, 눈…… 설계를 할 때 다들 부담스러워하는 것들을 그는 은근히 즐겼다. 해결하는 재미……

스코틀랜드에 메시지를 보냈다. 손목시계는 건드리지 않기로 했다. 그녀와 같은 시간대를 살고 싶었으므로.

★★★

　아주 이른 시간에 일어났다. 호텔 직원에게 연미복 임대배달 서비스를 이용하려면 어떻게 해야 되는지 물어보았다. 호텔을 나와 종이컵에 든 커피를 사들고 메디슨 가(街)를 걸어 내려갔다. 이 도시에서는 꼭 코를 치켜들고 걷게 되었다. 뉴욕, 메카노(Meccanos) 사의 조립 장난감 세트에 환장하던 아이라면 목이 꺾어질 위험이 있는 도시.
　몇 년 만에 처음으로 부티크에 들어가 옷을 샀다. 재킷 한 벌, 그리고 새 셔츠 넉 장.
　넉 장씩이나!
　이따금씩 뒤를 돌아보았다. 눈치를 보며 긴장을 했다. 누군가가 어깨에 손을 얹을 것만 같아서. 매섭게 노려보는 눈과 마주칠 것만 같아서. 혹은 빌딩 꼭대기에서부터 울려 퍼지는 목소리를 듣게 될까봐서.
　어이…… 그래, 자네…… 자넨 그렇게 행복해할 권리가 없어…… 뭘 또 훔친 건가? 꼭 끌어안고 있는 그건 뭐냐고?
　그런 게 아니라…… 저…… 갈비뼈가 부러져서 붙잡고 있는 건데요……
　그럼 어디 팔을 올려봐.
　샤를르는 고개를 가로저으며 인파에 섞여 들어갔다.

　고개를 흔들있나. 이런 머저리. 그가 떠나온 곳에 전화를 해 볼까 하는 마음에 손목시계를 들여다보았다.

곧 오후 네 시…… 개학 하루 전…… 녀석들, 책가방 챙기느라 정신이 없겠구나…… 아이들이 돌아올 시간이면 케이트는 개들을 데리고 스쿨버스가 서는 길 초입으로 나간다고 했었다. 버스에서 내린 아이들이 당나귀 등에 가방을 쌓아올린다고. "……물론 제가 당나귀를 끌고 나갈 수 있을 때의 이야기지만!"

백 그루째 떡갈나무를 지나면 학교에서 있었던 이야기도 대충 끝이 나고 책가방을 든다고도 했던…… 누군가가 어깨에 손을 얹었다. 뒤를 돌아보았다.

검은 양복을 입은 남자가 신호등을 가리켰다. 'DON'T WALK'. 그에게 고맙다는 인사를 했다. 남자가 '웰컴'이라고 대답했다.

드디어 비타민 가게를 찾았다. 재고가 몇 개라고요, 그럼 여섯 통 다 주세요. 이 정도면 터지고 갈라진 피부를 다 메우고도 남겠지…… 쇼핑백을 계산대 위에 내려놓고 크림통 여섯 개를 양쪽 주머니에 넣었다.

괜찮은 생각이었어.

조금이나마 그녀의 무게를 느낄 수 있잖아.

세계에서 가장 큰 헌책방, 스트랜드 서점의 문을 밀고 들어갔다. '책으로 18마일'이라는 문구가 눈에 띄었다. 전체를 돌아볼 수는 없었지만 몇 시간 동안이나마 실컷 책 구경을 할 수 있었다. 건축서적 코너를 휩쓰는 건 기본이었고 그 외에도 오스카 와일드의 서간문 모음집 다이제스트 판, 줄거리에 혹해서 집어든 토마스 하디의 짧은 소설 『타운 사람들』도 샀다. "웨섹스의 포트 브레디에 사는 바니트와 다운은 오랜 친구. 그러나 운명은 두 친구를 전혀 다른 길로 인도한다. 유복한 집안의 자손인 바니트는 사랑을 못 이루고 정략결혼을 했으나 아내에게는 애정이 없다. 가난한 변호사인 다운은 소박한 집에서 사랑스러운 아내와 착한 아이들에게 둘러싸여 행복한 나날을 보낸다. 그러던 어느 날 밤, 그들의 운명을 바꾸어놓을 사건이 발생하는데……" '두 친구의 전혀 다른 운명'이라…… 뿐만 아니라 리자 컬윈의 『말로는 못다 한 이야기들』이라는 근사한 책도 한 권 건졌다. 그 책이 너무나 마음에 들었던 나머지 한 손에는 샌드위치를 들고 햇살이 비치는 계단에 앉아 단숨에 읽어버리고 말았다.

미국 스미스소니언 미술관 고문서실에 보관 중인 삽화가 그려진 편지들을 선별해 모아놓은 책이었다.
화가들, 젊은 예술가들이 아내, 연인, 친구, 후원자, 고객, 절친한 친구들에게 보낸 편지들이 소개되어 있었다. 이름을 들어본 적이 없는 무명 예술가들도 있었지만 만 레이, 지오 폰티, 알렉산더 칼더, 앤디 워홀 같은 유명한 화가와 건축가들도 눈에 띄었다. 프리다 칼로의 편지도 있었다.
감동적인 편지도 있었고 딱딱하게 할 말만 적어놓은 편지도 있었다. 하지만 각 편지마다 글로는 표현하기 벅찬 분위기나 주변 풍경, 당시의 기분 등을 표현한 그림이나 스케치, 캐리커처, 삽화가 곁들여져 있었다.
'말로는 못다 한 이야기들' …… 글로는 다 하지 못한 이야기들…… 수레에 쌓여 있던 이 책을 발견한 건 우연이었다. 샤를르는 자신의 이야기도 이 책처럼 표현해보리라 마음먹었다. 책상 서랍에 처박아 둔 스케치북과 수채화 물감을 꺼내야지.
그는 그린다는 행위 자체가 좋았다…… 하지만 상세부분을 해결하기 위한 스케치들은 잠시 잊을 것. 석재 모듈 접합부나 고강도 케이블의 단면 따위도……

샤를르는 알프레드 프뢰라는 인물에게 매료되었다. 후에 뉴요커들의 캐리커처를 그려 유명해진 그가 약혼녀에게 보낸 수백 장의 편지들은 경이로움 그 자체였다. 1차 세계대전이 일어나기 직전, 유럽 여러 나라를 돌아다니며 각 지방의 풍속과 관습, 그리고 사람들의 이야기를 적어 보낸 편지들…… 말린 에델바이스 꽃이나 스위스에서 구한 귀한 광물을 동봉하는 경우도 있었다. 사랑하는 여인의 답장을 읽으며 너무나 행복했던 나머지 그 편지들을 우표크기로 조각내어 항상 지니고 다녔다고 했다. 그가 그린 삽화에는 욕조 안이나 침대 위에서, 그리고 이젤 앞에서, 혹은 밥을 먹으며, 길을 걸으며, 심지어는 트럭 아래에 깔린 채, 혹은 집이 불타고 있는 동안, 혹은 어떤 잔인한 사람이 그의 몸에 칼을 꽂는 동안에도 그 편지들을 읽고 있는 자신의 모습이 표현되어 있었다. 그녀에게는 천 조각의 그림으로 직접 만든 입체 미술관 모형을 보냈다. 파리에서 보았던 명화의 감동을 함께 나누고 싶다고. 이런 삽화들이 재치와 애정이 넘치는, 그리고 뭐랄까…… 너무나도 우아한 그의 편지를 장식하고 있었다……

이런 남자가 되고 싶었다. 명랑하고, 자신감 있고, 사랑할 줄 아는. 게다가 재능까지 부여받은.

조셉 링든 스미스라는 화가도 매력적이었다. 간결한 선으로 늙은 대륙에서 경험한 미술에 대한 환멸을 자세히 표현한 편지를 아들 걱정에 노심초사하는 부모에게 보낸 인물이었다. 베니스의 거리에서 비처럼 쏟아져 내리는 동전을 맞고 서 있거나 멜론을 배터지게 먹고 반쯤 죽어 있는 자신의 모습을 그려놓았다.

사랑하는 어머니, 아버지, 과일을 먹은 조셉을 봐 주세요!

생텍쥐페리가 어린 왕자를 그려놓고 헤다 스턴에게 저녁초대를 한 편지에…… 자자, 나중에 다시 읽도록 하자…… 책을 덮기 전에 마지막으로 다시 한 번 페이지를 펼쳐보다가 한 남자의 자화상을 발견했다. 애인의 사진을 앞에 두고 등을 구부린 채 양 손에 머리를 묻고 절망에 빠진 남자의 자화상 옆에는 이런 문구가 써 있었다. 아! 당신과 함께 있다면 얼마나 좋을까.

아아, 맞아.

나도 그래.


플랫아이언 빌딩 주변을 한 바퀴 돌았다. 다리미 모양의 이 건물을 처음 보았을 때, 너무나 큰 감명을 받았더랬다…… 1902년 완공, 당시로서는 최고로 높은 건물이었고, 특히 최초의 철근 구조물로도 기억이 되고 있는 건물. 고개를 들어 건물을 올려다보았다.

1902년이라고……

젠장, 1902년에 이런 건물을!

천재가 아니고서야……


길을 잃고 헤매다보니 제과 전문점이 보였다. 뉴욕 케이크 서플라이즈. 케이트가 생각나서, 아니 그들 전부가 생각나서 쿠키 틀을 잔뜩 샀다.

쿠키 틀이 그렇게 다양할 수 있다니. 사람이 상상할 수 있는 모양이라는 모양은 다 갖추어져 있었다……

개, 고양이, 닭, 오리, 말, 병아리, 염소, 라마(그렇다, 라마 모양의 쿠키 틀도 있었다……), 별, 달, 구름, 제비, 생쥐, 트랙터, 장화, 물고기, 개구리, 꽃, 나무, 딸기, 개집, 비둘기, 기타, 잠자리, 바구니, 병, 그리고…… 하트.

자녀분이 많으신가 봐요, 라고 여점원이 말했다.

예스, 라고 대답했다.

촌스러운 관광객처럼 양 손에 쇼핑백을 주렁주렁 매단 채 호텔로 돌아왔다. 힘이 다 빠졌지만 관광객처럼 돌아다녀 보았다는 것이 그렇게 좋을 수가 없었다.

샤워를 했더니 생기가 돌았다. 배달된 연미복을 입고 감미로운 저녁시간을 보내기 위해 호텔방을 나섰다. 하워드가 '잘 왔네, 이 친구야.' 하며 그를 얼싸안더니 한눈에 보기에도 열정이 넘치는 그날의 손님들을 소개해주었다. 브라질에서 왔다는 어떤 젊은이와 함께 다국적 구조그룹 오브 아럽에 대한 이야기를 나누고 있는데 시드니 오페라 하우스 시공에 참여했다는 엔지니어가 끼어들었다. 술기운이 오르면서 그의 영어도 점점 더 유창해졌다. 어쩌다보니 센트럴 파크를 내려다보는 베란다에서 달빛을 받아 환하게 빛나는 어여쁜 아가씨에게 허튼 수작을 부리고 있었다.

급기야는 그녀에게 당신도 건축가냐고 물어보았다.

"오우, 노우, 아니예에요오……"

그녀가 하는 일은……

못 알아들었다. 그냥 멋지다고 해 주었다. 그리고 파리가 너무 멋지다느니 치즈가 정말 맛있다느니 프랑스 사람들은 아주 낭만적인 사랑을 한다는 등의 실없는 소리를 참을성 있게 들어주었다.

그녀의 완벽한 치아와 매니큐어가 칠해진 손톱과 가녀린 팔뚝을 바라보았다. 군주제의 흔적이 없는 영어도. 샴페인을 더 가져오겠다고 말해 두고는 밖으로 나와 버렸다.

주인이 파키스탄 사람인 구멍가게에서 종이와 스카치테이프를 사 들고 택시를 불렀다. 목에 두른 장식용 칼라를 벗어버리고 밤이 깊도록 작업에 몰두했다.

개, 고양이, 닭, 오리, 말, 병아리, 염소, 라마, 별, 달, 구름, 제비, 생쥐, 트랙터, 장화, 물고기, 개구리, 꽃, 나무, 딸기, 개집, 비둘기, 기타, 잠자리, 바구니, 병, 그리고 하트를 하나하나 따로 포장했다.

상자에 담고 단단히 봉했다. 그녀가 이 소포를 받으면 당장 오븐에 불을 켜겠지.

그녀를 생각하며 잠을 청했다.

그녀의 몸도 잠시 생각했다.

그러나 주로 그녀를 생각했다.

몸이라는 것을 가진 그녀를.

호텔 침대는 어마어마하게 컸다. 킹사이즈. 왕이 꽤나 뚱뚱했나보다. 그나저나 어떻게 이런 일이 가능한 걸까?

아직 깊이 알지도 못하는 그녀가 어느새 이 넓은 침대를 다 차지하다니?

야신에게 물어보아야 하나……

중성에서 아침식사를 하며 호텔 이니셜이 새겨진 편지지 위에 뉴욕 오소리의 고민이라는 제목의 그림을 그렸다.

자신의 모습을 그린 셈이었다.

그리고 편지를 썼다.

오소리 기름으로 빵빵해진 주머니, 스트랜드 서점에서 보낸 시간, 거지와 반항적인 십대들(티셔츠에 새겨진 '아무거나 사지 마라.' 라는 문구를 보고 솔직히 좀 찔렸다.) 사이에 주저앉아 읽은 책, 멋진 연미복, 더 이상은 참아줄 수 없던 오소리 아가씨의 곁에서 휘날리던 연미복 꼬리, 손에 생채기를 내 가며 포장을 하던 밤, 그리고…… 그만…… 옹색한 침대 이야기는 꺼내지 말자……

인터넷에서 마르제레의 우편번호를 찾아낸 다음 우체국으로 가서 '케이트 주식회사' 라고 쓴 소포를 부쳤다.

대서양을 건너며, 운명이 다운과 바니트를 어느 곳으로 이끄는지 읽어보았다.

불쾌했다.

얼른 오스카 와일드의 『감옥에서 쓴 편지』를 꺼내 읽기 시작했다.

기분이 좋아졌다.


비행기가 착륙하는 동안, 그의 인생에서 다섯 시간이나 되는 시간을 까먹었다는 느낌에 짜증이 났다. '임대료 지불능력'을 증빙할 서류들을 챙기고, 로랑스의 집에 들러 옷가지들과 CD 몇 장, 그리고 책 몇 권을 사무실에 있는 것보다 조금 더 큰 여행 가방에 담았다. 마지막으로는 열쇠꾸러미를 부엌 식탁 위에 올려놓았다.

아니지. 여기에 놓아두면 못 볼지도 몰라.

욕실에 있는 작은 테이블 위에 놓아두었다.

바보 같은 짓일까. 아직도 챙겨가야 할 짐이 많긴 한데, 뭐…… 하디 소설의 영향이라고 해 두자…… 모두에게서 버림받은 채 자신이 질색하던 벽지를 마주보고 죽어가면서도 허세를 부리며 이렇게 중얼거리던 남자…… "결국, 벽지나 나, 우리 둘 중의 하나는 떠나야 하는 거였어……"

 떠났다.

# 7

이번 7월처럼 일을 많이 했던 적이 없었다.

프로젝트 두 건이 제 궤도에 올랐다. 한 건은 막대한 수익이 보장된다기보다는 사무소 유지에 도움이 되는 정도의 정부청사 프로젝트였고, 다른 한 건은 보다 흥미진진하지만 훨씬 복잡한 것으로 필립이 유달리 애착을 보이고 있는 프로젝트였다. 파리 근교에 새로 조성될 협동 구획 정리 지구(ZAC) 계획과 시공. 규모가 방대한 사업이었던 만큼 이 프로젝트를 맡기까지 샤를르는 오랫동안 고민을 했다.

대지가 경사지였으므로.

"그래서?" 필립이 뭐가 문제냐는 듯이 물었다.

"예를 하나 들어보지…… 자, 작년 1월 15일에 발표된 법령이야. '대지의 경사가 5% 이하일 때, 그 대지를 기복이 없는 것으로 간주한다. 경사가 4%를 초과할 경우, 매 10m마다 상부와 하부에 각각 축대를 쌓는다. 높이 0.4m를 초과하는 지면에는 하중을 충분히 지지할 수 있는 난간을 필수적으로 설치하도록 한다. 특히 지형적인 문제나 기존의 건축물로 인해 설치가 불가능할 경우에는, 경사 5% 이상의 대지라 할지라도 부분적으로 축대를 설치하지 않을 수 있다. 이때, 경사 8% 이하의 대지에는 2m, 혹은……'"

"스톱."

고개를 가로저으며 자기 책상으로 돌아가 앉았다. 기괴한 숫자를 나열해 놓았지만, 결국 정부가 허가하는 대지의 경사범위는 4% 이내라는 의미였다.

아?

경사지라면 무프타르 가(街), 르픽 가(街), 푸르비에르 언덕(＊리옹 역사지구의 중심에 있는 언덕), 혹은 로마의 일곱 언덕들이 대표적이지, 그런 곳에 합동 구획 정리 지구를 짓는다고 쳐 보자, 어떤 위험요소가 있을까……

그리고 리스본의 알파마 지구와 치아도 지구는. 그리고 샌프란시……

자, 자…… 일이나 하자…… 땅을 갈아내고 경사를 깎고 획일화시키자, 그들이 원하는 게 바로 그런 거니까. 이 나라를 거대한 교외지구로 통일해 버리는 게 높으신 양반들이 원하는 바가 아니겠냐고.

그러면서도, 뭐? 지속적인 개발을 원하신다?

물론이시겠지. 물론 그러시겠지.

그나마 좁은 길을 없애지 않고 남겨놓는 것으로 위로를 삼았다. 샤를르의 설계에는 골목길이나 다리가 자주 등장했다. 그런 작은 것들로 인간적인 느낌을 살리고 싶었다.

그래도 아직까지, 교묘한 손재주보다는 가슴에서 우러나오는 설계가 먹혀들어 가리라는 믿음은 헛된 것일까……

만일 사람이 시대를 선택해 태어날 수 있다면, 그는 19세기에 데이나고 싶었다. 위대한 엔지니어가 곧 위대한 건축가였던 시절. 그가 생각하는 가장 성공적인 건축물은 새로운 건축 재료가 처음으로 사용된 작품이었다. 철근 콘크리트로 아름다운 다리를 건설한 스위스의 로버트 마일라, 철골 구조물을 미적으로 승화시킨 프랑스의 마크 브뤼넬, 구스타프 에펠, 혹은 영국의 토머스 텔포드……

그렇다, 이 대가들은 작업 자체를 즐겼을 터였다…… 당시의 엔지니어들은 프로젝트의 발주에서 시행까지 모든 것을 책임졌다. 오류가 발견된다 해도 누구의 눈치도 볼 필요가 없었다. 그저 해결해 나갈 뿐. 그 결과, 그들의 오류는 완벽으로 이어졌다.

독일의 하인리히 게르버, 미국의 오스마 암만, 혹은 프랑스의 프레시네의 작품, 레온하르트의 코체르탈 대교, 그리고 프랑스를 떠난 브뤼넬이 영국 클리프톤에서 완성한 아름다운 교각. 그리고 뉴욕의 베라자노내로스 교…… 이봐, 됐어, 얘기가 산으로 가고 있잖아. 지금 네 팔꿈치 아래에 있는 합동 구획 정리 지구에나 신경 쓰라고. 도시계획법이나 마저 보란 말이야.

……혹은 경사 12%까지는 0.5m의 축대를 필수적으로 갖추어야 한다.'

그러나 이런 의구심들이 해로울 리는 없었다…… 실패의 상황을 고려해 보는 것이 진정한 성공을 거둘 수 있는 밑거름이 되니까. 어떤 대가를 치르더라도 얻고 싶은 것이 있다면 먼저 조심스럽고도 신중한 첫걸음을 떼어야 하는 법. 상대방의 감정을 상하게 하지 말 것…… 필립과 그는 이 점에 흔쾌히 동의를 했고 결국 필립은 이 프로젝트에 미친 듯이 달려들었다. 그러나 그는 결코 조급하게 서두르는 타입이 아니었다.

유연하게 굽은 등.

일은 일대로, 삶은 삶대로……

마크와 거의 매일 저녁을 같이 먹었다. 막다른 골목 안쪽, 자정 넘어까지 문을 여는 싸구려 술집의 뒷방에 자리를 잡고서 아무 말 없이 밥을 먹고 세계 각국의 맥주들을 맛보았다.

막판에 가서는 고주망태로 취한 채 우리 둘이 파리 맛집 소개 가이드를 쓰는 거다, 따위의 헛소리를 늘어놓았다. 제목은 '술고래' 혹은 ZAG, 즉 목청 정리 지구. 다들 우리의 천재성을 인정하고야 말리라!

그 다음에는 택시를 잡아타고 그를 먼저 내려준 다음 텅 빈 집으로 돌아와 방바닥에 깔린 매트리스 위에 털썩 주저앉았다.

매트리스 한 개, 이불 한 채, 비누 한 개와 면도기 하나. 지금 집에 있는 것은 그것들뿐이었다. 케이트의 목소리가 들리는 것 같았다. '로빈슨 크루소 같은 이 생활이 우리 모두를 구해주었어요……'. 벌거벗은 채로 잠을 자고 해가 뜰 때에 일어났다. 그렇게 하면서 그의 인생에 다리를 놓고 있다는 기분이 들었다.

마틸드와 여러 번 전화통화를 했다. 셋이 같이 살던 집에서 나와 생주느비에브 언덕 아래 동네에서 캠핑을 하는 중이라고. 아니, 어느 방을 네 방으로 할지는 아직 정하지 않았어.

네가 돌아올 때까지 기다리려고……


여태껏 마틸드와 그렇게 긴 대화를 해 본 적이 없었다. 지난 몇 달 사이에 아이가 얼마나 성숙해졌는지 새삼 확인할 수 있었다. 마틸드는 제 아버지와 로랑스, 그리고 배다른 여동생 이야기를 했다. 그리고 레드 제플린 콘서트에 가 보았는지, 클레르는 왜 아이를 낳지 않는지 등을 물었다. 그런데 그 문 이야기, 진짜였어?

처음으로 샤를르는 아누크의 이야기를 했다. 그녀를 한 번도 보지 못한 누군가에게. 어느 날 밤, 마틸드에게 잘 자라는 인사를 오래도록 하다가 그녀의 이야기를 꼭 해야 할 것만 같은 생각이 들었다. 그가 그녀를 마음에 새겼을 때, 지금 마침 그 나이의 심장을 가진 이 아이와 그 추억을 공유하고 싶었다……

"그럼 아누크를 여자로 사랑한 거야?"

그는 곧바로 대답을 하지 못했다. 좀더 자세하고 좀 덜 위험한 표현을 찾느라. 그 때 들려온 전화기 이편의 말이, 20년 동안 제 자신으로 돌아오기 위해 기다리고 있던 그 말이, 따귀를 후려치듯 그의 귀를 때렸다.

"당연한 걸 물었네, 나도 참 멍청하지…… 그렇게 사랑하지 않았으면 어떻게 사랑했겠어?"

★★★

17일에는 러시아 운전수의 커다란 손을 잡고 마지막 악수를 나누었다. 이틀 전부터 유령이 나올 것 같은 현장 때문에 얼마 남지 않은 머리카락을 쥐어뜯고 있던 참이었다. 파블로비치는 종적을 감추었고 인부들 대다수는 경쟁업체인 부이그 사(社)의 현장으로 빠져나가 버렸으며 남아 있는 인부들은 당장에 돈을 주지 않으면 스트라이크를 일으키겠다고 했다. 250킬로미터의 케이블 중에 남은 분량은 12킬로미터밖에 되지 않았으며 또 받아야 할 허가가 있다고……

"무슨 허가?" 영어고 뭐고 신경 쓸 겨를이 없었다. 그는 결국 폭발해버리고 말았다. "뭔 놈의 공갈협박이 또 남았다는 거야? 이런 거지 같은 경우가 있나, 당신들 대체 원하는 게 얼마야? 그리고 파블로비치, 그 개새끼는 어디로 사라진 거지? 그 자식도 부이그로 갔나?"

시작부터 엉망이었던 프로젝트였다. 그의 사무소가 직접 의뢰를 받았던 것도 아니었다. 이탈리아 출신인 필립의 친구가 찾아와서는 제발 좀 살려달라, 자기 이름도 이름이지만 이 프로젝트가 잘못되면 파산할지도 모른다, 사무소도 가족도 다 잃게 될지도 모른다, 맘마 미야, 라 산타 마리아. 그 친구가 손가락에 입을 맞추는 동안 서류에 사인을 했다…… 필립은 현장을 떠안겠다고 했고 샤를르는 아무 말도 하지 않았다.

배후에 분명 쓰리쿠션 당구 같은 게임이 숨어 있다는 눈치를 챘다. 그의 청렴한 동업자는 결국 사실을 털어놓고 말았다. 이 현장을 구하면, 아무개라는 자를 구워삶을 수 있고, 그 아무개라는 자는 아무아무개의 오른팔이며, 그 아무아무개라는 자는 만 평방미터의 대지를 주무를 수 있는 실력가인데…… 어쨌거나 샤를르는 도면을 훑어보고 그리 어렵지 않은 공사라는 판단을 했다. 누렇게 찌든 톨스토이의 책을 챙겨 넣고 6만 군사를 거느리는 황제처럼 포부도 당당하게 러시아로 출발했다. 우리가 얼마나 위대한 전술가들인지, 그들에게 증명해 보이고야 말리라……

필립의 친구처럼, 그도 기진맥진한 상태로 비행기에 올랐다.
아니, 그보다 더 심했다. 될 대로 되라는 심정이었다. 운전수 빅토르의 손을 잡고 있자니 기분이 조금 누그러들었다. 그의 손으로 전달되는 감촉과 그의 미소 때문에. 아마도 전생에 그들은 좋은 동지가 아니었을까……

가지고 있던 무불화 지폐뭉치를 그에게 내밀었다. 빅토르가 불쾌한 듯 얼굴을 찡그렸다.

"러시아어를 가르쳐 준 대가로……"

"니예트, 니예트, 받을 수 없어요." 그 덩치로 샤를르를 밀어댔다.

"그럼, 애들한테 맛있는 거라도 좀 사다주세요······"

그렇다면, 받아두죠, 라며 그를 놓아주었다.

마지막으로 뒤를 돌아다보았다. 황량한 벌판도, 넝마, 혹은 양털로 몸을 싸맨 채 굶주림과 동상에 지친 병사들도 보이지 않았다. 문신, 행운을 빌기 위해 높이 쳐든 그의 팔을 따라 새겨진 쇠사슬 모양의 문신을 보았을 뿐······

반면, 돌아와서는 일이 쉽지 않았다. 당나귀가 수레를 끌듯, 매일 되풀이되는 일상을 살 때에는 늙은 학생으로 사는 것이 그리 어렵지 않았다. 그러나 패배의 상처가 깊은 이때, 돌아갈 집이 없다는 것은······ 또 하나의 충격일 수밖에······

택시를 탈 엄두가 나지 않았다. 고속전철 안에서 자신의 패배를 곱씹고 또 곱씹었다.

돌아가는 길은 구차스러웠다. 슬프고도 더러웠다. 왼쪽에는 고층건물이, 오른쪽에는 집시촌이, 아니 롬족들의 집단 거주지가······ 집시면 집시지 '롬족'이라니? 예민하게 반응할 것 없다, 그럼 빈민굴이라고 해두자. 우리에게 이런 호기심을 허락해준 세계화의 물결에 이 영광을······

자갈밭을 지났다. 창녀들이 줄을 지어 서 있는 모습이 보였다. 아누크는 이런 곳에서 마지막 순간을 맞았다.

유모는 공중변소에서, 아누크는 원점에서······

이런 기분으로 북역 근처에 있는 사무소로 뛰어 들어갔다.

곧장 필립의 방으로 쳐들어가서 군용가방을 열었다.

"테러 벨리스, 데쿠스 파시스(＊Terror bellis, decus pacis, 전시에는 두려움의 대상, 평화시에는 장식품이 되는 것―프랑스의 육군 원수들에게 주어지는 막대에 새겨져 있는 라틴어 문구. 푸른색 바탕의 원통형 막대에는 이 문구 외에도 일곱 개의 별이 양각되어 있다.)⋯⋯"

"뭐?" 필립이 눈썹을 잔뜩 찌푸리며 한숨을 쉬었다.

"전쟁 때에는 두려움의 대상이 되지만, 평화로울 때에는 장식품이 되는 이것, 자네에게 돌려주겠어⋯⋯"

"그게 무슨 소리야?"

"내가 가지고 갔던 육군 원수의 막대 말이야. 자네한테 돌려준다고⋯⋯ 이젠 그곳엔 절대로 가지 않을 거니까 그렇게 알라고⋯⋯"

곧이어 극도로 사무적인, 아니 그보다는 돈 문제에 관련된 대화가 오갔다. 씁쓸한 기분으로 문을 닫으며, 샤를르는 자기 책상에 들르지 않고 곧장 집으로 돌아가리라 마음먹었다.

2,500km를 날아왔고 생체시계는 두 시간 이상 뒤로 물러나 있었다. 다시 피로가 밀려왔다. 게다가 내일 입을 옷을 찾으러 세탁소에도 들러야 했다.

문을 통과해가려는 데, 통화중이던 바바라가 그에게 손짓을 했다.

책꽂이 위에 소포가 있었다.

내일 봐야겠다⋯⋯ 문을 닫다가 멈칫하더니 헤벌쭉 웃었다. 책꽂이로 되돌아가서 소인을 확인했다.

그럼 그렇지.

곧바로 열어보지는 않았다 몇 주 전에 그랬던 것처럼, 뜻밖의 선물을 겨드랑이에 끼고 파리의 거리를 걸었다.

걱정이 사라졌다.

첫 데이트 약속을 받아낸 청년처럼 들뜬 표정을 하고서 걸음도 가볍게 세바스토폴 대로를 따라 내려갔다. 소인을 확인하고 헤벌쭉 웃으며 그녀의 주소를 보고, 보고 또 들여다보았다. 얼굴이 벌겋게 달아올랐다.

(크리미아 전쟁에서 프랑스-영국 연합군이 합동작전으로 함락시킨 세바스토폴을 기억하는가, 아아, 감개도 무량하게 지금 그 세바스토폴 대로를 걷고 있는 것이다!)

꼭꼭 눌러 쓴 글씨를 또 한 번 들여다보았다. 그녀의 필체가 이랬구나. 꼬불꼬불, 섬세한…… 그녀가 입고 있던 원피스의 문양 같다…… 글자가 네모칸에서 삐져나와 있다. 그건 이미 짐작하고 있던 바다…… 그리고 그녀가 예쁜 우표를 골라 붙이리라는 것도……

그녀의 성은 셰링턴이었다.

케이트 셰링턴……


유치하다……

그런데 뿌듯하다.

이 나이에도 그렇게 유치할 수 있다는 것이.


헬륨을 넣은 풍선처럼 기분이 들떴다. 내친김에 텅 빈 찬장을 채우기로 했다. 슈퍼마켓 계산대 앞에 엄청난 양의 물건을 꽉꽉 채운 카트를 가져다놓고 두 시간 후면 집에 돌아가 있을 테니 그때까지 배달을 해 달라고 했다.

갖가지 세제로 가득한 양동이와 빗자루를 들고 슈퍼를 나왔다. 집주인과 집 상태 점검을 한 후로는 청소를 한 번도 하지 않았다. 냉장고에 전원을 연결시키고 생수 여섯 개들이 비닐 포장을 뜯고 마틸드를 위해 준비한 시리얼과 아이가 제일 좋아하는 잼과 즐겨먹는 저지방 우유를 질서 있게, 체계적으로 정리했다. 욕실에 가는 모발용 샴푸를 놓아두고 타월을 걸고 전구를 끼우고 스테이크를 구워 새집에서 먹는 첫 식사를 준비했다.

빈 접시를 밀어놓고 빵가루를 치우고 선물상자를 가지러 갔다.

양철깡통 뚜껑을 열었더니 개, 고양이, 닭, 오리, 말, 병아리, 염소, 라마, 별, 달, 구름, 제비, 생쥐, 트랙터, 장화, 물고기, 개구리, 꽃, 나무, 딸기, 개집, 비둘기, 기타, 잠자리, 바구니, 병, 그리고……

신난다. 쿠키들을 식탁 위에 줄지어 늘어놓았다. 그가 좋아하는 방식으로, 즉 질서 있게, 체계적으로, 그리고 종류별로.

서너 가지 맛의 반죽을 준비했는지, 모양별로 여러 개의 쿠키가 들어 있었지만, 하트는, 하트는 딱 한 개뿐이었다.

뭔가를 알아달라는 암시일까? 음, 어떤 암시 같기도 한데…… 그래, 이건 암시야!

'유치하다'는 표현이 딱 들어맞는 상황.


친애하는 샤를르,

반죽은 제가 했고, 아티와 네드라가 쿠키 틀을 찍었어요. 알리스가 눈이며 콧수염 같은 것들을 붙여주었고 야신이 당신의 주소를 찾아냈지요.(당신이 맞나요?) 그리고 우체국에 가서 소포를 부치는 건 사뮈엘이 할 거예요.

고마워요.

I miss you.

We all miss you.
K.

쿠키는 하나도 먹지 않았다. 다시 한 번 줄을 지어 정리를 했다. 하지만 이번엔 일어서서. 그가 사는 방의 벽난로 위에 쿠키들을 늘어놓고 그녀를 생각하며 잠을 청했다.

그녀가 쿠키 틀처럼 그의 위에 겹쳐진다면 만들어질 모양새를 하고서.

다음날 아침, 하얀 종이 한가운데에 자기 방 벽난로를 그려 넣고 이렇게 적었다. 저도 보고 싶습니다.

그녀가 오븐과 요리사에 대해 말했던 것처럼 프랑스어 특유의 막연함은 이럴 때 정말 편리했다.

당신이 보고 싶다는 뜻일 수도, 그 집 사람들 모두를 보고 싶다는 뜻일 수도 있었다.

선택은 그녀의 몫으로……

어쩌면 경계를 더 풀어야 했을지도, 아니면 풀 수 있었을지도 모르는 일이었다. 그러나 그는 그럴 줄을 몰랐다.

로랑스와의 결별이 씁쓸한 뒷맛을 남기며 그를 더욱 비열하게 만들었다.

다시 사무실에 처박혀 투시도와 오토캐드 도면을 들여다보았다. 설계 프로그램들은 완벽했다. 모두 허구였으므로. 혼자만의 상상을 더 이상 키우지 않기 위해 등을 구부린 채 경사지 측량에 몰두했다. 그렇게 하면 비틀거릴 염려가 없었으니까.

계산을 했다. 하고 또 했다.

끊임없이 케이트를 생각했지만 정말로 그녀를 생각했다고는 할 수 없었다.

그것이 어떤 것인지…… 그로서는 설명할 수가 없었다……

마치 빛처럼…… 그녀는 존재하고 있었다. 그것만은 확실했다. 먼 곳에, 그의 손이 닿을 수 없는 곳에, 그러나 그녀의 존재만으로도 부족한 마음이 채워졌다. 물론, 그 생각을 좀더…… 구체화하는 때도 있었다, 그러나 몇 번뿐이었다…… 그녀와 함께 버터쿠키를 만드는 상상 정도. 그러나 사실은…… 뭐라고 해야 하나…… 깊은 감동을 받았다고 해야 하나…… 자, 자, 그거야…… 뭐가 감동적이었는지 설명해보라고. 그러니까, 땀을 흘리고, 트림을 하고, 가운뎃손가락을 치켜올려 욕을 하고, 토라지고, 투덜거리고, 상소리를 내뱉고, 소매로 코를 닦고, 고주망태로 술을 마시고, 공교육을 비난하고, 사회복지 시스템을 농락하고, 자신의 망가진 몸매와 거친 손과 오만을 탓하고, 자괴감에 빠져 작별인사도 없이 그를 보낸 그녀지만, 일부러 그러는 것이라고밖에 보이지 않는 그녀의 모든 행동이 감동적이었다는 말이다.

바보 같아 보였다, 안쓰러웠다, 감정을 억제하는 것으로밖에 보이지 않았다, 하지만 감동적이었다. 그녀를 생각할 때면, 별 모양의 상처를 가진 한 사람의 여자가 아닌 한 세계를 보고 있는 것 같았다.

그러나 곰곰이 생각해보니, 처음부터 그녀는 역할을 정해주었다. 그는 이방인이었고 잠시 들른 방문객이었으며 탐험가였다. 길을 잘못 든 콜럼버스였을 뿐이었다.

이웃집 사내아이가 고르지 않은 치열을 가지고 있었던 까닭에, 그리고 그 아이 엄마는 그보다 더 비뚤어진 여자였기 때문에.

그리고 인사도 하지 않고 그를 보냈다. 일부러 나침반을 망가뜨린 것이었다……

너, 사용설명서를 다시 뒤적거리고 있지…… 그럼 인생의 다리며 수도승 같은 생활이며 숭고한 궁핍 같은 얘기는 다 뭐였냐? 거위털 이불이 그립다, 이거냐?

아니, 그게 아니라……

그게 아니고 뭔데?

젠장, 등이 배겨서 그런다…… 너무 너무 아프단 말이다……

침대를 사면 되잖아!

아니, 그것뿐이 아니라……

또 뭐가 있는데?

죄책감……

아아아아……! 그럼 잘 해 보라고, 행운을 빌어…… 사용설명서엔 죄책감 해결법 같은 건 없거든.

없어?

없지. 주변을 잘 찾아보면 죄책감을 없애주는 방편을 써 준다는 사기꾼들이 많긴 하겠지만, 그런 데 혹하지 말고 수면제나 사 먹는 게 나을 게야. 게다가 그녀의 편지를 받았잖아. 네가 그립다고 썼더구먼, 뭘.

푸…… 영어로 Miss you는 건강하세요, 혹은 잘 지내세요, 정도의 의미를 가진 흔하디흔한 말이야……

Miss you가 아니었잖아, 분명 I miss you라고 되어 있었어.

그렇긴 하지만……

하지만?

그녀는 외딴 성에 살고 있잖아, 돌볼 애들도 많고, 아직 30년은 너 끈히 더 살 것 같은 동물들도 딸려 있고, 비에 젖은 개가 풍기는 냄새

위로 〈2〉 239

가 밴 집도……
 스톱. 샤를르, 그만. 냄새를 풍기는 건 너야……

 '나는 생각한다'와 '고로 나는 존재한다'가 벌이는 말싸움에는 끝이 없기 마련. 게다가 할 일이 쌓여 있었기 때문에, 일이나 하는 게 낫겠다 싶었다.
 이런 바보가 있나……
 다행히도 클레르가 전화를 했다.

# 8

거길 꼭 가보아야 한다고 그녀가 말했다. 음식이 맛있기도 하지만 끝내주는 남자가 있어.
"어떤 남자?"
"웨이터……"
"웨이터에 대한 환상을 아직도 못 버렸단 말이야? 조끼 호주머니에 찔러 넣은 엄지손가락이나 커다란 흰 앞치마 뒷자락 사이로 보이는 딱 올라붙은 엉덩이에 아직도 집착을 하는 거야?"
"아냐, 아냐, 절대 아냐. 오빠도 보면 알겠지만, 그 남자는…… 어떻게 표현해야 좋을지 잘 모르겠네…… 정말 근사해…… 엄청 귀족적이거든. 달에서 뚝 떨어진 사람 같아. 윌로 씨의 휴가라는 영화 알지? 그 윌로 씨와 윈저 공을 합쳐놓은 듯한 인물이야……"

약속시간을 다이어리에 적어 넣으며, 샤를르는 어이없다는 듯 눈을 들어 하늘을 올려다보았다.
누이동생이 홀딱 반했다는 남자들은 거의가……

두 사람은 8월 첫 주에 만나기로 했다. 서류철을 닫고 비서들에게 휴가 잘 다녀오라는 인사를 한 다음에. 클레르는 점심을 먹고 나서 오후 기차로 페리고르 누아르에서 열리는 소울 뮤직 페스티벌을 보러 갈 예정이란다.

"나 좀 역에 내려줄 수 있어?"

"택시 타고 가. 나, 차 없는 건 너도 알잖아……"

"내가 하려던 얘기가 바로 그거야…… 일단 내 차로 역에 날 내려 준 다음에 오빠가 그 차를 끌고 가서 보관해 줄 수 있겠냐고. 주차장 임대가 끝나서 그래……"

이번에도 샤를르는 하늘을 올려다보았다. 파리의 주차요금 징수기와 씨름하는 건 질색이었다. 좋아…… 부모님 집에 가져다 두자…… 엄마 아버지를 찾아가본 지도 한참 되었으니……

"오케이."

"식당 주소는 잘 적었지?"

"응."

"괜찮은 거야? 목소리에 영 힘이 없네…… 마틸드는 돌아왔고?"

예스, 돌아왔다, 그러나 아이를 보지는 못했다. 로랑스가 공항에 나가 아이를 데리고 곧장 비아리츠로 가버렸다.

누이동생에게 급변한 상황을 이야기할 기회가, 아니 어쩌면 용기가 없었다.

"이만 끊을게, 약속이 있어서."라고만 대답했다.

★★★

그보다 너 정확한 표현이 없었다. 윌로 씨처럼 왼손잡이에, 시적인 분위기, 서툰 걸음걸이에다가 원저 공처럼 품위 있는 몸짓에 단추 구멍에 꽂은 꽃 한 송이까지.

긴 팔을 활짝 벌리며 코딱지만 한 술집이 마치 세인트 제임스 궁이라도 되는 양 환대를 했다. 더듬거리는 말투로 클레르의 새 원피스에 대해 온갖 미사여구를 섞은 찬사를 퍼부으며 두 사람을 창가 자리로 안내했다.

"뭘 보는 거야?" 그녀가 물었다.
"그림들……"
메뉴판을 내려놓고 오빠의 시선을 좇아갔다.
"네 생각엔, 여자일 것 같니, 남자일 것 같니?"
"뭐가? 저 등의 주인공 말이야?"
"아니. 붉은 연필을 쥐고 저 그림을 그린 손……"
"모르겠어. 물어보지 뭐."

윈저의 윌로 씨가 서비스 포도주를 따라주고 외상 손님이 이러쿵저러쿵 하고 있을 때, 통로 쪽에서 투덜거리는 소리가 났다.
"전화!"
실례한다며 통로 쪽으로 가서 누군가가 건네준 휴대폰을 받았다.

샤를르와 클레르는 그의 얼굴이 붉어졌다가 하얗게 질리는 것을, 정신이 나간 듯 멍해 있다가 갑자기 당황하는 모습을, 한 손으로 이마를 짚고 전화기를 떨어뜨리는 모습을, 고개를 숙이다가 바닥에 떨어진 안경을 주워 비뚤게 쓰는 모습을, 문을 향해 뛰쳐나가는 모습을 지켜보았다.(*장 라신의 '페드르'에 나오는 이미지를 차용) 옷걸이에 걸어둔 재킷을 급하게 낚아채는 바람에 그 옷걸이가 바닥으로 넘어지면서 냅킨과 포도주 병 한 개와 포크 두 개와 의자 하나와 우산꽂이가 함께 바닥으로 나뒹굴었다.

　식당 안이 고요해졌다. 모두들 얼떨떨한 표정으로 서로를 쳐다보았다.

　주방 쪽에서 주절주절 욕하는 소리가 들리는가 싶더니 요리사가 모습을 드러냈다. 얼굴을 잔뜩 찡그린 젊은이가 앞치마에 손을 문지르고는 바닥에 떨어진 휴대폰을 집어 들었다.
　수염에 파묻힌 입으로는 여전히 욕설을 지껄이며 전화기를 탁자 위에 올려놓더니 2리터들이 샴페인 병을 꺼내들고 천천히 마개를 땄다.
　이마의 주름이 미소 비슷한 것으로 변하던 순간……
　"자…… 제 동료가 왕관을 물려받으러 급하게 뛰어나갔나 본데요……"
　병마개가 퐁 하고 튕겨나갔다.
　"이건 주인이 한 잔씩 돌리는 겁니다요……"
　샤를르에게 병을 맡기더니 손님들에게 한 잔씩 따라주면 고맙겠다고 했다. 전 주방에 일이 많아서요.
　샴페인 잔을 손에 들고 믿을 수 없다는 듯 고개를 흔들며 주방 쪽으로 걸어가다가……
　뒤로 돌아서더니 턱으로 계산대 위에 놓인 주문서를 가리키며 말했다.
　"손님들께서 직접 주문을 해주시면 감사하겠습니다. 첫 번째 장을 찢어서 통로에 놓아주시면 됩니다. 그리고 뒷장은 보관하고 계세요. 계산도 픽섭 하시고요……"
　닫힌 문 너머에서 외치는 소리가 들렸다.
　"가능하면 대문자로 써 주세요! 제가 문맹이거든요!"

그리고 이어지는 웃음소리.

쩌렁쩌렁 울리는, 그러나 어쩐지 맛깔스러운.

"씨발, 필루…… 씨발!"

(＊작가는 이 장면에서 자신의 소설 『함께 있을 수 있다면』의 주인공들을 깜짝 등장시켰다. 샤를르와 클레르가 점심을 먹은 곳은 프랑크와 필리베르가 경영하는 레스토랑, 벽에 걸린 그림은 카미유의 작품.)


샤를르가 누이동생을 바라보았다.

"네 말이 맞아. 정말 독특한 곳이야……"

두 사람의 잔을 채우고 샴페인 병을 옆 테이블로 넘겼다.

"믿기지 않아, 사실 그 사람은 남자다운 면이 없을 줄 알았어……"

"아! 하여간 여자들이란…… 여자들은 남자가 좀 친절하다 싶으면 당장에 거세를 해 버리지."

"이거 왜 이래?" 그녀가 휘파람 소리를 내고는 샴페인을 한 모금 마셨다.

"오빠의 경우만 해도…… 오빠는 내가 아는 남자들 중에 제일로 친절한 사람인데……"

"그런데?"

"아니. 아무것도 아냐…… 그러니까, 오빠는 음…… 엄청나게 화려한 여자랑 살고 있잖아……"

"……"

"미안. 미안해. 실없는 소리를 했어."

"클레르, 나 나왔어……"

"어디에서?"

"집에서."

"서어어얼마아……?" 그녀가 깔깔 웃었다.

"정말이야……" 그의 목소리가 서글펐다.

"건배!"

그가 아무 반응을 보이지 않자 조용히 물었다.

"불행해?"

"아직은."

"그럼 마틸드는?"

"모르겠어…… 나랑 같이 살고 싶다고는 하는데……"

"오빤 지금 어디서 지내는데?"

"카름 가(街) 근처……"

"그럴 줄 알았어……"

"내가 집을 나올 줄을?"

"아니. 마틸드가 오빠를 따라올 거라는 걸……"

"어떻게?"

"사춘기 애들은 푸근한 사람을 좋아하니까. 그 나이에는 바보짓을 해도 너그럽게 봐 줄 사람이 필요한 거니까…… 그런데, 오빠처럼 바쁜 사람이 어떻게 아이랑 단둘이 살지?"

"모르겠어…… 어떻게든 해 볼 생각이긴 한데……"

"사는 방식을 바꿔야 할 거야……"

"잘 됐지 뭐. 안 그래도 피곤한 참이었거든…… 시차 때문에 그런 줄 알았는데 그게 아니더라고. 그게…… 네가 방금 말한 것처럼…… 너그러운 사람이 그리웠나봐……"

"이제 무슨 소리래…… 언제부터?"

"한 달 전부터."

"알렉시스를 다시 만나고 난 다음부터?"

샤를르가 빙그레 웃었다. 요 영악한 것……

"맞아……"

클레르가 메뉴판으로 얼굴을 가리더니 작은 소리로 외쳤다.

"아누크, 고마워요!"

그는 아무 대답도 하지 않았다. 여전히 웃고만 있었다.

"어, 어, 오빠……" 그녀가 그를 빤히 쳐다보며 말했다. "누굴 만난 거로구나……"

"아냐……"

"거짓말. 얼굴이 빨개졌는걸."

"샴페인 때문에 그런 거야."

"아, 그러셔? 그 샴페인은 어떻게 생겼는데? 금발인가?"

"따뜻한 호박색……"

"좋아, 좋아…… 잠깐만…… 우리 주문부터 하자. 안 그랬다간 저 크로마뇽인한테 혼이 날 테니까, 그러고 나서……" 손목시계를 들여다보았다. "오빠를 유도 심문할 시간이 세 시간 정도 있어…… 뭐 먹을래? 바람둥이가 즐겨먹는 아티초크? 아님 하트모양 송아지 고기 스테이크?"

그가 안경을 꺼내어 쓰고는 메뉴판을 읽었다.

"그런 게 어디에 있어?"

"내 바로 앞에." 그녀가 깔깔 웃었다.

"클레르?"

"으응?"

"법정에서 너랑 맞붙는 상대방은 널 어떻게 견디나 몰라."

"엄마, 엄마, 하면서 울던데…… 자, 난 골랐어. 그런데, 대체 누구야?"

"나도 몰라……"

"어어, 이거 왜 이래…… 제발 그런 식으로 나오지 마."

"좋아, 클레르. 다 말해 줄 테니까, 네가 한 번 판단해 봐, 넌 영리하잖아……"

"그 여자, 혹시 돌연변이야?"

그가 고개를 가로저었다.

"그 여자한테 뭐 특별한 거라도 있어?"

"라마."

"?!?"

"라마 한 마리, 지붕 3천 평방미터, 강 한 개, 아이 다섯, 고양이 열 마리, 개 여섯 마리, 말 세 마리, 당나귀 한 마리, 닭, 오리는 좀 많고, 염소 한 마리, 제비도 좀 많고, 상처도 많고, 반지 한 개, 채찍 몇 개, 유골함, 화덕 네 개 달린 오븐, 절단기 한 대, 분쇄기 한 대, 18세기 마구간, 다 무너져가는 목조건물, 두 나라 말, 장미꽃 수백 송이, 그리고 섬세한 눈길."

"그게 다 무슨 소리야?" 그녀가 눈을 휘둥그레 뜨고 물었다.

"이런! 너도 나만큼이나 꽉 막혔구나, 여태껏 모르고 있었어……"

"그 여자 이름이 뭔데?"

"케이트."

그가 주문서를 써서 곰 소굴 앞에 가져다 놓았다.

"그런데…… 그 여자, 예뻐?"

"방금 말했잖아……"

★★★

테이블로 돌아온 샤를르는 이야기를 시작했다.

쓰레기장 맞은편의 묘지, 비석에 뿌린 스프레이, 실비, 주사기, 박제 비둘기, 포르 르와얄 대로에서 당한 교통사고, 알렉시스의 공허한 눈빛, 꿈도 음악도 없는 그의 저당잡힌 삶, 모닥불가의 그림자, 아누크를 쏙 빼닮은 아이, 깡통 무너뜨리기, 하늘 색깔, 경관의 목소리, 석양의 집, 그곳의 겨울, 케이트의 목덜미, 그녀의 얼굴, 손, 웃음, 쉴새없이 물어뜯는 그녀의 입술, 그들의 그림자, 뉴욕, 토마스 하디 단편의 마지막 문장, 등이 배기는 잠자리, 저녁마다 다시 세어보는 쿠키.

클레르는 음식에 손도 대지 않은 채 이야기를 들었다.
"다 식겠다."
"알아. 하지만 오빠는 어떻고. 그렇게 쿠키를 만지작거리고만 있으면, 다 말라비틀어지고 말 거야……"
"그럼 내가 어떻게 해야 되는데?"
"현장으로 가야지."
"거기가 어디라고……"

그녀는 잔을 단숨에 비우더니 오늘 점심값은 자기가 내기로 했었다면서 메뉴판에서 가격을 확인한 다음 테이블 위에 돈을 놓아두었다.
"이제 가야겠어……"
"벌써?"
"기차표를 안 가지고 왔어……"

"왜 이쪽으로 가는 거야?"
"오빠네 집으로 가려고."

"차는 어쩌려고?"
"집에 가서 여행 가방이랑 스케치북을 챙겨가지고 뒷좌석에 실어. 그럼 차 열쇠를 넘겨줄게……"
"뭐?"
"오빤 너무 늦었어. 당장 움직여야 해. 아누크와의 관계 같은 걸 다시 시작하지는 말아…… 오빠는…… 너무 늦었다고. 알아들어?"
"……"
"나도 오빠가 케이트와 꼭 잘 되리라는 확신이 있는 건 아냐, 하지만…… 오빠가 나보고 그리스에 함께 가자고 했던 것, 기억나?"
"그래."
"그러니까…… 이번엔 내 차례야……"
그는 여행 가방을 챙겨 차에 싣고 기차 좌석까지 따라 올라가 누이동생을 배웅했다.
"그러는 넌?"
"나?"
"네 연애담은 하나도 못 들었어……"
대답 대신 그녀는 얼굴을 살짝 찌푸려보였다.

"너무 멀어." 그가 말했다.
"뭐가?"
"모두가……"
"그래. 맞아. 로랑스 곁으로 돌아가서 아누크를 위해 촛불이나 켜시지. 필립 뒤치디끼리나 하면서 지섭다고 도망갈 때까지 마틸드나 보살피라고. 그게 훨씬 덜 피곤할 테니까."
그의 볼에 간단히 입을 맞추고 한 마디를 덧붙였다.

"참, 비둘기들한테 빵조각도 주셔야지……"
그리고 뒤 한번 돌아보지 않고 사라져버렸다.

샤를르는 '늙은 캠핑족' 이라는 이름의 캠핑 전문점에 들렀다가 사무소로 갔다. 차 트렁크에 책과 서류를 챙겨 넣고 컴퓨터와 스탠드를 끄고 마크에게 긴 메모를 남겼다. 언제 돌아올지는 모르겠다, 휴대폰 연결이 잘 되지 않을 것이다, 내가 전화를 하겠다, 그리고 휴가 즐겁게 보내라.
그리고 차를 돌려 앙주 가(街)로 갔다. 거기에 가면 그것을 파는 가게가 틀림없이 있을 거라 확신하며……

# 9

혼자 영화를 찍었다. 500km 동안 계속된 예고편. 예고편이 긴 이유는 첫 장면의 버전이 너무나 다양해서.

첫 장면은 샤바다바다— 영화 〈남과 여〉의 저 유명한 장면처럼 아름다웠다. 그가 등장한다. 그녀가 뒤로 돈다. 그가 웃는다. 그녀가 놀란다. 그가 양 팔을 벌린다. 그녀가 그의 품으로 뛰어든다. 그가 그녀의 머리에 코를 파묻는다. 그녀는 그의 목에 얼굴을 묻는다. 그가 말한다. 당신 없이는 못 살겠어요. 그녀는 너무 감동한 나머지 대답을 하지 못한다. 그가 그녀를 번쩍 안아 올린다. 그녀가 웃는다. 그가 그녀를 안고…… 어……

됐다, 이미 첫 장면은 끝났다. 두 번째 장면에는 조연들이 무척 많이 등장해야 할 것 같았다……

500km, 이 정도면 영화 한 편 길이였다…… 모든 상황을 예측해보았다. 물론 예정대로 되는 일은 하나도 없었다.

다리를 건널 땐 거의 밤 열 시가 다 되어갔다. 정원에서부터 웃음소리와 포크 나이프 부딪치는 소리가 들려왔다. 촛불을 따라갔더니, 지난 번 목장에서 그랬던 것처럼, 그를 향한 여러 얼굴들과 마주하게 되었다. 그 중에 그녀가 있었다.

낯선 어른들의 얼굴과 그림자. 젠장…… 필름을 되감아야 했다……

야신이 그에게로 달려왔다. 아이에게 뽀뽀를 해주기 위해 몸을 굽히며 그녀가 자리에서 일어서는 것을 보았다.

그녀는 그가 기억하고 있는 모습 그대로 아름다웠다.

"뜻밖이네요." 그녀가 말했다.

"제가 방해가 되는 건 아닙니까?"

(이런! 무슨 대사가 이 모양이냐! 감정은 또 그게 뭐고! 열정이 없어, 열정이!)

"아뇨, 천만에요…… 미국 친구들이 며칠 묵으러 왔어요…… 이리로 오세요…… 소개해 드릴게요……"

컷! 저 말 많은 사람들 좀 데리고 나가! 이 장면에 전혀 상관없는 인물들이잖아!

"고맙습니다……"

"그런데 뭘 가져오신 거예요?" 그가 팔에 끼고 있는 짐을 가리키며 그녀가 물었다.

"침낭요……"

샤를르 발랑다 감독 영화의 예고편에서처럼, 그녀가 어둠 속에서 미소를 지으며 고개를 숙이더니 그의 등에 손을 대고 길을 안내했다. 그녀의 목덜미가 보였다.

본능적으로, 우리의 남자주인공은 걸음을 늦추었다.

관객들은 눈치채지 못했을 테지만, 그 손바닥, 전원의 제물 반지가 끼워진 손가락을 포함한 다섯 개의 손가락이 약간 벌어진 채, 미지근한 면 셔츠 하나를 사이에 두고 그의 허리 바로 윗부분에 닿아 있는 그 느낌은…… 뭔가 특별한 것이었다……

식탁 맨 끝자리에 앉아 포도주 잔과 접시와 포크 나이프와 빵과 냅킨을 건네받고 하이! 그리고 나이스 투 미트 유, 라는 인사와 아이들의 뽀뽀를 받았다. 개들이 다가와 코를 문지르고 네드라가 살짝 웃어주었다. 사뮈엘은 잘 왔어 친구, 내 영역에 오줌을 싸도 좋아, 여긴 아주 넓어서 아무리 세게 갈겨도 다 차지할 수는 없어 라는 표정으로 고개를 까딱해 보였다. 꽃향기와 갓 벤 풀에서 나는 풋풋한 냄새와 반딧불이와 초승달이 어우러졌고 너무 빨리 흘러가 그로서는 하나도 이해할 수 없는 대화가 오갔고 왼쪽 뒷다리가 두더지 굴속으로 꺼져버린 의자와 어마어마하게 큰 조각의 서양 배 타르트와 새로 딴 포도주 병과 그의 접시와 다른 이들의 접시 사이를 점점이 연결하는 빵부스러기들과 그가 잘 이해하지 못한 주제에 대한 의견을 묻는 질문들이 있었다. '부시'라는 말이 자주 등장하는데…… 음…… 그건 사람 이름일까, 아니면 관목을 의미하는 걸까? 아무튼…… 둥둥 떠 있는 기분이 좋게만 느껴졌다.

그러나 세운 무릎을 감싸안은 케이트의 팔과 맨발, 너무나 밝은 표정, 프랑스어를 할 때와는 사뭇 다른 목소리, 포도주를 마실 때마다 마주치는 그녀의 눈길, 매번 그러니까…… 이게 꿈은 아니겠죠? 당신이 돌아오다니…… 라고 말하는 듯한.

여전히 아무 말 없이 그녀를 향해 마주 웃었다. 여자와 이렇게 많은 대화를 나누어 본 적이 없다는 느낌이 들었다.

커피를 마시고 독한 술로 커피를 내려보낸 다음 누군가의 흉내를 내며 깔깔 웃고 개인적인 농담을 주고받더니 가정교육을 잘 받은 사람들답게 상대방을 배려하는 의미에서 건축에 대한 이야기를 꺼냈다……

톰과 데비 부부는 코넬 대학 교수였고 더벅머리 꺽다리 켄은 연구원이라고 했다. 그가 케이트의 관심을 사기 위해 무던히도 노력을 하는 눈치가 보였다…… 하긴, 찬성이건 반대건 무조건 아첨조로 나오는 미국인들의 속마음을 꿰뚫어본다는 게 쉽지만은 않았다. 입만 열면 스위티, 아무한테나 달려들어 허그, 온갖 의미로 해석될 수 있는 김미어 키스……

신경 쓰지 않기로 했다. 난생 처음으로 샤를르는 그냥 흘러가는 대로 내버려두기로 했다.

흘러. 가는. 대로.

자기에게 그런 도박을 할 수 있을 깜냥이 있었는지조차 알지 못하던 그였는데……

그는 휴가 중이었다. 기분이 좋았고 취기도 약간 돌았다. 각설탕으로 네드라가 맥주병 마개에 모아다 준 하루살이들을 위한 사원을 만들었다. 적당한 때에 예스, 혹은 물론이죠, 라고 대답했고 기분이 내키면 노우라고 대답해가며 칼끝으로 기둥머리에 이오니아식 주두를 조각했다.

이런 식으로라면 그의 합동 구획 정리 지구, 지구 정비 계획, 지역 도시계획, 토지 점유 계획도 곧 해결되리라……

죽은 벌레들을 위한 사원을 옆에 둔 채 라이벌을 흘끔 흘끔 훔쳐보았다.

저 나이에도 머리를 저렇게 길게 기르다니, 저건…… 거의 감동적이다.

게다가 팔에는 굵은 팔찌를 절렁이고 있었다. 그리고 그의 이름으로 말하자면, 저 유명한 바비 인형의 남자친구가 바로 켄이 아니던가.

캠핑카만 있으면 되겠군……

이봐, 털북숭이 꺽다리, 하와이언 셔츠를 입었으면 다냐?

내 침낭이 이래 봬도 말이야, 속은 오리털이고 겉에는 테플론 가공을 한 물건 중의 물건이라고.

이봐, 삼손, 알아들었어?

테플론 가공이거든, 테플론.

그게 무슨 뜻이냐, 밤중에 혹시 불의의 사고가 일어난다 해도, 속까지 젖을 염려는 없다는 말이지……


히말라야, 그러나 라이트.

그것이 그의 여름 계획이었다.


샤를르가 촛불을 손에 들고 마구간으로 자러 가려고 할 때, 케이트는 그에게 소……소파에서 주무셔도 되는데, 라며 완벽한 집주인의 모습을 보여주려 애썼다……

그러나 푸…… 예의를 차리기에는 너무나 많은 것을 알아버린 두 사람.


"에이," 그녀가 불쑥 말했다. "불을 내지는 마세요, 알았죠?"


샤를르는 한 손을 번쩍 들어보였다. 그렇게까지 멍청하진 않다는 의미에서.

"알겠습니다, 베이비, 잘 알겠습니다요." 자갈길을 걸으며 그가 껄껄 웃었다.

아아, 그랬다. 그는 거나하게 취해 있었다……

마구간 앞에 서서 손잡이를 찾느라 한참 동안 끙끙거렸다. 마구간 안에 야영지를 확보한 그는 죽은 파리를 스프링 삼아 침낭을 깔고 잠을 청했다.

너무나도 멋진 밤이었다……

# 10

이번에는 켄이 크루아상을 사러 갔다. 당연한 얘기……
그것도 뜀박질로……
멋진 나이키 조깅화를 신고 반팔셔츠 소매를 어깨까지 말아 올린 채 꽁지머리를 휘날리며.

좋았어, 좋았어……
샤를르는 헛기침을 하고 시나리오 수정작업에 착수했다.
차라리 저치가 멍청하기라도 했다면…… 하지만 천만에. 켄은 최고의 교육을 받은 수재 중의 수재였다. 미워할 수 없는 친구. 정열이 넘치고, 주변 사람들마저도 들뜨게 만드는 신기한 인물. 그건 그의 친구들도 마찬가지였다.
집안에 활기가 돌았다. 그가 분위기를 주도하며 하이파이브를 유행시키고 동료애를 키워나갔다. 잼버리 잼버리, 보이스카우트를 창시한 베이든 파월의 정신에 입각하여. 애석하기도 했지만 다행이기도 했다. 아이들은 의지할 수 있는 어른들이 갑자기 많아졌다는 사실에 행복해했고 케이트는 아이들이 행복해하는 모습에 행복해했다.
그녀가 그렇게 아름다워 보인 적이 없었다…… 숙취로 엉망이 된 얼굴을 선글라스로 가리고 있는 오늘 아침조차도……

고독의 가치를 너무나도 잘 알고 있는, 그리고 마침내 무장을 해제한 여자에게서 엿볼 수 있는 아름다움이었다.

나름대로 며칠간의 휴가를 갖기로 작정했는지, 그녀는 차츰 손님들로부터 거리를 두었다. 뭔가를 하자고 먼저 나서는 경우가 절대 없었고 그들에게 집과 아이들과 동물을 맡겼다. 르네 영감님에게 오늘의 날씨를 묻는 일도, 식사 시간을 챙기는 일도 다 미루어버렸다.

선탠을 하며 책을 읽고 낮잠을 잤다. 건성으로나마 그들을 도와주는 척하지도 않았다.

그뿐이 아니었다…… 이제는 샤를르의 팔에, 등에 손을 얹지 않았다. 입꼬리에 맺히는 미소도 의미심장한 눈길도 더 이상은 없었다. 짚단 속에 숨긴 보물도 임무를 꿈꾸는 일도.

처음에는 눈에 띄게 차가운 그녀의 태도 때문에 괴로웠다. 들뜬 주변의 분위기도 견디기 어려웠다.

그래, 이런 거였나? 예상치도 못했건만, 무리 속의 일원으로 남아야 하는 거였나? 그녀는 이제 샤를르의 이름을 불러주지 않았다. 눈에 보이지 않는 사람인 양 '여러분' 속에 하나로 넣어버렸다.

젠장.

혹시 저 머저리 꺽다리에게 반하기라도 한 건가? 그런 것 같지도 않았다……

그녀는 자신에게 집중하고 있었다.

정신없이 놀기도 하고 실없는 소리를 늘어놓기도 하고 아이들과 함께 사라지기도 하고 그 아이들과 고래고래 소리를 지르며 다투기도 하고.

아이들 수준으로. 딱 그 수준으로.

날이 갈수록 더 길어져가는 식사시간에는 여남은 개의 토스트를 식탁으로 날라다주며 어른들이 있어서 얼마나 좋은지 모르겠다고 했다. 그것은 아마도 후견인의 자리에서 잠시 물러날 수 있다는 의미였으리라.

완벽하게 행복해하고 있었다.

샤를르는 워낙에 눈치가 없었다. 그래서, 브래지어 끈 아래로 잘려나간 날개자국을 감춘 그녀가 그에게 예전과 같은 관심을 보여주지 않는다는 이유로…… 뭐라고 해야 하나…… 위축되었다? 혹은 불편해한다? 아무튼 그런 느낌을 받을 수도 있었다. 아니 어쩌면 그런 느낌에 이미 사로잡혀 있었는지도 몰랐다.

하지만 됐다. 그 이유를 일부러 들춰보지는 않기로 했다…… 이미 지난번에 적잖은 충격을 받았다. 그의 심장을 보호해 주던 뼈에 간 금도 겨우 붙어가고 있었다. 지금은 함부로 팔을 벌릴 때가 아니었다.

천만에. 그녀는 성녀가 아니었다…… 술깨나 좋아하는 천하태평 게으름뱅이에 마리화나(그러니까, 그녀가 말하던 '부자들을 편안하게 해주는 약용식물'이란 것이 바로……)를 재배하는 여자, 식사시간을 알리는 종소리조차 듣지 못하는 여자였다!

도덕성이 결여된 여자.

어이쿠.

그녀의 이런 점들을 비난하거나 시시콜콜 잘잘못을 따져야 할까.

참시, 달팽이 씨, 참으라고……

그런데 그는 대체 뭘 하고 있기에, 때늦은 사춘기라도 겪는 양 이런 시답잖은 생각에 골몰할 수 있는 것일까?
 파리 시체를 빗자루로 쓸어 담고 있는 중.

 혼자가 아니었다. 야신과 아리엣이 별이 잔뜩 그려진 국기를 쓰는 나라에서 온 손님들에게 방을 내주고 대신 샤를르와 함께 유배생활을 하겠다고 했다.
 거의 두 시간 동안 함께 지푸라기들을 치우고 거미줄을 제거한 다음에는 마치 문화재 보호국의 직원들처럼 헛간마다 돌아다니며 검사를 하고 수리를 했다. 탁자, 의자, 거울에 새로 칠을 입히고 흰개미나 하늘소가 갉아먹은 가구들도 손을 보았다. (사실, 그냥 벌레가 갉아먹었다라고 할 수도 있었으나 굳이 곤충의 이름을 들먹인 것은 흥분한 야신의 따끔한 지적 때문. 구멍은 하늘소가 낸 거고, 푸석푸석하게 갈라지면서 바스러지는 건 흰개미의 흔적이라나.)
 정리가 끝난 후에는 간단한 집들이 파티를 열었다. 수리는 기본, 정리 정돈에 락스로 살균 소독까지. 수도승의 방처럼 간소한 방안에 들여놓은 침대 발치에는 서류들이 쌓여 있었고, 벽감에는 그가 손수 제작한 책상이 놓여 있었으며 그 책상 위에는 책 더미와 노트북 컴퓨터까지 올려져 있었다. 방안을 둘러보던 케이트는 잠시 말을 잊은 채 가만히 서 있었다.
 "여기 일하러 오신 건가요?" 그녀가 머뭇거리며 물었다.
 "아뇨. 당신을 감동시키려고 차려놓은 것뿐입니다……"
 "그래요?"
 다른 식구들은 다들 아리엣의 방을 구경하러 몰려갔다.
 "당신에게 하고 싶은 말이 있어요." 그녀는 창가에 몸을 기대고 바깥을 내다보았다.

"말씀하세요."

"전…… 당신은…… 아니…… 만약에 제가……"

샤를르는 까칠해진 손으로 주먹을 꽉 쥐었다.

"아니에요. 아무것도." 그녀가 뒤로 돌아섰다. "여기, 참 아늑하네요."

그가 여기에 온 지 사흘 만에 케이트와 단둘이 있게 되었다. 친절한 보이스카우트 대원들이 이 분만 시간을 더 주기를 바랐다.

"케이트…… 말해 봐요……"

"저도…… 저도 야신과 똑같아요." 그녀가 거칠게 한 마디를 내뱉었다.

"……"

"어떻게 표현해야 하는 건지 잘 모르겠지만, 저는…… 또다시 아파하고 싶지 않아요, 앞으로는 절대, 나를 고통에 빠뜨릴 수 있는 모험은 하지 않겠어요."

"……"

"이해하시겠어요?"

"……"

"나탈리가 해준 이야기가 있어요…… 입양된 아이들은 거의 다 환경의 변화를 감지한 다음부터 갑자기 밉살스럽게 굴면서 사고를 치기 시작한대요. 그 아이들이 왜 그러는 줄 아세요? 살아남으려는 본능 때문이지요. 새로운 이별에 대해 정신적으로, 또 육체적으로 준비를 하는 거예요. 자기가 새 가족을 떠나는 것이 다행스러운 일로 비추어지게끔. 애초부터 자기를 사랑하지 말라고 …… 다시…… 또다시 그 조잡한 덫에 걸려들까 봐서……"

그녀의 손가락이 거울 모서리를 따라 움직였다.

"저도 그 애들과 똑같다는 걸 알아두세요. 더 이상 고통받고 싶지 않아요."

샤를르는 한 마디 말을 찾고 있었다. 한 마디, 두 마디, 세 마디. 더, 더, 입 밖으로 다 꺼내지는 못할지라도, 제발, 적절한 말이 떠올라주길……

"역시 아무 말도 하지 않으시네요." 그녀가 한숨을 쉬었다.

그리고 방을 나섰다.

"저는 당신에 대해 아는 것이 하나도 없어요. 당신이 누군지, 여기에 왜 돌아왔는지, 그런 것들조차 모르고 있어요. 하지만 당신이 꼭 알아두실 게 있어요. 이 집엔 원래 오가는 사람들이 많아요, 그래요, 신발닦개에도 '환영합니다'라는 문구가 새겨져 있죠, 하지만……"

"하지만?"

"당신이 날 버릴 기회를 허락해 주지는 않겠어요……"

그래, 당신이 이겼어. KO패를 인정하고 대결을 마무리지으리라 마음먹으며 문지방을 넘었다.

"좀더 진지한 이야기로 넘어가서, 여기에 꼭 필요한 존재가 있는데, 혹시 아시겠어요?"

대답할 힘조차 없어 보이는 그를 보고 그녀가 대신 대답했다.

"마틸드가 있어야 해요."

마우스피스를 뱉었다. 부러진 이빨 몇 개가 같이 튀어나왔다. 항복. 미소짓는 그녀를 마주 보고 힘없이 웃어보이고는 함께 식탁으로 갔다.

그리고 깔깔 웃으며 포도주 잔을 들어 건배를 하고 다른 이들과 농담을 주고받는 그녀를 보며 결론을 내렸다. 젠장, 그녀가 날 겁탈하는 일은 절대 없겠군……

뜬금없이 실없는 농담이 생각났다.

"달팽이가 빨리 못 가는 이유를 아는 사람?"

"어……"

"달팽이 침이 끈적끈적하니까."

그러니까 이제 침은 그만.

# 11

그 다음에 이어진 것은 행복이라는 것인데 그 행복이라는 것이 아주 난감한 것이다.
이야기로 쓰면 어딘가 어색한 느낌이 든다.
주관적인 느낌은 아니라고 본다.
다들 그렇게 말하니까.

행복은 싱겁고, 부자연스럽고, 따분하고, 감당하기 힘든 것.
행복은 독자들을 지루하게 만든다.
그것 때문에 사랑이 설 자리를 잃는다.

판단력이 영 부족한 작가는 이럴 때 생략법을 시도한다.
음, 그 생각을 해 보지 않은 건 아니다. 일단, 라틴 시어 운율 사전을 찾아본다.
　생략법 : 작품 구성의 완성을 위해서는 필수적이나, 없어도 의미가 모호하거나 불확실하지 않은 문구를 생략하는 수사법.

★★★

작품 구성의 완성을 위해 필수적인 문구라면서, 그걸 왜, 왜 생략해? 안 그래도 할 이야기가 많은데.
그런 기쁨을 왜 포기하라는 거냐고?
문체 때문에? 문체를 살리겠다고 "석양의 집에서 보낸 3주는 그의 인생에서 가장 행복한 시간이었다."라고 쓰고 그를 파리로 돌려보내라?
맞는 말이긴 하다. 그의. 인생에서. 가장. 행복한. 이라는 네 마디 단어로 끝을 맺으면 그 어떤 모호함도 불확실함도 남지 않을 테니까……
"그는 매우 행복하게 살았고 자식도 많이 낳았다." 아예 이렇게 써버려?

하지만 지금 작가는 씩씩거리며 거친 콧김을 내뿜고 있는 중.
택시 기사, 가족이 모두 모인 저녁식사, 익명의 편지, 시차, 불면의 밤, 패주, 낙방한 설계경기, 진흙탕 같은 현장, 바륨/포타슘/모르핀 주사, 공동묘지, 시체 공시장, 유골, 문 닫은 술집, 폐허가 된 수도원, 단념, 배신, 이별, 약물과다, 낙태, 타박상, 밤마다 세어보던 쿠키, 법원의 판결, 깐깐한 한국인 바이어들까지 다 겪었는데, 이제 와서 그게 무슨 소리.
기분전환용 풀 연기를 마셔……
아니, 실례. 신선한 공기를 마셔본다.

자, 이렇게 만남?
라틴 시어 운율 사전을 다시 들여다본다. 이번엔 좀더 앞쪽.
　그 외의 정의 : *1. 생략적인 서사의 경우, 지루한 진행을 피하기*

위해 몇 가지 장면에 가장 기본적인 내용을 함축하면서도 사건의 통일성을 엄밀히 유지해야 한다.

그럼, 몇 장면을 더 넣어도 된다는 거로군……
감사.
프랑스 학술원은 너무나도 친절해.

하지만 어떤 장면을?
모든 것이 이야기가 될 수 있기 때문에 심각하게 고민 중……
결국, 이 책임을 벗어버리기로 결심한다. 지루하지 않은 양반과 부담을 나누어 가지기로.
무슨 소리냐, 우리의 주인공의 감성에 맡겨보기로 하겠다는 뜻.
그가 진가를 발휘해주기를 기대해 본다……

스케치북을 연다.
로마의 원형경기장이나 성 베드로 광장의 열주나 폴 앙드뢰가 설계한 베이징 오페라 하우스는 일단 생략하겠지만 다른 장면들만큼은 빼먹지 않고 그려주겠다고 한다.

왼쪽 페이지에는 철물점에서 받아온 영수증을 붙여놓았다. 켄, 사뮈엘, 그리고 그가 어제 그곳에 다녀왔다. 영수증은 항상 잘 간수해야 한다. 뭐, 다들 아는 사실이지만.
제대로 사온 게 없다. 나사 굵기도, 못 길이도 다 안 맞다…… 집에 와 보면 늘 뭔가가 빠져 있고 사포도 모자랐다. 여자아이들은 손에 가시가 박혔다고 투덜거렸다……

맞은편 페이지에는 설명과 수치. 불가능은 없다. 애들 장난이다.
사실, 아이들이 재미있게 놀라고 만드는 것이긴 했다. 그리고 케이트를 위해.
절대로 깅에서 같이 수영을 하지 않는 케이트를 위해……
"진흙이 너무 많아서……" 그녀는 얼굴을 찌푸리며 이런 핑계를 댔다.

샤를르가 대장, 켄은 행동대원. 톰은 차가운 맥주를 마시며 작은 배의 노를 저었다.

세 남자는 멋진 선착장을 완성했다.

그리고 말뚝 위에는 다이빙대까지.

근처 쓰레기장에서 커다란 드럼통을 수십 개 실어 와서는 겉에 소나무 판자를 댔다.

샤를르는 계단과 수건을 말릴 수 있는 '러시아 저택' 식 난간까지 만들어놓고는 그 위에 팔꿈치를 괸 채 끝날 줄 모르는 다이빙 대회를 구경했다……

한밤중에 아이디어 한 개가 떠올랐다. 다음날, 사뮈엘과 함께 나무에 올라가 강을 가로지르는 로프를 매달았다.

세 번째 페이지에는 그 로프 그림이 그려져 있다.

고물 자전거 핸들로 만든 이상한 손잡이가 설치되어 있는 로프는 티롤리안 브릿지, 즉 도강훈련용 로프라고 할 수 있는 장치.

철물점에 가서 튼튼한 사다리 두 개를 사왔다. 이번이 벌써 세 번째(!) 철물점행. 사다리를 설치해 두고 나서 '어른들'끼리 숲속에 자리를 깔고 나른한 한때를 즐겼다. 꽥꽥 소리를 지르며 머리 위를 지나가는 명주 원숭이들을 구경하면서. 그러다가 아이들과 함께 물 속에 첨벙 뛰어들었다.

"아이들이 많네요. 몇 명이나 온 겁니까?"

"동네 아이들이 다 몰려왔어요." 케이트가 빙그레 웃었다.

뤼카와 마리옹의 모습도 눈에 띄었다……

수영을 할 줄 모르는 아이들은 풀이 죽었다.

그러나 오래 가지는 않았다.

아이들의 풀죽은 모습을 견디지 못하는 케이트가 밧줄을 찾아가지고 왔다.

이렇게 수영을 할 줄 모르는 아이들 중에 반은 무사할 수 있었다. 나머지 물에 빠진 아이들은 둑으로 끌어올려 정신을 차리게 하고 들이킨 물을 뱉어내도록 시킨 다음 상태를 보아 다시 물로 돌려보냈다.

개들이 컹컹 짖었다. 라마는 새김질을 하고 물거미는 도망을 갔다.
수영복이 없는 아이들은 팬티바람으로 물에 뛰어들었고 물에 젖은 팬티로는 속이 훤히 비쳤다.
수줍음을 많이 타는 아이들은 자전거 페달을 힘껏 밟아 집으로 갔다가 짐칸에 수영복과 침낭을 매달고 돌아왔다.
데비가 간식을 책임졌다. 빵이 잘 구워지는 아가 오븐이 너무 좋다며.

다음 페이지의 그림에는 하늘과 강 사이, 고물 자전거 핸들에 매달린 어린 타잔들이 등장했다. 두 손으로, 한 손으로, 두 손가락으로, 한 손가락으로, 장대에 묶인 돼지놀이를 할 때처럼 엉덩이를 아래로 늘어뜨린 자세, 혹은 줄에 올라탄 자세로. 언제까지나, 영원히.

타잔 그림 외에도 작은 배를 타고 물에 빠진 아이들을 건져 올리는 톰, 강둑에 한 줄로 늘어놓은 작은 샌들들과 바구니들, 포플러나무 가지 사이를 지나 물결 위로 떨어져 반짝거리는 햇빛, 계단 맨 아랫단에 앉아 동생에게 케이크를 내밀고 있는 마리옹, 마리옹의 뒤에서 곧 등을 밀 자세로 낄낄거리는 덩치 큰 동네 남자아이의 모습이 그려져 있었다.

아이의 옆모습은 아누크를 위해, 케이트의 옆모습은 자신을 위해.

재빠른 스케치. 오랫동안 공들여 그릴 엄두는 내지 못했다.

사회복지사가 '위험하지 않나요?'를 남발하며 달려올지도 모르니까.

알렉시스가 아이들을 데리러 왔다.
"샤를르?! 네가 왜 여기에 있어?"
"엔지니어 파견근무라고 해 둘까……"

"얼마…… 얼마나 있을 건데?"

"그야 상황에 따라 다르지…… 강 밑에서 석유가 나오면 좀 길게 있을 거고……"

"그럼 언제 우리 집에 저녁 먹으러 와!"

그러나 샤를르는, 우리의 친절한 샤를르는 싫다고 대답했다.

그러고 싶지 않다고.

알렉시스는 아이들을 데리고 가면서 괜한 분풀이를 했다. 허벅지가 햇볕에 타서 얼룩덜룩하잖니. 엄마가 보면 난리나겠다. 수영복에 구멍이 났잖아? 양말은 또 어디에다가 벗어던진 거야? 어쩌고저쩌고. 샤를르는 뒤로 돌아서다가 케이트가 둘의 대화를 듣고 있었다는 사실을 깨달았다.

아직 당신 이야기를 하지 않았어요……라고 그녀의 눈이 말하고 있었다.

"제 가방 안에 포트 엘렌이 한 병 있습니다." 그가 대답했다.

"정말요?"

"예스."

미소를 지으며 선글라스를 다시 썼다.

아직까지도 물에 들어가지 않았고 수영복은 더더군다나 입지 않았다.

옆이 길게 찢어진, 무릎까지 내려오는 면 셔츠를 입었다. 역시 단추가 몇 개 없었다…… 샤를르는 그녀를 그리지 않았다. 그녀의 뒤에 있는 것들을 그렸다. 그녀의 광채를 감당할 수가 없어서. 그리하여 이

페이지의 그림들은 거의 다 그녀의 신체 일부를 표현하고 있다. 잘 보면 어딘가에 그녀의 세운 무릎, 동그란 어깨, 혹은 난간에 올려놓은 손이 그려져 있다……

그럼, 이 잘생긴 남자는? 그건 켄이 아니다. 1900년대에 살고 있는 그녀의 남자친구지(*반지에 새겨진 조각상을 의미함).

다음 페이지는 찢겨져 있었다.

그 그림 역시 선착장과 티롤리안 브릿지 그림이었는데 좀더 깨끗하게 그려 놓았고 꼼꼼하게 번호를 매겨놓았더랬다.

야신이 찢어달라고 했다. 과학과 생활 주니어라는 잡지의 '발명품 공모' 란에 응모를 해야 한다면서.

"이것 좀 보세요……" 어느 날 저녁 아이가 그의 무릎 위에 올라앉으며 잡지를 펼쳤다.

"아, 안 돼." 사뮈엘이 비명을 질렀다. "그만 좀 해둬…… 얘가 벌써 이 년째 우리를 괴롭히고 있다니까요……"

매번 그렇듯이 무슨 소리인지 감을 잡지 못하는 샤를르를 위해 케이트가 끼어들었다.

"매달 잡지가 나오면 야신은 저 페이지를 펼쳐놓고 자기보다 멍청한 아이가 상금 1,000유로를 타갔다고 투덜거리거든요……"

"1,000유로란 말예요……" 야신이 안달을 했다. "그런데 상금을 탄 애들의 발명품은 정말 꽝이거든요…… 샤를르 아저씨, 이것 좀 읽어보세요. 아저씨 그림을 보내야만 해요." 그에게 잡지를 쥐어주었다. "독창적이면서도 쓸모가 많고, 재치 있으면서도 재미난 여러분의 발명품으로 상금에 도전해보세요. 응모하실 때는 도면과 자세한 설명서를 함께 보내셔야 합니다……" 아저씨가 그린 게 바로 이런 거 아니에요? 네? 어때요? 보내도 괜찮겠죠? 네? 네?"

이리하여 찢어낸 페이지는 편집부로 보내졌고 그 다음날부터 방학 끝날까지 야신과 하이더스는 우체부가 나타나기만 하면 쏜살같이 그를 맞으러 뛰어나갔다.

나머지 시간 동안은 거금의 상금을 어떻게 쓰면 좋을까라는 고민을 하며 보냈다……

"성형외과에 가서 멍멍이들 주름이나 당겨주지 그래!" 배알이 뒤틀린 아이들이 놀려댔다.

편지를 몇 줄 적어보았다……

사랑하는 마틸드, 나의 귀염둥이 아가씨, 내가 제일 아끼는 다운로드쟁이……

지금 어디에 있니? 뭘 하고 있니? 파도타기? 아니면 파도 타는 청년들과 재미있는 시간을 보내고 있니?

네 생각을 자주 한단다……

더 이상 쓰지 못했다. 식사종이 울렸다. 아이가 보고 싶은 마음에 녹초가 된 샤를르는 언덕 위로 올라갔다. 세상과 연결될 수 있는 유일한 장소. 까치발을 들고 팔을 하늘 높이 치켜든 채 서쪽으로 몸을 뒤틀었더니 겨우 위성에 연결이 되었다.

아이의 목소리가 들렸다. 그 애의 웃음소리도, 희미한 웅성거림도, 그리고 피냐 콜라다를 주문하는 소리도.

아이가 언제 합류할 거냐고 물었다. 그러나 샤를르의 애매한 대답을 끝까지 들어주지는 못했다. 사람들이 기다리고 있다고.

보고 싶다는 인사 끝에 덧붙인 한마디.

"엄마 바꿔줄까?"

샤를르는 들고 있던 팔을 내렸다.

'응급 통화만 가능합니다.' 액정화면에서 이런 문구가 깜박거렸다.

어떻게 아무것도 모르는 척할 수가 있지? 부모가 또 이혼을 했는데. 여름 동안 혼자 지내고 있다고 짐작하고 있을 텐데?

그날 저녁엔 술을 거의 입에 대지 않고 모닥불이 꺼지기 전에 천창이 있는 침실로 일찌감치 되돌아왔다.

아이에게 긴 편지를 썼다.

마틸드,

네가 하루 종일 듣고 있는 그 음악은……


잡지사에서 답변이 왔다.

순위에 들지 못했다. 독창적이지 않다나. 게다가 태어나 처음으로 자세한 도면을 제시하지 못했다는 평가를 들었다.

말의 발목, 말의 이마, 아래턱, 목으로 이어지는 협곡, 어깨 밑, 쇄골 상부의 움푹한 부분을 가리키는 단어들이 따로 있었다. 샤를르는 그런 표현들을 하나도 알지 못했지만 그의 말 크로키는 그 스케치북을 통틀어 가장 아름다운 그림이라고 할 수 있었다.

케이트는 옛 성의 흔적을 찾아 소풍을 나온 관광객들을 안내하느라 바빴고 그는 오전 내내 일을 했다.
배운 대로 점심을 해결해보리라 마음을 먹고 텃밭에서 서리한 미지근한 토마토에 치즈를 얹어먹었다. 그리고 케이트가 '정말 굉장한 건축학 개론'이라며 빌려준 책을 들고 숲 기슭을 따라 걸었다.
모리스 마테를링크가 쓴 『벌들의 삶』.

우울을 떨쳐버리기 위해 경치 좋은 곳을 찾아 자리를 잡았다.
사실 잠드는 시각이 점점 더 늦어지고 있었고 4% 경사지 문제를 해결하느라 골머리를 썩고 있었다.

그는 가족들에게 둘러싸인 가족 없는 남자였다. 나이는 마흔일곱, 내리막길에 접어든 인생……

이렇게 반을 살아왔단 말인가?

설마.

사실이라면? 하느님 맙소사……

그렇다면, 여기서 이렇게 빈둥거리고 있는 건, 그나마 남은 시간을 헛되게 쓰고 있는 것일까?

떠나야 할까?

어디로?

텅 빈 아파트, 굴뚝을 막아버린 벽난로 앞으로?

어떻게 이런 일이 가능한 걸까? 여태껏 얼마나 열심히 일해 왔는데, 일밖에 모르고 살았는데, 이 나이에 아무것도 남은 게 없다니?

코린의 말이 옳았다……

한 마리 들쥐처럼, 피리소리에 홀려 강가로 이끌려왔다.

그럼 이젠 어떻게 해야 하지?

누가 날 좀 붙잡아주었으면!

그렇게 해가 저물어갔다. 그녀는 바비 남자친구의 유혹을 거절하고, 그는 자신의 위치에 대해 고민을 하는 중에.

그리고 근질거리는 사타구니를 긁는 와중에……(진드기들의 소행)

나무에 등을 기댔다.

책의 첫 마디는 이랬다.

"나는 양봉이나 꿀벌의 사육에 관한 개론을 펼칠 의도로 이 책을 쓰는 것이 아니다." 페이지를 계속 넘겨보았다.

책의 내용은 뜻밖이었다. 배경은 한여름이었고 모든 인생사가 그곳에 모여 있었다. 삶, 죽음, 살아야 할 필요성, 죽어야 할 당위성, 충성, 학살, 광기, 희생, 도시의 건설, 젊은 여왕들, 꿀을 찾아 떠나는 비행, 수컷의 죽음, 그리고 천재적인 건축적 재능. 신비롭기 그지없는 꿀벌들의 육각형의 방은 너무나도 완벽해서, 천재소리를 듣는 온 세상의 건축가를 다 불러들여도, 그 육각형 구조물에서 무엇 하나 덧붙일 점을 찾아내지 못할 것이라고 책에는 씌어 있었다.

고개를 끄덕였다. 르네 영감님의 꿀벌통을 한 번 쳐다보고 책을 넘겨 마지막 문단을 읽었다.

"그리고 꿀벌의 혀와 입과 위에 꿀을 만들어야만 한다는 의무감이 각인되어 있듯이, 우리네 인간의 눈과 귀와 골수, 뇌엽, 그리고 온몸의 신경조직에는 우리가 이 지상으로부터 흡수하는 모든 것들을 특별한 에너지, 즉 우리가 사고, 지성, 각성, 이성, 영혼, 정신, 두뇌의 힘, 덕, 선, 정의, 지식이라 부르는 고유한 특성으로 전환시켜야 한다는 의무감이 새겨져 있다. 이렇게 여러 가지 이름으로 불리지만, 기실 이런 특성들의 근본은 하나다. 우리 몸의 모든 부분이 이런 특성을 위해 희생당한다. 이런 특성이 우위를 차지하면 우리의 근육, 건강, 사지의 활동, 신체 기능의 균형, 그리고 삶의 평정에 장애가 일어난다. 이런 상태가 되면 우리는 물질을 능가할 수 있는 경지에 도달한다. 불꽃, 열기, 빛, 생명, 더 나아가 생명보다도 더 예민한 본능, 그리고 인식할 수 없는 여러 힘들을. 인간이 생성되기도 전에 이 땅을 지배했던 이런 물질들은 새로운 특성에 눌려 그 빛을 잃는다.

그것이 우리를 어디로 인도하는지, 우리를 어떻게 하려는 것인지, 또 우리는 그것을 어떻게 하려는 것인지, 아무도 알지 못한다."

그렇다면…… 우리는 꽤 얌전하게 살고 있는 편이군……
실실 웃다가 옅은 잠이 들었다. 그의 근육과 민첩한 팔다리와 동물적인 기능의 조화를 망가뜨리는 데 꼭 필요하다는 그 이상한 진액을 자기도 만들어 보고 싶었다.
한심한 생각.

완전히 새로운 기분으로 잠에서 깨어났다. 몸집이 크고 못생긴 말 한 마리가 1미터도 떨어지지 않은 곳에서 풀을 뜯고 있었다. 기절할 것만 같았다. 심장이 꽉 죄어왔고 호흡이 멎을 것 같았다. 처음 경험해보는 발작이었다.

단 일 밀리미터도 움직일 수가 없었다. 굵은 땀방울이 한쪽 눈 위로 뚝 떨어지자 그 눈만 찔끔 감겼다. 몇 분이 지났을까. 슬그머니 스케치북을 들고 축축한 손바닥을 마른 풀 위에 문질렀다. 그리고 점을 하나 그렸다.

그가 젊은 직원들에게 끊임없이 되풀이했던 말이 생각났다. '자네들이 모르고 있는 것이 있어. 감당하기 힘든 과제를 맡거나 뭔가를 놓치고 싶지 않다면, 그림을 그려봐야 해. 솜씨가 없어도 좋고 대충 그려도 괜찮네. 뭔가를 그리려면 모든 움직임을 멈추고 대상을 관찰해야 하지. 그리고 관찰을 하다 보면, 자연히 대상을 이해하게 된다네……'

말의 발목, 말의 이마, 아래턱, 목으로 이어지는 협곡, 어깨 밑, 쇄골 상부의 움푹한 부분을 지칭하는 단어들을 알지는 못했지만 수채화로 그린 그림 아래에 동글동글한 글씨로 작게 설명을 달아놓았다. 서반 치서 뛰어본 아리엣이 그 위에 땀방울을 흘리는 바람에 그림이 죄다 번져버렸다.

"우와, 끝내준다! 아저씨 그림 너무 잘 그려요! 이거, 내가 가져도 되죠?"

이렇게 또 한 페이지가 찢겨나갔다.

다들 돌아올 동안 저녁을 준비하려고 시장을 보러 시내로 나왔다. 문명세계에 잠시 돌아온 틈을 이용해 메시지를 들었다.

마크가 이것저것 불평을 늘어놓고는 가능한 한 빨리 전화를 해달라고 했다. 어머니가 아들 하나 있다는 게 어쩜 그럴 수 있느냐면서 여름나기가 쉽지 않다는 하소연을 남겼다. 필립은 그의 소재가 궁금하다고, 소렌슨측과의 미팅 결과를 보고했다. 그리고 화가 나서 길길이 뛰는 클레르.

오빠가 내 차를 가지고 갔다는 건 기억하고 있는 거야?
언제 돌려줄 예정이서?
내가 다음 주에 폴네와 자크네 집에 가야 한다고 했잖아, 잊었어?
히치하이크를 하기엔 내 나이가 너무 많은 것 같지 않아?
왜 전화연결이 안 되는 거야?
연애사업이 너무 바쁘서서 다른 사람들은 생각도 안 나?
그렇게 좋아? 행복해?
전화 좀 해.

카페테라스에 앉아 백포도주 한 잔을 주문해놓고 네 명에게 차례로 전화를 했다.
우선 배은망덕한 아들을 용서하시라고. 마지막으로 사랑하는 누이동생. 그녀의 목소리를 들으니 좋았다.

자동차건은 기발한 작전으로 멋지게 처리했다.

나무주걱을 쪽 빨고 뚜껑을 덮었다. 콧노래를 흥얼거리며 상을 차렸다. 우리는 보았지, 화덕의 불이 솟구쳐 올랐다, 잠잠하던 화산이 폭발하는 것을(＊자크 브렐의 샹송 〈나를 떠나지 말아요〉의 일부를 인용). 그가 이러고 있다는 사실을 누가 믿어줄까. 멍멍이들에게 밥을 주고 닭들에게는 모이를 뿌려주었다. 장엄한 몸짓으로. (＊빅토르 위고의 시 「씨 뿌리는 계절 저녁에」에서 인용)

만약에 클레르가 이 모습을 본다면…… '이리 온, 착하지' 하며 멍멍이들을 먹이는, 혹은 신중하게 닭 모이를 뿌리는 그의 모습을……

시내에서 돌아오는 길에 이른바 '성(城)'의 목장에서 연습에 열중하고 있는 사뮈엘과 라몽을 보았다. 멍청한 당나귀 녀석은 동네 소년들과 마른 짚단 사이를 비집고 달아나려 했다.
그들이 모여 있는 곳으로 갔다. 마구간을 나누어 쓰고 있는 그 소년들에게 인사를 하며 울타리에 등을 기댔다. 요즘 들어 이들의 포커판에 심심치 않게 끼어들고 있었다.
벌써 95유로를 잃었지만 밤중에 혼자 고민하지 않을 수 있는 대가치고는 결코 비싼 게 아니었다.
당나귀 녀석은 의욕이 없어보였다. 투덜거리며 지나가는 사뮈엘을 보고 미카엘이 한 마디를 툭 던졌다.
"채찍으로 좀 때려주지 그래?"
샤를르는 사뮈엘의 대답이 너무나도 마음에 들었다.

진짜 실력 있는 조련사에게 필요한 건 다리와 손뿐이야. 무능력한 조련사나 채찍에 의지하는 거라고.

사뮈엘의 새로운 면을 발견한 순간이었다. 이런 장면을 그리기 위해서라면 새 페이지를 펼쳐야 마땅했다.

스케치북을 덮고 집의 여주인과 그녀의 손님들을 샴페인으로 맞이했다. 그것으로 정자 아래의 향연이 시작되었다.
"이렇게 요리를 잘 하시는 줄 몰랐어요." 케이트가 감동을 했다.
샤를르가 그녀의 잔을 다시 채웠다.
"하긴, 전 당신에 대해 아는 게 아무것도 없지만."
"기다리세요. 후회하지 않으실 겁니다."
"저도 그러면 좋겠어요……"

그 미소는 그녀의 얼굴에 아주 오랫동안 남아 있었다. 샤를르는 그녀의 자궁에 도착하기 전, 마지막 기점에 도착한 것 같은 느낌을 받았다. 쯧, 표현 하고는…… 그렇다면 피켈을 찍기 직전…… 우하하하! 그건 좀 나아보일 줄 알고? 그는 술이 얼큰하게 취해 알아듣지도 못

하는 대화에 일일이 끼어들었다. 눈앞에 손이 네 개 보였다. 그 중 한 손을 잡고 복도를 걸어 테플론 가공 침낭 위에 놓고 상처를 핥아주고 싶다.

"무슨 생각을 그렇게 하세요?" 그녀가 물었다.

"아무래도 파프리카를 너무 많이 넣은 것 같네요."

그녀의 미소를 사랑했다. 그의 이야기를 하기까지 한참 뜸을 들여왔지만, 오래도록 그녀에게 이야기를 해주리라.

20년의 곱절, 그 이상을 살았다. 그리고 그보다 곱절의 경험을 한 여자를 마주하고 있었다. 그들에게 미래는 어쩐지 두려운 그 무엇이 되어 있었다.

자동차건을 처리한 작전이 너무 기발했던지라, 며칠 동안 스케치북을 열지 못했다.
한 장이나마 그려보려 했지만…… 누군가가 파스티스를 한 잔씩 돌리는 바람에 눈이 흐려져 그마저도……

때는 저녁이었고 그들은 모두 마을 광장으로 나들이를 나갔다. 어제, 그가 아끼는 파리 사람들이 위풍도 당당하게 도착을 했던 것이다. (못 말리는 클레르가 떡갈나무 길을 지나는 내내 경적을 울려댔다……) 사뮈엘과 그 일당은 전자당구기계가 부서져라 손잡이를 흔들어댔고 작은아이들은 분수 주변을 빙빙 돌며 신나게 뛰어놀았다. 어른들은 동네 사람들과 페탕크(*남부 프랑스식 구슬치기, 쇠공놀이. 노인들이 즐기는 놀이로 알려져 있지만 젊은층에서도 상당히 인기 있는 놀이) 경기를 벌였다.

샤를르는 마크, 그리고 데비와 편을 먹고 첫판을 멋지게 이겼다. 케이트가 경고를 했다.

"두고 보세요, 저 노인네들이 첫판을 일부러 져준 거예요. 경계를 풀게 만든 다음…… 엿을 먹이는 거죠!!!"

엿을 실컷 먹은 파리지엥들과 양키들이 기분을 돋우기 위해 아니스 술을 마시는 동안 클레르와 켄, 그리고 케이트가 명예 회복에 나섰다.

톰은 점수 계산 담당.

한 번 질 때마다 진 쪽에서 술을 한 잔씩 돌렸고, 회가 거듭될수록 빌어먹을 표적의 조준이 어려워졌다.

색깔이 선명했던 그 주말에 그린 유일한 그림에는 신중히 조준을 하는 클레르의 모습이 담겨 있었다.

클레르는 경기에 그다지 집중을 하지 않았다. 간단한 영어, 아니 나름대로의 영어로 바비 보이와 시시덕거리느라 바빴다. "유 비유티풀 미쿡 사람, 던질 거예요, 말 거예요? 비코스 이프 유 정확하게 안 던지면, 유 엿 먹는단 말예요, 유 언데르스탠드으? 어디 해 봐요, 플리이즈, 유 공 두 개로 왓 할 수 있는지 미한테 보여달라고요……"

원자학 분야의 천재 연구원은 그녀가 참 별난 여자라는 것 외에는 아무것도 언데르스탠드으 하지 못했다. 아, 또 한 가지. 만약에 그녀가 그의 팔을 계속 잡고 있으면 마지막 경기를 어떻게 해서든 이겨보려는 필사의 노력이 수포로 돌아가게 될 거고, 그럼 그녀를 분수에 집어 던지고야 말리라는 것.

나중에 샤를르가 켄에게 좀더 정확한 영어로, 그녀가 하는 일에 대해 이야기해 주었다. 그리고 어떤 연유에서 그녀가 프랑스, 아니 세계에서 가장 무시무시한 변호사 중의 한 명으로 자리매김하게 되었는지도.

"대체…… 어떤 종류의 일이기에?"

"세상을 구하는 일이죠."

"설마?"

"맞다니까요."

켄은 이해하지 못하겠다는 표정으로 눈을 들어 올리브 씨를 야신의 머리 위로 뱉어내며 한 노인네와 입씨름을 벌이고 있는 그녀를 바라보았다.

"이 사람한테 무슨 얘길 한 거야?" 그녀가 걱정스럽게 물었다.

"네 직업……"

"예스!" 그녀가 켄을 보고 말했다. "세계온난화 문제라면 아이 엠 이 베리 굿! 그러니까 난 뭐든 덥힐 수 있다는 얘기이기도 한데…… 유, 아직도 부모님 집에 살아요?"

케이트가 웃었다. 클레르와 함께 차를 타고 온 마크가 자기 차에 달린 내비게이션이 아마 시중에서 파는 것 중에 제일 후진 물건인 것 같다고 너스레를 떨었을 때처럼.

하지만 음악만큼은 아주 좋은 것으로 저장해 놓았다고 했다…… 여섯 번이나 길을 잃고 헤맸으니 그나마 다행이었다고……

두 번의 참패를 겪고 나서 돼지고기 뱃살과 기름에 노릇노릇 튀긴 감자튀김을 배불리 먹었다. 그들의 웃음소리와 바보짓거리에 온 동네 사람들이 광장의 보리수나무 밑으로 모여들었다.

저런 것이 케이트의 타고난 재능이 아닐까, 라고 샤를르는 생각했다.

가는 곳마다 삶을, 사람 사는 분위기를 만들어 내는 것……


"오빠, 대체 뭘 망설이는 거야?" 다음날, 다리 저편에서 수십 킬로그램의 과일과 야채를 좁은 차 트렁크에 싣던 클레르가 물었다.

묵묵히 자동차 앞유리만 닦고 있는 샤를르. 클레르는 오라비의 엉덩이를 발로 걷어차 버렸다.
"발랑다, 이 바보천치야……"
"아야."
"오빠가 왜 위대한 건축가가 못 되고 있는 줄 알아?"
"몰라."
"이렇게 등신 같으니까……"
웃음.

어디론가 사라졌던 톰이 아이들에게 줄 아이스크림을 들고 나타났다. 마크가 흩어진 공들을 줍고 있는데 케이트가 큰 소리로 외쳤다.
"자! 마지막으로 위로전(戰)을 치르고 돌아가기로 하죠……"
동네 노인들이 고개를 끄덕이며 주머니에서 손수건을 꺼내어 공을 반질반질하게 닦았다.

"그게 뭔데요? 마지막으로 다 같이 독한 술을 마시는 거예요?" 클레르가 두 눈을 동그랗게 뜨고 물었다. 케이트는 얼굴로 흘러내린 머리카락을 입으로 후 불어 넘겼다.
"네? 위로전 말예요? 그 단어를 한 번도 못 들어봤어요?"
"네."
"이런…… 페탕크 경기는 전반전, 후반전, 결승전, 복수전, 그리고 위로전의 순서로 진행되거든요. 위로전은 점수에 안 들어가는 경기예요 …… 내기노, 성쟁도, 지는 사람도 없는…… 그냥 재미로 한 판 더 하는 거예요……"

이번에는 샤를르가 완벽하게 공을 던져 승리를 가져다…… 아니 이 멋진 단어에 걸맞은 보답을 했다.
위로전.

모두 잘 자라는 인사를 하고 자리를 뜨려는 그를 클레르가 불러 세웠다. 그녀는 특별 영어수업(샤를르가 알고 있던 것보다 실력이 형편없었다. 혹시 일부러 저러는 것이 아닐까 싶기도.)을 받기로 했단다.
"그래, 오빠는 가서 자는 게 낫겠다. 내일 아침 열한 시까지 리모주 역에 나가봐야 하니까."
"리모주? 내가 거길 왜 가?"
"그 애한테는 그리로 오는 게 제일 쉽겠더라고."
"그 애가 누군데?"
"벌써 이름을 잊어버렸어?" 그녀가 인상을 썼다. "마틸드라고 하지 아마…… 그래 맞아…… 마틸드."

'일생'. '에서'. '가장'. '행복한'.
이유는 아시다시피.

마틸드를 데리고 오자 늘 하던 대로 모두 식탁에 둘러앉았다.
자리를 내주기 위해 조금씩 좁혀 앉으며 피곤에 지친 새 멤버를 진심으로 환영해주었다.
그리고 오후 내내 강에서 놀았다.
이곳에 온 이후 처음으로 샤를르는 스케치북을 가져가지 않았다. 그가 세상에서 가장 사랑하는 사람들이 모두 가까이에 있었다. 더 이상 꿈꾸거나 상상할 수 있는 것이, 그리고 그림으로 표현할 수 있는 것이 남아 있지 않았다.
정말 아무것도.

★★★

다음 날, 시장에서 알렉시스와 코린을 우연히 만났다.
클레르는 알렉시스의 볼에 입을 맞추어야 할지 말아야 할지를 몰라서 잠시 머뭇거렸다.
결국 입을 맞추기는 했다.
명랑하게. 부드럽게. 잔인하게.

샤를르 일행과 멀어진 다음에 코린이 저 여자가 누구냐고 남편에게 물었다.
"샤를르의 누이동생……"
"그래?"
치즈 가게 주인을 향해 잔소리를 퍼부었다.
"지난번처럼 그뤼예르 치즈 같은 것을 빼놓은 건 아니겠죠?"
그러더니 남편의 그림자를 다그쳤다.
"계산 안 해? 뭘 기다리는 거야?"
아무것도, 아무것도 기다리거나 기대하지 않았다. 그의 상황을 이보다 더 정확하게 표현할 수는 없었으리라.

다음 날, 농기구를 빌린다는 핑계로 알렉시스가 석양의 집을 찾아왔으나 아이들이 비보를 알려주었다. 클레르는 이미 떠나고 없다고.
거실에서 마크와 일을 하던 샤를르는 굳이 일어나 그를 맞는 따위의 거추장스러운 일은 생각조차 없는 듯했다.

스페인으로 떠나려던 계획을 미루고 또 미루던 톰과 데비, 그리고 켄도 마지못해 길을 떠났다.

그 대신 어젯밤에 도착한 케이트의 어머니가 다시 아티의 방을 차지했다.

포커를 제법 잘 치게 된 아티는 착하게도 마구간에 새로 마련한 제 방을 마틸드에게 선뜻 내주었다……

언니가 여기서 자.

그리고는 매트리스를 마구간 아래층으로 끌고 내려왔다.

'시골 쥐와 서울 쥐'의 만남이 어떻게 이루어질지, 내심 걱정을 하던 샤를르는 곧 마음을 놓게 되었다. 마틸드는 도착한 바로 다음 날부터 말을 타기 시작했고, MP3에는 이어폰 대신 스피커를 연결했다.

워낙 거리낌이 없는 아이라는 것은 이미 알고 있었지만…… 허풍쟁이가 온다고 미리 말을 해놓았어야 했나.

다른 아이들의 웃음소리보다 한참이나 크게 울려 퍼지는 마틸드의 웃음소리를 들으며 잠을 청했다.

어느 날 아침 단둘이 있게 되었을 때, 아이가 물었다.

"이 집을 뭐라고 표현해야 할까?

"글쎄 말이야…… 여기도 집이라고 할 수 있으려나……"

"그럼 케이트는?"

"케이트가 뭐?"

"아저씨, 케이트를 사랑하는 거 아냐?"

"그런 것 같니?"

"심각하군." 아이가 하늘을 올려다보았다.

"이런. 너, 입장이 곤란한 거야?"

"나도 모르겠어…… 그러나저러나 난 새 아파트를 아직 구경도 못 해봤네?"

"곧 볼 수 있을 텐데 뭐…… 그런데…… 네게 물어보고 싶은 게 있어……"

샤를르는 듣고 싶던 대답을 들을 수 있었다.

마틸드 또래의 아이들에게는 너그러운 사람이 필요하다는 클레르의 이야기가 생각났다.

역시, 언제나 맞는 소리만 한다니까……


누가 변호사 아니랄까봐, 한다는 짓이 꼭……

"샤를르 아저씨, 편지 왔어요!" 야신이 계단 밑에서 고함을 쳤다.


누이동생의 글씨체. 그리고 CD 케이스 크기의 딱딱한 내용물이 만져졌다.

만약에 염소가 오빠 컴퓨터를 먹어치우지 않았다면 이 CD의 18번 트랙을 재생해 봐. 가사가 그렇게 복잡하지는 않아. 그리고 오빠는 목소리가 워낙 우렁차니까, 잘 부를 수 있을 거라고 생각해……

구드 러크. 행운을 빌어.

케이스를 뒤집어보았다. 콜 포터가 작곡한 코미디 뮤지컬 오리지널 사운드 트랙.

제목?

키스 미, 케이트.

"그게 뭐야?"

"클레르가 장난을 쳤어……" 그가 바보처럼 헤벌쭉 웃었다.

"푸…… 둘 다 너무 유치해……"

잠시 후, 안내책자를 읽으며 이 뮤지컬에 셰익스피어의 〈말괄량이 길들이기〉가 인용되어 있다는 걸 알았다. 제목의 번역이 이상하다…… *The Taming*, 길들이기, 훈련하기, 게다가 *Of The Shrew*를 말괄량이라고 해놓다니, 그건 더 맘에 안 든다……

다음 네 페이지는 나무오두막집 카탈로그.

어느 날 아침, 샤를르가 네드라에게 진짜 집을 지어주면 어떻겠냐고 물었다. 닭장 뒤에 있는 커다란 회양목의 갈라진 틈새 안에 들어앉아 한참 동안이나 혼자 놀고 있는 아이가 안쓰러워보였다.

아이로부터 얻어낸 답변은 딱 한 가지. 한참 동안 눈을 깜박깜박.

"제일 먼저 알아두어야 할 것이 있어. 어떤 건물을 짓든 간에 먼저 마음에 드는 터를 골라야 해…… 자, 어디에다 지으면 좋을지, 네가 정해야지, 나랑 같이 가 볼까?"

머뭇거리며 눈으로 알리스를 찾다가 결심한 듯 벌떡 일어나 구겨진 치마를 손으로 폈다.

"창문으로 말이야, 해가 뜨는 걸 보고 싶니, 아니면 해가 지는 걸 보고 싶니?"

아이를 괴롭히는 것 같아 안됐지만, 어쩔 도리가 없었다. 이런 게 그의 일이었다……

"해 뜨는 거?"

고개를 끄덕였다.

"그래. 잘 골랐어. 집은 남향이나 남동향이라야 좋거든……"

아무 말 않고 땅에 커다란 원을 그렸다……

"여기가 좋겠다. 저기 저 나무들이 그늘도 만들어 줄 테고, 강도 멀지 않고…… 물도 굉장히 중요하니까!"

혼자 열심히 떠들며 걷는 그를 보며 점점 얼굴이 밝아지더니, 가시덤불이 앞을 가로막자, 저도 모르게 그의 손을 잡았다.

이렇게 집의 기초는 아주 단단하게 닦였다.

점심을 먹은 후에, 네드라는 샤를르가 처음 온 이후로 항상 그래왔던 것처럼, 그에게 커피를 가져다주었다. 그러고는 그의 어깨에 턱을 기대고 발랑다&Co.추천의 오두막집 모델들이 하나하나 그려져 나가는 것을 지켜보았다.

아이의 마음을 이해할 수 있었다. 그도 똑같이, 그림이 말보다 더 많은 이야기를 한다고 생각했으니까. 그래서 그리고 또 그렸다. 이렇게도 그려보고 저렇게도 그려보고. 창문의 크기, 문의 높이, 지붕 색깔, 덧창에 낼 무늬. 마름모가 좋을까, 하트가 좋을까?

그리고 아이가 택할 모델을 미리 짐작해보았다……

정말로 떠날 결심을 굳혔더랬다. 그러나 마틸드가 온 데다가 별난 어머니 때문에 돌아버리려고 하는 케이트를 두고는 도저히 발걸음이 떨어지지 않았다. 이런 이유로 새로운 놀이를 시작하게 되었던 것.

그동안 마크와 함께 엄청난 양의 일을 했다. 그는 차 트렁크에 두꺼운 서류를 꽉꽉 채워 넣고서야 부모님 집으로 떠날 수 있었다. 이제 샤를르에게는 다른 일거리가 필요했다. 정복할 만한 다른 산. 손을 놀리지 않기 위해서.

그리고…… 그때까지 미니 사이즈의 집을 지어서 실패한 적이 없었다. 잘 찾아보니, 헛간 한 구석에 보관된 대리석도 좀 있었다…… 아마 벽난로 인방에서 떨어져 나온 것이지 싶었다……

그가 사뮈엘과 그 친구들에게 돈을 주었다는 사실을 알게 된 케이트가 펄펄 뛰었다. 그러나 샤를르는 그런 그녀를 무시해버렸다. 모든 일은 정당한 대가를 지불해야 하는 법……

게으르기로 둘째가라면 서러운 사뮈엘의 친구들은 얼마 못 가서 포기를 해버렸다. 그 덕에 샤를르와 사뮈엘은 서로에 대해 깊이 알 수 있는 기회를 갖게 되었다. 그리고 서로를 인정할 기회도. 이글거리는 태양 아래에서 지치도록 일을 한 다음에는 맥주 캔 몇 개를 앞에 놓고 물집을 어루만지며 끝없는 이야기를 나누었다.

공사를 시작한 지 삼일째 되는 날 저녁, 강물에 뛰어들려고 옷을 홀홀 벗다가, 마틸드에게 했던 것과 똑같은 질문을 사뮈엘에게 던져 보았다.

아이가 머뭇거렸다. 샤를르는 그 누구보다도 아이의 마음을 잘 헤아릴 수 있었다. 자신과 똑같은 상황에 처해 있는 아이의 마음을.

다음 페이지에는 사진 한 장이 끼워져 있었다. 파리로 돌아온 지 한참 후에 인화를 해놓고도 몇 주 동안이나 책상 위에 굴러다니도록 놓아두었다가 결국 이 스케치북에 붙여두기로 결심한 사진이었다.

현장 점검 사진.
아주 금방 끝났던 현장점검.

사진을 찍어준 사람은 아이들의 할머니였다. 아무 걱정 마시고 셔터를 누르시면 된다고 설명에 설득을 거듭한 끝에 건진 사진. 불쌍한 할머니는 이야기 중에 숫자가 나오면 거의 알아듣지를 못했다……
다 모여 있었다. 네드라의 집 문간에. 케이트, 샤를르, 아이들, 멍멍이들, 아독 선장과 닭, 오리, 거위들.
다들 활짝 웃고 있었다. 흘러간 노래를 부르고 또 부르는, 자존심 강한 할머니의 떨리는 손으로 잡아낸 예쁜 모습.
할머니가 어떤 사람인지는 아이들도 잘 알고 있었다…… 그러나 그 할머니도 영국에서 이 사진을 받아보고는 감동으로 마음 벅차 하리라(*에드몽 로스탕의 '시라노 드 베르제라'에서 인용)……

알리스가 새 집의 내부 장식을 도맡아 해주었다. 전날 밤에 알리스가 제판 드 빌리에(＊1934, 프랑스의 화가, 조각가. 자연을 소재로 한 작품을 주로 창작했다)의 작품집을 보여주었다…… 샤를르가 가장 높이 사는 이 아이들의 장점이 바로 이런 것이었다…… 그를 전혀 새로운 세계로 이끄는 아이들…… 사뮈엘의 당나귀 길들이기, 알리스의 재능, 아리엣의 까칠한 유머, 끊임없이 쏟아지는 야신의 이야기…… 다른 면으로 볼 때에는 여느 아이들과 다른 점이 없었다. 귀찮게 졸라대기도 하고, 버릇없이 굴기도 하고, 말 안 듣고 버티기도 하고, 난장판을 만들기도 하고, 때로는 게으름을 부리기도 하고, 살짝살짝 거짓말도 하고, 만날 뜯고 싸우고, 말도 많고 탈도 많고, 하지만 다른 아이들이 갖지 못한 면을 이들은 분명 가지고 있었다……

　자유로움, 따뜻한 마음, 살아 있는 영혼. 그리고 덩치 큰 집에서 살아남기 위해 해야만 하는 자질구레한 일들을 불평도 없이, 싫은 내색 하나 없이 묵묵히 해치우는 이 아이들의 모습을 본 사람이라면 그들의 용기 또한 높이 사지 않을 수 없으리라. 그리고 하나 더, 그를 감동시킨 것은 그들의 삶에 대한 애착과 허물없이 사람들을 대하는 그 친근한 태도였다.

　코린이 이 아이들을 두고 했던 이야기가 생각났다…… '한심한 몰몬교도들……' 이라던가, 하지만 천만에. 이 아이들도 전자오락에 넋을 잃고, 오후 내내 채팅이니 블로그니 유튜브에 정신을 팔기도 했다.(애들의 성화에 샤를르는 컴퓨터 앞에 앉아 '너 이거 봤니?' 사이트에 올라온 게시물 몇 개를 보아야만 했다. 거의 강제적으로,)(태어니시 그렇게 심하게 웃어본 적이 없었다.) 그러나 특히 아이들이 다리 건너 세상 속에 숨어 사는 것이 절대 아니라는 것을 그녀에게 꼭 말해 두고 싶었다.

오히려 그 반대였다…… 두근거리는 것, 팔딱거리는 것은 모두 그들에게로부터 나왔다. 그들의 활기, 그들의 용기, 그들의…… 진정한 귀족다움에서. 아이들과 함께 한 산책로, 식탁, 목장, 매트리스는 매일 매일 새로운 운명으로 그를 이끌어 갔다. 그의 새로운 면을 발견할 수 있도록.

마지막 보급품 영수증의 길이가 일 미터를 족히 넘었다.(계산은 샤를르가 했다…… 장도 안 보고 유유자적하게 시골로 휴가 온 파리 사람처럼 지낼 수 있으리라는 그 착각은…… 대체 어디서 비롯된 것이었단 말인가……) 게다가 하마터면 러시아워 시간대에 걸릴 뻔했다.

이 아이들이 다른 아이들과 다른 점이 무엇일까? 그들에겐 케이트가 있었다.

자신에 대한 확신이 거의 없는, 그리고 매년 겨울마다 며칠간 지속되는 일종의 우울증으로 침대에서 일어날 힘조차 없어진다는 이 여인이 부모를 잃은 이 아이들에게 아버지로서, 어머니로서 해주는 그 모든 것은…… 기적으로밖에 보이지 않았다.

"12월 중순쯤에 다시 한 번 와 보세요." 그녀가 절대 그렇지 않다고 깔깔 웃으며 말했다.

"그때쯤이면 거실 온도가 5°까지 내려가거든요. 닭장에 넣어 준 물이 얼어서 아침마다 일일이 깨뜨려주어야 하고요, 우린 매일 오트밀만 먹고 살아요. 다른 것들은 만들 엄두가 나지 않아서…… 그리고 크리스마스날…… 온 가족이 모여 파티를 하는 그 멋진 날에, 아이들을 데리고 저 혼자 있는 꼴을 보면, 기적이라는 말은 아마 못 하실 거예요……."

게다가 다른 때보다도 더 우울한 저녁식사를 할 때가 있어요. 정확한 숫자로 표시된, 아무도 반박할 수 없는 위태위태한 은행 잔고 증명서가 배달된 날엔…… 그땐…… 다 같이 눈물을 흘릴 수밖에요.

"이런 생활…… 너무나 특이하고…… 어쩌면 다른 아이들과 차별되는 이런 삶을 강요한 건 저였어요…… 내 자신을 용서할 수 있는 유일한 방법이었으니까…… 요즘 세상을 보세요. 속물들이 판을 치는 세상이에요, 그럼 미래엔? 전 이런 생각을 자주 해요. 먹어도 위험하지 않은 버섯을 구별할 줄 알고, 씨를 뿌릴 줄 아는 사람만이 살아남을 것이라는……"

방금 한 말을 잊어주었으면 해서일까. 그녀는 깔깔 웃으며 실없는 농담을 늘어놓았다.

이렇게 알리스는 집안 장식을 맡았고 네드라는 새 궁전에 모두를 초대했다. 정확하게는 초대가 아니었다. 네드라의 집을 겉에서 바라볼 뿐 들어갈 수는 없었다. 심지어는 문고리에 끈까지 매어져 있었다. 그 집은 네드라의 집이었다. 나를 원하지 않는 땅 위에 유일하게 존재하는 나의 집. 넬슨과 알리스 외에는 그 누구도 그 집안으로 들어올 수 없었다.

당신들에겐 서류가 있잖아……

샤를르와 사뮈엘의 솜씨는 훌륭했다. 늑대야, 늑대야, 입김을 불어보렴, 아무리 불고 또 불어도 네드라의 작은 집은 꿈쩍도 하지 않는단다. 기둥들은 시멘트 기초 위에 단단히 버티고 있었고 널빤지 너비는 아이의 손바닥보다 더 넓었다.

그런데 사진 속의 케이트는 약간 불만스러운 표정을 하고 있다……
할머니가 카메라를 내려놓자, 케이트가 네드라에게 물었다.

"네드라…… 샤를르 아저씨께 고맙다고 했니?"

아이가 고개를 끄덕였다.

"뭐라는지 안 들려." 그녀가 몸을 숙여 아이를 다그치며 코를 꼬집었다.

"그냥 두세요, 제 귀엔 들렸습니다." 당황한 그가 케이트를 말렸다.

"그래도 네드라, 그래도…… 이렇게 수고를 해주셨는데 그 대가로 그 한마디를 못하다니, 입이라도 열어야 하는 거잖아?"

아이가 입술을 깨물었다.

입고 있는 셔츠만큼이나 얼굴이 하얗게 변한 그녀가 냉담한 목소리로 한 마디를 남기고 등을 돌렸다.

"맘대로 해. 이런 이기적인 아이의 집에는 못 들어가도 상관없어…… 실망이야. 정말 실망했어."

그녀가 틀렸다.

그렇게 듣고 싶던 말은 다음 페이지에 들어 있었다. 목소리 없이도 모든 것을 표현할 수 있는 모양을 한 채.

그 그림은 샤를르가 그린 것이 아니었다. 양쪽 페이지에 걸친 그 그림은 딱히 그림이라고도 할 수 없는 것이었다.
나중까지 기억해두라며 사뮈엘이 대충 베껴준 것이었다.
네모, 십자가, 점, 사방으로 뻗친 화살표……

자, 다음 이야기로 넘어가자…… 그가 모든 것을 그만두게 된 원인을 제공한 저 유명한 당나귀 경주 이야기로……

8월 셋째 주…… 마틸드 앞에서는 감히 티를 내지는 못했으나 돌아갈 날이 다가오고 있었다. 그의 음성사서함은 협박조의 메시지가 넘쳐났고 영특한 비서 바바라는 수소문 끝에 케이트의 전화번호를 알아냈다. 모두가 소장님을 기다리고 있어요, 열 개가 넘는 약속이 이미 잡혀 있고 사무소 사람들의 목이 점점 죄어오고 있다고요, 어서 돌아와서 해결해 주세요……

몇 시간 전에 사뮈엘이 예선을 통과했고 석양의 집 식구들은 모두 경마장 잔디밭 한 구석에서 야영을 하고 있었다.
웬 난데없는 탐험이냐고……

당나귀 라몽과 사뮈엘은 분위기도 파악하고 현장에서 연습도 해 보겠다고 대회 전날부터 야영을 했다.

"만약에 네가 예선을 통과하면, 다들 침낭을 가지고 가서 함께 야영을 하도록 할게. 엉원도 할 겸……"

"엉원이 아니고 응원이라고 하는 거야, 이모……"

"고맙구나, 아무튼 내 말이 무슨 말인지 알잖아…… 다 함께 너랑 네 멍텅구리 당나귀를 엉원할 거라고. 십 년 전부터 해 온 그대로. 샤를르, 괜찮겠어요?"

아아, 아무려나…… 괜찮고말고요…… 그의 머리는 이미 납기를 못 지켰을 때 물어야 하는 위약금 조항에 대한 생각으로 가득 차 있었다…… 그러나 아무튼 야영을 하게 된다면 단 한 번이나마 그녀를 백 미터 이내에 두고 잠을 잘 수 있으니까……

무슨 말을 하고 싶은 거지? 이미 오래 전부터 포기했을 줄로 알았는데…… 이 여자에게는 남자보다는 친구가 필요하다고. 됐다. 고맙지만 그쯤은 나도 잘 알고 있다. 사실…… 덧없는 연인보다는 친구 사이가 더 오래 가는 거니까(*자크 브렐의 샹송에서 인용)…… 작은 방에 들어앉아 포트 엘렌을 서로의 잔에 가득 따르고 친구를 위해 건배. 휴가를 함께 보낸 멋진 친구의 건강을 기원하며.

(바로 그거야.) 건배.

물론 신이 난 아이들은 펄쩍펄쩍 뛰며 부랴부랴 방으로 달려가 스웨터며 과자 같은 것들을 가방 가득 챙겼다. 알리스가 '달려라 라몽!'이라는 문구가 적힌 근사한 플래카드를 만들었으나 사뮈엘은 1등을 하기 전에는 그걸 절대 꺼내서는 안 된다고 엄포를 놓았다.

"그것 때문에 라몽이 산만해지면 어떡할래……"

다들 맥이 빠져 하늘만 쳐다보았다. 맞는 말이었다. 라몽은 바람에 풀잎이 날리거나 파리가 방귀를 뀌기만 해도 고개를 돌리는 멍텅구리였으니까.

게다가 높은 귀빈석에 앉아 있을 것도 아니라서……

모두들 모닥불을 주위에 책상다리를 하고 앉았다. 누구는 소시지를, 누구는 마시멜로우를, 누구는 치즈를, 또 누군가는 빵을 꼬챙이에 끼워 불에 구웠다. 그들의 웃음소리와 이야기가 맛있는, 아니…… 요상하게 짬뽕이 된 음식 냄새와 함께 하늘로 퍼져나갔다. 밥 딜런은 음정연습을 했고, 큰여자아이들은 작은아이들의 손금을 읽어주었다. 야신은 샤를르를 붙들고 늘어졌다. 저기 저 거미줄은요 메뚜기같이 땅에서 뛰어오르는 곤충을 잡기 위해서 저렇게 낮게 쳐 있는 거고요, 저기 저 위에 있는 거 보이시죠, 에, 저건 날아다니는 곤충들을 잡기 위한 거예요…… 아주 논리적이죠, 네? 그렇구나. 그리고 우리의 친절한 샤를르는 '친구'를 위해 샌드위치를 만들어 주고 등에 받칠 짚단을 가져다주었다……

휴우……

케이트는 어머니가 도착한 이후로 신경이 날카로워져 있던 참이었다……

"오늘 밤 이렇게 밖에 나와 자는 게, 어머니에게서 도망치고 싶어서인가요?"

"그럴지도 모르죠…… 우습죠? 이 나이를 먹도록 늙은 엄마 때문에 이렇게 예민해지다니…… 엄마를 보면 옛날 생각이 나서 그래요…… 세상 무서울 것 없던 시절, 아무것도 나와는 상관없다고 생각했던 그 시절이…… 샤를르, 옛날이 그리워요…… 언니가 보고 싶어요……

오늘 밤 언니가 여기에 있어야 하는 건데…… 사람들이 자식을 낳는 이유는 어린 시절을 다시 살고 싶어서가 아닐까요?"

"우리가 엘렌의 이야기를 하고 있는 한, 그녀는 여기에 있는 겁니다." 그가 중얼거렸다.

"그런데 당신은 왜 아이를 낳지 않았나요?"

"……"

"말씀을 안 하시는군요."

"그건, 제가 제 아이들의 엄마가 될 사람을 만나지 못해서가 아닐까 싶네요……"

"언제 떠나실래요?"

예상치도 못한 질문이었다. '말해' '말' '말을 해'. 그의 뇌가 당황을 했다.

"사뮈엘이 이기면……"

잘했어, 역시 주인공답군. 그런데 이 미소를 그렇게 멀리서 찾고 있었다니……

★★★

거의 밤 열한 시가 다 되어가고 있었다. 다들 몸에 이불을 둘둘 말고 카우보이들처럼 모닥불을 지키며 한밤중의 자장가에 귀를 기울였다. 이 소리는 뭐지? 쉭쉭 소리도 났지? 이 긁는 소리는? 무슨 새일까? 어떤 짐승일까? 당나귀들이 울고 있네, 쟤들은 대체 뭐라는 거지? '동지들이여, 용기를 내라! 몇 시간만 있으면 저 멍청한 두 발 짐승들은 신경 쓰지 않아도 될 테니까!'

갑자기 누군가가, 아마도 레오가 아닐까 싶은 한 남자아이가 목소리를 부들부들 떨며 말을 꺼냈다.
"애들아…… 무서운 얘기 할 시간이다아……"
흰꼬리수리의 울음소리가 분위기를 한층 돋우었다. 터진 내장이며 피가 낭자한 이야기에 잔인한 외계인, 유전자 변형 왕벌 이야기 등이 등장하는 이야기들이 쏟아져 나왔다. 정체불명의 존재…… 그러나 그들의 잠을 쫓은 이야기는 따로 있었다.

공포의 수위를 몇 단계 높인 사람은 케이트였다.
"헬리오가발루스라는 이름, 혹시 들어 본 사람?"
불꽃 튀는 소리만 들려올 뿐.
"로마 제국에 타락한 황제들이 많긴 많았지만, 내 생각엔 헬리오가발루스가 최악이었던 것 같아…… 열네 살에 제위를 물려받고는 벌거벗은 여자들이 끄는 마차를 타고 로마에 입성했다지…… 시작부터 굉장하잖아…… 완전 미치광이였어. 미쳐도 단단히 미쳤었지. 요리마다 보석 가루를 뿌리도록 명령을 내렸고 쌀에는 진주가루를 뿌렸대. 게다가 별의별 이상한 것들을 아주 잔인한 방식으로 먹었다나봐. 꾀꼬리랑 앵무새 혀를 삶아먹고 산 닭의 볏을 뽑아먹고, 서커스단의 야수들에게 고급 간 요리를 먹이는 건 예사고, 하루는 타조 600마리를 잡아서 따끈따끈한 골을 꺼내먹었대. 무슨 짐승인지 암놈 성기만 골라서…… 음, 여기까지만 말해야겠다. 하지만 이건 맛보기일 뿐이고……"

무당분마저도 조용히 불꽃을 낮추었다.
"레오가 듣고 싶어 하는 얘기는 이제부터 시작이야. 헬리오가발루스는 요란한 연회를 베푸는 것으로 아주 유명했지…… 그런데 매번 더 큰 쾌락을 경험하고 싶어했어. 더 나쁜 쪽으로. 더 많은 죽음을 보아야 했고, 더 심한 공포, 강간, 방탕한 짓거리들, 더 많은 음식, 더 많은 술…… 즉, 뭐든 강도가 높아져야 직성이 풀렸지. 문제는, 이놈의 황제가 금방 싫증을 내 버린다는 거였어…… 그러던 어느 날, 황제가 어떤 조각가에게 속이 빈 무쇠 황소를 만들어내라고 명을 내렸대. 옆구리에 입구를 내고 입에도 작은 구멍을 내어서 황소 뱃속에서 무슨 일이 일어나는지 들을 수 있도록 하라는 명이었다나…… 연회를 시작하면서, 사람들이 무쇠 황소 옆구리를 열어 노예 한 명을 집어넣었대. 황제가 지루한 표정을 짓자, 사람들이 다른 노예를 시켜서 황소 밑에 불을 때라고 했다지. 초대 손님들이 모두 잔인하게 웃으면서 황소 주위로 몰려들었대. 그래. 황소가…… 죽는다고 울부짖었으니 얼마나 재미가 있었겠어……" 꿀꺽.

쥐죽은 듯한 고요.

"그거 진짜로 있었던 일이에요?" 야신이 물었다.

"물론이지."

소름이 끼친 아이들이 몸을 떨고 있을 동안, 그녀가 샤를르를 돌아다보며 속삭였다.

"아이들에겐 여기까지만 말해두겠지만, 이 이야기 속에는 어떤 인간성에 대한 은유가 들어 있다고 생각해요……"

맙소사…… 옛날이 그립긴 그리운가보다…… 그나저나 이대로 있어선 안 될 것 같다……

"음, 하지만……" 아이들의 상한 기분을 돌려주기 위해 되도록 목소리를 크게 높였다.

"그 황제는 몇 년 후에 죽었어. 그때 나이가 아마 열여덟 살이었지. 그것도 변소 한 구석에서, 똥구멍 닦는 수건에 질식해서 죽었대."

"정말요?"

"물론이죠."

"그걸 어떻게 아셨어요?"

"몽테뉴가 가르쳐주었죠."

눈을 가늘게 뜨고 이불을 끌어당겨 덮었다.

"정말 대단하세요……"

"물론이죠."

대단한 건 오래 가지 않았다. 그의 이야기, 이를테면 현장에서 땅을 파면 해골들이 나오는데 그 사실을 아무에게도 알려서는 안 된다, 그랬다가는 조사단이 나와서 금방 부으려고 준비해놓은 콘크리트도 굳어버리고 금전적으로 손해가 막심하다는 등의 이야기에는 아무도 반응을 보이지 않았다.

재미……없구나?

사뮈엘은 일생에서 딱 한 번, 유일하게 졸지 않았던 국어시간에 들은 이야기가 생각난다고 했다.

"어떤 시골 청년이, 고깃덩어리처럼 나폴레옹 군대에 끌려가는 게 싫어서 숨어 다녔지…… 그걸 병역의무라고 하는 거거든…… 그렇게 피해 다닌 세월이 오 년이었어. 돈이 있으면 아무나 대신 보내도 되는 시절이었는데……

그 청년은 가진 돈도 없어서 그냥 도망을 쳐야 했지.

경무청장이 그 청년의 아버지를 끌고 가서 고문을 했지만 불쌍한 아버지는 아들이 어디에 있는지 진짜로 모르고 있었어…… 얼마 후에 아버지가 숲속에서 굶어죽은 아들의 시체를 발견했지. 이 사이에

씹어 먹으려던 풀이 그대로 끼어 있는 시체를 말이야. 늙은 아버지는 죽은 아들을 들쳐 메고 묵묵히 30리 길을 걸어서 경시청장의 집까지 걸어갔지……

돼지 같은 경시청장은 무도회에 가고 없었어. 새벽 두 시를 알리는 시계종소리를 듣고 집에 와 보니 현관 앞에 불쌍한 늙은이가 서 있는 거야. "나리, 우리 아들놈을 데리고 오라고 하셨지요, 여기 있습니다요." 그렇게 아들 시체를 벽에다 세워놓고는 어디론가 가 버렸어."

이거, 약간 살을 보태기는 했지만…… 발자크의 작품 속에 나오는 이야기 같은데……

여자아이들은 아는 이야기가 없다고 했다. 딩, 딩. 에릭 클랩튼이 기타 줄을 스타카토로 튕기며 무시무시한 분위기를 조성하는데……
이번에는 야신이 나섰다.
"음, 내 이야기는 아주 짧다는 걸 미리 말해두겠어……"
"너, 또 민달팽이 죽이는 얘기를 하려는 거 아니야?" 아이들이 투덜거렸다.
"아니, 프랑시콩테랑 오트알자스 지방의 영주들에 관한 이야기야…… 좀더 정확하게는 몽주아 백작이랑 메세즈 백작인데……"
카우보이들이 우, 우, 야유를 퍼부었다. 어이구, 그래, 너 잘났다, 가르쳐줘서 고맙지만 더 이상은 듣고 싶지 않다.
"계속해 봐." 아티가 휘파람 소리를 냈다. "갑옷과 투구 얘기랑 소금에 붙던 세금 이야기, 재미있었어."
"그 얘기가 아니야, '휴식에 대한 권리' 이야기라고."
"아, 그래서…… 성벽 사이에 해먹을 걸어두었다니?"

"천만에…… 다들 무식하기는……" 야신이 안됐다는 듯이 고개를 가로저었다. "혹독한 겨울날, 아까 말한 영주들은 농노 두 명의 배를 가를 권리를 행사했어. 김이 모락모락 나는 그들의 내장 안에다가 발을 넣어 데우기 위해서. 바로 '휴식에 대한 권리'에 의거한 거지. 자, 내 얘긴 이게 다야."

대성공이었다. "으웩!"과 "설마아아?"와 "정말이야?"와 "구역질 나……" 등의 비명이 야신을 아주 뿌듯하게 만들어 주었다.

"됐어, 이제 그만……" 케이트가 딱 잘라 말했다. "오늘 밤은 여기까지만…… 이제 잘 시간이야……"

벌써 끝이냐고 투덜대는 소리 사이로 가느다란 낯선 목소리가 들렸다. 모두 숨을 죽였다.

"나도 할 얘기가 있어……"

숨만 죽인 게 아니었다. 모두 그 자리에 얼어붙었다.

사뮈엘이 재치 있게 분위기를 가볍게 할 농담을 던졌다.

"네드라, 네 이야기, 정말 무서운 거야?"

아이가 고개를 끄덕였다.

"만약에 무섭지 않으면, 앞으로도 전처럼 입을 꾹 다물고 있어야 한다, 알겠지……"

낄낄거리는 웃음소리에 아이는 오기가 난 것 같았다.

샤를르가 케이트를 바라보았다.

이런 상태를 지난번에 뭐라고 했더라? 그래, 쇼크.

그녀는 쇼크 상태에 빠져 있었다. 쇼크 상태로 양 볼에 보조개를 매단 채 아이를 뚫어져라 바라보고 있었다.

"지영이얘이야……"

"엥?"

"뭐?"

"크게 말해, 네드라!"

모닥불도, 멍멍이들도, 새들도, 바람까지도 네드라의 입술만 쳐다보았다.

목청을 골랐다.

"지, 흠, 흠,……지렁이 얘기라고……"

케이트가 무릎을 꿇었다.

"저…… 어느 날 아침, 지렁이 한 마리가 산책을 나왔다가 다른 지렁이를 만났어. 안녕, 날씨가 좋지? 그런데 다른 지렁이가 대답을 안 하는 거야. 그래서 다시 말했어. 안녕, 날씨가 좋지?! 다른 애가 또 대답을 안 했어……"

네드라의 목소리가 점점 작아졌기 때문에 알아듣기가 무척 어려웠으나 아무도 끼어들 엄두를 내지 못했다.

"이 근처에 사니? 지렁이가 꿈틀거리면서 또 물었는데 다른 지렁이는 또 대답을 하지 않았어. 신경질이 난 지렁이가 구멍으로 돌아가면서 이렇게 말했어. 이런, 젠장 이번에도 애오리아예마을에네."

"뭐라고?" 안달이 난 아이들이 다 같이 소리를 질렀다. "똑똑히 말해봐, 네드라! 무슨 소린지 못 알아듣겠잖아! 지렁이가 뭐랬다고?"

질겅질겅 씹던 머리카락을 입에서 뱉어내더니 고개를 들고 뾰로통한 얼굴로 용감하게 아까 한 말을 되풀이했다.

"이런 젠장! 이번에도 내 꼬리한테 말을 했네……"

웃어야 할지 무서운 척을 해야 할지 몰라 곤란한 표정의 아이들이 그렇게 귀여울 수가.

샤를르가 침묵을 깨고 천천히 박수를 치기 시작했다. 다들 그를 따라 박수를 쳤다. 손바닥이 터져 나가도록. 그 소리에 멍멍이들이 깨어나 컹컹 짖었고 라몽이 울기 시작했으며 야영하고 있던 당나귀들이 조용히 하라고 울었다. 욕지거리, 아우성, 다른 개들이 짖는 소리, 채찍 휘두르는 소리, 양철판 두드리는 소리가 캄캄한 사방에서 터져 나오며 지렁이의 장한 행동을 축하해주었다.

케이트는 너무 감동을 한 나머지 박수의 물결에 함께 할 수가 없었다.

한참 후에 샤를르는 한 눈을 떠 주위를 살펴보고 모닥불 저편에 있는 케이트의 얼굴에서 눈이 어디쯤 있는지 가늠해보다가, 그녀가 살짝 뜬 눈으로 그에게 고맙다고 말하고 있는 것을 보았다.

어쩌면 꿈이었는지도…… 아무렴 어떠랴, 그는 행복한 미소를 지으며 히말라야 오리털 안으로 깊이 파고들었다.

언젠가는 위대한 작품을 완성하여 이름을 날릴 수 있을 것이라고 믿어왔다. 그러나 여태껏 지은 것 중에 내세울 만한 작품은 인형의 집들밖에 없다는 점을 인정해야만 했다……

★★★

그날, 라몽은 설명할 수 없는 이유 때문에 결승점을 바로 눈앞에 두고 마지막 도랑을 건너지 않았다. 이미 열 번씩이나 들어가 질퍽거려본 익숙한 그 도랑을……

무슨 일이 있었는지는 아무도 모른다. 어쩌면 개구리밥이 떠내려 왔거나 웃기게 생긴 개구리가 녀석의 코에 발길질을 했는지도……

결승점을 몇 미터 앞에 두고 꿈쩍도 않고서 다른 당나귀들이 앞서가는 것을 고스란히 지켜보기만 했다.

그날, 얼마나 몸치장을 곱게 했는지 모른다…… 여자아이들이 아침 내내 녀석을 닦고 솔질하고 비위도 맞추어 주었다. "됐어, 그만해……" 사뮈엘이 투덜거렸다. "라몽이 너희들 폴리포켓인 줄 아는 거야 뭐야……" 플래카드도, 카메라도 꺼내지 않았다. 선글라스도 쓰지 않고 눈이 부신 햇빛을 고스란히 견디며 조심스럽게 응원을 했으나 헛일이었다…… 라몽은 주인에게 교훈을 주는 쪽을 선택한 것 같았다…… 지금 그에게 중요한 것은 학교에서 열심히 공부하는 것이지, 당나귀나 데리고 장애물 사이에서 헤매는 것이 아니라는 교훈을……

특별히 증조부의 연미복으로 한껏 차려입은 사뮈엘은 참가자들 중에서 유일하게 채찍을 들고 있지 않았다.
그래도 실력은 가장 뛰어났었다……
모두가 그의 곁으로 달려갔다. 다들 아쉬움을 감추지 못했다. 사뮈엘은 별다른 이야기를 하지 않았다.
"이럴 줄 알았어. 너도 충격을 받았지……응? 자, 어서 가자, 집에 가자고……"
"형아, 상품은?" 야신이 걱정스럽게 물었다.
"으응…… 네가 가서 찾아와…… 저기, 이모?"
"그래."
"응원해 줘서 고마워요. 정말."
"고맙긴."

"그래도 정말 멋진 저녁이었지?"

"그래, 정말 멋졌어. 우리 모두 챔피언이 된 기분이야……"

"챔피언 맞아."

영어로 주고받는 대화에 야신이 고개를 갸우뚱했다.

"뭐라는 거야?"

"우리 모두가 챔피언이라고." 알리스가 대답해주었다.

"무슨 챔피언?"

"그야…… 당나귀 챔피언이지!"

샤를르가 사뮈엘을 보고 함께 돌아가자고 했다. 고맙지만 지금 기분이 좀 그러네요…… 그리고 잠깐 혼자 있고 싶어요……

샤를르는 사뮈엘이 좋았다. 만약 그에게 아들이 있었다면, 저 아이 같았으리라……

다음 그림은 유일한 미완성작이었다.
그리고 양쪽 페이지 사이의 골에는 짧은 머리카락들이 들어가 있었다……
짐을 모두 싼 다음 스케치북을 서류가방에 넣으려다가 이 머리카락들을 발견하고는 후 불어 날려버릴까 하다가 그만두었다. 그것들을 영원히 그 안에 보관하고 싶었다.
마치 기억해두어야 하는 페이지를 표시하는 책갈피처럼.
거기에서부터 방향이 바뀌었으니까.

전날은 하루 종일 야신과 고구마 로켓을 만드느라 정신이 없었다. PVC 관이 잘 맞지 않아 철물점에 갔다 왔다. 다시 조립해보니 아무래도 금속관이 더 나은 것 같아서 다시 철물점으로 갔다.(아무 말 않겠다.)
고구마 로켓이란…… 화학반응을 이용해 고구마 조각을 토성까지 쏘아 올리는 로켓이었다. 단 콜라와 멘토스가 예상대로 반응을 해준다는 조건에서. (사이다와 식초로는 달까지밖에 가지 못한다는 계산이 나왔다. 그건 별로 재미없다……)

얼마나 공이 들었는지는 하느님만이 아실 터이다…… 르네 영감님의 텃밭에서 고구마를 서리해오고, 케이트가 아끼는 이태리 모데나산(産) 발사믹 식초를 부엌에 도로 갖다 두다가 그런 장난감에 고급 식초를 꼭 썼어야 하느냐고 핀잔을 듣고, 잠깐 한눈파는 사이에 여자아이들이 멘토스를 다 먹어버리는 바람에 부랴부랴 가게에 뛰어갔다 오고, 콜라를 마시려는 사뮈엘과 티격태격, 밸브를 질겅질겅 씹고 있는 프리키 녀석의 등을 때려 밸브를 뱉어내게 하고, 페트병 콜라는 가스가 시원찮아서 캔 콜라를 사러 뛰어갔다 오고, 뚜껑을 달으려 했더니 손이 너무 끈적거려서 강가에 누워 있는 아이들을 마구 밟으며 강물로 뛰어가 손을 씻고, 그냥 콜라보다는 다이어트 콜라가 더 나을 것 같다는 판단하에 벌써 네 번째 가겟집에 갔다가 집에서 무슨 꿍꿍이를 벌이는 중이냐는 의심을 받고(하긴…… 가게 주인여자가 이 집 사람들의 정신 상태를 의심하기 시작한 지는 꽤 오래되었다……).
"야신, 세르게이 파블로비치랑 러시아에 쇼핑몰을 세우는 게 이보다 더 간단할 것 같아……" 결국 샤를르는 한숨을 쉬고 말았다.

저녁 무렵, 두 사람은 풀이 잔뜩 죽은 채 집으로 돌아왔다. 하루 종일 못 먹게 만들어버린 고구마가 10kg이다, 튀김을 했으면 족히 며칠은 먹었을 거 아니냐는 구박을 받으면서도 인터넷에서 더 찾아 볼 것이 있다고 중얼거렸다.

케이트는 마당에서 사뮈엘의 머리를 깎아주고 있었다.
"야신, 다음은 네 차례야……"
"하지만…… 아직 고구마 로켓을 다 못 만들었는데……"
"머리가 그렇게 부스스하니까 머릿속이 복잡하잖아, 그러니까 생각을 또릿또릿하게 못 하지…… 그리고 이제 샤를르 아저씨를 좀 내 버려 둬……"

그는 빙그레 웃기만 했다. 섣불리 표현할 수는 없었지만 갑자기 목 젖 아래로 서글픈 감정이 북받쳐 올랐다…… 스케치북을 가지고 와 서는 간이 미장원 가까이에 의자를 놓고 스케치를 시작했다.
야신의 더벅머리가 잘려나가고, 여자아이들은 기분에 따라, 혹은 석양의 집 최신 유행에 따라 짧은 머리나 층진 머리로 거듭나고, 갈색, 검은색, 금색의 길고 짧은 머리카락이 마당 흙바닥에 떨어졌다.
"못하시는 게 없네요." 그가 감탄을 했다.
"거의 다 할 줄 알죠……"

네드라가 의자에서 일어나자 케이트는 커다란 보자기를 훌훌 털며 연필을 바쁘게 놀리는 그를 돌아보았다.
"당신은요?"
"제가 뭐요?"
"머리 좀 깎아드릴까요?"
민감한 주제. 표정관리 불가능.

"샤를르, 제가 이 세상 사는 데에 대단한 원칙이나 이론 같은 걸 가 지고 있는 건 아니지만…… 그래요, 당신은 우리 사는 걸 보셨으니까 잘 아시겠죠…… 애석하게도 전 남자들에 관한 건 더 몰라요…… 하 지만 제가 정말로 확신하는 게 딱 하나 있거든요……"
연필을 내려놓고 제도 펜을 집어들고는 미친 사람처럼 흔들어댔 다.

"남자는요, 머리숱이 적을수록 머리카락이 더 없어야 해요……"
"뭐…… 뭐라고요?" 숨이 턱 막혔다.
"싹 밀어버려요! 그 고민에서 영원히 벗어나시라고요!"
"정말 그렇게 생각하세요?"
"확신한다니까요."
"저어…… 힘이랄까, 그런 문제는…… 데릴라가 삼손의 머리를 깎아버렸을 때, 삼손은 힘을 다 잃었고, 보통 대머리들은……"
"어서요, 샤를르! 지금보다 천 배는 섹시해 보일 거예요!"
"뭐…… 정 그렇다면야……"

속이 쓰리다…… 20년 동안 엄마 닭의 심정으로 변변치 못한 머리털을 돌보아왔는데, 이 여자는 단 2분 만에 그간의 공을 와르르 무너뜨리려 하다니……

그가 단두대를 향해 걸어가는 순간, 외과 의사처럼 차갑게 한 마디를 던지는 케이트.

"사뮈엘, 바리캉."

비참하다.

"케이트, 잠깐만요, 의자를 목신상 쪽으로 돌려놓고 앉을게요…… 저 곱슬곱슬한 머리카락을 그리면 좀 위안이 될까 해서……"


조수가 고문기계 세트를 들고 왔고 아이들은 신이 나서 종류 다양한 날들을 꺼내보았다. "몇 미터로 잘라줄 거예요? 5밀리?"
"에이, 그건 너무 길어. 2밀리로 해……"
"애기 미쳤나봐, 그럼 스킨헤드 같아 보인단 말이야! 이모, 3밀리로 해……"

사형수는 한 마디도 거들지 못하고 마주 본 목신의 해맑은 미소를 스케치북에 옮겼다.
그리고 그의 목을, 그리고 풍성한 그의…… 두 눈을 감았다.

어깨에 닿은 그녀의 배가 느껴졌다. 은근히, 가능한 한 눈치채지 못하게 그 배에 기대보았다. 그녀가 그를 스치고 더듬고 만지고 쓰다듬고 머리칼을 털어내고 다듬는 동안 턱을 바짝 끌어당기고 앉아 있었다. 너무나 떨려서 스케치북을 그녀의 허벅지보다 높게 치켜 올리고 눈을 감지 않으려고 애를 썼다. 이발기 소리는 이제 신경도 쓰이지 않았다.
이 순간이 영원히 끝나지 않았으면. 이 감미로운 떨림이 계속될 수만 있다면, 온몸의 힘이 다 빠져나간다 해도 후회하지 않을 텐데.

그녀는 이발기를 내려놓고 가위로 마무리를 했다. 그리고 그녀가 그의 앞에서 구레나룻 길이에 초집중을 하고 있는 동안, 그녀의 체온과 체취와 향기에 취한 그의 손이 그녀의 엉덩이에 닿았다……
"제가 아프게 했어요?" 그녀가 한 발짝 물러서며 걱정스레 물었다.
눈을 뜨고 구경꾼이 있었다는 사실을 기억했다. 숫자가 많지는 않지만, 어쨌든 그의 새로운 반응을 기대하는 초롱초롱한 눈동자들. 마지막 줄을 놓기 전, 최후의 버팀대를 확인하기로 결심했다.
"케이트?"
"거의 다 끝나가요. 잠깐만요……"
"아뇨. 언제까지나 계속해 주세요. 미안합니다, 그런 말을 하려던 게 아니었는데…… 생각해 둔 게 있어서요……"
다시 뒤로 돌아간 그녀는 면도날로 그의 목덜미를 밀고 있었다.
"말씀하세요……"

"저어…… 이 분만 가만히 계실 수 없나요?"
"제가 당신 목을 벨까봐 걱정되세요?"
"네."
"맙소사…… 무슨 얘기인데 그러세요?"
"그게…… 개학을 하면 제가 마틸드와 단둘이 살게 되거든요, 그래서……"
"그래서?"
"사뮈엘이 기숙사에 적응을 못 한다면, 저와 함께 있을 수도……"
면도날의 움직임이 뚝 그쳤다.
"다행히 제가 좋은 고등학교가 많은 지역에 살게 되어서……"
"왜 '개학을 하면' 이죠?"
"그건…… 그게 포트 엘렌 병에 들어 있는 제 이야기의 마지막이기 때문이죠……"
면도날이 다시 움직이기 시작했다.
"하지만…… 사뮈엘이 있을 만한 여유가 있겠어요?"
"반질반질한 나무 바닥에 벽난로가 있는 아담한 방이 있지요……"
"그래요?"
"네……"
"사뮈엘에게 얘기해 보셨어요?"
"그럼요."
"뭐라던가요?"
"그러고는 싶지만 당신을 혼자 두고 가는 게 두렵다더군요…… 그 점은 저도 이해할 수 있어요…… 그래도 당신은 그 애를……"
"방학이 되면 볼 수 있겠죠."
"아뇨, 제가…… 제가 매 주말마다 데리고 오겠습니다……"

다시 면도날이 멈추었다.

"뭐라고 하셨어요?"

"금요일 저녁마다 학교 앞에서 기다렸다가 사뮈엘과 같이 기차를 타고 오려고요. 작은 자동차를 한 대 사서 역에 세워두고······"

"하지만, 당신에게도 생활이 있잖아요, 그건 어떻게 하시려고요?"

"내 생활, 내 삶이라." 그는 짜증을 내는 척했다. "그야 포기하는 거죠! 당신 혼자서 희생을 독차지할 생각은 마시라고요! 그리고 네드라의 입양건도, 당신을 괴롭게 하고 싶지는 않지만 만일 당신이, 이를테면······ 곁에 남자가 있다는 사실을 증명해보일 수 있다면 훨씬 간단해질 겁니다, 서류를 꾸며서라도······ 아무래도 공무원들은······ 이런 말은 좀 하기 거북하지만······ 여자를 무시하는 경향이 있는 게 아닌가 싶단 말입니다······"

"그렇게 생각하세요?" 그녀가 유감이라는 듯이 대꾸했다.

"안됐지만 그렇습니다······"

"네드라를 위해서 그렇게 해주시겠다고요?"

"네드라를 위해. 사뮈엘을 위해. 나를 위해······"

"당신을 위해서라뇨?"

"그야 뭐······ 제 영혼의 구원을 위해서라고나 할까요······ 당신과 함께 천국에 가고 싶으니까."

샤를르가 고개를 푹 숙이고 최종 판결을 기다리는 동안 케이트는 아무 말도 없이 일을 마무리했다.

눈에는 보이지 않았으나 형리의 미소가 면도날을 통해 느껴졌다.

"당신은······ 말이 별로 없으시지만, 한 번 시작했다 하면······"

"입 다물고 있는 편이 낫겠다고요?"

"아니에요. 제 말은 그게 아니라······"

"그게 아니라?"

그녀가 수건으로 목을 닦아주고 옷깃 사이를 부드럽게, 그리고 아주 오랫동안 입으로 불어주는 동안 등골을 따라 소름이 끼쳤고 스케치북 위로는 머리카락이 수북이 쌓였다. 마침내 몸을 일으킨 그녀가 결심한 듯 말했다.

"어서 가서 그 빌어먹을 술병을 가져오세요…… 조금 있다가 멍멍이 집 앞에서 만나요."

얼떨떨한 표정으로 제 방으로 걸어가는 샤를르를 물끄러미 바라보던 그녀는 알리스의 방으로 올라갔다. 마틸드와 사뮈엘이 방에 앉아 있었다.

"있잖아…… 샤를르 아저씨랑 식물채집을 하러 갈 거거든. 너희들이 집을 좀 맡아줘야겠어."

"언제 돌아와요?"

"찾으려는 걸 찾아야 오지."

"뭘 찾으러 가는 건데요?"

아이들에게 대답을 할 틈이 없었다. 그녀는 이미 계단을 마구 뛰어내려와 바구니에 비상식량을 챙기고 있었다.

뭐가 어디에 있는지 도무지 알 수가 없었다. 그녀가 찬장 문을 열었다 닫았다, 여기로 갔다가 저기로 갔다가, 서랍을 죄다 열었다 닫는 동안 샤를르는 거울 앞에서 한참을 서 있었다.

분명 그가 맞는데, 너무나도 낯설게 느껴졌다.

더 늙어 보이는 것 같기도 하고, 젊어 보이는 것 같기도 하고, 더 남성스러운 것도 같고 어딘가 여성스러워 보이기도 하고, 부드러워 보이는 것도 같았다. 아무튼 손바닥 아래로 까슬까슬한 감촉이 느껴졌다…… 머리를 세차게 흔들어 보았다. 이제 머리카락이 떨어질까 봐 두려워할 필요가 없었다. 제 얼굴이 맞는지 확인해 보려고 한 손을 올려 관자놀이와 눈꺼풀과 입술을 차례로 만져보았다. 그리고 이제 새로운 모습의 그를 받아들인다는 의미로 미소를 지어보았다.

재킷 주머니에 술병을 꽂아 넣고(영화 〈사브리나〉의 험프리 보가트처럼)(하지만 머리카락은 없다……) 다른 주머니에는 스케치북을 쑤셔 넣었다.

케이트에게서 건네받은 바구니 안에 18년짜리 포트 엘렌 병을 뉘어 놓고 그녀의 손가락이 가리키는 방향을 바라보았다.
"저기 조그만 점 같은 거, 보이세요?"
"그런 것 같기도 하네요……"
"작은 오두막집이에요…… 밭에서 힘들게 일하던 사람들이 잠시 쉬던 작은 집이죠…… 저기로 가요……"

거기서 무엇을 할 거냐고 묻고 싶었지만 아무 말도 하지 않았다.
대신 그녀가 입을 열었다.
"입양서류를 작성하는 데 저 오두막집만 한 곳이 없거든요, 궁금해하시는 것 같아서……"

마지막 그림이었다.
그녀의 목덜미……
아무도 모르게 아누크의 손길이 닿았던, 그리고 지금 그가 몇 시간 동안이나 쓰다듬은 그녀의 목덜미.

아주 이른 시각이었다. 그녀는 바닥에 엎드린 채 아직 잠들어 있었다. 벽에 난 작은 구멍으로 들어온 한 줄기 햇빛에 어둠 속에서는 보이지 않아 아쉽던 모습들이 서서히 드러나기 시작했다.
그녀는 그의 손이 느끼던 것보다 훨씬 더 아름다웠다……

담요를 어깨에까지 끌어올려주고 스케치북을 펼쳤다. 조심스럽게 그녀의 머리카락을 젖혔지만 혹시라도 잠을 깰까봐 입을 맞추지는 못했다. 대신 세상에서 가장 높다고, 닿기 힘들다고 생각했던 그녀의 목덜미를 그렸다.

바구니는 뒤집어진 채 바닥에 뒹굴었고 술병은 비어 있었다. 그녀를 품에 안고 여기 오기까지의 이야기를 했다. 구슬치기에서부터 미스텡게까지, 아스팔트 바닥에 쓰러진 일에서부터 오늘 아침 그의 속에서 팔딱거리던 감정까지……

　아누크, 가족, 로랑스, 하는 일, 알렉시스, 유모에 관한 이야기를 들려주었다. 그리고 모닥불 가에서 처음 본 순간부터 그녀를 사랑했다고, 악수를 하면서 옮겨 묻은 숲의 흙을 주머니에 넣어두고는 그것을 언제까지나 간직하고 싶어 바지를 한 번도 빨지 않았다고 고백했다.

　그녀뿐 아니라 아이들도…… '그 아이들'이 아니라 '그녀의 아이들'도. 그녀가 아무리 아니라고 해도, 모두…… 톡톡 튀는 그녀의 아이들을 마음 속 깊이 사랑한다고.

　너무나도 감정이 북받쳐 오른 나머지 꿈에서처럼 그녀와 사랑을 나눌 수는 없을 것이라 생각했다. 그러나 그녀의 부드러운 손길과 고백 그리고…… 달콤한 말과 포트 엘렌의 위력이 있었으니……

　그의 인생, 그의 이야기가 거침없이 술술 흘러나왔다. 꾸밈없이, 차례로. 매사에 서투르던 사춘기 소년, 성실했던 학생, 야심만만한 젊은 건축가, 창의력 풍부한 엔지니어를 거쳐 결국, 스스로도 가장 만족하고 있는 박박머리의 행복한 마흔일곱 살, 그가 한 번도 고려해보지 않은, 기대하지조차 않았던 목적지에 닿은 남자로 거듭나기까지 걸어온 길. 그리고 세상의 그 어떤 쿠키 틀보다도 정교하게 모서리와 모서리를 맞대며 그녀와 사랑을 나누는 것 외에는 아무 목표도 없는 남자의 이야기.

　세심하게, 혹은 아껴가며, 때로는 게걸스럽게 그녀의 몸을 탐닉했다.

　그녀의 손길이 느껴졌다. 스케치북을 닫았다. 혼자만의 착각이 아니었구나.

"케이트?"
그가 문을 열다 말고 그녀를 불렀다.
"으응?"
"다들 와 있는데……"
"누가요?"
"자기 멍멍이들……"
"내가 못 살아……"
"그리고 라마도……"
"으으으으……" 담요 속에서 신음소리가 새어나왔다.

"샤를르?"
그는 풀밭 위에 앉아 하늘색을 닮은 복숭아를 그리고 있었다.
"응?"
"항상 저 모양일 테니까 미리 알아두는 게 좋을걸요……"
"아니. 저보다는 나을 거야."
"우릴 가만히 두지……"
말을 맺지 못했다. 복숭아 맛이 나는 남자의 입술을 깨무느라.

# 12

"어떻게 됐어……? 네잎 클로버는 찾았어?"
"네잎 클로버라니, 그게 무슨 소리야?"
"아무것도 아니야." 마틸드가 깔깔 웃어젖혔다.
아이는 창문턱에 기댄 채 몸을 반쯤 밖으로 내밀고 있었다.
"내일은 여길 떠나야겠지……"
"나야 꼭 가봐야 하지만 넌 며칠쯤 더 있어도 돼. 네가 그러고 싶다면…… 케이트가 역까지 바래다 줄 거야……"
"아니. 아저씨랑 같이 갈래."
"그런데 너…… 생각이 바뀌지는 않았어?"
"무슨 생각?"
"엄마 집에서 나온다는 거, 그리고 사뮈엘이 와 있어도 좋다고 한 거……"
"아니. 어디 한 번 두고 보기로 해…… 난 잘 적응할 수 있을 것 같은걸…… 아빠가 걸고넘어질지도 모르지만, 그거야 뭐…… 어쩌면 아예 모르고 지나갈 수도 있고…… 엄마는…… 오히려 잠시 떨어져 있는 게 엄마나 나를 위해 더 나을 수도 있지 않을까……"

샤를르가 서류를 내려놓고 아이를 향해 돌아섰다.

"마틸드, 난 말이야, 어떤 게 네 진심이고 어떤 게 허풍인지 도무지 분간할 수가 없어⋯⋯ 네 속에 뭔가가 잔뜩 들어 있는 것 같은데, 그게 뭔지 알 수가 없다고. 네가 명랑한 척하는 것도 영 석연치가 않고⋯⋯"

"그럼 내가 어떻게 하길 바라는데?"

"나도 모르겠어⋯⋯ 차라리 네가 엄마와 나를 원망했으면⋯⋯"

"원망해. 죽을 만치 원망하고 있으니까 걱정하지 마! 아무짝에도 쓸모없는 이기주의자들, 정말 실망스러워. 어른들은 다 마찬가지야⋯⋯ 그리고 지금 난 샘이 나서 미치겠단 말이야⋯⋯ 이제 아저씨한테는 나 말고도 애들이 많잖아. 만날 시골에만 처박혀 있으려 하고⋯⋯ 인생에는 다운로드할 수 없는 것도 있구나 싶어, 그게 바로 이런 거겠지, 응?"

"사뮈엘이 우리 집에 오는 게 싫으니?"

"그건 아냐. 사뮈엘은 쿨한 애니까⋯⋯ 그리고 걔랑 같이 앙리 4세 고등학교에 다니면 재미있을 것 같기도 해⋯⋯"

"혹시 잘 지내지 못하게 되면?"

"그땐 아저씨가 그 머리카락을 움켜쥐고 고민을 해야지. 해결책을 찾아야 하잖아."

히히히.

식구들이 모두 승강장까지 따라 나왔고 케이트도 도망칠 필요가 없었다. 다음 주면 샤를르가 하숙생을 데리러 다시 오기로 되어 있었으므로.

아이들에게 동전을 쥐어주고 사탕 자판기 쪽으로 내쫓아 버린 다음 사랑하는 여인의 목덜미를 감싸안고 입을⋯⋯

'우우우우'. 사방에서 야유소리가 터져 나왔다. 아이들을 조용히 시키려고 입을 다물었으나 케이트는 반지를 낀 가운뎃손가락을 아이들 쪽으로 치켜들며 그의 입술을 다시 열었다.

 "시시해." 야신이 투덜거렸다. "기네스북에 보면 쉬지 않고 30시간 59분 동안 키스를 한 미국인들의 기록이 나와 있던데."

 "걱정 마, 고구마 선생. 우리도 연습할 거니까……."

# 13

 샤를르의 삭발 사건에 사무소 전체가 술렁거렸다. 햇빛에 그을린 얼굴도 화제가 되었다. 이미 살이 좀 붙어 돌아왔지만 몸은 갈수록 불어갔고 아침 일찍 일어났으며 일도 술렁술렁 해 나갔다. 마크에게 정식 직원자리를 제안했고 사뮈엘의 전학 절차를 밟았고 침대와 책상을 사들인 다음 방 두 개를 두 아이에게 각각 내주고 거실에 자리를 잡았다.
 90센티미터 너비의 일인용 침대에 누워 자면서 이렇게 넓은 자리를 차지할 수 있다는 사실에 만족해했다.

 긴 통화 끝에 로랑스는 당신이라면 잘 해내겠지, 그런데 나머지 책들을 언제 찾으러 올 예정이야, 라고 물었다.
 "아이들 뒤치다꺼리하느라 눈코 뜰 새가 없어서 못 오는 거야?"
 대답할 말을 찾지 못했다. 전화를 끊었다.

 코펜하겐으로 날아갔다가 리스본을 거쳐 파리로 돌아왔다. 현상설계에 지궁하거나 프로젝트를 직접 맡기보다는 고문상담역으로 남고 싶은 마음에 새 직책을 위한 준비 작업을 시작했다. 매일 케이트에게 삽화를 곁들인 편지를 써 보내고 통화를 했다. 전화는 받으라고 있는 거라는 사실을 강조하면서.

그날 저녁에는 아티가 전화를 받았다.

"아저씨야, 잘 지내지?"

"아뇨."

천방지축 아티의 목소리가 이렇게까지 풀이 죽다니. 처음 있는 일이었다.

"무슨 일이 있니?"

"큰 개가 곧 죽을 것 같아요."

"이모는? 옆에 있어?"

"아뇨."

"그럼 어디에 있는데?"

"몰라요."

약속을 모두 취소하고 마크의 자동차를 빌려 석양의 집으로 달려갔다. 숨이 턱에까지 차올라 도착해보니 때는 이미 한밤중이었다. 케이트는 오븐 앞에 쭈그리고 앉아 있었다.

샤를르는 그녀의 뒤로 다가갔다. 그리고 그녀를 꼭 끌어안았다. 그녀는 뒤를 돌아보지 않은 채 그의 손을 잡았다.

"사뮈엘은 곧 집을 떠날 거고, 당신은 곁에 없고, 이젠 큰 개마저 날 버리려고 해……"

"나 여기 있어. 당신 뒤에."

"알아요, 미안해요……"

"……"

"내일 녀석을 수의사에게 데려가야 해……"

"그럴 거예요."

그날 밤, 그녀를 아파 눈물이 나도록 세게 안아주었다. 일부러 그랬다. 그녀가 개 때문에 울고 싶지 않다고 했기 때문에.

주사기가 비어가는 것을 보며 샤를르는 아누크를 생각했다. 오므린 손바닥에 바싹 마른 녀석의 코가 느껴졌다. 자동차 쪽으로 녀석을 안고 가는 사뮈엘을 바라보고만 있었다.

사뮈엘은 아기처럼 엉엉 울며 큰 개가 물에 빠진 알리스를 구해 주었던 이야기를 했다…… 그리고 어느 날엔가는 녀석이 오리고기 조림을 몽땅 먹어치웠다고…… 또 어느 날엔가는 오리들을 모두 잡아먹었다고…… 녀석이 밤마다 보초를 서서 우리를 지켜주었어요, 방이 너무 추워서 거실에 모여 잘 때는 문간을 지켰다고요……

"이모가 많이 힘들 거예요."

"우리가 도와줘야지."

침묵.

마틸드와 마찬가지로 이 소년에게는 어른들에 대한 환상이 남아 있지 않았다……

소년이 조금만 덜 슬픈 표정을 지었어도, 샤를르는 마음에 담은 말을 할 수 있었으리라. 어른들에게도 감정이라는 것이 있다고. 몸도 마음도 힘들 때가 있다고. 책임이 막중할 뿐이라고. 그 책임 중에는 석양의 집 식구들과 자신을 연결해주는 하나뿐인 다리를 십 년마다 튼튼하게 손보아야 하는 것도 포함된다는 말을, 가볍게 웃으며 해 줄 수 있었으리라.

그러나 사뮈엘은 어린 시절 내내 의지했던 커다란 개가 편안하게 누워 있는지 확인하느라 계속 뒷자리를 돌아보았고 이젠 기억이 가물가물한 제 아버지의 셔츠 소매로 연신 눈물을 훔쳐내고 있었다.

이럴 땐 입을 다물어야 했다. 예의상으로나마.

그들이 구덩이를 파는 동안 여자아이들은 큰 개에게 바치는 시를 썼다.

묻을 자리는 케이트가 골랐다.

"언덕에 묻어주자. 녀석이 우리를 언제까지나 지켜…… 미안," 그녀는 울고 있었다. "미안해……"

여름을 함께 난 아이들이 다 모였다. 모두. 말끔한 정장을 차려입은 르네 영감님도.

알리스가 종이를 꺼내 시를 읽었다. 너는 우리에게 많은 것을 주었어, 널 잊지 않을게…… 이제, 다음 차례는……

뒤를 돌아다보았다. 알렉시스와 그의 두 아이들이 언덕을 올라오고 있었다.

알렉시스. 두 아이. 그리고 그의 트럼펫.

……아티. 아티는 마지막 인사를 끝맺지 못했다. 종이를 구겨 바닥에 내던지더니 흐느껴 울기 시작했다. 난 누가 죽는 게 싫어. 싫단 말이야.

아이들이 구덩이에 각설탕을 던져준 다음 사뮈엘과 샤를르는 구덩이를 메웠다. 그들이 등을 구부린 채 삽으로 흙을 푸고 있을 때, 알렉시스 르망이 트럼펫을 불었다.

큰 개를 잃은 슬픔을 이해할 수는 있었으나 공감까지는 하지 못하던 샤를르가 일손을 멈추었다.

한 손으로 입을 막았다.

투명한 눈물방울이…… 그의 시야를 흐렸다.
알렉시스가 그렇게 우는 것은 처음 보았다.

감동적인 독주회……
오직 그들만을 위한……
그날의 마지막 비행을 하는 제비들의 날개 아래……
한쪽 면으로는 풍요로운 시골 마을을, 다른 쪽 면으로는 공포정치 시대를 이겨낸 소작지를 내려다보는 언덕 위에……
두 눈을 감은 알렉시스의 몸은 천천히 앞뒤로 흔들리고 있었다. 그의 숨결이 트럼펫의 멜로디에 실려 구름 위로 사라지고 있는 것만 같았다.

반짝이는 악기. 작은 서사시. 몇 년간 악기를 꺼낼 수 없었던, 한때 하얀 가루에 의존해 살던 한 남자의 독주. 그는 늙은 개의 죽음을 핑계 삼아 울고 있었다. 그가 겪은 모든 죽음을 슬퍼하며……
그랬다.
감동적인 독주회……

"무슨 곡이었어?" 일렬로 언덕을 내려가는 무리의 꽁무니를 따라가며 샤를르가 물었다.
"글쎄…… 내 바짓가랑이를 물어뜯은 녀석을 위한 진혼곡이라고 해 둘까……"
"너……"
"그래! 너무 두려웠어. 그래서 나오는 대로 불어버렸어!" 묵묵히 무리를 따르던 샤를르가 그의 어깨를 툭툭 쳤다.

"뭐?"

"잘 돌아왔어, 알렉시스, 대환영이야……"

그가 친구의 옆구리를 팔꿈치로 쿡 쳤다. 얼마 전에 깨졌던 갈비뼈 바로 밑을……

자고로 옛말에 들을 귀가 없는 자들 앞에서는 입을 다물라고 했다던데. 아프다 말해 뭐하나.

"알렉시스, 아이들이랑 저녁 먹고 갈 거죠?"

"고맙지만 전……

친구와 눈이 마주쳤다. 미간에 주름이 잡히는가 싶더니 곧 쾌활하게 하던 말을 마무리지었다.

"집사람에게…… 전화를 해줘야겠어요!"

샤를르는 그 미소를 알고 있었다. 파스칼 브루니에 자식의 왕구슬을 따먹을 때 짓던 바로 그 미소였다……

그날 저녁, 눈알이 빨개진 케이트와 아이들을 위해 다시 한 번 트럼펫을 불었다. 그리고 어릴 적, 그들의 개구쟁이 짓들과 유모를 골려주기 위해 부렸던 수천 가지 말썽들을 돌이켜보았다.

"네가 연주하는 '길'도 다시 듣고 싶다……"

"나중에……"

자동차를 세워둔 곳까지 함께 걸었다.

"넌 언제 돌아가는데?"

"내일 새벽에."

"그렇게 일찍?"

"응, 이번엔……"
상황이 워낙 위급했기 때문이라고 말할 뻔했다.
"……숨어 있던 천재 음악가의 재기를 도우려고 온 거니까……"
"언제 다시 오지?"
"금요일 저녁."
"그럼 우리 집에 한 번 들를래? 보여주고 싶은 게 있어……"
"오케이."
"자, 도련님들!"
"그 말을 할 줄 알았어……"
케이트는 그가 귀에 대고 속삭인 마지막 말을 잘 알아듣지 못했다.
당신은 뭐하는 거야? 당신 수고했어? 아니면 당신은 요정 같아?
그럴 리가. 그 말이 아니었을 거다. 요정들은 손이 이렇게 밉지 않다……

# 14

다시 클로데오름 8번지의 초인종을 눌렀다……

이 집에 오느라 석양의 집에서 보낼 금쪽 같은 시간을 쪼개야 하다니, 짜증이 났다……

"금방 나갈게!" 인터폰으로 알렉시스의 목소리가 들렸다.

다행이었다. 코린과 어색한 인사를 주고받지 않아도 되겠구나 싶었다.

뤼카가 뛰어오더니 그의 목에 매달렸다.

"어디로 가는 거야?"

"따라와 보면 알아."

"여기야……"

"여기가 뭐?"

그들 셋은 공동묘지 한복판에 서 있었다.

잠시 후, 샤를르는 아무 대답이 없는 알렉시스를 향해 알겠다는 듯이 고개를 끄덕였다.

"어이, 위치가 정말 좋네. 완벽해. 너희 집하고 케이트네 집 사이의 딱 중간지점이잖아. 좀 조용히 쉬고 싶을 땐 너희 집으로 가면 되고, 케이트네 집에 가면 춤추고 놀 수 있고."

"엄마가 어디로 갈지는, 안 봐도 뻔해……"
그의 미소가 서글퍼보였다.
"걱정 마, 이 친구야. 그 집에서 춤추고 노는 거, 내가 좀 해 봐서 아는데, 그게 보통일이 아니더라고……"
그들은 죽은 자들과 숨바꼭질을 하느라 정신이 없는 뤼카를 불렀다.
"있잖아…… 네가 처음 우리 집에 전화를 했을 때부터…… 난 심각하게 고민을 해 왔어……"
샤를르는 됐어, 변명하지 않아도 돼, 라고 말하는 듯한 눈길을 보냈다.
"그러다가 케이트네 개가 죽었다는 소식을 듣고 가 봤더니…… 개 한 마리를 위해서도 저렇게들 하는데…… 난……"

"발랑다, 뭐라고 말 좀 해봐."
"너랑 같이 여행을 하고 싶다……"
친구가 고개를 끄덕였다.

★★★

길을 따라 내려오다가 알렉시스가 뜬금없이 물었다.
"그런데 말이야…… 케이트와의 관계는 진지한 거냐?"
"아니, 아니야. 그럴 리가 있겠니. 그냥 케이트랑 결혼을 하고 애들을 입양하려는 것뿐이야 뭐, 동물들도 그냥 데리고 있을까 해…… 라마 녀석은 결혼식 들러리로 세우고."
익숙한 웃음.

아무 말 없이 몇 걸음을 걸었다.

"케이트랑 엄마가 닮은 것 같지 않아?"

"아니." 샤를르가 굳이 아니라고 대답했다.

"맞아…… 내가 보기엔 닮았어. 똑같아. 케이트가 좀더 강하긴 하지만……"

# 15

샤를르는 역에 들러 알렉시스를 만났다. 그리고 두 남자는 곧장 쓰레기하치장으로 갔다.
둘 다 흰 셔츠와 밝은 색 재킷 차림이었다.

그들이 도착했을 때에는, 덩치 좋은 인부 두 명이 무덤을 다시 열고 있었다.
뒷짐을 지고 한 마디 말도 없이 인부들이 그녀의 관을 끌어올리는 모습을 지켜보았다. 알렉시스는 울고 있었다. 샤를르는 울지 않았다. 지난 밤, 사전에서 찾아 본 낱말을 떠올리고 있었다.
발굴하다 : 동사. 〈시체를〉 발굴하다, 〈묻힌〉 것을 꺼내다.

장의사들이 다음 절차를 진행했다. 관을 영구차에 싣고 세 사람이 탄 뒤쪽 칸의 문 두 짝을 닫았다.
괴상한 소나무 테이블을 사이에 두고 마주 앉은 두 남자……
"이럴 줄 알았으면, 카드를 챙겨오는 건데……"
"아, 됐네…… 아느그는 관 속에 누워서도 속임수를 쓸길……"

울퉁불퉁한 길을 지나 모퉁이를 돌 때, 관이 미끄러질까봐 본능적으로 손을 뻗었다. 그리고 나뭇결을 만져보는 척하면서 그녀가 누워 있는 그 관을 부드럽게 오래도록 쓰다듬었다.

둘 다 거의 입을 열지 않았고 가끔씩 주고받는 이야기도 시시한 것들뿐이었다. 하는 일이 어떻다느니, 허리가 아프다느니, 이를 새로 해야 된다느니, 동네 치과에서 의치를 하면 파리에서 하는 것보다 훨씬 싸게 할 수 있다는 등등. 샤를르가 무슨 차를 살까 고민 중이라고 하자 알렉시스는 괜찮은 중고차 판매업자와 월세가 싼 주차장을 알고 있다고 했다. 그리고 그의 집 계단에 간 금은…… 샤를르는 보험금으로 고칠 수 있도록 전문가 입장에서 안전진단서를 작성해주겠다고 했다.

둘 중 어느 누구도, 그들을 너무나도 사랑해주었던 여인의 시신 외에는 아무것도 발굴해 내고 싶지 않았다.

그러다 어느 순간, 유모에 대한 추억을 이야기하기 시작했다. 언제나처럼 가라앉은 분위기를 띄워주는 건 유모의 몫이었다.

아니, 추억이 아니었다. 유모가 바로 그 자리에 그들과 함께 있었다. 매일 초콜릿 빵을 사 들고 학교 문 앞에서 기다리던 그 열정적인 늙은이가.

"유모…… 나중엔 초콜릿 빵이라면 정말 쳐다보기도 싫어지더라…… 다른 것도 좀 사주지 그랬어?"

"그럼 신화는? 신화는 어떻게 하고?" 유모가 그들의 어깨에 묻은 먼지를 떨어주며 대답했다. "이봐요, 도련님들, 만일 내가 매일 다른 간식을 사줬다면, 너희들은 날 곧 잊었을 거야. 그런데 봐라, 초콜릿 빵을 지겹도록 먹여놓았더니, 평생 초콜릿 빵만 보면 내 생각을 하게 되었잖니!"

유모 말이 옳았다.

"언제 한번 아이들을 데리고 유모를 보러 가야겠어."
"푸……" 샤를르가 푸 소리에 잔뜩 힘을 주며 한숨을 쉬었다. (연기를 못해도 이렇게 못할 수가.) "유모가 어디에 묻혀 있는지, 네가 알아?"
"아니…… 그거야 물어보면……"
"누구한테? 노인네 호모협회 같은 데에 문의라도 해 보려고?"
"유모 이름이 뭐였더라……"
"지지 루비로사."
"젠장, 그거야…… 기억하고 있었네?"
"기억하고 있었던 게 아니야. 네 편지를 받은 다음부터 생각해내려고 애를 썼던 거지. 그런데 어쩌다 보니 지금 방금 생각이 났어."
"그리고…… 본명은?"
"한 번도 들어본 적이 없는 것 같아……"
"지지……, 지지 루비로사." 알렉시스가 꿈꾸는 듯한 얼굴을 했다.
"그래, 지지 루비로사. 올랑다 마샬의 절친한 친구이자 카바레 배우 전담 미용실 언니 재키의 고객……"
"넌 어떻게 그런 걸 다 기억하냐?"
"난 잊어버리는 게 없어. 불행한 일이지."
침묵.
"결국…… 별 쓸데없는 것까지 다 기억하고 있는 거야……"
침묵.
"샤를르……" 한때 친구가 헤로인에 탐닉했었다는 것도 기억하겠지.

"시끄러. 아무 말 마."

"기억해내야 해……"

"좋아, 하지만 다음 기회에. 다 제 차례가 있는 법이니까……" 그가 짜증을 내는 척했다. "이봐요, 아누크, 르망 가족의 사이코드라마는 이제 지겹다고요! 40년 동안이나 그 꼴을 봐 왔어요! 이제 끝날 때가 된 거 아녜요? 산 사람들을 좀 내버려두면 안 되겠어요……!"

가방을 집어 들었다. 잠시 망설이다가 서류를 꺼내 읽는 척했다. 아누크, 그녀 위에 몸을 의지한 채 훌리오 이글레시아스의 노래를 흥얼거렸다. 예, 난 하나도 변하지 않았어, 예, 언제까지나 난 이상한 젊은이, 등등.

그 누구보다 유모가 좋아했을 만한 노래……

아누크, 사용 설명서는 이제 그만 보려고 해…… 추억도 후회도 삽으로 그러모아 당신과 함께 묻을 거야…… 그리고 인생은…… 닌닌닌…… 살며시, 소리 없이, 우리를 갈라놓고……(*자크 브레베르의 시에 가사를 붙여 이브 몽땅, 코라 보케르 등의 가수들이 부른 샹송 〈고엽〉 일부)

코라 보케르. 유모와 잘 아는 사이였다지……

"지금 흥얼거리는 건 뭐야?"

"쓸데없는 노래들."

★★★

마을에 도착했을 땐 거의 한 시가 되어가고 있었다. 알렉시스는 인부들에게 간단한 점심을 사주겠다고 했다.

그다지 달가워하지 않는 눈치였다. 바쁘기도 하거니와 화물을, 즉

관을 햇빛 비추는 곳에 두는 것이 별로 좋지 않기 때문에.

"그러지들 마시고…… 빨리 먹고 갑시다……" 알렉시스도 고집을 꺾지 않았다.

"인부양반들을 '크로크 므르'라고 하니까, 치즈를 넣은 따뜻한 크로크 무슈 샌드위치를 먹어볼까나." 샤를르가 재미있다는 듯 웃었다.

"이왕이면 계란프라이를 얹은 크로크 마담으로 먹는 게 어떨까. 우리 엄만 여자니까."

저 옛날에 그랬던 것처럼, 두 친구는 실없는 농담을 주고받으며 허리가 꺾어지도록 웃었다.

남은 맥주를 마저 마시고 나서, 그들은 차로 돌아갔다.

★★★

그녀가 다시 차가운 땅에 묻혔다. 알렉시스는 구덩이에 바싹 다가가 고개를 숙이고 아래를……

"이것 보세요, 옆으로 좀 비켜 주시죠." 그를 방해하는 누군가의 목소리.

"네?"

"작업이 너무 늦어졌단 말입니다…… 나머지를 마저 끝낸 다음에 애도를 하시면 되시잖아요……"

"나머지? 뭐가 또 남았는데요?"

"매장할 시신이 하나 더 있잖아요……"

뒤로 돌아서보니 바네통-마르샹뵈프 장의사 로고가 찍힌 받침대 위에 관이 하나 더 놓여 있었다. 그 옆에서 친구가 웃고 있었다.

"이게…… 이게 누구야?"

"자…… 어디 한 번 알아맞혀봐…… 손잡이에 걸어둔 모피 목도리랑 핑크색 스카프를 보고도 모르겠어?"

놀란 나머지 그 자리에 주저앉은 알렉시스를 진정시키느라 샤를르는 한참 동안 애를 먹었다.

"어……어떻게 한 거야?" 그가 말을 더듬었다.

"돈 주고 샀어."

"뭐어?"

"먼저 말해두고 싶은 건, 사실은 내가 유모의 진짜 이름을 똑똑히 기억하고 있었다는 거야. 일을 벌이기 전 몇 달 동안 고민을 좀 했지…… 결심을 한 다음에는 노르망디로 가서 유모의 조카를 만났어. 그리고 돈을 주고 시신을 샀다고."

"무슨 소린지 영 이해할 수가 없어."

"이해하고 자시고 할 것도 없어. 술잔을 앞에 놓고 담판을 벌였지. 누가 노르망디 사람 아니랄까봐, 엉큼하게 나오더라고. 너무 충격적인 얘기다, 그럴 순 없다. 내참, 가소로워서. 살아 있을 땐 그렇게 무시해놓고, 구더기가 들끓는 시신에 그렇게 연연해하다니…… 원하는 게 뭔지 알겠더라고. 그래서 수표책을 꺼냈지.

아주 고상하게, 알렉시스…… 장엄하게…… 꼭 모파상의 소설 속에서처럼…… 그 한심한 작자는 수표책을 흘끔거리면서도 마지막까지 비열하게 굴었어. 그런데 그 집 마누라가 갑자기 끼어들더니 남편보고 잘 생각해 보라고…… 당장 집에 보일러도 고쳐야 하는데…… 모리스 삼촌이 어디에 묻혀 있는지가 뭐 그리 중요하냐고. 삼촌이 저 양반 대부라잖우, 종부성사도 알아서 해준다니까…… 뜻이 가상하잖아, 엥? 그래서 내가 물어봤어, 새 보일러가 얼마나 하느냐고. 부부가 부르는 액수를 군소리 없이 수표에 적었지. 하지만 기가 막히더라, 그 돈이면 전국의 칼바도스를 다 데우고도 남겠더라고!"

알렉시스가 빙그레 웃었다.

"하이라이트는 이제부터야…… 난 수표를 꼼꼼히 적었어, 금액, 날짜, 수취인. 이제 사인만 하면 되는데, 그 순간 잠시 펜을 내려놓았지. '그런데…… 돈을 드리는 제 입장에서는 말입니다, 사진 정도는 달라고 해도 되는 게 아닐까 싶은데……그래요, 사진을 갖고 싶습니다. 여섯 장.' '뭐라고요?' '유…… 아니, 모리스의 사진 여섯 장을 가져오시라고요. 아님, 없던 일로 하시던가요.' 안쪽에서 난리가 났더군…… 아이고, 세 장뿐이네! 아무개 이모한테 전화해 봐! 한 장밖에 없대요! 베르나데트도 가지고 있을 게야! 그 집 아들이 부랴부랴 그 여자 집에 뛰어가더군. 그 동안 부부는 앨범들을 모조리 꺼내놓고 셀로판지를 벗기느라 야단법석이었어. 아아…… 얼마나 재미있던지…… 태어나 처음으로 내가 판을 벌인 거잖아…… 아무튼……"

주머니에서 봉투를 꺼냈다.

"여기, 사진들…… 유모도 어렸을 땐 귀여웠더라고…… 그 중에서도 아기 때 알몸으로 찍은 사진을 보면 당장에 유모구나 알아볼 수 있을 거야…… 그게 제일 정직한 모습이기도 해!"

알렉시스는 미소를 지으며 사진들을 한 장씩 넘겨보았다.

"너도 한 장 가지고 있어야지?"

"아니…… 네가 다 가지고 있어……"

"왜?"

"네게 남은 유일한 가족이잖아……"

"……"

"아누크에게도 그렇고…… 두 사람에게 유모를 되찾아주고 싶었어……"

"난……" 그가 코를 쓱 문질렀다. "이럴 땐 뭐라고 해야 하는 건지 모르겠어, 샤를르……"

"아무 말도 하지 마. 나를 위해서 한 일이니까."

그러더니 갑자기 쭈그리고 앉아 한쪽 신발 끈을 고쳐 매는 척했다.
알렉시스가 그의 어깨를 끌어안았다. 영혼을 나눈 형제의 어깨를. 샤를르는 그런 알렉시스가 부담스러웠다.
유모의 시신을 산 것은 자신을 위해서였다. 마음 속의 짐을 내려놓고 싶어서.

알렉시스가 영구차를 향해 걸어가는 샤를르를 불러 세웠다.
"어디 가는 거야?"
"저 차를 얻어 타고 돌아가려고."
"하지만…… 그게……"
샤를르는 그의 말을 끝까지 들을 용기를 내지 못했다. 게다가 내일 아침 일곱 시에 회의가 잡혀 있었다. 충분히 준비하려면 밤을 새워도 모자랄 것 같았다.

그는 인부들 사이에 편안하게 자리를 잡고 앉았다. 붉은 십자가가 그려진 마르제레 마을 표지판이 오른쪽으로 지나갔다. 그날 하루 종일 마음에 걸리던 생각 때문에 다시 괴로워졌다.
그녀가 바로 지척에 있는데, 한 번 안아보지도 못하고 돌아가야 하다니…… 안타까웠다.

다행히 파리까지 동행할 친구들이 보통 수준이 넘는 코미디언들이었다.

그의 눈치를 잠깐 살피더니 넥타이를 느슨하게 풀고 재킷을 벗어젖혔다. 그때부터 분위기가 살아났다. 샤를르에게 온갖 희한한 이야기들을 들려주는데 정말 웃겼다. 방귀 뀌는 시체를 보았다느니, 죽은 사람 주머니에 들어 있던 휴대폰이 울렸다느니. 숨겨둔 애인이 성수채를 흔들며 장례식장에 나타나 죽은 난봉꾼 앞에서 자기를 '정말로 죽여 놓고' 혼자서 가버릴 수 있냐고 고래고래 악을 쓰며 난동을 부렸다느니, 그 와중에 유족들은 연금이 어쩌니 하는 소리만 늘어놓고 있더라는 등 기가 막히고 말도 안 되는 이야기들이 끊임없이 이어졌다.

이야깃거리가 바닥이 나자 누군가가 라디오를 켰다. '과대망상'이라는 프로가 한창이었다.

걸쭉하고. 노골적이고. 진한 농담들.

옆에서 권하는 담배를 받아 피우던 샤를르는 누군가가 꽁초를 버리려고 창문을 연 틈을 타 가슴에 달고 있던 상장(喪章)을 차창 밖으로 던져버렸다.

후련하게 웃었다. 그리고 앞에 앉은 장-클로드에게 라디오 볼륨을 높여달라고 했다. 죽은 이를 잊고 벨페르라는 시청자가 보낸 질문에 집중을 했다.

로쉬에 사는 벨페르 여사가 보내주신 질문.

# 16

9월 중순으로 접어들었다. 지난 주말에는 나무딸기를 2킬로그램쯤 땄고 교과서 스물네 권에 뒤덮여 있었으며(자그마치 스물네 권이다!) 염소 발굽을 다듬는 케이트를 도왔다. 함께 주말을 보내러 온 클레르는 노교수 대신 구리솥을 저으며 야신과 몇 시간 동안이나 수다를 떨었다.

그 전날에는 마을 편자 대장장이 청년에게 홀딱 반해가지고 변호사를 그만두고 채털리 부인처럼 살아볼까라는 헛소리를 해댔다.

"앞치마 아래로 불끈불끈하던 그 가슴팍을 봤어요?" 저녁 무렵까지도 제정신을 못 차리고 있었다. "응? 케이트, 자기도 봤지?"

"잊어버려요. 머리가 약간 이상한 남자야……"

"그걸 어떻게 알았어? 확인해 봤어요?"

옆방에 있던 샤를르가 인상을 구기며 들어와 참견을 했다. 그래, 케이트가 테스트해 봤대……

"아아, 아무리 그래도…… 그 가슴팍은……" 변호사가 한숨을 쉬었다.

몇 시간 후, 샤를르가 해준 팔베개를 베고 있던 케이트가 뜬금없이 물었다. 당신, 겨울을 날 것 같아?

"무슨 의미인지 잘 모르겠는걸……"

"그럼 신경 쓰지 말아요." 그녀가 그의 팔을 제자리에 돌려놓고 엎드렸다.

"케이트?"

"응?"

"우리 말이 원래 모호하잖아……"

"……"

"내 사랑, 당신이 두려워하는 게 뭐야? 나? 추위? 아니면 시간?"

"전부 다."

대꾸 대신 그녀를 오랫동안 어루만져 주었다.

머리카락, 등, 엉덩이.

말 따위로 더 이상 고민하지 않기로 했다.

말이 필요치 않았다.

그녀의 가느다란 신음소리면 충분했다.

그렇게 그녀를 재웠다.

사무소. 불규칙한 하중이 작용하는 아치교의 그래픽 분석 결과를 가지고 골머리를 썩이고 있는데……

"이게 대체 뭐하는 수작이야?" 필립이 그의 얼굴에 서류뭉치를 다짜고짜 들이밀었다.

"그렇게 말하면 내가 어떻게 아나?" 화면에서 눈을 떼지도 않은 채 대꾸했다. "설명을 해야 알지……"

"페타우크노크 레 메르디용이라는 곳에, 뭐? 연회장 설계경기 참가 확인서? 이게 무슨 개떡 같은 소리야?"

"개떡 같은 연회장을 지을 생각은 없는데." 그가 필립의 질문공세에도 끄떡없이 컴퓨터 화면을 더 가까이 들여다보며 한 마디를 툭 던졌다.

"샤를르…… 이게 무슨 헛소리냐고? 자넨 지난주에 코펜하겐에 다녀왔잖아. 리스본에도 들렸고. 그래서 난 자네가 알바로 시자와의 공동 작업을 추진 중인 줄 알았어, 그런데 이게 무슨……"

컴퓨터 화면에서 눈을 떼고 의자를 뒤로 뺐다. 그리고 재킷을 집어 들며 일어섰다.

"커피 한 잔 마실 시간 있나?"

"아니."

"그럼 일부러라도 내봐."

사무소 간이휴게실로 걸어가는 필립을 불러 세웠다.

"어이, 여기서 말고. 아래로 내려가세. 자네에게 할 이야기가 있어……"

"또 무슨 얘기로 날 놀래키려고?" 계단을 내려가며 필립이 한숨을 내쉬었다.

"우리 관계에 대한 얘기."

★★★

두 사람 사이에는 커피잔 다섯 개가 놓여 있었다.

물론 발굽 손질을 하는 동안 겁에 질린 염소 뿔을 잡고 있으면 손바닥에 얼마나 열이 나는지 따위의 이야기를 하지는 않았지만, 상대는 그가 어떤 상황에 놓여 있는지 충분히 짐작을 했다.

침묵.

"그렇지만…… 그런 데서 자네가 대체 뭘 하려는 건가? 노예선을 젓는 것도 아니고.(*몰리에르의 희곡 〈스카팽의 간계〉에서 인용)"

"곰팡이 난 몸에 햇볕 좀 쪼여줄까 하네." 샤를르가 빙그레 웃었다.

침묵.

"시골을 아주 제대로 표현한 말이 있는데, 혹시 알고 있나?"

"어디 말해 봐……"

"낮에는 지겹고 밤에는 두려운 곳."

이번에도 웃기만 했다. 그런 집에서는 단 1초도 지루해질 수가 없다는 걸 몰라서 하는 소리야, 이 친구야. 그리고 밤이면 슈퍼 여걸의 품 안에서 잠을 자거든. 두렵긴 뭐가 두려워.

그 아름다운 가슴에 얼굴을 묻고 자는데……

"왜 아무 말이 없어? 바보같이 웃기만 하고……" 답답해 못 건디겠다는 말투.

"……"

"곧 지겨워질 걸세."

"아니."

"내 말이 맞다니까…… 지금이야 사랑에 눈이 멀어 구름 위에 올라앉은 것 같겠지만…… 이런 젠장! 이젠 인생을 알 만큼 알 때도 되었잖아!"

(참고로 필립은 세 번째 이혼 소송 중이다.)

"천만에…… 난 아직도 모르겠는걸……"

침묵.

"이봐." 샤를르가 그의 어깨를 툭툭 쳤다. "내가 아예 그만둔다는 게 아니잖나. 일하는 방식을 조금 바꾸겠다는 것뿐이라고……"

침묵.

"만난 지 얼마 되지도 않은 여자 때문에, 그것도 말썽 많은 애들이 다섯이나 딸리고, 염소 털로 짠 양말을 신은 한 여자 때문에 자네 인생을 몽땅 뒤엎겠다, 이 말인가?"

"거, 간단명료하게 요약해보니 그렇군……"

아까보다 더 긴 침묵.

"발랑다, 한 마디만 더 하지……"

(아…… 바람둥이 주제에 시시콜콜 간섭하기는…… 지겹다……)

옆자리의 청년이 마음에 들었는지, 뒤를 돌아보던 필립이 하던 말을 마저 했다.

"자네의 이번 프로젝트, 훌륭한 것 같아."

그리고 문고리를 잡으면서 한다는 말.

"그런데…… 자네한테서 쇠똥냄새가 나는 것 같군."

# 17

 처음으로 아버지가 대문 앞에 나와 있지 않았다.
 지하 창고에 내려가 보았더니 아버지가 당황해 어쩔 줄을 모르고 있었다. 무엇을 찾으러 내려왔는지 까맣게 잊어버렸다고.
 샤를르는 아버지의 볼에 입을 맞추고 부축을 했다.
 밝은 불빛 아래에 드러난 아버지의 모습을 보니 더 애가 탔다. 주름이 더 깊어졌고 피부도 예전 같지 않았다.
 나무껍질처럼 뻣뻣하고 누리끼리하게 변해 있었다.
 게다가…… 면도날에 벤 자국이 하도 많아서 사람이 더욱 추레해보였다.
 "아버지, 다음번에 올 때에는 전기면도기를 사다드릴게요……"
 "아서라, 애야…… 나 때문에 괜한 돈을 써서야 되겠니……"
 아버지를 소파에 앉히고 발치에 앉아 한참을 바라보았다. 상처투성이 얼굴에서 그에게 힘을 실어줄 만한 다른 것을 발견할 때까지.

 앙리 발랑다, 평생 기품을 지켜온 아버지는 외아들의 마음을 알아차리고 그의 주의를 다른 데로 돌리기 위해 애썼다.
 그러나 마당에서, 그리고 부엌에서 들려오는 소란한 소리에 그의 정신은 더 아득한 곳으로 떠나버리고 말았다.

이렇게 그도 죽음을 향해 가고 있었다……

끝이 없는 죽음.

내일은 아니리라. 어쩌면 모레도…… 하지만 언젠가는……

아누크의 말이 끊임없이 머릿속을 울렸다.

미스텡게를 알렉시스에게 주어버렸다. 그녀에 대한 추억은 단 하나면 족했다. 살아 있다는 것.

그 특권.


어머니의 소프라노 목소리가 거실의 세네카적인 분위기에 젖어 있던 그를 깨웠다.

"엄마는 아는 척도 안 하기야? 뽀뽀도 안 해주고? 이 집엔 늙은이들밖에 없으니까, 적당히 넘어가려고?"

그때 틀어 올린 그녀의 머리가 툭 풀어져버렸다.

"어머나…… 이놈의 머리…… 다신 이렇게 틀어 올리지 말아야지…… 그런데 넌, 그렇게 탐스러웠던 머리를 왜…… 아니, 얘가 왜 이렇게 실실 웃어?"

"엄마랑 나는 DNA 검식 같은 걸 해 볼 필요가 없다니까요! 내 머리가 탐스러웠다니…… 아무튼 그런 헛소리를 하는 걸 보면 엄만 역시 우리 엄마가 틀림없어요!"

"얘, 네가 진짜 내 아들이면, 그 나이에 그렇게 몸이 불진 않았을 거야. 누굴 닮아서 저렇게 살이 찌지……"


어머니는 아들이 귀 뒤로 잘 잡아당겨준 머리카락을 정성껏 틀어 올렸다……

저녁식사가 끝나자마자, 망나니들은 보던 영화를 마저 봐야 한다며 2층으로 뛰어 올라가버렸고 샤를르는 식탁을 치우는 어머니와 서류를 정리하는 아버지를 도왔다.

그리고 다음 주 중에 한 번 들러 세금신고서 작성하는 일을 돕겠다고 약속했다.

그 말을 하면서 속으로는 이번 회계연도가 끝날 때까지 매주 들러 아버지를 도와야겠다고 결심했다.

"코냑 한 잔 마시겠니?"

"아버지, 그러고는 싶지만 운전을 해야 해서요…… 참, 아버지 차 열쇠는 어디에 뒀어요?"

"콘솔 위에……"

"샤를르, 이 시간에 길을 떠나는 건 별로 좋은 생각이 아닌 것 같다……" 마도가 한숨을 쉬었다.

"걱정 마세요. 수다쟁이들을 둘이나 데리고 가는데요, 뭐……"

그러나저러나 우리 수다쟁이들은…… 그는 계단 아래에 서서 가야 할 시간이라며 아이들을 불렀다.

"어이! 내 말 못 들었어?"

열쇠…… 콘솔……

"어?" 그가 깜짝 놀랐다. "거울을 어떻게 하신 거예요?"

"큰누나가 가져갔어." 복도 안쪽 부엌에서 설거지를 하던 어머니가 대답을 했다.

"누나가 그 거울을 너무 좋아하잖니…… 어차피 우리 죽으면 다 물려줄 건데, 미리 주는 셈 치고 가져가라고 했지……"

샤를르는 거울이 있던 자국을 물끄러미 쳐다보았다.

바로 여기서, 라고 그는 생각했다, 나는 생각했다. 거의 일 년 전쯤에 눈앞이 흐려졌었지.

여기, 이 콘솔 위에서 알렉시스의 편지가 나를 기다리고 있었다.

거울이 있던 자리를 바라보는 나의 눈길은 두 마디, 일곱 음절의 말에 억눌린 한심한 남자의 허무한 눈길이 아니었다. 거의 회색빛이 도는 짧은 머리털에 묻은 먼지를 아무렇게나 털어버리는 커다란 흰 네모의 반짝거리는 눈길이었다.

요즘처럼 거울에 비친 내 모습이 나다워 보인 적이 없었다.

"사뮈엘! 마틸드!" 나는 다시 소리를 쳐 아이들을 불렀다. "그럼 재미있게들 놀아, 나는 간다!"

나는 부모님을 안고 볼에 입을 맞추었다. 그리고 두근거리는 마음을 안고 알렉시스 르망의 집으로 가던 열여섯 살 소년이 되어, 부모님 집의 계단을 뛰어 내려갔다.

비밥 재즈와 니코틴에 입문했던 시절. 재즈는 너무 난해하다며 나와 함께 음악을 들으려 하지 않던, 결국은 오래지 않아 내 곁을 떠났던 여자들, 그녀들이 떠나고 난 빈자리를 채우기 위해 듣던 찰리 파커, 그날 밤 포트 엘렌 병 밑바닥에 남아 있던 이야기들……

나는 경적을 울렸다.

이웃들이 짜증을 내건 말건……

엄마한테 핀잔 들을 일이 하나 늘었다……

2분만 더 기다려주기로 하자. 그 다음엔 나도 모른다.

사실, 그래도 된다! 녀석들이 나를 얼마나 부려먹고 있는데! 수학 숙제도 두 배, 물리 숙제는 세 배, 부엌에는 멍텅구리 라몽 녀석의 사진이 붙어 있고 나이프들은 뉴뗄라 초코크림으로 찐득찐득. 지난 목요일에는 디드로의 '라모의 조카' 감상문을 손봐주느라 새벽 열두 시 하고도 십오 분까지 책상 앞에 붙어 있었단 말이다!

요즘 난 매일 퇴근길에 갓 구운 바게트를 사들고 들어온다. 채소와 단백질, 그리고 탄수화물이 균형을 이룬 식사를 준비하고 애들 청바지 주머니를 뒤집어 하마터면 물에 빨아버릴 뻔했던 온갖 잡동사니들을 꺼낸다. 둘이서 문을 쾅 닫고 들어가 며칠 동안 한 마디도 하지 않는 냉전 기간에는 애들의 비위를 맞추느라 애를 먹고, 기분이 풀려 둘이 한 방에 처박혀 시간 가는 줄 모르고 낄낄거릴 땐, 또 그대로 참아준다. 애들이 듣는 망측한 음악도 견뎌야 한다. 그렇게 노력을 하는데도 녀석들은 내가 테크노 뮤직과 테크토닉 뮤직의 차이를 모른다고 구박을 한다. 사실…… 그런 일들은 하나도 힘들지 않다. 하지만 케이트를 만날 시간을 좀먹는 건 용서가 되지 않는다.

단 일 초도.

그들의 앞에는 그들의 인생이 있다, 아이들에게는……

게다가 나는 성격상 빨리 차를 몰지 못한다. 그런 이유로 다시 한 번 아이들을 닦달하는 것이다. 아마 다음 신호등까지는 화난 척을 해야 할 것 같다.

이번에도 똑같은 문제로 실랑이를 벌이는 두 녀석. 누가 앞자리 조수석에 앉을 것이냐.

이제 내 차례다.

조수석도 내 차지다, 요 녀석들아.

판결을 내리고 운전석 의자를 몇 센티미터 앞으로 당긴다. 아버지의 지프차에 발길질을 하던 두 녀석은 포기하고 뒷자리에 올라탄다. 욕을 하건 말건 상관없다. 빨리 차를 출발시켜야 하니까.

"아저씬 너무 뚱뚱해!"

"그래, 맞아…… 두 자리나 차지하려 하고……"

"사랑을 하면 뚱뚱해지나?"

나는 웃는다. 저 어리석은 두 녀석들의 기를 팍 눌러 버릴 만한 대답을 찾고 있다가, 생각했다…… 그래, 내버려두자, 저것이 바로 젊음이다……

그리고 나의 젊음은 이미 저만치 뒤에 있었다……

□ 옮긴이의 말
# 그림자가 있기에 더욱 더 밝아 보이는 빛

안나 가발다의 작품을 읽는 것은 프랑스인들의 일상을 자세히 들여다보는 것과 같다. 굳이 프랑스인들이라고 한정할 필요가 있을까마는, 여러 가지 면에서 문화적 차이를 분명히 느낄 수밖에 없는 우리 나라 독자들에게 '현대인의 일상을'이라는 말을 내세워 억지를 부리고 싶지는 않다. 그러나 안나 가발다의 소설을 읽다 보면 그런 문화적 차이에도 불구하고 깊은 공감대가 형성되어 어느새 주인공과 함께 웃고 울고 기뻐하고 슬퍼하는 자신의 모습을 발견할 수 있을 것이다. 오히려 그러한 공감대에 이국적인 정서까지 보너스로 경험할 수 있으니, 우리 나라 독자들이 프랑스의 독자들보다 더 큰 행운을 누린다고 할 수 있지 않을까.

『함께 있을 수 있다면』이 세상에 나온 지 4년 만에 출간된 『위로』는 그녀의 새 작품을 애타게 기다려온 팬들의 마음을 다시 한 번 따뜻하게 채워주었다. 마흔일곱 살의 남자, 일상에 지친 주인공 샤를르는 어릴 적 친구 알렉시스의 어머니이자 처음으로 사랑의 감정을 느꼈던 여인, 아누크가 사망했다는 소식을 접하는 순간, 겨우 막아놓았던 봇물이 터지듯 밀려나오는 감정에 무너지고 만다. 마침 함께 사는 로랑스와의 사이도 시들해지고 건축가로서 이상을 추구하기보다 현실과

타협해야 하는 상황에 지쳐 있던 참이었다. 그는 쳇바퀴를 돌리듯, 멈출 수 없어서 달려온 길에서 잠시 벗어나, 죽은 아누크를 애도하며 잃어버린 자신의 모습을 찾아나간다. 삶의 의미를 다시 깨닫게 해준 구원의 빛은 또 다른 여인, 케이트로부터 나왔다. 자신보다 '두 배는 더 살아온 것 같은' 그녀에게서 체념과 받아들임과 살아 있다는 기쁨을 배운 샤를르는 어두운 그림자에서 헤어나 행복을 향해 다시 걷기 시작한다.

이 소설의 전반부는 안나 가발다의 다른 작품들에 비해 어둡고 무거운 분위기 속에서 진행된다. 산 자와 죽은 자가 공존하며 아련한 추억과 답답한 현실이 엇갈린다. 뭐라고 딱히 꼬집어 말할 수 없는 이런 갈등의 상황들을 주인공 샤를르는 '피곤'이라고 치부해버린다. 그에게 벗어날 수 없는 그늘을 드리우는 아누크의 삶도 피곤의 연속이었다. 그녀의 사망에 얽힌 이야기를 듣고 의절한 친구 알렉시스를 찾아 차를 몰고 달려가는 것은 그를 지치게 만드는 일상에서 벗어나려는 몸부림의 일종이었다. 알렉시스를 찾아간 곳에서 만난 케이트는 '초록 숲의 냄새가 나는' 여자였지만 그녀가 겪어온 삶은 피곤이라는 말로는 다 표현해낼 수 없는 절망이었다. 그러나 상처받은 두 사람이 만나 행복을 발견해 나가는 후반부는 그 어느 작품보다 더 밝아 보인다. 이제까지 그들의 앞을 가려왔던 그림자의 존재로 인해 더욱 더 밝아 보이는 것이다.

등장인물의 숫자가 아주 많기는 것도 특징적이나. 특히 후반부에서는 아이들의 왁자지껄한 웃음소리가 들리는 것 같은 착각이 들 정도로 아이늘이 많이 등장한다. 이 작품에서 눈여겨보아야 할 것 중 하나가 그 인물들의 관계이다. 피 한 방울 섞이지 않은 사람들이 만나 새로운 가족을 형성하고 서로의 상처를 보듬으며 사랑해 나가는 모습이 그렇게 흐뭇해 보일 수가 없다. 사람들을 진정으로 묶어주는 것은 혈연이 아니라 끈끈한 정이라는 사실을 작가는 강조하고 싶었던 것이다.

안나 가발다는 관찰력이 뛰어나며 보고 느낀 바를 섬세하게 묘사하기로 정평이 나 있는 작가이다. 업무량이 많고 여행을 많이 하는 직업이 뭘까 생각하던 중에 주인공의 직업을 건축가로 설정했다는 작가는 실제로 건축가들을 만나고 관련 서적을 읽으며 완벽한 인물을 창조해 내었다. 건축 전문잡지 《모니터》가 소품으로 등장하고 르꼬르뷔지에를 비롯한 거장 건축가들도 많이 언급되어 있다. 케이트의 권유로 머리를 박박 민 샤를르는 우리 나라에도 잘 알려진 프랑스 건축가 '장 누벨'을 닮기도 했다.

안나 가발다는 조심스럽게 스스로를 마르셀 에메(Marcel Aymé)나 로망 가리(Romain Gary), 닉 혼비(Nick Hornby), 앤 타일러(Anne Tylor)와 같이, 이미지보다는 서사에 치중하는 작가로 분류한다. 그러나 그녀의 작품을 번역하는 과정에서 역자는 구어체 표현의 대가 레몽 크노(Raymond Queneau)의 소설을 처음 접했을 때 느꼈던 당혹감을 다시 한 번 느낄 수밖에 없었다. 어학수업을 받던 시절, 발음하기 아주 민망한 『지하철을 탄 자지(Zazie)』라는 소설이 '프랑스어 구어의 이해' 시간 교재로 사용되었는데, 작품에 등장하는 신조어와 구어를 설명하는 교수가 전형적인 노르망디 사람이어서 발음이 뭉뚝한 데다가 말하는 속도는 또 얼마나 빠른지, 정말 미로를 헤매는 듯한 절망에 빠졌던 기억이 있다. De qui pue donc tant?(어디서 이런 고약한 냄새가 나?)라는 문장을 Doukipudonktan이라고 표현한 크노만큼 폭력적이지는 않지만, 안나 가발다 역시 번역가를 애먹이는 작가들 축에 드는 편이다. 그녀가 사용하는 단어들은 사전에 나와 있지 않은 구어이거나 속어인 경우가 허다하다. 그러나 극심한 러시아의 교통 체증을 '꽉 막힌 도로는 단테풍이었다…… 도스토예프스키적(的)이었다.'라고 한다든지, 샤를르가 예고 없이 케이트를 만나러 가면서 그녀가 깜짝 놀랄 장면을 연상하면서, 클로드 를루쉬 감독의 영화 〈남과 여〉의 주제가를 염두에 두고 '첫 장면은 샤바다바다처럼 아름다웠다'라고 표현한 부분에서는 작가의 재치와 감각에 탄성을 지를 수밖에 없었다. 안나 가발다가 인터뷰를 통해 특히 애착을 느낀다고 밝힌 표현이 하나 있다. 그리스의 수학자 아르키메데스가 외친 '알았다', 즉 eureka라는 단어에 프랑스어 동사 어미를 붙인 표현이 바로 그것이다. 그외에도 기발하고도 재미있는 언어유희가 작품 한가득 들어 있으니 프랑스어가 가능한 독자들께는 기회가 닿는다면 원문을 읽어보시라고 권하고 싶다. 한편 베르길리우스, 톨스토이, 프루스트, 랭보, 프레베르 등의 시인과 소설가의 작품이 살짝 살짝 인용되어 작품의 풍성함이 배가 되고, 레너드 코헨, 쳇 베이커에 대해 언급할 때면 그들의 음악이 배경에 흐르는 것 같은 느낌도 진하다.

작품의 시점은 끊임없이 변화한다. '나'로 시작하는 1인칭 시점이 계속되다가 뜬금없이 '그'가 등장하는 3인칭 시점으로 바뀌어버리더니 주어가 없는 문장이 연속된다. 우리 말에서는 주어를 생략하는 것이 그리 이상할 것 없는 언어습관이지만, 서양에서 주어가 없는 문장은 읽는 사람을 굉장히 혼돈스럽게 만든다. 그런 혼란을 작가는 주인공이 겪는 존재의 방황으로 설명한다. 유독 많이 등장하는 말줄임표 역시 같은 맥락이라고 할 수 있겠다. 역자는 작가의 의식을 쫓아가면서 주인공 부모님의 집 현관에 걸린 거울이 그의 방황이 시작되고 끝나는 문이 아닐까 생각해보았다. 초반부, 아누크의 죽음 소식을 접하던 순간, 샤를르는 앞에 걸린 거울을 바라본다. '고개를 들다가 콘솔 위에 걸어놓은 거울 속에 비친 나와 눈이 마주친다. 거울 속 그의 어깨를 잡아 흔들고 싶은, 그에게 이런 말을 하고 싶은 마음이 울컥 치민다.' 거울 속의 또 다른 나와 실랑이를 끝낸 후 소설의 화자는 '그'로 바뀐다. 그리고 맨 마지막 부분, 방황을 끝낸 상황은 이렇게 묘사되어 있다. '샤를르는 거울이 있던 자국을 물끄러미 쳐다보았다. 바로 여기서, 라고 그는 생각했다, 나는 생각했다. 거의 일 년 전쯤에 눈앞이 흐려졌었지. 여기, 이 콘솔 위에서 알렉시스의 편지가 나를 기다리고 있었다.' 화자가 '그'에서 '나'로 변하는 순간, 방황이 끝나고 안정이 되어 가는 느낌을 받을 수 있었다.

장 그르니에의 작품 『그림자와 빛』에서 읽은 글귀가 떠오른다. '해시계는 안개가 끼어 있는 나날들을 낱낱이 측정하지 않는다. 진정한 시간들이라고 할 수 없는 그런 시간들을 측정하지 않는다는 것이다.' 이제 샤를르의 해시계는 다시 제구실을 할 수 있게 되었다. 그의 삶을 덮었던 안개가 걷히고 밝은 태양이 빛나고 있는 것이다.

안나 가발다는 근 삼 년, 정확히는 일천구십오일 동안을 샤를르로 살아왔으며 그를 너무나도 사랑하게 되었다고 밝혔다. 640페이지에 달하는 긴 작품 속의 문장을 모두 외우고 있다고도 했다. 그토록 긴 시간 동안 공을 들인 작품을 단 몇 개월 만에 번역해야 하다니, 솔직히는 작가에게 죄스러운 마음이 들었다. 그래서 주어진 시간 안에 최선을 다해 작가가 의도한 바를 훼손 없이 옮기려고 노력했다. 이 책을 읽는 독자분들께 안나의 따뜻한 위로의 메시지가 그대로 전달되기를 바라고 또 바랄 뿐이다.

허지은